ルーゴン=マッカール叢書・第20巻

Le Docteur Pascal

パスカル博士

エミール・ゾラ | 小田光雄 訳

論創社

目次

パスカル博士

私の全作品の要約にして、
結論であるこの小説を
母の思い出と愛する妻に捧げる

第1章

燃え立つような七月の午後の熱気の中にあって、きっちりと鎧戸の閉まった部屋には大いなる静けさが充ちていた。三つの窓からかぼそい光の筋だけが古びた鎧戸の板の裂け目を通して差しこんでいた。暗がりの中ほどにはとても柔らかな明るさがあり、様々な物に淡くかすかな光を浴びせていた。屋外に漂う建物の正面をくすぶらせている陽射しの灼熱と比べると、部屋はそれなりに涼しかった。

パスカル博士は窓の向かいにある戸棚の前に立ち、メモを探していた。戸棚に近づいたのも、メモを取り出すためだった。大きく見開かれた巨大な戸棚は彫刻が施された樫材で作られ、頑丈で美しい金具の付いた前世紀の家具で、棚は脇の奥まで紙片、資料、原稿の膨大な山が乱雑に積み重なり、あふれかえっていた。簡単なメモから遺伝についての長大な研究論文の完成原稿に至るまで、博士が自分の書いたものをそこへ投げ入れるようになって三十年以上が経っていた。だからそこでの探し物も、いつも簡単に見つかるわけではなかった。辛抱強く探し回り、やっとのことで見つけて、彼は笑みを浮かべた。

彼はさらにしばし戸棚のそばに佇み、真ん中の窓から差しこむ金色の光の下でメモを読んでいた。この曙光の中にいると、彼の髭と髪は雪のように白く、六十歳に届こうとしていたが頑強でたくましく、顔立ちはとてもさわやかにして繊細で、子供のように澄んだままの目を残し、栗色のベルベットの上着に身を包んでいたこともあり、髪粉《かみこ》をふった巻き毛の若者と見まがうばかりであった。

「よし、クロチルド！　このメモを写してくれ。私の悪筆ではラモンが解読できないだろうから」と彼はようやく言葉を発した。

そして彼はメモを若い娘のそばへ置くために近づいた。彼女は右の窓際にある背の高い書見台の前に立って作業をしていた。

「わかりました、先生！」と彼女は答えた。

彼女は振り向きもせず、この時ゆるやかな筆致でパステル画の素描にすっかり没頭していた。彼女のそばにある花瓶の中で、黄色い縞が入り、奇妙なすみれ色の立葵が一茎咲いていた。それでも丸く小さな頭、つまったブロンドのカールした髪、魅力的で真剣な横顔、集中するあまりしわの寄った端正な額、青色の目、繊細な鼻、引き締まった顎といった彼女の容貌がはっきり見て取れた。とりわけ豊かなブロンドの巻き毛の下で傾けられている首筋にはすばらしい若さやミルクのようなさわやかさがあった。彼女は長い黒の仕事着を身につけ、背はとても高く、身体つきはほっそりとし、喉元は小さく、しなやかな肉体で、身を横たえたルネサンス絵画の女神たちのしなやかさがあった。二十五歳だというのにいまだに少女のようで、せいぜい十八歳ほどにしか見えなかった。

「さあ、ちょっと戸棚を片づけてくれ。どうしようもなく乱雑になっているんだ」と博士は続けた。

「わかりました、先生！」と彼女は頭を上げずに繰り返した。「すぐやりますわ！」

パスカルは部屋の反対側の左の窓の前にある机へ戻り、腰を下ろした。この簡素な黒い木の机も紙片やあらゆる種類の小冊子で塞っていた。また静けさが訪れ、屋外の酷暑に包まれながら、薄暗がりの中に大いなる平安があった。縦十二メートル、横六メートルの広々とした部屋に置かれた家具は戸棚の他に本であふれている二つの本棚だけだった。古い椅子と肘掛椅子が乱雑に置かれていた。装飾としては、帝政期のサロンに用いられた古い薔薇模様の壁紙が張られ、変わった色合いで描かれた花のパステル画がかかっていて、よく判別できなかった。両開きになっている板張りの三つの扉は一つが踊り場につながる入口で、他の二つは部屋の両端にあり、博士と若い女性の部屋に通じていた。煙で燻された天井蛇腹と同様、ルイ十五世時代に遡るものだった。

一時間が過ぎたが、物音も息遣いも聞こえなかった。パスカルは研究の気晴らしに机に置き忘れていた『ル・タン』紙の帯封を破ったところで、軽く声を上げた。

「おや、君のお父さんは『レポック』の社長になったんだな！　とても成功している共和派の新聞で、チュイルリー宮の文書を刊行しているところだ」

このニュースは彼にとって思いがけないものにちがいなかった。というのも彼は満足そうな、それでいて悲しげでもある微笑みを浮かべていたからだ。そして小声で続けた。

「間違いない！　でっち上げるにしても、これほどうまくはいかないだろう……人生は奇怪なものだ……とても興味深い記事だ」

伯父が言ったことは自分に無関係であるかのように、クロチルドは返事をしなかった。彼もそれ以上はしゃべらず、読み終わると鋏を取って記事を切り抜き、紙の上に貼りつけ、大きく不揃いな字で書きこみをした。そしてこの新たなメモをしまうために戸棚の方へ戻った。しかし上の棚はあまりに高かったので、背の高い彼でも椅子を使わないと届かなかった。

この上の棚には一連の膨大な資料全部がきちんと並び、体系的に分類されていた。様々な記録文書、手稿や印紙のついた公文書、切り抜いた新聞記事が丈夫な青色の紙でできたファイルにまとめられ、それぞれに大きな文字で名前が記されていた。文書は丁寧に整理され、絶えず取り出され、きちんと元の場所に戻されているようだった。というのも戸棚全体の中で、この一角だけが整頓されていた。

パスカルは椅子の上に乗り、探していた資料を見つけた。最もふくらんだファイルの一つで、「サッカール」という名前が書かれていた。彼はそこに新たなメモを加え、すべてをアルファベット順に置き変えた。またしばし彼は腹を立て、不平をもらしながら崩れていた資料の山をまっすぐに整えた。そして椅子から飛び降りながら言った。

「クロチルド、わかっているね？　整理する時、あの上の資料にはさわってはいけないよ」

「わかりました、先生！」と彼女は三度目も素直に答えた。

思わず明るい気分になり、彼は微笑みを浮かべていた。

「さわってはいけないよ」

「わかっています、先生！」

彼は勢いよく鍵を回して戸棚を閉め、鍵を机の引き出しの奥へ投げこんだ。若い娘は彼の研究によく通じていて、彼の手稿を多少なりとも整理することができた。そして彼女は自然と助手の役も果たし、ラモン医師のように、仲間の医者や友人が記録文書の情報提供を求めた時は彼女にメモを写させていた。しかし彼女はまったく学者ではなかったので、知っても無益だと彼が判断したものを読むことは禁じられていた。

だが彼女が深く没頭しきっているのに気づき、彼は驚いてしまった。

「どうして何も言わないんだ？　この花の模写には少しも熱がこもっていない！」

そこには彼がしばしば彼女に頼んでいたデッサン画、アクリル画、パステル画の仕事の一つがまだ残っていた。それらはいずれ彼の著作に図版として加わるものだった。このように、彼は五年前から立葵群について興味深い実験を行なっており、人工受粉によって新たな色合いの一群を得ていた。彼女がこの種の模写をすると、デッサンや奇妙な色合いはとても細密で正確に表されるので、彼はいつも彼女の真面目さをほめ、「君はこまやかな分別があって、率直で、きちんとした誠実な娘だ」と言うのだった。

しかしこの時は彼女の肩越しに見ようと近づき、冗談めかした怒りの叫びを上げた。

「ああ、すぐに止めなさい！　また想像の花に頭が向いているな！　そんなものはすぐに引き裂いてしまうぞ！」

彼女は姿勢を正していた。頰は紅潮し、目には自分の作品に対する情熱が燃えさかり、ほっそりとした手は飛び散った赤や青のパステルで汚れていた。

「ああ、先生！」

この愛情のこもった甘えるような従順さを秘めた「先生」、伯父や代父という言葉をおかしいと思って使わず、完全に自分を相手にゆだねるこの呼びかけの言葉の中に、初めて反抗の炎が、与えたものを取り戻し、自らを主張しようとする者の要求があった。

二時間ほど前から、彼女は立葵を正確に真面目に模写するのが嫌になっており、想像の花々の群れ、風変わりで華麗な夢想の花々を他の紙に描き散らしていたところだった。このように彼女の中では時々突然の気まぐれが起こり、このうえなく正確な模写の只中にあって、異様な空想へ逃れたいと思うのだった。彼女はすぐにこの欲求に身をまかせ、いつもこの奇妙な花々にのめりこんでいくのだが、あまりにも昂ぶった幻想であり、自分でも同じものを描けないほどだった。花芯から血が流れ、硫黄の涙をこぼす薔薇、水晶の壺に似た百合、はっきりとした形さえもたず、天体の光線を拡げ、花冠を雲のように漂わせる花々などを創作した。この日、黒いクレヨンの大ぶりなタッチで紙の上に描き上げられたのはほのかな光を放つ雨と降る流星であり、限りなく優しげな花弁の奔流だった。片隅には名もなき花が咲き、貞節なベールに包まれたつぼみが花開こうとしていた。

「またあそこに貼るつもりなんだね！」と博士は同じように奇妙なパステル画がすでに並んでいる壁を指差しながら続けた。「でも一体これは何を表わしてるんだ？」

彼女は真剣な様子を崩さず、自分の作品をよく見ようと後ろへ下がった。

「私にもまったくわからないけれど、美しいわ」

その時マルチーヌが入ってきた。女中は彼女しかおらず、博士のところで働くようになった三十年前から、この家のまさに女主人になっていた。六十歳は過ぎていただろうが、彼女も若々しさを保っていて、無駄口を利かずによく働いた。いつも着ている黒い仕事着と白い被り物が修道女を思わせ、顔色は蒼白いが元気そうで、小さな顔の中の灰色の目が消え入りそうな光を放っていた。

彼女は何も言わずに足を進め、肘掛椅子の前にしゃがみこんだ。この古ぼけたつづれ織りは破れ、中の部分が飛び出したままになっていた。彼女はポケットから針と毛糸を取り出して繕いを始めた。三日前から修繕をしようという思いに捉われ、暇な時間ができるのを待っていたのだ。

「マルチーヌ、ここにいる間に、この頭も縫ってくれないか。破れ目があるんだ」とパスカルは反抗的なクロチルドの頭を両手でつかみながら、冗談めかして叫んだ。

マルチーヌはおぼろげに輝く目を上げ、いつもの崇拝の態度で彼を見つめた。

「どうしてそんなことをおっしゃるのですか？」

「このささやかで円満にして、率直で堅実な頭の中に、あなたが全信仰をこめて来世についての考えをつめこんだからですよ」

二人の女性は目配せを交わした。

「ああ、旦那様！　信仰が誰かに悪さをしたことなんて絶対にありませんわ……それに、意見が違う時は、それについてきっと話さないのが一番です」

彼は気づまりで押し黙った。この唯一の相違が、しっかりと結びつき親密な生活を営んでいる三人の間に時々不和をもたらしていた。マルチーヌが彼のところへ来たのは二十九歳の時で、博士より一つ年上だった。当時彼はプラッサンの新しい町のこじんまりした明るい家で医者として開業したばかりだった。それから十三年が経ち、パスカルの弟のサッカールが妻の死と再婚に際して、七歳になる娘のクロチルドをパリから寄越したので、マルチーヌが子供を育て、教会へ連れていき、常に熱く奉じていた信仰の少しばかりの炎を伝えた。博士は寛大な心で彼女たちが信仰の喜びにいそしむままにさせておいた。というのも他人の信仰の喜びを禁止する権利はないと思っていたからだ。そして彼は少女の教育に気を配っていたが、日常の事柄については正確で健全な考えを与えるにとどめていた。こうして十八年ほど前から三人で暮らすようになり、町の郊外のサン＝サチュルナン教会から十五分の地所、スレイヤードへ隠遁し、幸せな生活を送り、ひっそりと壮大な研究にふけっていたが、互いの信念の衝突が次第に激しくなるにつれ、膨らんでいく不安に少しばかり乱されていた。

パスカルは表情を曇らせ、しばし歩き回った。そして遠慮なく意見を述べた。

「ねえ、この神秘の夢幻的光景のすべてが君のかわいい頭を台無しにしてしまったんだ……君に神様は必要なかった。私一人で君の面倒をみるべきだった。そのほうがずっとうまくいっただろうに」

しかしクロチルドは身体を震わせながら、思いきって澄んだ目で彼の目をじっと見つめ、反論した。

「いいえ、先生の方こそ、現世だけを見ることに閉じこもらなかったら、ずっとうまくいったはずです……別のものがあるのに、どうして見ようとしないのですか？」

するとマルチーヌも彼女の言葉でクロチルドを援護した。

「まったくその通りです、旦那様。私は広言していますが、あなたは聖人君子のような方です。だから私たちと教会へ一緒に行くべきなのです……神様はきっとあなたを救って下さいます。それにあなたがまっすぐに天国へ行けないかと思うと、身体中に震えが走ります」

彼は立ち止まった。普段は彼の陽気さと優しさに魅惑されている女性らしい愛情に充ち、とても素直で従順なのに、目の前で二人の女性が揃って反抗的になっていた。彼は口を開き、荒々しく返答しようとしたが、議論しても無駄だという思いにかられた。

「さあ、放っておいてくれないか！　私は研究をしていたほうがいいんだ……それにともかく、私のことはかまわないでくれ！」

彼は足早に、研究室のように設えてある自室へ行き、引きこもった。入室は固く禁止されていた。そこで彼は特別な新薬の調薬に熱心に取り組んでいたが、それについては誰にも話さなかった。間をおくことなく、乳鉢と乳棒のゆったりとした規則正しい音が聞こえてきた。

「あら、先生は悪魔の台所に入ってしまったわ」とクロチルドが微笑みを浮かべながら言った。「お祖《ば》母《あ》さんはそう呼ぶのよ」

彼女は悠然と立葵の模写に戻った。彼女は厳密な正確さでデッサンし、黄色い縞の入ったすみれ色の花弁から最も精妙な濃淡の細部に至るまでの変色具合を的確に選んでいた。

「ああ、あんな聖人君子のような方が魂を快楽にゆだねるなんて！」とマルチーヌがしばらくしてから呟いた。彼女はまたしゃがみこんで肘掛椅子を繕っていた。「だって、ここで旦那様を知って三十年になるけれど、私には何も文句はないし、旦那様は誰にも苦しみを与えたことがないわ。本当に心の美しい方で、自分を投げ打って他人に施しをする方です……それに親切で、いつも善良で陽気だし、本当に天の恵みを受けているのですよ！　神様と仲良くしたくないなんて殺生なことです。そうじゃありませんか？　お嬢様、何とかするべきですよ」

クロチルドは彼女が一度にこれほど長く話すのを聞いて驚き、真面目な態度で言葉を発した。

「確かにその通りね、マルチーヌ。私たちが先生を何とかしなければ」

再び沈黙が続き、階下で玄関の呼び鈴の鳴るのが聞こえた。これを取りつけたのは三人で住むには広すぎるこの家で、客人の到来に気づくようにするためだった。女中は驚いたらしく、小声で不平をもらした。こんな暑い中に誰が来たのだろうか？　彼女は立ち上がり、扉を開け、手摺りの上に身を乗り出し、そして戻ってきて告げた。

「フェリシテ奥様です」

勢いよくルーゴン老夫人が入ってきた。八十歳だというのに、彼女は若い娘のような軽やかさで階段を上ってきた。彼女は昔の褐色でやせた金切り声の蟬のままだった。今はとても上品で、黒絹の服を身に着け、ほっそりした身体つきのおかげで、後ろからだと依然として自らの情熱に邁進する一途な女性か野心家のように見えただろう。正面から見ると、やせた顔の中の両目には炎が残っていて、心から笑う時にはすてきな微笑みを示すのだった。

「どうしたの、お祖母さん！」とクロチルドが彼女を迎えに歩み寄りながら叫んだ。「こんな灼熱の猛暑の中を！」

フェリシテは彼女の額に接吻して笑い出した。

「あら、太陽は私の友達よ！」

彼女は足早に動き回り、鎧戸の一つについていたイスパニア錠を開けにいった。

「さあ、少しは開けるものですよ！　とてもわびしいわ。こんな暗がりの中で暮らすなんて……私の家では太陽が入るにまかせているわ」

少し開かれた鎧戸から照りつける陽射しやゆらめく暑気がどっと入りこんだ。燃えるような紫がかった青色の空の下で、猛暑に消耗し、眠り死んだように焦げついた田園が見えた。右手の方の薔薇色の屋根の向こうにサン＝サチュルナン教会の鐘がそびえ、白骨のような尖塔を備えた金色の鐘楼は目のくらむような明るさの中にあった。

「そうよ」とフェリシテは続けた。「私はすぐにテュレットへ行くつもりだったの。だから、お前たちのところにシャルルがいるのか知りたかったのよ。あの子を連れていこうと思っていたのよ……でもここにはいないのね。じゃあまた今度にするわ」

しかし訪問の口実を話す間も、詮索好きな彼女の目は部屋を見回していた。そして隣の部屋でずっと続いている乳棒のリズミカルな音を聞き、強い口調ではなかったが、すぐさま息子のパスカルのことを話し出した。

「あの子はまたあの悪魔の台所にいるのかい！　いいのよ、あの子は放っておきましょう。何も話すことはないわ」

マルチーヌはまた肘掛椅子に向かっていたが、頭を振って自分も旦那様の邪魔はしたくないと伝えた。

新たな沈黙が訪れた。クロチルドはパステルで汚れた指を布きれで拭っていて、フェリシテは探るような様子でせわしなく歩き回っていた。

ルーゴン老夫人が寡婦になって二年近くになろうとしていた。彼女の夫はあまりにも肥満し、身体を動かすこともままならず、一八七〇年九月三日、スダンの陥落を知った日の夜、消化不良による窒息がもとで亡くなった。帝政の創設者の一人だと自惚れてきただけに、その崩壊は彼にとって致命的だったのだろう。だからフェリシテはもはや政治に関与しない態度を取り、それからは退位した女王のように暮らしていた。一八五一年にルーゴン家がプラッサンを騒乱から救い、十二月二日のクーデタを勝ち取らせたこと、そしてそれから数年後、正統王朝派や共和派の候補者と対峙して再び勝利し、ボナパルト派の議員をもたらしたことを知らぬ者はいなかった。戦前までプラッサンにおいて帝政は全能であり、大きな喝采を受けていて、国民投票では圧倒的多数を獲得した。しかし敗戦後、町は共和政となり、サン＝マルク地区では再び王党派が暗躍し、その一方で、古い地区と新しい町が議会に送りこんだのは自由主義派の代議士で、どちらかといえばオルレアン派に与し、共和国が勝利するならすぐにそちらへ鞍替えしようと身構えていた。それゆえフェリシテは非常に聡明な女性として政治から遠ざかり、もはや崩壊した政体の退位女王にすぎないとよく自覚していた。

しかしいまだ高い地位にあり、まったく愁いを帯びた詩情に充ちていた。彼女は十八年の間その地位に君臨してきたのだった。クーデタ計画が熟した黄色のサロン、それからずっと後の、プラッサンの征服が成し遂げられた中立の場であった緑のサロン、この二つのサロンの伝説は消え去った時代との隔たりによって美化されていた。彼女は非常に裕福だった。だから没落の中でも毅然とし、未練も嘆きも見せず、八十歳になるのに、一連の長きにわたる猛烈な欲望や恐るべき策略、桁外れの野望を従えていたので、彼女の威厳は高まっていた。今や彼女の唯一の喜びは大きな財産と過ぎ去った王位を安らかに楽しむことであり、もはや彼女の情熱は自らの物語を守り、後世になってそれを汚すかもしれないものを排除することだけに向けられていた。彼女の自尊心は住民たちが今でも口にする二度の手柄によって健在であり、だから執拗に用心を重ねていて、町を出歩く時は、自分を退位した女王陛下と認めさせる伝説や都合の良い記録しか残すまいと心に決めていた。

彼女は部屋のドアのところまで行き、乳棒の音に耳を傾けた。そして額に心配そうな様子を浮かべ、クロチルドの方へ向きなおった。

「一体あの子は何を作っているの！　怪しげな新薬でとんでもない迷惑をかけているのよ。あの子はこの間また患者さんを殺すところだったようね」

「何を言うの、お祖母さん！」と若い娘は叫んだ。

しかし彼女は言い返された。

「いいえ、まったくその通りよ！　世間の女たちはまったく違うことを言っていますよ……場末に行って聞いてみなさい。赤ん坊の血の中で死人の骨を挽いていると話してくれるわ」

今度はマルチーヌも抗議し、優しいクロチルドは傷つき、腹を立てた。

「お祖母さん、そんなおぞましい話はもう止めて！　先生はとても広い心を持っているし、みんなの幸せだけを考えているのよ！」

フェリシテは怒っている二人を順番に見て、物事をあまりにもせっかちに進めていたとわかり、また甘えるような調子に戻った。

「でもね、子猫ちゃん、こんなおぞましいことを言うのは私じゃないのよ。くだらない噂話を繰り返して言うのも、世間の意見を顧みないパスカルが間違っていることをお前にわかってほしいからよ……新しい治療薬を見つけたと思っているんだろうけど、とんでもないわ！　私もあの子が自分の望みとしてみんなを癒そうとしていることは認めたいわ。でもね、どうしてこんなに秘密めいた態度をとるのか、どうしてはっきりと説明しないのか？　それに何より、どうして町の立派な人たちの間であの子の名誉になるような輝かしい治療をする代わりに、古い地区や田舎の貧しい人々しか診ないのかしら？　そうなのよ、わかるでしょう、子猫ちゃん。お前の伯父さんは人並のことを一度もしていないのよ」

彼女は痛々しさをこめた口調で、隠れた心の傷口を見せつけるように声を落とした。

「神様には感謝しているわ！　我が一族に優れた人物はこと欠かないし、他の子供たちにはとても満足しているのよ！　そうじゃなくて？　ウージェーヌ伯父さんは高い地位についたわ。十二年も大臣を務めていたし、ほとんど皇帝よ！　それにお前のお父さんも大金持ちになったし、パリを再建するという大事業に関わっていたのよ！　マクシム兄さんが金持ちですばらしい人だとか、オクターヴ・ムーレが新産業の勝利者だとか、ムーレ神父様が聖人のような方だとかは言うまでもないでしょう！　パスカルだってこういう道を歩むこともできただろうに、どうしてずっと田舎で半ば隠遁した変わり者のように暮らしているのかしら？」

若い娘はまたしても抗議しようとしたが、フェリシテは愛撫するような手つきで娘の口を塞いだ。

「だめ、だめよ！　最後まで言わせてちょうだい……パスカルは馬鹿じゃないし、あの子がすばらしい業績をあげたこと、医学学会に送った論文が学者の間で評判になったことなどは私もよく知っているわ……でもそれだって、私があの子について夢想していたことと比べたらどうかしら？　そうなのよ！　町の上流の患者たち、一財産、勲章、家族にふさわしい地位……ああ、わかるでしょう！　子猫ちゃん。

私の嘆きの種はこういうことなのよ。あの子は家族からはみ出している、家族の一員であることも望まなかったのよ。ああ、私はあの子が子供だった頃、言ったものだわ！〈どうしてはみ出すの？あなたはうちの子供ではないわ！〉。私は家族のためにすべてを捧げたわ。家族が永久に偉大で栄光に包まれるようにと、自分を犠牲にしたのよ！」

彼女が小柄な身体を正すと、生涯にわたってあふれていた享楽と自尊心という唯一の情熱の中でとても大きくなったようだった。それでも彼女はまた歩き回っていたが、ふと床の上の『ル・タン』紙に気づき、激しい驚きに捉われた。サッカールのファイルに加えるために記事を切り抜いた後、博士が投げ捨てたものだった。彼女には紙面の中央の空白から思い当たることがあったのだろう。というのも突然歩みを止め、先頃耳にしたことがようやくわかったというかのように、椅子へ座りこんだからだ。

「お前のお父さんは『レポック』の社長になったのね」と彼女はいきなり言った。

「ええ、先生がそう言っていたわ。新聞に載っていたの」とクロチルドは穏やかに答えた。

フェリシテは注意深く、そして不安げに彼女を見つめた。つまりサッカールの社長就任は共和派への加担であり、一大事だったからだ。帝政崩壊後、彼は政権に先立って大失敗したユニヴァーサル銀行の頭取として有罪判決を受けていたにもかかわらず、あえてフランスに戻ってきていた。新たな影響力、桁外れの陰謀術策によって彼は復帰を果たしたにちがいなかった。恩赦を受けたうえ、また様々な事業に手を出し、ジャーナリズムに足を踏み入れ、賄賂の分け前にあずかった。彼は兄のウージェーヌ・ルーゴンとの昔の不和を思い起こすことになった。彼は頻繁に兄を巻き添えにしたが、物事の皮肉なめぐり合わせで、今度はおそらく兄を保護することになろう。今では帝政時代の元大臣もただの議員にすぎず、失墜した指導者を擁護するという唯一の役をあきらめて受け入れていたが、そこには家族を擁護しようとする彼の母と同じ頑固さがあった。彼女は今も長男の指示に従順だったが、小賢しい彼も打ちのめされていた。しかしサッカールは止み難い成功への欲求ゆえに、何はともあれ兄のことを気にかけてもいた。それに彼女はマクシムのことも誇りに思っていた。彼はクロチルドの兄で、終戦後は再びボワ＝ド＝ブーローニュ通りの館に居をかまえ、妻が残した財産を食いつぶし、骨髄をやられた人間によくある慎重さから用心深くなり、迫りくる麻痺状態の中で悪知恵を働かせていた。

「『レポック』の社長ね」と彼女は繰り返した。「お前のお父さんが得たのは間違いなく大臣みたいな地位よ……言い忘れていたけれど、私たちに会いにくるように決心してもらおうと、またお前のお兄さんに手紙を書いたわ。彼の気晴らしになるだろうし、身体にもいいでしょう。それにここにはあのかわいそうなシャルルがいるし……」

彼女はそれ以上言わなかった。これは彼女の自尊心を苦しめるもうひとつの傷口だった。マクシムが十七歳の時に女中との間にもうけた子で、今では十五歳になるが知恵遅れで、プラッサンではあちこちの家をたらいまわしにされ、みんなの厄介になりながら暮らしていた。

またしばし彼女は口をつぐみ、クロチルドの反応を自分の望みがかなえられるような心変わりを期待していた。だが若い娘が無関心そうに書見台の紙片の整理に没頭しているのを見て、口もきけず耳も聞こえないかのように肘掛椅子の繕いを続けているマルチーヌを一瞥し、彼女は心を決めた。

「じゃあ、伯父さんが『ル・タン』の記事を切り抜いたのね？」

クロチルドはとても穏やかに微笑んだ。

「そうよ、切抜きは先生が記録の中にしまったわ。わかっているでしょう、メモ類はそこに、その中にあるのよ！　出生、死亡、どんな小さな出来事も含めて、生涯に起こったことすべての記録があるわ。

それに家系樹も。私たちの家系樹よ、よくご存知でしょう。先生が常に書き加えているのよ！」ルーゴン老夫人の目に炎が揺らめき、若い娘をじっと見つめた。

「お前はその記録の内容を知っているの？」

「いいえ！　知らないわ、お祖母さん！　先生は話してくれないし、さわらないように言われているから」

だが彼女はそれを信じなかった。

「何よ！　だって手元にあるんだから、読んだことはあるはずよ」

いとも簡単に、またしても微笑みながらクロチルドは穏やかな公平さで答えた。

「いいえ！　先生が私に何かを禁止するとしたら、それは先生が正しいわ。だから私はそれを守るのよ」

「ああそうなの！」とフェリシテは感情を抑え切れず声を荒げた。「お前はパスカルに好かれているのだし、あの子もお前の言うことは聞くだろうから、そんなものは全部焼いてしまうようにお前から頼むべきよ。だって、もしあの子が死んだりして、あの中にあるおぞましいものが見つかりでもしたら、私たちみんなの不名誉になるのよ！」

ああ、忌わしい記録！　彼女は夜の悪夢の中で、すでに亡くなった祖先たちとともに、できることなら永久に葬ってしまいたい栄光の裏側のすべてが、真実の歴史や家族の生理的欠陥が火の文字で浮かび上がるのを見るのだった！　博士が遺伝についての大がかりな研究を始めたばかりの頃から記録を集めようという考えを持っていたこと、彼が家族の中に典型的な症例を見つけ、それらが発見した法則の証拠になることに驚かされ、自分の家族を凡例として研究対象とするようになったことなどを彼女は知っていた。身近にあり、裏の裏まで知っていたのだから、研究サンプルとしてまったく好都合なものではないだろうか？　そこで、彼は学者の無頓着な才量でもって、三十年前から自分の家族について細かい私的な情報まで収集し、すべてを選別分類し、ルーゴン＝マッカール家の家系樹を作成した。そしてその膨大な記録は多くの証拠を伴う注釈に他ならなかった。

「ええ、そうするべきなのよ！」とルーゴン老夫人は高ぶった声で続けた。「火の中よ。私たちを汚しそうなあんな紙屑なんか全部炎に投げこむのよ！」

話が一区切りついたと思い、部屋を出ようと女中が立ち上がった時、フェリシテは素早い身振りで彼女を押しとどめた。

「だめ、だめよ！　マルチーヌ、待ってちょうだい！　お前も関係なくないのよ。今では、お前もうちの家族の一員なんだからね」

そしてきつい声で言った。

「昔は敵がデマと陰口、ありとあらゆるでたらめを浴びせてきたわ。私たちの成功が苛立たしかったからよ！　このことを少しでも考えてみて。私たちみんなのこと、お前のお父さん、お母さん、お兄さん、それに私のこともよ。とても恐ろしいことなんだから！」

「恐ろしいって、お祖母さんはどうしてわかるの？」

彼女はしばし困惑した。

「ああ、私にはわかるのよ！　曲解されそうな不幸のない家族なんてあるのかしら？　たとえば、私たちみんなの母親にあたるディッド叔母、お前の曾祖母になるけど、テュレットのアリエーネ精神病院にもう二十一年もいるのじゃなかったかしら？　神様のおかげで百四歳まで生き永らえてきたけれど、無残にも正気を失ってしまった。もちろんそのこと自体は恥ずかしいことじゃないわ。そうではなくて、私を苛立たせること、あってはならないことというのは、後世になってあいつらは全員狂っていたと言われることなのよ……ねえほら、お前の大叔父にあたるマッカールだって、不愉快な噂が流れたこともあったわ！　それはマッカールも昔は間違いを犯したし、私も認めるわ。でも今はテュレットの小さな地所でつつましく暮らし、すぐ近くにいる不幸な母親の面倒をみる孝行息子じゃないかしら？　まだ最後に言うことがあるのよ！　お前のお兄さんのマクシムも、女中との間にあのかわいそうなシャルルをもうけたのは大きな過ちだったし、あの哀れな子が知恵遅れなのは本当よ。だけどね、お前の甥は精神薄弱だとか、三世代を経て曾祖母の病気が再発したとか言われて我慢できるの？　時々曾祖母さんのところに連れていくと、あの子はとっても喜ぶのに……我慢できるわけがないわ！　こっちでは神経を、あっちでは身体をと丹念にあらさがしをするのなら、もう家族なんて成り立たないわ。本当に生きることが嫌になってしまう！」

クロチルドは黒の長い仕事着をまとい、立ったまま、注意深く耳を傾けていた。彼女はまた真剣になり、両腕を垂らし、視線を落とした。沈黙に包まれたが、それから彼女はゆっくりと言った。

「それが科学なのよ、お祖母さん」

「科学だって！」とフェリシテはまたしても苛立ち、叫んだ。「科学って立派なものね、この世にある聖なるものとことごとく対立するというのだから！　ことごとく壊してしまえばずっと進歩するのでしょうよ！　敬うことを滅ぼし、家族を滅ぼし、神様を滅ぼし……」

「奥様、そんなことはおっしゃらないで下さい！」とマルチーヌが深い信仰に締めつけられ、苦しげに口をはさんだ。「旦那様が神様を滅ぼすなんておっしゃらないで下さい！」

「いいえ、あの子は滅ぼすわ……わかるでしょう。あの子がこんなふうに地獄に落ちていくのを放っておくのは、宗教的に見れば罪なのよ。お前たちはあの子を愛してないのよ、そうに決っているわ！　お前たちはあの子を愛してない。二人とも幸いにして信仰を持っているのに、あの子を正しい道へ戻そうとしない……そうよ！　だから、お前たちの代わりに私があの戸棚を斧で叩き割って、その中にある神様への侮辱のすべてを喜ばしき盛大な炎に燃してやるわ！」

彼女は大戸棚の前に立ちはだかり、燃えるような目でにらんだ。八十歳になるやせきった身体だというのに、攻撃を仕掛け、略奪し、灰燼に帰してやろうとしているかのようだった。そして皮肉めいた軽蔑の身振りを示して言った。

「科学をもってすれば、あの子はすべてがわかる気でいるのかい！」

クロチルドは茫然となり、目が虚ろになってしまった。彼女は他の二人のいることを忘れ、独り言を呟いた。

「その通りだわ、先生はすべてを知ることはできない……いつだって彼方には他のものが潜んでいる……それが私を苛立たせ、私たちは時々言い争うことになるんだわ……だって私は先生のように神秘を無視できない。いつも気がかりで、さいなまれてしまうわ……彼方には暗闇の中で震えているあらゆる意志と行動があって、あらゆる未知の力が……」

彼女の声は次第に緩やかになり、はっきりしない呟きへと変わっていった。

その時今度は先ほどから神妙そうにしていたマルチーヌが口をはさんだ。

「それにしてもお嬢様、旦那様があの汚らわしい書類のせいで本当に地獄に落ちるかもしれませんわ！　このまま放っておくのですか？　私にしてみれば、旦那様がテラスから身投げしろっておっしゃったら、目をつぶって飛び降りるつもりです。だって正しいのはいつも旦那様ですからね。でも救いに関しては、旦那様に逆らってでも、できることを懸命にやるしかないのです。そうよ、どんな手段をとろうとも！　無理強いだってしてます。だって旦那様と天国で一緒でないなんて、考えるだけでも切ないわ」

「よく言ったわ」とフェリシテが賛同した。「お前の主人への愛は少なくとも盲目的じゃないわね」

クロチルドは二人にはさまれて迷っているようだった。彼女の内なる信仰心は厳格な戒律に従っているのではなく、その宗教的感情も再び家族と出会う天国や無上の喜びの場所への希求という具体的な形をとっていなかった。要するに彼女の中にあったのは彼方への欲求であり、この広大な世界は感覚だけにとどまらず、未知のまったく別な世界があるのであり、そのことを尊重すべきだという確信であった。だが老練な祖母と忠実な女中は伯父のことを心配する優しい彼女の気持ちを動揺させた。彼女たちの方が先生をずっと愛し、公明正大に先生から汚点がなくなり、科学者の偏執から解き放たれ、清められ、神の国に入れるようになって欲しいと願っているのではないだろうか？　悪霊との絶えざる戦い、力ずくで勝ち取った回心の栄光という信心にあふれた本の文節が彼女の頭に浮かんでいた。自分がこの聖なる務めを引き受ければ、先生がどうあろうと救済できるのだわ！　彼女の心は次第に昂揚し、自ずと大胆な企てへと傾いていった。

「もちろん私も」と彼女は言い切った。「先生がこんな書類の山に頭を悩ませるのを止めて、一緒に教会に行ってくれたほうがずっとうれしいわ」

クロチルドが陥落寸前だと見て取り、ルーゴン老夫人は行動すべきだと叫び、マルチーヌ自身もありとあらゆる影響力を駆使した。彼女たちは二人がかりで若い娘に迫り、声を潜めて説き伏せ、奇跡のような恩恵や、この家全体を充たす神々しい喜びが生まれるであろう秘密の計画を承諾させようとするかのようだった。博士を神と和解させることができたら何という勝利であろうか！　そして博士も一緒になり、同じ信仰の聖なる共同体の中で暮らしてくれれば！

「結局のところ、私は何をするべきなの？」とクロチルドは言い負かされ、説き伏せられて尋ねた。

だがその時、静けさの中にあって、博士の動かすリズミカルな乳棒の音が再び大きく響いた。フェリシテは勝ち誇って話し出そうとしていたが、不安げに振り返り、しばし隣室のドアを見つめた。そして小声で言った。

「戸棚の鍵がどこにあるか知っているかい？」

クロチルドは返事をせず、身振りでそのように先生を裏切るのは絶対に嫌だと率直に伝えた。

「どうして言うことを聞かないのよ！　何も抜いたり、いじったりしないわよ……ただね、今は私たちしかいないし、パスカルは夕食まで絶対に出てこないから、あの中に何があるのか確かめられるでしょう……ねえ、ほんの一目見るだけでいいのよ、名誉にかけて誓うわ！」

若い娘は動こうとせず、どうしても同意しなかった。

「それならきっと私が間違っているんだわ。あそこには私が言ったみたいなよからぬものは何もないのでしょう」

これが決定的だった。クロチルドは走って引き出しの中の鍵を取りにいき、自分で戸棚を開け放った。

「さあ、お祖母さん！　記録はこの上にあるわ」

マルチーヌは無言で隣室のドアの前へ陣取りにいき、乳棒の音に聞き耳を立てていた。一方フェリシテは心が乱れてその場に釘づけになりながら、記録を見つめた。これがそうなのだ、あの恐ろしい記録なのだ。この悪夢が私の人生を害するのだわ！　見てみよう、近づいてじかにさわり、奪ってしまうのだ！　彼女は激情に突き動かされ、短い両足に力をこめて、背伸びした。

「高すぎるわ、子猫ちゃん」と彼女は言った。「手伝うのよ。あなたが代わりに取ってちょうだい」

「いいえ、お祖母さん、私でも無理よ！　椅子を使って」

フェリシテは椅子を取って、その上へゆっくりと登った。しかしそれでも届かなかった。懸命に努力して身体を伸ばすと、やっと爪の先が青い厚紙のファイルにふれるまでになった。そして指を這わせ、爪先で引っかくようにしてつかもうとした。突然ものすごい音がした。地質学の標本の大理石のかけらが下の棚に載っていたのだが、それを落としてしまったのだ。

すぐに乳棒の音が止まり、マルチーヌが押し殺した声で言った。

「早く降りて下さい、出てきますよ！」

だがフェリシテは困り果てていて耳に入らず、パスカルが急いで出てきた時もそのままの姿勢だった。彼は運悪く、誰かが落ちたのだと思っていたので、目の前の光景に茫然としてしまった。母は椅子の上で手を伸ばしたままで、マルチーヌは離れたところにいて、クロチルドは蒼白の表情で立ち、目をそらすことなく佇んでいた。状況を理解すると、彼自身も真っ青になり、激しい怒りがこみ上げてきた。

しかしルーゴン老夫人は少しも取り乱していなかった。時機を逃したことを理解すると、すぐに椅子から飛び降り、彼に不意をつかれた悪行についてはまったくふれなかった。

「あら、お前かい！　お前の邪魔をするつもりはないよ……クロチルドの様子を見にきたのだからね。でももう二時間近くおしゃべりしたから、すぐに帰るわ。家の者が待っているし、私のことを心配しているはずだからね……日曜日にまた来るわ！」

彼女は丁重だが無言のままでいる息子に微笑みかけ、悠々と出ていった。彼がかなり前から取っている態度は残酷に決まっているし、またずっと恐れてもいる説明を避けるためのものだった。彼は彼女のことをよくわかっていたし、遺伝、環境、状況を考慮に入れる学者の深い寛容さで、彼女に対してはすべてを許すつもりでいた。それに母親ではないか？　それだけで充分な理由だろう。というのも、研究が家族に与えた恐ろしい衝撃の中にあっても、彼は家族に対する深い愛情を保ち続けていたからだ。

母親がいなくなると、彼の怒りは爆発し、クロチルドに向けられた。彼はマルチーヌから視線を移し、若い娘をじっとにらんだ。彼女は自分の行為の責任を引き受けることを固く決意し、ずっと視線を落とさなかった。

「君か、君なのか！」と彼がついに言った。

彼は彼女の腕をつかんで握り締め、悲鳴を上げさせた。しかし彼女は正面から彼を見つめ続け、自我と自らの考えに基づく不屈の意志を示し、彼に屈伏しなかった。彼女は美しいと同時に苛立たしい存在であった。すらりと伸びた身体は黒の仕事着をまとっていて、若さをたたえるブロンドの髪、まっすぐな額、ほっそりした鼻、引き締まった顎が彼女の反抗に挑発的な魅力を与えていた。

「私が育てた君は私の生徒であり、友人で、私の心と頭脳を少しばかり与えた分身なのだ！　ああ、そうなのだ！　私は君をしっかりと手元にとどめ、愚かな君の神様などに最良の部分を取られないようにするべきだったんだ！」

「ああ、旦那様！　冒瀆ですよ！」とマルチーヌが近寄ってきて叫んだ。彼の怒りの矛先を少しでも自分の方に向けさせようとしたのである。

だが彼は彼女を見向きもしなかった。クロチルドしか眼中になかった。彼は激しい感情に駆られて変貌したかのようで、白くなった髪と髭に包まれた美しい顔には、傷つけられ、苛立っている深い愛情が青年のように燃え上がっていた。さらにしばし二人はゆずる気配を見せないまま、視線をそらさずにらみ合った。

「君か、君なのか！」と彼は声を震わせて繰り返した。

「ええ、私です！　先生が私を愛するように、私が先生のことを愛さないなんてことがあるでしょうか？　先生が危うい境遇にあると思いながら、救おうとしないなんてことがあるでしょうか？　先生は私の考えていることを気にするあまり、何としてでも自分と同じ考えにさせようとしているのよ！」

彼女がこのように彼に逆らったのは初めてのことだった。

「でも君はまだほんの子供だ、何もわかっていない！」

「いいえ、私は大人よ、先生はそれがわからないのね！」

彼は彼女の腕を放し、宙に向かって虚しい大仰な身振りをした。重苦しい事態になり、ただならぬ沈黙が訪れた。彼は荒々しい気持ちになり、真ん中の窓の鎧戸を開けにいった。というのも日が沈み、影が部屋を充たしていたからだ。そして彼は元の場所へ戻った。

しかし彼女は空気とくつろげる場所を求めて開いた窓のところへ行った。燠火の雨のように降り注ぐ灼熱は去り、暮れゆく過熱した空からは、もはや最後の残響だけが降ってきていた。安らかな夜の気配とともに、まだ熱の残る大地からは暑気が立ち昇っていた。テラスの下の方に鉄道の線路がすぐ見え、駅の付属の施設があり、駅舎もあった。乾燥した広い平原を横切ってヴィオルヌ河を示す並木があり、その向こうにはサント＝マルトの丘がそびえ、赤みを帯びた段状の土地にはオリーブが植えられ、空積《からづ》みの石壁に取り囲まれ、頂にはくすんだ松林があった。荒涼とした大きな階段状の丘は厳しい太陽の光を受け、焼け焦げた古煉瓦のような色合いで、丘の上にはくすんだ緑の草木が空高く拡がっていた。左手にはセイユ峡谷が開けていた。黄色い石が堆積し、崩れている中央の土地は赤い地肌をさらし、大きな要塞の壁に似た巨大な岩が遮るようにそびえていた。そして右手には同じように谷間へとヴィオルヌ河が流れ、プラッサンの色あせた薔薇色の瓦屋根が段状に並び、雑然と寄り集まった古い市からは古い楡の木々の梢が空に向かって伸び、澄んだ金色をした日没のこの時間に、サン＝サチュルナン教会の鐘楼が孤高にすべてを静かに見下ろしていた。

「ああ、何てことかしら！　すべてを手中に収め、すべてを知ろうとするためには、傲慢でなければならないなんて！」とクロチルドが静かに言った。

パスカルは椅子に登り、記録が少しも欠けていないことを確かめたところだった。そして彼は大理石の断片を拾い集め、棚の上へ置きなおした。彼は勢いよく戸棚を閉め、ポケットに鍵を押しこんだ。

「その通りだ」と彼は続けた。「すべてを知ろうとするためだ。それに何より、未知のこと、おそらく永久に未知であろうことに対して正気を失わないためだ！」

マルチーヌはふたたびクロチルドに近寄り、彼女を元気づけ、二人して企んだことを確認させようとしていた。だから今度は博士も彼女の存在に気づき、二人が征服しようという同じ意志のもとで結びついていることを感じていた。何年もの隠然たる企てを経て、ついに争いが表に現れたのだ。学者は家族の者が彼の思想に背を向け、彼を破滅へと追いこもうとするのを見た。自分の家で、周りの者に裏切られ、罠にはめられ、奪い取られ、台無しにされるのだ。愛し愛される者によって。最悪の苦しみだ！

突然この恐ろしい考えが彼の心に浮かんだのだった。

「だがそれでも君たち二人は私のことを愛しているのだね！」

彼は彼女たちの目が涙で曇るのを見て、このすばらしい日が穏やかに終わろうとしているのに、限りない悲しさに捉われた。生命への熱情からくる彼のすべての陽気さと優しさはそのために大きく揺さぶられていた。

「ああ、愛しい君たちがこんなことをするのも、私の幸せのためなのかい？　それなのに、どうしてだろう、なぜこんなに悲しくなるのだろう！」

第2章

翌朝、クロチルドは六時に目覚めた。彼女はパスカルと仲たがいしたまま床につき、互いに口をきかなかった。だから最初に感じたのは不快な思いや重苦しい悲しみであり、すぐに仲直りし、心のうちに感じている大きなわだかまりを残さないようにすべきだという思いだった。

勢いよくベッドから起き上がり、二つの窓の鎧戸を細めに開けにいった。日はすでに高く、二筋の金色の線が部屋へ差しこんだ。まどろみの残るこの部屋の中で、すべてがしめやかな若さに充ちた心地よい香りを放ち、朝の明るさが快活でさわやかな息吹きを運んでいた。しかし若い娘はまたベッドの端に腰を下ろし、しばし物思いに沈み、ぴったりとしたシュミーズをまとっただけだったので、長くほっそりとした足、すらりと伸びた上半身、丸みのある喉と首、しなやかな腕とが釣り合い、彼女を細く見せていた。うなじやきれいな肩は新鮮なミルクや白絹のようで、艶やかで限りなくなめらかだった。十二歳から十八歳までの思春期の間、彼女はずっと背が高すぎてぎこちなく見え、男の子のように木登りをしていた。そして性を感じさせなかった腕白小僧から、この魅力と愛らしさにあふれる繊細な女性に変身したのだ。

彼女はぼんやりとした眼差しで部屋の壁を見続けていた。スレイヤードの家は前世紀に建てられたとはいえ、家具は第一帝政期に新調されたにちがいなかった。壁の装飾は古いプリント柄のインド更紗で、スフィンクスの半身像が樫の冠に取り巻かれていた。かつては鮮やかな赤だったこのインド更紗は薔薇色になり、それもどことなくオレンジへ変わりかけている茫洋とした薔薇色だった。二つの窓やベッドのカーテンもそのままだったが、洗濯のせいか、こちらも色褪せていた。この地味な緋色、曙の色合いは繊細な心地よさがあり、本当に優雅なものだった。ベッドの方も同じ布地がかかっていたが、古ぼけていたので、隣の部屋にある他のベッドのものと取り替えていた。帝政期のベッドで、低かったがとても大きく、どっしりしたマホガニー造りで、銅の装飾が施され、四隅の柱には壁の装飾と似たようなスフィンクスの半身像が載っていた。そして他の家具も似たようなもので、扉のない四柱式戸棚、縁に白い大理石をあしらった簞笥、大きくて背の高い鏡台、頑丈な脚の長椅子、竪琴の形をした真っ直ぐな背もたれの椅子があった。しかしベッドカバーはルイ十五世時代の古びた絹のキルトで、窓に面して中央に置かれた荘重なベッドに彩りをそえていた。そしてたくさんのクッションが硬い長椅子の座り心地をよくしていた。さらに棚が二つ、机が一脚あり、どちらも花模様の古びた錦織りの絹がかけられていたが、棚の奥はむき出しだった。

クロチルドは靴下をはき、うね織りの白い化粧着をまとった。足先で灰色の布地のスリッパを取り、すぐに化粧室に入った。裏側の部屋で、家のもう一方の正面に面していた。彼女はそこに青い縞の生成りの大綾織の壁かけを施しただけで、他にはニス塗り樅材の家具、化粧台、二つの簞笥と椅子しか置いてなかった。だがそこにいる彼女にはとても女性的で、自然に洗練されたなまめかしさが感じられた。なまめかしさと美しさが同時に生まれ育っていた。時として頑固で男の子のようだったが、彼女は従順で優しく、愛されることを好む女性になっていた。それは彼女が自由に育ち、読み書き以外の勉強はまったくせず、そして伯父の手伝いをするうちに、自然と広く知識を身につけていったからだった。しかも二人の間では何の学習計画も交わされず、彼女はただ博物学だけに打ちこみ、男と女についてのあらゆることをはっきりと学んだ。彼女は処女の慎みを人の手がふれたことのない果実のように保ち続けたが、それはおそらく彼女の愛に対する未知の宗教的期待のためであり、この奥深い女性的な感情のゆえに彼女は自らのすべてを贈り物としてゆだねることをせず、愛することになるであろう男性の中に自分を消滅させてしまうこともなかったのだった。

彼女は髪の毛を上げ、たっぷりとした水で顔を洗った。そして我慢できなくなって、部屋のドアを開け、大胆にも、爪先立ちでこっそりと広い仕事場を横切った。まだ鎧戸は閉まっていたが、視界は充分に明るく、家具にぶつかることはなかった。部屋の反対側の端にたどり着き、博士の部屋のドアの前で身をかがめ、息を潜めた。もう起きているのだろうか？　何をしているのだろうか？　彼が服を着替えながら小股で歩いているのがはっきりと聞こえた。彼女はその部屋に入ったことがなかった。そこに彼は好んでいくつかの研究を隠していて、いつも閉じられたままで、禁断の場所のようだった。彼がドアを開けたら見つかってしまうという心配に襲われた。そしてそれは大いなる動揺であり、彼女の自尊心に対する反抗、従順さを見せたいという願望でもあった。しばし、仲直りしたいという思いが高まり、彼女はドアをノックしようとした。だがその時足音が近づき、彼女は夢中で逃げ出した。

八時になるまで、クロチルドは高まる苛立ちに突き動かされていた。彼女はずっと部屋のマントルピースの上にある振り子時計を見つめていた。第一帝政期の振り子時計は銅製で金メッキされ、キューピッドが台座にもたれかかり、微笑みながら眠りこんでいる「時」を眺めていた。いつもは八時に降りていき、博士と一緒に食堂で朝食をとっていた。彼女は時間を待ちながら入念に身づくろいをし、髪を整え、白地に赤い水玉の服を着た。しかしまだ時間まで十五分あったので、いつもの楽しみにふけることにし、座ってシャンティーを真似た小さなレースを仕事着に縫いつけ始めた。この黒い仕事着はあまりに男の子のようで、女らしさが足りないと思うようになってきたからだった。しかし時計が八時を告げると、彼女は仕事を投げ出し、元気よく降りていった。

「一人で朝食にしますか?」とマルチーヌが食堂で静かに言った。

「どういうことなの?」

「私は旦那様に呼ばれて、ドアの隙間から卵を渡しました。旦那様はあちらで今も乳鉢と濾過器にかかりきりです。お昼まで出てこないでしょう」

クロチルドは茫然となり、頬は蒼ざめていた。彼女は立ったままミルクを飲み、パン切れを持って、台所の奥まで女中についていった。一階には食堂と台所の他に、使われていないサロンしかなく、そこにはジャガイモが貯蔵してあり、かつて博士がこの家で患者を診ていた時は診療室だった。しかし何年か前に、机と肘掛椅子は上の彼の部屋へ移された。さらに台所に面した小部屋が一つあり、そこは老女中の部屋で、胡桃材の箪笥と白いカーテンを備えた修道院のようなベッドがあり、きちんと整理されていた。

「リキュールを作り始めたのかしら?」とクロチルドが尋ねた。

「もちろんですよ! そうにちがいありません。熱中すると旦那様は食べることも飲むことも忘れてしまいますから」

だから若い娘はとても困惑し、低いうめき声をもらした。

「ああ、本当に何てことなの！」

マルチーヌはクロチルドの部屋を整えに上がっていったが、クロチルドは落胆し、昼までどうして過ごせばよいのかわからず、玄関の外套掛けからパラソルを取り、パンを外で食べるつもりで出ていった。パスカル博士が新しい町の家から出ることを決め、二万フランほどでスレイヤードの家を買ったのはすでに十七年近く前だった。彼は世間から遠ざかることを望んでいたし、兄がパリから寄越したばかりだった娘にもっと広々とした場所と喜びを与えてやりたかった。スレイヤードは町の端に位置し、平原を臨む台地にある古くからの大きな地所だったが、広大な土地は相次ぐ売却によって二ヘクタール以下に減ってしまい、鉄道の敷設は最後に残っていた耕作地を奪ってしまった。建物自体も火事で半分倒壊し、二棟あった建物も一棟しか残っていなかった。プロヴァンスの人が言うように、四角四面の家で、正面には五つの窓があり、屋根には薔薇色の大きな瓦が葺いてあった。博士はこの家を家具付きで買い、静かに暮らすために囲いの壁に手を入れ、修繕するだけで満足した。

クロチルドはいつもこの静けさを、十分で一回りでき、そして片隅には過去の偉大さを残しているこの小さな王国を熱烈に愛していた。しかしこの朝はひそやかな怒りを持ちこんでいた。少し高台の上を進んだ。高台の両端には樹齢数百年の糸杉、くすんだ色のまっすぐな二本の巨木がそびえ、十二キロ先からでも見えるほどだった。その先は線路まで下り坂になっていて、空積みの石壁が赤土を支え、摘み残しの葡萄がしなびていた。さらにこの巨大な段状の地には、ひょろ長い葉をつけた生育の悪いオリーブやアーモンドの木の列があるだけだった。すでに耐え難いほど暑く、彼女は小さなトカゲたちがはがれた敷石の上を逃れ、風蝶木《ふうちょうぎ》の茂みへ入っていくのを眺めた。

そして遠くまで拡がる地平線に苛立ったかのように、彼女は果樹園や菜園を横切った。マルチーヌはその歳にもかかわらず、自分で手入れすることにこだわり、とても重労働なのに、週に二度しか人手を入れなかった。それからクロチルドは右手の松林へ登った。ちょっとした松林で、かつて高原を覆っていたすばらしい松はまったくそのままだった。だが彼女はまたもや落ち着かない気持ちになった。乾いた松葉が足の下で音を立て、枝から落ちてくる松脂で息苦しかった。囲いの壁にそって足早に進み、フェヌイエール通りに面し、一番近いプラッサンの家まで五分ほどのところにある入口の門を通り越し、ついに麦打場まで出てしまった。半径二十メートルくらいの広い平地で、そこがかつて重要な場所であったことを充分すぎるほど証明していた。ああ、ローマ時代のように丸石が敷かれた古風な広場、長い羊毛の絨緞のようで黄金にも似た短く乾いた草が覆う大きな広場！　走ったり、転がったり、果てしなく拡がる空の奥から星々が現れてくる間、仰向けになって何時間も寝そべったりして、昔はここで何と楽しく遊んだことだろう！

彼女はまたパラソルを開き、麦打場をゆっくりと横切った。今度は高台の左の方へ足が向き、地所を一巡りしてしまった。そうして家の裏へ戻ってきて、大きなプラタナスの木の茂みがこちら側に投げかけている濃い日陰へ入った。そこは博士の部屋の二つの窓と通じていた。彼女は目を上げた。そこに近づいたのも、何とか彼を見たいと不意に思ったからだった。しかし窓は閉まったままで、無視されたように思い、彼女は傷ついた。その時になって、パン切れをずっと握ったままで食べるのを忘れていたことに気がついた。木立の中へ入りこみ、若々しく美しい歯でせっかちにパンをかじった。

そこは魅力的な隠れ場所で、かつてプラタナスの木が五点形に植えられ、スレイヤードの過去の壮麗さをいまだ残していた。巨木の下、巨大な幹の間はほの暗く、光は緑色を帯び、夏の暑い日でも快い冷気があった。昔はフランス式庭園を形づくっていたが、周りにある黄楊《つげ》しか残っていなかった。どうやら黄楊は日陰に順応したらしく、発育よく生長し、小灌木のように大きくなっていた。この日陰の片隅の魅力は噴水で、柱身にはめこまれた簡素な鉛管からはどんなにひどい旱魃の時も、小指ほどの水の流れがとめどなくあふれ、その先にある苔むした大きな池を充たしたが、その緑色になった石造物は三、四年ごとにしかきれいにされなかった。近くの井戸がすべて涸れてしまった時でもスレイヤードの水源は無事で、間違いなくそのおかげで大きなプラタナスの木々は数百年を永らえてきたのだった。何世紀も前から、昼も夜も、このかぼそい水流は常に途切れることなく、同じ清らかな歌を澄んだ声響で歌っていた。

クロチルドは肩のあたりまで伸びている黄楊の間をぶらぶらしてから、刺繍を探しに家に入り、戻ってきて噴水の隣にある石のテーブルの前に座った。庭椅子が数脚置いてあり、そこでコーヒーを飲むこともあった。彼女はそれからもはや頭を上げようとせず、刺繍に打ちこんでいるようだった。それでも彼女は時々目線を上げ、木々の幹の間から、燃えるような遠くの風景、太陽が照りつけ炎のように暑くめまいのする平地を見ているらしかった。だが実際には彼女の長いまつげに包まれた視線は博士の部屋の窓の方へ上がっていった。そこには何も見えず、人影さえなかった。このようにほったらかしにされ、昨夜の口論の後からどうもないがしろにされていることを思い、悲しさや恨みが彼女の中でふくらんでいった。すぐに仲直りしようと強く願い、ベッドから起きたというのに！　それなのに、先生には急いだ様子はない。自分を愛していないので、先生は仲たがいしたままでいられるのだろうか？　だから次第に彼女は暗い気持ちになり、争いのことを考え直し、何があっても譲歩しないと再び心に決めた。

十一時頃、昼食を火にかける前に、マルチーヌは家の仕事がない時には歩きながらさえ編んでいるいつもの靴下を持って、クロチルドと合流した。

「旦那様はずっとあの上のところに狼みたいに閉じこもって、おかしなことをしているのかしら？」

クロチルドは肩をすくめたが、刺繍から目を離さなかった。

「お嬢様、あなたに噂になっていることを何度も言いたいわ！　フェリシテ奥様が昨日、実際に赤面するようなことがあるとおっしゃったのは正しかったのです……この私にも、面と向かって旦那様がブタン老人を殺したって言う人がいるんです。覚えているでしょう、あのかわいそうなお爺さんです。発作でよく倒れ、道で亡くなった人です」

沈黙があった。そして女中は若い娘がまた暗くなっているのを見て、指をせわしなく盛んに動かしながら続けた。

「私にはそんなことはまったくわかりませんけれど、旦那様が作っているものには怒りを覚えます……お嬢様、あなただって、あの悪魔の台所については同じ意見でしょう？」

突然クロチルドは頭を上げ、募る情熱の奔流に身をまかせた。

「聞いて、私はそのことをあなた以上に知りたくないわ。でも先生は差し迫ったすごく大事な問題にかかりきりになっていると思うの……だから先生は私たちのことを気にも止めてないのよ……」

「ああ！　そんなことはありません、お嬢様。旦那様は私たちのことを愛しています！」

「いいえ、ちがうわ。私たちが先生を愛するようにということではないわ！　もし先生が私たちを愛しているなら、ここに一緒にいるはずだわ。それなのにあの上で、自分の魂や幸せ、私たちの幸せを亡きものにしてでも、みんなを救いたいと思っているのよ！」

二人の女性はしばらく互いに見つめあった。彼女たちの目には愛情の炎が燃え、嫉妬の混じった怒りがあった。二人は手仕事に戻り、もはや話すことなく、木陰にひたっていた。

上の部屋では、博士が心穏やかに、至福の喜びを味わいながら研究していた。彼が医者を営んでいたのはパリから戻ってきて、スレイヤードに引きこもってしまうまでのわずか十数年だけだった。稼ぎ、慎重に投資して得た十万フランあまりの金に満足し、ほとんどの時間を自分の好きな研究に費やし、診療は友人関係にある患者に限り、病人の枕元まで行くことを厭わず、診療代も請求しなかった。向こうが払った時には、金を事務机の引き出しの奥へ投げこみ、ポケットマネーとして実験や気紛れに使い、満足のいく額の金利収入とは別にしていた。彼の奇妙な挙動が引き起こした悪評は意に介さず、研究の中にあり、自分を熱中させる研究対象に打ちこんでいればそれで幸せだった。傍目には、この学者があふれんばかりの空想のために才能の一部を無駄にし、辺鄙で必要な器具などまったく手に入りそうにないこのプラッサンにずっととどまってきたのは大きな驚きだった。しかし彼は自分が見出した利点を明快に説明できた。まずとても静かな隠遁所であり、そして打ちこんでいる研究である遺伝事象という観点からしても、継続的な調査が疑われない土地であり、彼はどの家族のこともよく知りぬいたこの辺鄙な地方で、二、三世代に渡って、秘密にされた現象を追跡できた。それに海が近かったので、ほとんど毎年春から夏にかけて出かけていき、広大な海の底で誕生し繁殖する生物群の生態の研究ができた。さらにとりわけプラッサンの病院には解剖室があり、ほとんど彼しか頻繁に訪れない明るく静かな大部屋の中で、二十年以上前から、あらゆる身元不明の死体を解剖してきた。それにとても引っこみ思案で、長年にわたる臆病さもあり、時々医学学会へ送り、称賛された論文について、なじみの教授たちや何人かの新しい友人たちと文通を続けることで彼は満足だった。積極的な野心というものが彼にはまったくなかった。

パスカル博士をとりわけ遺伝法則にのめりこませるきっかけとなったのは妊娠についての研究だった。

いつものように偶然から、コレラの流行で亡くなった妊婦たちの死体が提供された。後になって死者たちを観察し、妊娠過程をたどり、空白を埋めていくことで、胚の形成や胎児の子宮内での日毎の成長について知るようになった。こうして極めて詳細で明確な観察記録を作成した。この時から彼は謎に駆り立てられ、根本原理である受胎の問題に目を向けた。なぜ、どのようにして新しい生命は生まれるのか？この世界を形成する生命の奔流、生命の法則とはどのようなものなのか？　彼は死体にとどまらず、生きた人間へも分析を拡げ、自分の患者たちの中にいくつかの不変の事実を発見して衝撃を受け、とりわけ自分の一族を分析対象にすえ、実験の主要な場にすると、きわめて正確で完全な事例が明らかになった。それ以後事実を積み重ね、ノートに分類するうちに、彼はすべてを説明できる総合的な遺伝理論の樹立を試みるようになった。

だがそれは難題で、何年も前から解明を求めて修正を続けていた。彼は創造と模倣の原理から始め、類似に基づく生命の遺伝または生殖、相違に基づく生命の潜在性または生殖を出発点にした。遺伝については四つのケースしか認められなかった。直接遺伝、父と母が子の身体的精神的性質に表れるケース。間接遺伝、傍系親である伯父や伯母、従兄弟が表れるケース。隔世遺伝、一世代から数世代離れた先祖が表れるケース。影響遺伝、以前の配偶者が表れるケース、例えば夫が、本人の種ではない場合でさえ、妻の以後の妊娠に影響を与えていたケース。潜在性は、新しい生命が、またはそのような生命か表われるケースであり両親の身体的精神的特徴が混在し、直接的に表れないのである。そしてそれ以後、彼は遺伝と潜在性という二つの用語を再考し、今度はこれらをさらに区分した。遺伝は二つのケースに分けられ、一つは子供における父または母の選別、選択、親の一方の優勢であり、もう一つは両親の混在である。混在がとりうる形態は三つあり、最も不完全な混在状態から最も完全な状態の順に接合、分散、融解となる。一方、潜在性では結合という一つのケースしかありえず、この合成的な結合は所与の二つの物質によって新しい物質を構成することができるのであり、それは所与の物質の所産でありながら、それらとはまったく異なっているのである。これは膨大な観察から導かれた概要であり、人間だけでなく、動物、果樹、野菜をも含んでいた。そして分析によってもたらされたこれらの多様な事実を前にして、これらを統合し、すべてが説明できる理論を形成しようとすると、彼は難問にぶつかるのだった。新たな発見があれば変わってしまう、仮定に基づく不安定な地平に立脚していると感じさせられた。彼は結論を求める人間の知性の欲求から、解決せずにはいられなかったが、それでも寛容すぎる精神を備えていたので、あせらず問題を追求し続けた。そしてダーウィンのジェミュールやパンゲネシス〔親の獲得形質は自己増殖性の粒子ジェミュールによって遺伝するとの仮説〕から、ヘッケル〔1834-1919、ドイツの生物学者・哲学者〕のペリゲネシスへとたどり、ゴールトン〔1822-1911、英国の人類学者・優生学者でダーウィンの従弟〕のスタープも検討した。彼はヴァイスマン〔1834-1914、ドイツの生物学者〕が提出しようとしている理論がいずれ優勢になるのを予感して、非常に精密で複雑な物質である生殖質は、その一部が常にそれぞれの新生児に残り続け、そのためにこの伝達は世代を経ても常に不変であるという意見を取り入れた。これらはすべてを説明しているように思われたのだ。だが最大倍率の顕微鏡で拡大しても、人間の目ではまったく何も見分けられない精子と卵子が伝えんとする類似の世界は何と謎に充ちていることだろうか！　それに彼は自分の理論がいつか時代遅れになることをはっきりと予想していたし、一時的で、問題の現在の局面だけに有効である説明にとどまっていることを理解していた。生命の永久の探求において、その源泉、噴出は決して自分たちの手に届かないと思われてならなかった。

　おお、遺伝よ、考えても尽きることのない主題よ！　親と子の類似が完全でも厳密でもないのは思ってもみなかった驚嘆すべきことではないだろうか？　彼はまず自分の一族の家系樹を論理的に演繹して作成し、父と母からの影響の割合を半分ずつにし、世代ごとに分配していった。だが生々しい現実はほとんど毎回理論を否認していた。遺伝とは類似ではなく、境遇や環境に妨げられながらも類似へと向かう奮闘にすぎず、境遇や環境に妨げられているのだった。だから彼が結論としてたどり着いたのは、細胞挫折の仮説と彼が呼ぶところのものだった。生命は運動にすぎず、遺伝とは伝達運動であり、細胞は分裂による増殖過程でそれぞれが遺伝的奮闘を繰り広げ、互いに押し合い、争いながら収まるべき場所を見つけていく。その結果、この闘争で虚弱な細胞たちが負けると、最終的にはかなりの攪乱が起こり、完全に異質な器官が育つことになる。自分が賛同できない潜在性、自然による絶えざる創出はここからくるのではないだろうか？　自分が両親と大きく異なっているのも、同じような偶発性によるのではないだろうか、さもなければやはり自分が一時的に信じていた潜在的な遺伝の奮闘によるのだろうか？というのもあらゆる家系樹の根は人類に深く入りこみ、原初の人間まで伸びているのであり、特定の祖先から始まるのではなく、常に最古の未知の先祖に類似するはずだからである。だが彼は先祖返りを疑問視していたし、自分の一族から得られた特異な事例にもかかわらず、類似は二、三世代後で、偶発事や介入、ありうる様々な結合に応じて消滅するはずだと考えていた。だから永久の生成や不断の変容はまさにこうした伝達の奮闘や伝達の力の中にあったのであり、この揺らめきが物質に生命を吹きこみ、また生命そのものであるのだ。すると様々な問題が生じた。時代を経て身体的知的進歩はあったのか？脳は高まる科学との接触により増大したのか？　いつか人間は最大の理性と幸福を望めるだろうか？これらはとりわけ問題であったが、その中でも、ずっと彼を苛立せてきた謎があった。妊娠において性別はどのようにして決まるのか？　まだ誰も科学的に性別を予見できず、説明さえもできないではないか？　彼はこれを題材に、事実を多く盛りこんだ非常に興味深い論文を書いていたが、結局は綿密きわまりない調査によってもまったく解明されなかったと結んでいた。おそらく遺伝がこれほどまでに彼を熱中させるのも、それが謎であり、広漠とした底知れぬもので、あらゆる科学の初期段階と同じく、想像力が支配する領域だったからである。肺結核の遺伝についての長大な論文を書き上げると、ついに彼の中で揺らいでいた医者として治療することの信念が蘇り、人類を再生するという高貴で並はずれた希望へと身を投じたのだった。

要するにパスカル博士が持っていた信仰はただひとつ、生命への信仰であった。生命こそが唯一の神聖なる表われであった。生命は神であり、大いなる動力であり、宇宙の魂であった。さらに生命の手段は遺伝の他になく、遺伝こそが世界を作っていた。それゆえに遺伝を知り、とらえ、意のままにできるなら、世界を思い通りに扱えるだろう。間近で病や苦しみや死を見てきた彼の中にあって、医者としての激しい哀れみが目覚めていた。おお、病はもはや存在してほしくないのだ！ 苦しみも死も、できる限り早く消えてくれ！ 彼の夢想は世界に働きかけ、万人の健康を保証し、普遍的な幸福、理想と至福に充ちた未来の国の到来を早めようとする考えへと至った。万人が健全で、頑強で、聡明であれば、存在するのはもはや限りなく賢明で幸福な卓越した民衆だけになるだろう。インドでは七世代を経て、シュードラはバラモンになり、こうして実験的に、最も哀れな者を最も完成した人間の理想型へと押し上げているのではないか？ そして肺結核についての論文で、肺結核は遺伝性ではなく、感染する子供に退化した部位があり、そこでは結核があまりにも容易に進行するのだと結論し、この衰弱した部位を遺伝によって強壮にし、彼が細菌説のずっと前から人体の中にあるのではと推測していた破壊的誘引と寄生物に対する抵抗力を与えることだけを考えるようになった。力を与えること、すべての問題はそこにあった。力を与えること、それはまた意志を与えることであり、脳を増大させ、他の器官を強化することであった。

この頃博士は十五世紀の古い医学書を読みながら、「特徴療法」という治療法に強い衝撃を受けた。病気の器官を治療するには羊か牛から健康な同じ器官を取り、煮立て、そのスープを飲ませればよいというものだった。相似物で治すという理論で、とりわけ肝臓患者の治癒例は無数にあると古書は語っていた。この部分が博士の想像力をあおった。試してみるべきではないだろうか？　神経組織に欠陥がある遺伝的疾患を持った人たちを再生させたいと願う以上、彼は患者たちに正常で健康な神経組織を与えねばならなかった。ただ、スープという方法は子供じみている気がしたので、羊の脳や小脳を乳鉢ですり潰し、蒸留水と混ぜ、不純物を沈殿させ、得られた液体を濾過するという工夫をした。そしてマラガ産のワインと混ぜたこのリキュールを患者たちで試してみたが、目立った結果はまったく生じなかった。彼は落胆していたが、ある日突然、胆石疝痛《せんつう》に冒された一人の夫人にプラヴァーズ〔注射器の発明者〕の小注射器でモルヒネを注射していた時に、ある着想を得た。リキュールを皮下注射してみたらどうだろうか？　家に戻るとすぐに彼は自分で試すことにし、腰に注射して朝晩繰り返した。最初に一グラムだけ投与したところ、効果がなかった。しかし投与量を二倍、三倍にすると、ある朝目覚めた時、彼は足に二十歳の力が戻っていることに歓喜した。そのようにして五グラムまで増やしていくと、呼吸は伸びやかになり、近年の彼からは失われていた明晰な意識やゆったりした気分で研究ができた。幸福感、生命の喜びが彼を充たしていた。それから彼は容量五グラムの注射器をパリで作らせ、患者たちが得た喜ばしい効果に驚いた。打ち震え活発な生命の新しい波の中にあるかのように、患者たちを数日間で再び立ち上がらせたのだ。だがいまだ経験だけに頼る粗雑な手法であり、様々な危険があるかもしれず、彼は何よりリキュールが少しでも濁っていれば血栓を引き起こすのではないかと恐れた。それに回復力は彼の処置で患者が発熱したためでもあるのではないかと疑った。しかし自分は先駆者にすぎないのであり、治療方法が確立するのはずっと後のことだろう。それにまだ奇跡は起こっていないし、運動失調症の患者を歩かせることも、肺結核の患者を完治させることも、狂人をわずかな時間でさえ正気に戻すこともできないではないか？　それでもこの二十世紀の錬金術たる着想の前には大きな希望が開けていたし、彼は万人のための万能薬を発見したと信じていた。それは万病の本当の原因に他ならぬ人類の衰弱と闘うための生命のリキュールであり、真に科学的な青春の泉であり、力と健康と意志を与え、まったく新しい優れた人類を回復させるであろう。

この朝、北向きの部屋の中は近くのプラタナスの木々で薄暗くなり、家具は簡素で鉄製のベッド、マホガニーの整理机、乳鉢と顕微鏡の置かれた大きな事務机だけであり、そこで彼はこのうえなく入念に、薬瓶一本分のリキュールを作っていた。羊の神経組織を挽き、蒸留水に混ぜて上澄みを取り、濾過しなければならなかった。そしてようやく、濁り、乳白色で、青みがかった艶で虹色にも見える一瓶を確保した。彼はあたかも世界の再生者にして、世界の救い主の血を握っているかのように、光に透かして長い間じっと見つめた。

だがドアが軽くたたかれ、執拗な呼び声が彼を夢想から引き出した。

「ああ、どうかなさったんですか？　旦那様、十二時十五分ですよ、昼食は召し上がりませんか？」

階下では実際に昼食が涼しく広い食堂に整えられていた。鎧戸は閉められたままだったので、一つだけを少し開けたところだった。明るい部屋で、腰板はくすんだ真珠色であり、青い線が入っていた。食卓、食器棚、椅子は、かつて他の部屋を飾る帝政期の家具の一部をなしていたにちがいなかった。そして明るさを背景にして、年代物の真っ赤なマホガニーの家具が際立っていた。磨かれた銅の吊り燭台がかかっていて、いつも輝き、太陽のように光っていた。一方で四方の壁にはストック、カーネーション、ヒヤシンス、バラの大きな花束のパステル画が四枚、かけられていた。

上機嫌でパスカル博士は部屋に入ってきた。

「ああ、うっかりしていた！　すませたいことがあって、すっかり食事のことを忘れていたよ……ほら、今度はまったく新鮮で、混じりけなしだ。奇跡を起こすにちがいないよ！」

そして彼は熱狂的に、上から持ってきた瓶を見せた。だが彼はクロチルドが身体を伸ばし、押し黙り、重苦しい雰囲気でいるのに気づいた。待つことのくやしさが彼女を純然たる怒りへと引き戻してしまっていた。だから朝は彼の首に飛びつきたいと熱烈に望んでいたが、冷淡なよそよそしさを取りつくろっているようで、彼女は身じろぎしなかった。

「そうか！」と彼は陽気さをまったく崩さずに答えた。「ずっと口をきかないんだな。それは不愉快だよ！　それに君は私の魔法のリキュールをほめてくれないのか、死人も生き返るというのに？」

彼は食卓につき、若い娘は向かい合って座りながら、ついに返事するしかなかった。

「もちろん私は先生のすべてに敬服しています……ただ私は他の人にもそう思ってもらいたいの。あのかわいそうなブタンお爺さんが亡くなったことで……」

「ああ！」と彼は彼女に最後まで言わせず、叫んだ。「癲癇患者は鬱血の発作で亡くなったのだ！　やれやれ！　君は意地悪な性格だな。そのことはもう口にしないでくれ。君は私を苦しめ、一日を台無しにしてしまう」

半熟の卵、ロース肉、それにクリームがあった。そして沈黙が続き、その間、ふくれ面をしながらも彼女はよく食べ、食欲旺盛で、それを隠そうとする気取りはなかった。だから彼も笑いながら再び話し出してしまった。

「安心したよ、君のお腹は元気なんだね……マルチーヌ、お嬢さんにパンを」

いつものように彼女は給仕に回り、二人が食べるのを穏やかな態度で見ていた。そして時には話しかけることもあった。

「旦那様」と彼女はパンを切る時に言った。「肉屋が請求書を持ってきましたが、支払ってもかまいませんか？」

彼は頭を上げ、驚いて彼女をじっと見た。

「どうして私に聞くんだ？　いつもは聞かずに払っているじゃないか？」

実際に財布の紐を握っているのはマルチーヌだった。プラッサンの公証人グランギロ氏に預けてある金額からはちょうど六千フランの金利収入があった。三ヵ月ごとに千五百フランが女中の手に渡され、そこから家の会計にあわせてやりくり、あらゆるものを買い、支払っていたが、非常に厳しく倹約していた。というのも彼女は吝嗇家で、そのことは絶えず繰り返されもする冗談の種であった。クロチルドはほとんどお金を使わず、自分の財布を持っていなかった。博士の方は、実験にかかる金やポケットマネーはまだ年に三、四千フランある稼ぎで賄っており、それを事務机の引き出しの奥に投げこんでいた。そんなわけで、そこはちょっとした宝物庫で、金貨や紙幣があり、正確な金額は彼もまったく知らなかった。

「確かに、私が払っています。旦那様」と女中は答えた。「でもそれは私が品物を受け取るからです。それにしても今回は請求がとても高額でした。旦那様が肉屋から持ってこさせた脳が……」

博士は唐突に彼女の話を止めた。

「ああ、わかった！　じゃあ、あなたまで私に歯向かうのだね？　いや、もういい！　たくさんだ！　昨日、君たちは二人して私をひどく痛めつけたし、私も癇癪を起こした。でもそれは終わりにしなければいけない。家を地獄のような場所にはしたくない……しかも二人の女性と私の対立だ。私をいくらかでも愛してくれる唯一の人たちなのに！　君たちは私がすぐにでも飛び出したくなっているのをわかっているのに！」

彼は怒っておらず、声の震えから彼の不安な心が感じられるとはいえ、笑っていた。そして愛想よく明るい態度で付け加えた。

「もし家計が心配なら、肉屋に請求書は私個人に出すように言いなさい……それに心配しなくてもいい。誰もあなたのお金で払えなんて言わない。あなたのお金は手つかずのままだよ」

これはマルチーヌ個人の、ささやかな財産に対するほのめかしだった。彼女は三十年間に、四百フランの給金で一万二千フランを稼いでおり、どうしても入用な時以外は手をつけなかった。金はふくらみ、金利でほとんど三倍になり、今では貯えは三万フランになっていたが、グランギロ氏のところへは預けたがらなかった。気紛れもあったが、自分の金を別にしておきたいという意向のためだった。金は別のところに、堅実な国債に投資されていた。

「手つかずのお金はまっとうなものです」と彼女は重々しく言った。「でも旦那様のおっしゃることもわかりますので、肉屋には請求書を別にして届けるように言います。だって脳は旦那様の実験室で使うのであって、私の台所ではありませんから」

この説明はクロチルドを微笑ませ、マルチーヌの吝嗇についての冗談をいつものように楽しんだ。だから昼食は最後まで楽しかった。博士は朝から閉じこもっていたので、外の空気が吸いたいと言って、プラタナスの木の下へ行ってコーヒーを飲みたがった。そこでコーヒーが噴水のそばの石のテーブルの上に出された。木陰や歌うような水の流れの涼しさのそばにいると、何とも気持ちがよかったが、一方で周りの松林や麦打場、地所はどこもかしこも二時の太陽で燃え盛っていた！

パスカルは満足げに神経組織からとった液体の瓶を持ってきて、テーブルに置いて眺めていた。

「それではお嬢さん、君は私の復活の霊薬を信じていないのに、奇跡は信じているというのかい！」と彼はぶしつけに冗談めかした調子で言った。

「先生」とクロチルドが答えた。「私たちはすべてを知っているわけではないと思います」

彼は苛立った身振りを示した。

「だがすべてを知る必要があるだろう……だから小さな頑固者さん、世界を支配している不変の法則に違反する事柄はひとつたりとも、科学的に確認されていないと理解すべきだよ。今日まで、ただ人間の知性だけが介入してきたのだ。生命より他に、君は本当の意志、あるいは何らかの意図を見つけることができるのか……だからすべてはそこにある、世界にはそれ以外の意志はない。あるのはすべてを生命へと、さらに発達し、卓越した生命へと押し向ける力だ」

彼は立ち上がり、大きな身振りを示し、信念のあまり興奮していた。若い娘は白髪の彼がこんなにも若々しいのに気づいて驚き、じっと見つめていた。

「私の〈信仰〉のことを話そうか、君が私を責めるのも、私が君の信仰を望まないのが原因なのだから……私にしてみれば、人間の未来は科学による理性の進歩にあると信じている。科学による真実の追求は人間がなすべき神聖な理想であると信じている。私はすべてが幻想で空虚であり、そうでないのは時間をかけて獲得された真実という宝だけであり、それは決して失われないと信じている。この真実の総和は常に増大し、人間に計り知れない力や、幸福ではないにせよ、平穏は与えることになると信じている……そうなのだ、私は生命の最終的な勝利を信じている」

そして彼の身振りはさらに大きくなり、広大な地平線を一回りした。あたかもこの燃え立つ田園が証人であるかのようであり、そこではあらゆる存在の生気が沸騰していた。

「だが奇蹟が絶え間なく続く。わかるかい、それが生命だ……だから目を開いて、よく見るのだ！」

彼女は頭を振った。

「目を開いても、すべては見えないわ……頑固なのは先生、あなたの方です。先生は決して理解不可能な未知のものが彼方にあることを認めたがらない。ええ！　先生はとても聡明だから、それをわかっていることも承知しています。それなのに考慮するつもりもなく、未知のものを別にしているのよ。だってそれは研究の邪魔になるものね……神秘から遠去かり、既知から始めて未知を征服するように私に言っても無駄だし、私にはとてもできないわ！　神秘がすぐに私に異議を申し立て、悩ませるのよ」

彼は彼女が活気づいているのを見てうれしく思い、微笑みながら聞いていた。そして手で彼女のブロンドの巻き毛をなでた。

「確かにそうだ、わかっているよ。君も他の人と同じで、幻想や幻影がないと生きられない……結局のところ、それでも私たちはわかり合っている。とにかく健康を保つことだ。それこそが賢明さと幸福の半分を占めるのだからね」

そして話を変えた。

「さあ、それでも私の奇跡の巡回には同行し、手伝ってくれ……今日は木曜だから往診の日だ。少し暑さがゆるんだら一緒に出かけよう」

最初、ゆずる気配を見せたくないので、彼女は断ろうとした。だが最後には彼を苦しませたことに気づき同意した。彼女はいつも同行していた。博士が服を着替えに部屋に上がっていくまで、二人は長い間プラタナスの木の下にいた。彼はフロックコートにきちんと身を包み、つばの大きな絹の帽子をかぶって再び降りてくると、馬のボノムをつなぐように言った。四半世紀の間、彼を往診に連れていった馬だった。しかしこの哀れな年老いた動物は目が見えなくなっていて、動物の果たした勤めに対する感謝とその気立てに対する愛情から、誰ももはやほとんど彼を煩わせなかった。この夕方はすっかり眠っており、目は虚ろで、足はリューマチで動かなくなっていた。だから博士も若い娘も彼を馬小屋へ見にいったのだが、鼻面の両側に大きく接吻し、女中が運んでくるおいしい秣《まぐさ》の束を待つようにと言った。そこで二人は歩いていくことに決めた。

クロチルドは赤い水玉模様の白地の服のままで、頭にリラの花をあしらった大きな麦わら帽子を結んだだけだった。彼女は魅力的で、広いつばの下には大きな目があり、顔は薔薇色がかったミルクのようだった。このような格好で彼女はパスカルの腕を共にして外へ出た。彼女はほっそりとして、すっきりと若々しく、彼は輝かしく、顔は白い髭に包まれ晴れやかで、いまだ力強さにあふれ、小川を越える時は彼女を抱き上げるほどで、人々は二人が通り過ぎるのを見て微笑み、振り返って二人を目で追った。それほどまでに二人は美しく楽しげだった。この日、二人がフェヌイエール通りからプラッサンの門へ出ると、おしゃべり女の一団がいきなり話を止めた。言ってみれば、絵に見られる古代の王の一人、もはや歳をとることのない強く優しい王の一人が、太陽のように美しい女の子の肩に手を置き、彼女の輝く従順な若さに支えられているかのようだった。

彼らはソヴェール通りの方へ曲がり、バンヌ通りへ向かう途中で、三十歳くらいの大柄な栗色の髪の男に呼び止められた。

「おや、先生！　僕のことをお忘れですか。肺結核についてのあなたの報告書をずっと待っているのですよ」

それはラモン医師で、二年前からプラッサンで開業し、多くの患者を抱えていた。とてもハンサムであり、彼は男らしい陽気な輝きにあふれていたので、女性たちから崇拝され、また幸いなことに知性や良識も多分に持ち合わせていた。

「そうか、ラモン君だったか！　どういたしまして、あなたのことは忘れていませんよ。この娘に昨日報告書を写すように渡したけれど、まだ全然やってくれないのです」

若い二人は心からの親愛のこもった態度で握手した。

「こんにちは、クロチルドさん」

「こんにちは、ラモンさん」

昨年、若い娘が腸チフスになった時、それは幸運にも軽いものだったが、パスカル博士は動転し、自分の能力を疑うほどであった。そこで彼はこの若い同業者に、自分を助け、安心させてくれるように懇願した。こうして三人の間にはある親密さ、ある種の友人関係が結ばれたのだった。

「明日の朝には報告書を手にできると約束しますわ」と彼女は微笑みながら答えた。

それでもラモンはさらに数分同行し、二人が向かっていた古い地区の入口のバンヌ通りまできた。クロチルドに微笑みかけながら身体を傾ける彼の仕種には落ち着いて育った慎み深い愛情があふれており、最も賢明な結果をもたらすそれなりの時を辛抱強く待っていた。一方で彼はパスカル博士の研究を称賛していたので、その言葉を敬意を持って聞いていた。

「まさにそうなんですよ。ギロードさんのところへ行くところです。この女性のことはご存知でしょう、鞣皮職人だった夫は五年前に肺結核で亡くなりました。二人の子供がいました。ソフィーはもうすぐ十六歳になる娘で、運良く、父の死の四年前に、近くの田舎に住む伯母のところへ送ることができました。息子のヴァランタンは二十一歳になったばかりで、母親には恐ろしい結果になるからと強くたしなめたのに、溺愛しているので、そばに置きたがっています。もちろん、肺結核が遺伝性ではないという私の主張の正しさはおわかりでしょうが、肺結核の両親はもっぱら退廃した土壌を子供に残しているので、わずかでも感染すれば、病気は進展してしまいます。今になってみれば、ヴァランタンは父と日常的に接触を持って暮らしてきたので肺結核にかかっていますが、ソフィーは太陽を一杯に浴びて育ち、すばらしく健康でいます」

彼は得意げになり、笑いながら付け加えた。

「しかしそれもヴァランタンの治療を妨げはしませんよ。注射をしてから彼はみるみる生き返ったようで、肉がついてきました。そうだ！　ラモン君も来ませんか、私の注射を見せましょう！」

若い医師は二人と握手した。

「同行できませんが、反対しているのではありません。僕はいつもあなたの味方だと思って下さい」

二人だけになると、二人は足を速め、すぐにカンクワン通りに着いた。古い地区の中で最も狭く暗い通りだった。この燃え盛る太陽によって、そこには鉛色の光が行き渡っており、穴倉のような冷気があった。そこの一階にギロードは息子のヴァランタンと一緒に住んでいた。彼女がドアを開けに来たが、彼女自身も緩慢な血の腐敗で肉は落ち、疲れ果て、打撃を受けていた。朝から晩まで、彼女は両膝に挟んだ大きな敷石の上で、羊の頭の骨を使ってアーモンドを割っていた。息子は仕事を完全に止めるしかなかったので、これが唯一の生活の糧だった。それでもこの日、ギロードは博士を見て微笑んでいた。というのもヴァランタンがロース肉を食べてしまったからで、それは数ヶ月前から彼に見られなかった本当の食欲旺盛ぶりだった。彼はひ弱で、髪も髭もまばらだったが、蠟のような顔色の中で頰骨が突き出し、薔薇色になっていて、同じように素早く起き上がり、元気なところを見せた。だからクロチルドはパスカルが救世主や待望のメシアのように歓待されたことに感動した。この哀れな人たちは彼の手を握り、足に口づけし、感謝の気持ちで目を輝かせ、彼を見つめていた。つまり先生は全能の神様で、死者をも蘇らすからなのだ！　彼自身、効果を予感させる治療を前にして、励ますような笑みを浮かべた。確かに病人は完治していないし、これは一時的なものにすぎないだろう。というのも彼は病人がとりわけ興奮し、熱っぽいことを感じ取っていた。だが何日間か元気であることは何よりではないか？　彼はまた注射し、その間クロチルドは窓の前に立って背を向けていた。彼らが家を出る時、彼女はパスカルがテーブルに二十フランを置くのを見た。これはしばしばのことであり、病人から支払いを受けるのではなく、その代わりに支払うのであった。

彼らは古い地区で別の三軒を往診し、それから新しい町のある夫人のところへ向かった。そして同じ通りに戻ってきていた。

「ねえ」と彼は言った。「もし君に元気があるなら、ラファスさんのところを訪ねる前にセギランヌまで行って、伯母のところにいるソフィーと会おう。そうできればうれしい」

わずか三キロしかなかったし、すばらしい天気のおかげですてきな散策になるだろう。だから彼女は快く受け入れ、もはやふくれ面を示すことなく、彼の方へ身を寄せ、幸せそうに彼の腕に寄りかかった。五時になっていて、傾いた太陽が田園一面を黄金色に染めていた。プラッサンを出ると、二人はヴィオルヌ河を右手に、乾いてむきだしの広大な平原をずっと横断した。この最近の運河の灌漑用水は水不足にあえぐ町を改善しなければならず、この地域はまだ少しも潤っていなかった。赤みを帯びた土や黄色を帯びた土が荒涼とした押しつぶさんばかりの太陽の下で際限なく拡がり、ひょろ長いアーモンドの木、背の低いオリーブだけしか植わっておらず、どの木も常に刈りこまれ、剪定され、それらの枝は苦悩と反抗の姿勢でねじ曲がり、反っていた。遠くの樹木のない小丘には農家が青白い斑点のように見えるだけで、規則正しく並んでいる糸杉の黒い線で遮られていた。それでも木々がなく、強く明瞭な色合いの荒涼とした土地の大きな起伏もあり、広大な拡がりは古典的な美しい曲線や厳格な偉大さを保っていた。そして街道には土埃が厚く雪のように積もっていて、わずかばかりの風の一吹きでもうもうと土煙が上がり、道の両端のいちじくやきいちごを真っ白にした。

クロチルドは子供のように足の下で埃が音を立てるのを聞いて楽しみ、パスカルを自分のパラソルの下に入れようとした。

「太陽が目に入るわ。だから私の左側にきて」

しかし結局のところ、彼がパラソルを握り締め、自分で差すことにした。

「君ではうまく差せないし、それに疲れてしまうよ……とにかく行こう」

燃えるような平原の中にあって、すでに木の葉の塊や大きな木立が見えていた。ここがセギランヌという地所で、ソフィーは折半小作農の妻デュドネ伯母さんの家で成長したのだった。わずかでも泉や小川があるところではたくましい植物たちがこの炎の土地に輝いていた。ちょうどその時奥深い並木道には厚い木陰が拡がり、心地よい涼しさがあった。プラタナス、マロニエ、楡の若木が力強く生えていた。二人は見事な緑の樫の木の並木道に入った。

農家に近づくと、草地で刈り草を干していた女性が熊手を放し、走ってきた。それはソフィーで、博士と娘に気づき、クロチルドの名を呼んだ。彼女は二人を敬愛していたので、それからまったく当惑してしまい、二人を見つめ、心からあふれる思いを言い表せずにいた。彼女は兄のヴァランタンに似ており、小柄で、頬骨は突き出し、髪も生彩がなかった。しかし田園に暮らし、両親の感染から遠く逃れていたので、肉付きがよく、たくましくなり、髪は豊かになっていた。だから彼女のとてもきれいな目には健康と感謝の輝きがあった。デュドネ伯母さんも刈り草を干していたが、遠くから叫びながら彼女も近寄ってきて、プロヴァンス地方の粗野をいくらかこめて冗談を言った。

「あらパスカルさん！　ここではあなたはお払い箱ですよ！　病気の人なんて誰もいませんわ！」

博士はこの健康的ですばらしい光景を求めに来ただけだったので、同じ調子で答えた。

「本当にそう願いますよ。でもここには、あなたにも私にも世話になった娘がいますからね！」

「ええ、本当にその通りですわ！　パスカルさん、あの子はよくわかっていますよ。あなたがいなかったら、今頃は自分もかわいそうなヴァランタン兄さんと同じようになっていたっていつも言っています」

「そうですか！　でも彼も同じように救ってみせますよ。ヴァランタンの体調がいいです。さっき診てきたところなのです」

ソフィーは博士の両手を握り、目に大粒の涙を浮かべた。彼女は口ごもってしまった。

「ああ、パスカルさん！」

何と先生は愛されていることだろうか！　クロチルドは彼がこのように様々な人から大いに慕われているのを見て、彼に対する愛情がふくらむのを感じた。二人はそこに少しとどまり、樫の緑のさわやかな木陰で話をした。そしてまだ往診するところがあったので、プラッサンへ戻った。

それは二つの街道の角にある、舞い上がった埃で白くなったいかがわしい居酒屋だった。前世紀のものであるパラドゥーの古い建物を利用し、正面に蒸気の製粉機を据えつけたばかりだった。ラファアスは居酒屋の主人だったが、製粉所の労働者や小麦を持ってくる農夫たちのおかげで、ちょっとした商売もしていた。また日曜日になると、近隣の小部落アルトーの人たちも客として抱えていた。しかし不運が彼を襲い、痛みを訴えて三年前から身体を引きずるようになり、博士は最終的に運動失調症という診断を下した。しかし彼は女中を雇うことを執拗に拒み、家具につかまって何とか客の相手をしていた。だから十回ほどの注射でまた立てるようになると、もう回復したと至るところで吹聴していた。

彼はちょうど戸口のところにいて、大柄でがっしりとしており、燃えるような赤毛の下で顔も赤々と輝いていた。

「待っていました、パスカルさん。昨日は二樽分のワインを瓶詰めしてもまったく疲れなかったんですよ！」

クロチルドは石のベンチに座り、外で待っていたが、パスカルはラファアスに注射をするために室内へ入った。彼らの声がもれ聞こえていた。ラファアスは筋肉隆々としているのにとても神経過敏で、注射が痛いとうめいていた。だが結局のところ、健康を得るために少しばかり痛むことは我慢できるものだ。それでも彼は気持ちが収まらず、博士に何はともあれ一杯受けるように無理強いした。娘さんはシロップを拒んで俺に恥をかかせはしないでしょう。彼が外にテーブルを運んだので、一緒に乾杯しないわけにはいかなかった。

「パスカルさん、あなたの健康のために。それとあなたが治療した哀れな者たち全員の健康のために！」

　クロチルドは笑みを浮かべながら、マルチーヌが話してくれた噂や、博士が殺したと非難されているブタン爺さんのことを思い出していた。でも先生は病人全員を殺していない。だから治療は本当の奇跡をもたらしているのではないか？　そして彼女は心の中に再び湧き上がってきた熱烈な愛情を感じながら、先生に対する信頼を取り戻していた。二人が立ち去ろうとする時になって、彼女はすっかり彼に心酔していたので、彼が何をしようと、彼女を思いのままに扱うことができただろう。

　だがその数分前に、彼女は石のベンチに座って蒸気の製粉機を眺めながら、ある物語をおぼろげに思い出していた。今では石炭で黒くなり、小麦粉で白くなっているけれど、この建物は昔、愛の悲劇が起きた場所ではなかっただろうか？　物語が彼女の中で蘇ってきた。細部はマルチーヌから聞き、博士自身もほのめかした、彼女の従兄のセルジュ・ムーレ神父の悲劇的な恋愛の物語だった。彼はその時アルトーの主任司祭で、パラドゥーに住んでいた野性的で情熱的な感嘆すべき娘と恋に落ちたのだった。

（『ムーレ神父のあやまち』）

　二人が再び街道をたどろうとした時、クロチルドは立ち止まり、陰鬱に拡がっている地所や切株畑、平らな耕作地、まだ耕されていない土地を指差した。

「先生、あそこに大きな庭があったのでしょう？　そんなことを話してくれましたよね？」

　パスカルはこのよき日の喜びに包まれていたが、身震いし、果てしなく悲しい愛情のこもった笑みを浮かべた。

「そう、そうだよ。パラドゥーには大きな庭園があって、木々が生え、牧草地や果樹園、花壇や噴水があり、ヴィオルヌ河に注ぐ小川があった……一世紀前から見捨てられていた庭園、眠り姫の庭園、そこは自然が再び支配するようになっていた……見えるだろう、木を切り、開墾し、地ならししてしまった。土地を分配し、競売にかけるためだ。泉も干上がってしまったし、あそこにはもう悪臭漂う沼しかない……ああ、このそばを通ると、胸が張り裂ける思いだ！」

彼女は思い切って、また尋ねた。

「従兄のセルジュと先生のお友達のアルビーヌが愛し合ったのはパラドゥーじゃなかったかしら？」

しかし彼はもはやクロチルドがそばにいることを忘れ、遠くに目をやり、過去にまどろみながら続けた。

「アルビーヌか！　生命の香りを漂わせる大きな花束のような彼女の姿が庭園の太陽の光の中に見える。頭をそらし、胸を陽気にふくらませ、花にうっとりとしている。野花をブロンドの髪の周りに編み、首に、ブラウスに、ほっそりとしたむきだしの日焼けした腕に結んで……そして彼女が花に囲まれて、息を詰まらせ、死んでいくのが見える。蒼白で、腕を組み、微笑みを浮かべて眠り、ヒヤシンスとオランダ水仙の上に横たわっている……愛の死。アルビーヌとセルジュは心を惑わす大きな庭園で、たばかる自然のふところで愛し合ったのだ！　あらゆる見せかけのつながりを奪い去る生命の奔流よ、生命の勝利よ！」

クロチルドはこの熱烈な呟きの言葉に心を乱され、彼をじっと見つめた。彼女は噂になっている他の話を、彼が今は亡きある夫人に抱いた唯一の慎しやかな愛を口にすることは決してなかった。彼は彼女を大切に扱ったが、指先に接吻することもなかったと言われていた。これまで、六十歳近くになるまで、研究と内気さが彼を女性から遠ざけてきた。しかし白髪の下には秘められた情熱や、あふれんばかりの初々しい心があるのが感じられた。

「亡き人に対して涙が流された……」

彼女は再び言った。なぜかわからぬまま、声は震え、頬は上気していた。

「じゃあセルジュは彼女を愛していなかったの？　死なせてしまったの？」

パスカルは目覚めたようで、とても若々しいクロチルドが大きな帽子の影の下で美しくて燃えるような澄んだ目をして自分のそばにいることを思い出し、身を震わせた。何かが通り過ぎ、同じ息吹きが二人を貫いていた。二人は再び腕を絡めることなく、並んで歩いた。

「ああ、男たちがすべてを台無しにしなかったのは美しすぎたからだ！　アルビーヌは亡くなり、セルジュは今サン＝トゥトロープで主任司祭を務め、妹のデジレと暮らしている。彼女は善良な娘だが、半ば白痴に生まれついてしまった。彼は聖人だ。私は決してそのことを否定しない……人は殺人者になることもあれば、神に仕えることもあるのだ」

そして彼は言葉を続け、生きること、憎むべき無残な人間性のことについてのありのままの事柄を明るい微笑みを絶やさずに語った。彼は生命を愛していたので、生命に含まれうる悪や嫌悪にもかかわらず、確固とした勇気をこめて、生命の絶えざる努力を提示した。生命がおぞましく見えても本質ではなく、生命は偉大で善良であるにちがいない。なぜなら人間は生きるにあたって頑強な意志を示していて、それはきっとこの同じ意志と、生命が果たしている未知の大いなる働きを目的としているからだ。確かに彼は学者にして慧眼の士であり、乳と蜜の地に暮らし、清純な恋をする人間がいるとは信じておらず、それとは反対に、三十年前から悪や欠陥を見、それらを陳列し、精査し、類別していた。しかし彼の生命への情熱、生命の力に対する賛美は、彼を永久の喜びに投じるに充分であり、そこから自然と、他の人々に対する愛や友愛の情、共感が流れ出ているようで、それが解剖学者の無作法さや研究につきものの冷淡さの下に感じられるのだった。

「これでよいのだ！」と彼は陰鬱に拡がる野原をもう一度振り返りながら締めくくった。「パラドゥーはもうない。略奪され、汚され、破壊されてしまった。だがそれも何ということはない！　葡萄が植えられ、小麦が育ち、すべてが新しく芽を吹くだろう。いつか葡萄の収穫や刈り入れの日には、また人々が愛し合うだろう……生命は永遠だ。きっと繰り返し、力強くなる」

彼は再び彼女の腕をとっていた。こうして互いに寄り添い、よき友人として、帰路についた。緩慢な黄昏が空から訪れ、すみれ色と薔薇色をした穏やかな湖面にも忍び寄っていた。そして二人揃って通り過ぎる姿は、強く優しい古代の王が魅力的で従順な女の子の肩に寄りかかり、彼女の若さに支えられているようで、城外の女たちは戸口に座り、感動して微笑みながら彼らを見送っていた。

スレイヤードではマルチーヌが待っていた。遠くから彼女は大きく手を振った。あら、どうしたのだろう、今日は夕食を食べられないのだろうか？　そして彼らが近づくと言った。

「ああ、十五分ほど待って下さい！　まだ腿肉を料理していませんから」

彼らは日暮れ時に、喜んで外で待っていた。松林は影を伸ばし、芳しい松脂の匂いを放っていた。麦打場はまだ熱がこもり、最後の薔薇色の反射が消えていくところで、ざわめきが上がっていた。それは安堵、喜びの溜息、地所全体の休息のようで、やせたアーモンドの木々、ねじ曲がったオリーブは光が弱まっていく大空の下にあって、清浄な穏やかさがあった。一方家の裏手では、プラタナスの木立はもはや闇の塊でしかなく、黒々として先が見えず、噴水からはいつもの清く澄んだ歌が聞こえていた。

「やれやれ！　ベロンブルさんはもう夕飯をすませて涼んでいるよ」と博士が言った。

彼は隣の地所のベンチに座っている、七十歳ほどの大柄でやせた年配の男性を手で示した。面長の顔で、しわが刻みこまれ、大きな目はじっと見すえられ、きっちりとネクタイを締め、フロックコートを着こんでいた。

「立派な人ね」とクロチルドが呟いた。「彼は幸せだわ」

パスカルが叫んだ。

「彼がだって！　私は逆だと思うね！」

彼は誰も憎まなかったが、ベロンブル氏だけは別だった。この第七学級の老いた教授は今では退職し、小さな家で聾啞の年上の庭師だけを伴って暮らしていて、パスカルを苛立たせる素質があった。

「生命を恐れた奴だよ、わかるかい？　生命を恐れたんだ！　そうだ、エゴイストで、無情でけちだ！　女を生活から追い払ってしまったのも、女に靴を買ってやらなければならないのを恐れたからだ。彼は他人の子供のことしか知らず、彼らに悩まされた。そこから子供や、罰を与えるべき肉体に対する憎しみが……生命への恐れ、責任や義務、不安や災難への恐れ！　生命への恐れが痛みを覚える激しい苦痛となり、喜びを拒絶させたんだ！　ああ、わかるかい！　この臆病さは胸がむかつく。だから許せないんだ……生きなければならない。すべてを生き、全人生を生きなければ。それが苦しみ、苦しみだけであろうとも。だがあれは放棄だ。私たちのうちに生きている人間的なものに対する死だ」

ベロンブル氏は立ち上がり、庭の散歩道を穏やかに小さな足取りで歩いていた。その時、クロチルドは何も言わずに彼を見ていたが、ようやく口を開いた。

「でも放棄の喜びがあるわ。放棄すること、生きないこと、神秘を大事に守ること。それは聖人の大いなる幸福ではなかったかしら？」

「生きなかったのなら聖人ではありえない」とパスカルは叫んだ。

しかし彼は彼女が反抗し、再び自分から逃れていくのを感じていた。彼方に対する不安の底には生命に対する恐怖や嫌悪が潜んでいるのだ。だから彼は笑みを取り戻し、優しく、仲直りするように笑った。

「いや、止めよう！　今日は遅いし、もう言い争いはたくさんだ。よく理解し合うんだ……それに、ほら！　マルチーヌが呼んでいる。夕食にしよう」

第3章

一ヵ月の間に不和は深まり、クロチルドはパスカルが今や引き出しに鍵をかけているのを見て、とりわけ心を痛めていた。彼はもはや以前のように穏やかな信頼を彼女に寄せておらず、そのことで彼女はとても傷つき、もし戸棚が開け放しなのを見つけたら、祖母のフェリシテがそそのかしたように記録を火に投じてしまっただろう。いさかいが再び始まっており、時には二日間お互いに口をきかなかった。

ある朝、前々日から続く不和の後、マルチーヌが給仕しながら言った。

「さっき郡役場広場を通った時、フェリシテ奥様のところへ見慣れない人が入っていくのを見ましたわ。でも私の知っている人だと思います……そうだ、あなたのお兄様ですよ、お嬢様。それなら驚くことではありませんね」

それを聞いて、パスカルとクロチルドがお互いに口をきいた。

「君の兄だって！　お祖母《ばあ》さんは彼を待っていたのか？」

「いいえ、そうは思わないわ……待っていたのはもう半年以上前だもの。でも一週間前、また手紙を書いたって聞いたわ」

そこで二人はマルチーヌに質問を浴びせた。

「でも、旦那様！　私にはわかりません。だってマクシム様を見たのは四年前で、ここに二時間ほどおられた時のことですし、それからイタリアへ行って、とてもお変わりになったでしょう……でもあの方の背中には見覚えがありました」

会話は続き、クロチルドは重い沈黙を破ってくれたこの出来事をうれしく思っているようだった。そしてパスカルが締めくくった。

「いいさ！　もし彼なら会いにくるだろう」

実際にそれはマクシムだった。彼はフェリシテ老夫人の執拗な懇願を数ヶ月にわたって拒絶した後で、譲歩したのだ。まだ彼女のそばには封印すべき家族の痛々しい傷口があった。昔の事件だったが、彼女は日増しに気を病むようになっていた。

すでに十五年前のことだが、マクシムが十七歳の時、女中を誘惑して子供をもうけた。早熟な少年のばかげた情事で、父のサッカールと義母のルネは笑ってすませることにした。それでもルネはふさわしくない選択に傷ついていた。女中のジュスチーヌ・メゴはまさに近隣の村の出身であり、同じく十七歳のブロンドの娘で、素直で温和だった。そして彼女はプラッサンへ送り返され、千二百フランの年金をもらい子供のシャルルを育てた。三年後、彼女はそこで同じ村の馬具製造職人アンセルム・トマと結婚した。彼は働き者にして賢明な男であり、年金に気をそそられた。それに彼女の品行は模範的なものになっていたし、肉がつき、アルコール中毒の先祖による悪性の遺伝だと恐れられていた咳は治ったようだった。さらに結婚して生まれた二人の新しい子供は男の子が十歳、女の子が七歳になり、太って血色がよく、申し分なく健康だった。そのために最も敬意を払われ、最も幸せな女性になりえただろうに、彼女には家族の厄介者となるシャルルがいた。トマは年金にもかかわらず、他人の子供を嫌い、乱暴に扱い、そのために従順で静かな妻でありながらも、母としての心をひそかに苦しめていた。だから彼女も子供を愛していたとはいえ、できることなら進んで父親の家族に返すことを望んでいただろう。

シャルルは十五歳だったが、かろうじて十二歳ほどにしか見えず、知能は片言の五歳児のままだった。彼はテュレットの狂女、高祖母に当たるディッド叔母と不思議なほど似ており、華奢でほっそりとした優美さがあり、絹のように軽やかで、色の薄い長髪をなびかせ、家系の最後を務めるであろう無力な王子たちの一人のようだった。明るい色の大きな目は虚ろで、人を不安にさせる彼の美しさには死の影があった。知性も心情もなく、愛撫してもらおうと身体をこすりつけるひねくれた子犬に他ならなかった。曾祖母のフェリシテは彼の美しさに魅了され、そこに自分の血統を見つけたふりをして、まず彼を中等学校へ入れ、費用は自分で払った。しかし半年後、彼はどうしようもない生徒という非難を受けて退学となった。三度彼女は粘り、寄宿学校を変えたが、いつも同じ恥ずべき退学処分となった。つまり彼はまさしく何を学ぶことも望まず、能力がなく、すべてを台無しにしてしまうので、面倒がかかるばかりで、家族の間をあちこちたらい回しにされることになった。パスカル博士は心を動かされ、治療を考え、一年近く彼を自宅に引き取った後、クロチルドへの影響が気がかりで、ついに治療は不可能だと断念した。そして今ではシャルルは母親のところにおらず、もはやほとんどそこでは暮らすことなく、フェリシテや他の親類のところで、しゃれた格好をし、おもちゃにすっかり満足し、失墜した古代一族の女々しく幼い王太子として暮らしていた。

それでもルーゴン老夫人はこの王にふさわしいブロンドの髪をした私生児のことで心を痛めており、彼女はマクシムに彼をパリで面倒を見るために連れていくことを決心させ、彼をプラッサンのおしゃべりから免れさせる計画を立てていた。それは表舞台から降りた家族にとっても、いまだに嫌な出来事なのだろう。しかし長い間マクシムは聞く耳をもたなかったし、自分の生活が損なわれるという恐れにずっとつきまとわれていた。戦後、妻が死んでから裕福になり、ボワ＝ド＝ブーローニュ通りの館で分別をもって財産を使うようになり、早熟な放蕩から快楽の及ぼす健康への恐れを自覚し、興奮や責任を逃れようととりわけ決心し、できるだけ延命しようとしていた。このところ両足の激しい痛みでリュウマチに苦しめられていると彼は思いこんでいた。彼はすでに動けなくなり、肘掛椅子に釘づけの状態だった。父親の突然のフランス帰国や、父親たるサッカールが展開している新事業に彼はすっかり怯えてしまった。彼は父親が多数の人々を貪欲に食ってしまう人間であることをよく承知しており、親しげな冷笑を浮かべながら、人が好さそうに、自分のところへ押しかけてくることに震えていた。いつか彼のなすがままになり、足を侵すこの痛みに拘束されるとしたら自分も食われてしまうのではないか。そして孤独でいることの恐れがひどく彼を捉え、ついに息子と再会するという考えに譲歩したのだった。もし子供が自分に優しく、聡明で、健康なら、連れてくればよいではないか？　そうすれば連れ合いができるし、父親の企てから自分を守ってくれる後継者になるだろう。次第に我が身が愛しくなり、大事になり、守りたくなった。しかしまだ長旅という危険を冒すつもりはなかったのだが、医者がサン＝ジェルヴェへ湯治に行くようにと彼を送り出した。だからもはやわずかに回り道をするだけでよく、彼はルーゴン老夫人に質問し、子供と会った後、その夜に汽車で帰るつもりで、朝から突然彼女の家を訪れたのだった。

二時頃、パスカルとクロチルドはまたプラタナスの木の下の噴水のそばにいて、マルチーヌがコーヒーを出した。その時フェリシテがマクシムとやってきた。

「ねえ、驚きでしょう！　お前のお兄さんを連れてきたわ」

若い娘は心を揺さぶられ、やせて黄ばんだ見慣れぬ人の前に立ち上がったが、ほとんど兄だとわからなかった。一八五四年に別れてから二回しか会ったことがなく、一度目はパリで、二度目はプラッサンだった。それに彼女は彼のことを清潔で上品で活発な人だと記憶していた。だがその顔は落ち窪み、髪はまばらになり、白いものが一杯に混じっていた。それでもようやく彼女は明晰な頭脳と他人を気づかう娘らしい愛情から、彼が早発性老衰にまで至っていることを理解した。

「とても元気そうだね、君は！」と彼は妹を抱擁しながら率直に言った。

「きっと、太陽の光を浴びて暮らしているからでしょう……ああ、会えてうれしいわ！」

パスカルは医者の目で甥を徹底的に検分し、今度は彼が抱擁した。

「やあ、元気かい……彼女の言うとおりだよ、太陽の下にいると健康になるものだ、木と同じだよ！」

フェリシテは勢いこんで家の中まで入ると、叫びながら戻ってきた。

「シャルルはここにいないのかしら？」

「いませんわ」とクロチルドが言った。「昨日はいたのです。マッカール叔父さんが連れていきました。だから何日かはテュレットで過ごすはずです」

フェリシテはがっかりした。彼女はパスカルの家に子供がいると確信したから駆けつけたのだった。この期に及んでどうするべきなのか？　博士は穏やかな態度で、叔父に手紙を書き、明日の朝、連れてきてもらうことを提案した。それからマクシムが泊まらずに、どうしても九時の汽車で発ちたがっていることを知り、別の案を出した。賃借りランドー馬車を探して、四人一緒にマッカール叔父のところにいるシャルルに会いにいこう。それにすてきな散策になるだろう。プラッサンからテュレットまでは十二キロもない。行きに一時間、帰りに一時間で、七時には戻りたいとしても、向こうに二時間近くもいられる。マルチーヌは夕飯の支度をしておいてくれる。マクシムはすぐに食事して汽車に乗れるだろう。

しかしフェリシテは動揺していて、明らかにマッカールを訪問することに不安を感じていた。

「そうね、でもだめだわ！　雨になりそうな天気なのに私が向こうへ行くと思うのかい……誰かをやってシャルルを連れてきたほうがずっと簡単よ」

パスカルは頭を振った。いつも好きな時にシャルルを連れてこられるわけではなかった。時々ささいな気まぐれで、飼い慣らされていない動物のように走り回る無分別な子供だった。ルーゴン老夫人は反対し、何の用意もすることができなかったのを憤ったが、最後には折れるしかなく、運を天にまかせることにした。

「とにかくあなたの好きになさい！　神様、何と悪いめぐり合わせでしょう！」

マルチーヌは走ってランドー馬車を探しにいった。そして三時の鐘がまだ鳴らぬ頃、二頭の馬はニース街道に入り、ヴィオルヌ河の橋まで続く斜面を駆け下りた。そこで左に曲がり、二キロ近く、植林された河辺沿いを進んだ。そして街道はセイユ峡谷へ入りこんでいった。狭い隘路で、両側は灼熱の太陽に焼きつくされた巨大な岩壁だった。松の木が割れ目から生えていた。下から見ると木の先端はかろうじて草の束のような大きさで、稜線を飾り、隘路に垂れ下がっていた。まさに混沌とし、ぞっとするような風景、地獄の回廊であり、道は激しくうねり、岩肌の割れ目から赤土が流れ落ち、荒涼とした寂しさの中で鳥の羽の音だけだった。

フェリシテは口を開くこともなく、頭を働かせ、考えあぐねている様子だった。本当に重苦しい天気で、太陽が鉛色の大きな雲越しに照りつけていた。パスカルだけがこの燃えるような自然に対する情熱的な愛着を持っていたので、それを話して、甥にも分け与えようと努力した。しかし岩肌から生えるオリーブ、いちじくや木いちごのたくましさ、岩自体の、息づかいの聞こえてくるこの巨大で力強い荒涼たる大地の生命を示しても、何の感動も与えることができなかった。マクシムはこの野性の威厳をもつ岩塊を前にして生気を欠き、重苦しい不安に捉われ、岩の連なりに茫然となっていた。彼は好んで自分の正面に座っている妹に目を向けていた。彼は彼女がよく均整の取れたまっすぐな額のある、丸く形のいい頭を持ち、健康で幸福なのをよく見てとり、次第に魅了された。時々お互いの視線が出会い、彼女が優しく微笑むと、彼は慰められた。

だが峡谷の荒々しさは穏やかになり、両側の岩壁は低くなり、道は和らいだ小丘、湿りけのある斜面へ入っていき、タイムやラベンダーが生えていた。まだ索漠として、むき出しで、緑や紫がかった場所ではわずかのそよぎでもあれば、不快な匂いが流れてきた。そして突然、最後の曲がり角を過ぎ、テュレットの小さな谷へ下りていくと、水源のおかげで涼しかった。谷底では大きな木が切り倒され、牧草地が拡がっていた。村は斜面の中腹にあり、オリーブの木で囲まれ、マッカールの小さな田舎家は真南に面した、左手の少し離れたところにあった。ランドー馬車は精神病院に通じる道をたどるしかなく、正面に白壁が見えた。

フェリシテは陰気に黙っていた。というのも彼女はマッカール叔父を見せたくなかったからだ。まだ家族から厄介払いしたい者がいる、いつになったら死んでくれるのか！　家族全員の栄誉のために、ずっと昔に地面の下で眠っているべきなのだ。しかし彼はしぶとく、酔っ払いの老人として八十三歳になり、酒びたりで、アルコールに生かされているようだった。プラッサンで彼は怠け者の山賊という恐ろしい伝説の持主で、老人たちは彼とルーゴン家の間に生じた死体にまつわる最悪の出来事について、一八五一年十二月の混乱の日々になされた裏切りや、彼が同志たちを陥れた待伏せ、敷石を血まみれした裂けた腹について囁いていた。（『ルーゴン家の誕生』）

ずっと後になって彼はフランスへ戻ってくると、約束されていた絶好の場所よりも、テュレットの小さな地所を好み、フェリシテはここを彼に買い与えた。それ以後、彼はここでぬくぬくと暮らし、領地を増やすこと以外の野心をもたず、再び良い機会を窺い、またもや長い間切望していた土地を手に入れる手段を見つけ、義姉が正統王朝派に対抗してプラッサンを征服した時、彼女を利用した。それもまた耳元で囁かれるもう一つの恐ろしい出来事で、精神病院からひそかに解き放たれた狂人が夜に復讐のために走り回り、自分の家に放火し、四人の人間が焼かれたというものだった。（『プラッサンの征服』）

しかし幸いにして、ここではそれは過去のことであり、マッカールは今では堅気で、一族全員を震え上がらせた物騒な山賊ではなかった。彼はとてもきちんとした装いをしていたが、したたかな駆け引きに通じ、人をからかうような冷ややかな笑みだけは残されていた。

「叔父は家にいます」とパスカルが近づきながら言った。

小さな田舎家はプロヴァンス地方の建築様式で、平屋建てであり、瓦は変色し、四方の壁は明るい黄色に塗られていた。ファサードの前には狭いテラスが拡がり、古い桑の木が葡萄棚のように垂れ下がり、大きな枝を伸ばし、ねじらせ、木陰をつくっていた。夏の間、叔父はよくそこでパイプをふかしていた。彼は馬車の音を聞き、テラスの端へ行って立ち、長身を伸ばしていた。青いラシャ地の服をきちんと着て、年中かぶっているいつものハンチング帽を身につけていた。

彼は訪問者を認めるとにやりと笑い、叫んだ。

「これはけっこうな方々だ！　歓迎するよ、夕涼みかね」

しかしマクシムの存在には当惑していた。誰なんだ？　こいつは何のために来たのだろうか？　名前を告げられると、彼はすぐに説明を止めさせた。血縁が複雑に絡み合っていたので、よくわかるように付け加えようとしたのだ。

「シャルルの父親か、わかった、わかったよ！　何と甥のサッカールの息子だ！　うまい結婚をして、妻が死んだという……」

彼はマクシムをじろじろと眺め、三十二歳なのにすでにしわが刻まれ、髪や髭に白いものが混ざっているの見て、まったくうれしそうな態度を示した。

「ああ、義姉《ねえ》さん！」と彼は続けて言った。「みんな年をとりますな……でもわしはまださしたる不調もないし、身体も丈夫ですよ」

彼は堂々とし、腰は伸びきり、顔は熱くなって燃え上がり、燠火のように真っ赤だった。ずっと前から普通のブランデーは彼にとって蒸留水のようなものだった。ただ度数の高い酒だけが無感覚になった喉にいまだ快感を与えていた。彼の酒量は並外れていて、酒が充満し、スポンジのようにしみこみ、身体は酒漬けになっていた。アルコールが皮膚から滲み出ていた。彼がしゃべり、少しでも息を吐くと、アルコールの蒸気が口から発散された。

「その通りですね！　叔父さんは丈夫ですよ」とパスカルが感嘆するように言った。「それにあなたは何の節制もしていないのですから、私たちをからかうのも当然です……でも一つだけ危惧があります。そのうちに、パイプに火をつける時、ちょうどブランディが燃えるように叔父さんが自分自身に火をつけてしまうかもしれませんよ」

マッカールはお世辞を言われ、とても陽気になった。

「面白い冗談だな、面白いよ！　コニャックの一杯の方が、お前のいかがわしい薬よりずっと効くぞ……まあみんなで乾杯しようじゃないか、どうだね？　君たちの叔父がみんなの名誉になりますように。わしは中傷なんか気にしない。小麦を世話しなくちゃならんし、オリーブもあればアーモンドもあるし、葡萄もある。ブルジョワと同じように土地の面倒もある。夏は桑の木の陰でパイプを吸い、冬はあそこ、日向になるところで壁に寄りかかって吸う。どうだ？　立派な叔父だ。恥ずかしく思うことなんてないぞ！　クロチルド、お望みならシロップがあるぞ。フェリシテ義姉さん、あなたはアニス酒がお好みでしたな。何でもありますよ。そう、我が家には何でもありますよ！」

彼の身振りは大きくなり、老いて隠者になったごろつきが自分の安楽を抱擁しているかのようだった。その間、フェリシテは少し前から自分の富を数え上げる彼にたじろいでいたが、彼から目を離さず、口を挟もうと構えていた。

「ありがとう、マッカール。でもけっこうですわ、急いでいますから……ところでシャルルはどこかしら？」

「シャルルか、よくわかっているよ！　すぐに会わせてやるさ！　パパが息子に会いに来たんだな……だが一杯ぐらい飲んでもいいだろう」

だがきっぱりと拒まれてしまったので、彼は気を悪くし、意地の悪い笑みを浮かべて言った。

「シャルルはいないよ。精神病院で老いぼれ女と一緒だ」

そして彼はマクシムをテラスの端まで連れていき、白い大きな建物を指し示した。建物の内側にある庭は刑務所の中庭に似ていた。

「さあ、わかるか！　わしらの前に木が三本見える。左の木の向こう側に噴水がある。ちょうど中庭だ。一階を目で追うと、右から五番目の窓、あそこがディッド叔母の窓だ。あそこに君の子供がいる……そうさ、さっき連れていったんだ」

それは病院側から黙認されていた。二十一年前から老女は病院に入り、看護婦に迷惑をかけていなかった。とても穏やかで温和であり、肘掛椅子の中で身動きすることなく、目の前を眺めて一日を過ごしていた。子供はその場所が気に入り、彼女の方も彼が気に入ったようで、病院はこの規則違反に目をつぶり、時々二、三時間、子供がそこで切り絵に熱中するままにしておいたのである。

だがこの新たな思いがけない不都合にフェリシテの機嫌の悪さは頂点に達した。彼女が怒り出したので、マッカールは五人で揃って少年を迎えに行こうと提案した。

「何ですって！　あなたが一人で行って、すぐに連れてくるのよ……時間がないのよ」

彼女が抑えていた怒りの身震いは叔父を楽しませたようだった。そこで彼はどれほど不快に思われているかを感じながら、冷笑をこめて言い張った。

「さあ！　わしらはこの機会にみんなの母、年老いた母に会いにいこう。言うまでもなく、わしらはみんな彼女から生まれ出ている。ご機嫌を伺いにいかないなんて無礼だよ。なぜなら若い甥が遠くから来たのだし、あの人のことはきっと覚えていないだろう……わしはあの人を見捨てないよ！　とんでもない！　確かにあの人は狂っている。だが百歳を越えた老母なんてそうはいないし、あの人に優しくしてもいいじゃないか」

沈黙があった。凍てつくような小さな震えが走った。クロチルドはその時まで黙っていたが、感動した声で最初に意見を述べた。

「その通りですわ、叔父様。みんなで行きましょう」

フェリシテも同意するしかなかった。またランドー馬車に乗り、マッカールが御者のそばに座った。マクシムは体調が悪く、疲労の浮かぶ顔は蒼ざめていた。そして短い道のりの間、彼は高まる不安を隠しながら、父親としての関心を示す態度でパスカルにシャルルのことを質問した。博士は母の威圧的な眼差しに制止され、真実をはぐらかした。どうしようもなかったのだ！　子供は病弱なのです。だから、子供の意にまかせて、田舎の叔父のところで何週間か過ごさせています。しかし何か特定の病気にかかっているというのではありません。パスカルは神経組織の注射による治療をして、脳と筋肉を強くしようとしばし夢想したことは付け加えなかった。それに彼はいつも突発事にぶつかった。わずかの注射でも子供は出血し、毎回、強く包帯を巻いて止血しなければならなかった。それは退化に起因する組織の弛緩であり、皮膚の上を血が玉のように流れ、とりわけ鼻血は唐突で大量だったので、血管の血がすべて流れてしまうのではないかという恐れもあって、彼を一人で放っておけなかった。そして博士は最後に、彼の知能は未発達であり、もっと活発な知能活動の環境におけば、発達するかもしれないと言った。

病院の前に着いた。話を聞いていたマッカールは御者台から降りながら言った。

「とても優しいいい子だ。それに美しい。天使のようだよ！」

マクシムは息苦しいほどの暑さだというのにまだ蒼ざめ、震えていて、もはや質問をしなかった。彼は大きな病院の建物を眺めた。建物の翼は異なった病棟になっており、庭で切り離され、男、女、静かな狂人、狂暴な狂人の病棟に別れていた。過剰な清潔さが支配しており、陰鬱な静けさの中から足音や鍵音が聞こえてきた。マッカール老人は看護婦全員を知っていた。それにパスカル博士は自由に出入りできたし、何人かの入院患者を診る許可が与えられていた。回廊を通り、ある角で曲がった。するとそこは一階のある病室で、明るい壁紙が張られ、家具はベッド、箪笥、テーブルに肘掛椅子、それに椅子が二つだけの飾り気のない部屋だった。看護婦は患者から目を離してはいけないのだが、ちょうど席を外したところだった。そしてテーブルの両端にいたのは肘掛椅子の中で身体を強張らせた狂女と、椅子の上で切り絵に夢中になっている子供だけだった。

「さあ、入るんだ！」とマッカールが繰り返した。「何も怖がることはないさ。彼女はとてもおとなしいよ！」

祖先アデライード・フークを子孫たち、彼女から繁殖した一族全員は、ディッド叔母という愛称で呼んだが、彼女は物音に顔さえ向けなかった。若い頃からの神経症が彼女の均衡を失わせていた。激しく恋に情熱を燃やし、様々な危機によって衝撃を受けながら八十三歳という高齢に達していたが、その時、恐ろしい苦痛、すさまじい道徳的ショックが彼女を重度の狂気に投げこんだ。そうなった二十一年前から彼女の内では知能が止まり、いきなり減退し、修復が不可能となってしまった。今日では百四歳になり、今なお生きていたが、こうして忘れられた存在、脳が化骨した穏やかな精神錯乱者となり、脳の中では狂気が死をもたらすこともなく、ずっと動かずに残っているらしかった。それでも老衰は訪れており、筋肉は次第に萎縮していた。彼女の肉体は年月によって食い尽くされてしまったかのようで、骨の上には皮だけが残り、ベッドから肘掛椅子へと運んでやらなければならないほどだった。そして骨格は黄ばみ、ひからび、樹皮しか残っていない樹齢数百年の木のようだったが、彼女は肘掛椅子にもたれ、背筋を伸ばして座っており、やせた面長の顔の中で目だけがまだ生き生きとしていた。彼女はシャルルをじっと見つめていた。

クロチルドは少し身体を震わせながら近づいた。

「ディッド叔母様、私たちは叔母様にお会いしたかったのですわ……私のことがおわかりになりませんか？　時々あなたを見舞いにきている孫娘です」

しかし狂女は聞いていないように見えた。彼女の眼差しは少しも子供から離れず、彼の鋏は金色のマントを羽織った緋色の王様の絵を切り抜き終えるところだった。

「ねえ、ママン」と今度はマッカールが言った。「知らん振りはやめろよ。わしらが見えるだろう。こちらの紳士はあなたの孫だ、パリからわざわざ来たんだ」

この声でようやくディッド叔母は顔を向けた。彼女は緩慢に虚ろで澄んだ目を全員に回し、それからまたシャルルの方へ戻り、再び瞑想に沈んだ。もはや誰も話しかけなかった。

「恐ろしいショックを受けてから」とパスカルが小声で最後に説明した。「彼女はこんな状態です。知能、記憶はまったくだめになってしまったようです。ほとんどいつも彼女は黙っています。時々、聞き取れない言葉を呟きます。理由もなく笑い、泣き、何の影響も受けない物のようです……しかし私はこの闇夜の状態が絶対であり、記憶が奥底に残っていないとは断言できません……ああ、哀れな老母！もし彼女がまだ最終的な痴呆状態に至っていないとしたら、何と哀れなことだろう！　もし記憶があるなら、二十一年前から何を考えているのだろう？」

身を振りながら、彼は熟知しているおぞましい過去を追い払った。彼は彼女の姿を思い出していた。若く、やせて青白い大柄の女性で、怯えた目をし、夫にと望んだ鈍重な庭師のルーゴンの寡婦となってすぐ、喪があける前に密輸入者のマッカールの腕へ飛びこみ、雌狼のように愛し、結婚しようともしなかった。こうして彼女は十五年間に一人の嫡子と二人の庶子をもうけ、喧騒と恋心の中で生き、マッカールは数週間姿を消し、両腕を汚し、打ち傷をつけて戻ってきた。そしてマッカールは憲兵の発砲で犬のように撃たれて死んだ。この最初のショックで彼女は硬直し、蒼白い顔の中で生気を保っているのはもはや湧き水のような目だけとなり、愛人がいなくなったあばら屋の奥に隠遁し、四十年の間修道女のような生活を送っていた頃、恐ろしい神経の発作が始まっていた。しかしもう一つのショックがとどめとなり、彼女を痴呆へ陥れた。パスカルはむごたらしい光景を思い出していた。というも彼もその場にいたからだった。祖母が家に引き取っていた哀れな子供である孫のシルヴェールは家族の血塗られた憎悪と闘争の犠牲者だった。一八五一年の蜂起の鎮圧の間に、彼は憲兵のピストルで頭を打たれたのだ。

(『ルーゴン家の誕生』)

その血しぶきは今もなおパスカルの身に振りかかっているようだった。

それでもフェリシテは切り絵に熱中していて、誰もかまおうとしなかったシャルルに近づいた。

「ねえ、お前のお父さんよ、この人は……接吻なさい」

それからみんながシャルルにかまい出した。彼はとてもしゃれた格好で、金色の飾り紐のついた黒いベルベットの上着とキュロットをまとっていた。百合のような白さで、彼が切り抜いていた王様たちの息子と本当によく似ており、薄い色の大きな目と、豊かなブロンドの髪を備えていた。しかしこの時とりわけ強い印象を与えたのは彼とディッド叔母の類似であり、この類似は三世代を超え、百歳を越えてひからびた顔、やつれきった顔立ちから、子供の繊細な顔つきへと飛躍していた。だがその顔もまたすでに色褪せ、年老い、一族の衰弱へと向かっているようだった。互いに顔を向き合っていると、死の美しさを示す愚かな子供は忘れられた存在である祖先の終着点のようだった。

マクシムは息子の額に接吻するために身体を傾けた。それなのに彼の心は冷えきっていたし、子供の美しさ自体が彼を怯えさせ、遠くからやってくるあらゆる人間の悲惨さの息吹きが流れるこの狂気の部屋の中で彼の体調は悪化していた。

「お前は何て美しいんだ！　私のことを少しは愛してくれるかい？」

シャルルは彼を見たが、何も理解せず、また切り絵を始めた。

しかし誰もが茫然としていた。ディッド叔母が自閉的な顔の表情を変えずに泣いていて、生き生きとした目から枯れた頬の上にとめどなく涙が流れていた。彼女はずっと子供から視線をそらさず、静かに、いつ果てるとも知れず泣いていた。

その時パスカルは不思議な感情を覚えた。彼はクロチルドの腕を取り、理由を知らせることもせず、荒々しくつかんだ。彼の目の前には家系のすべてが喚起されていた。嫡子の枝と庶子の枝がすでに神経症に冒されていたこの幹から成長したのだ。ルーゴン家とマッカール家の五世代がこの場にいる。根であるアデライード・フーク、それから老いた山賊の叔父、そして自分。クロチルドとマクシム、最後にシャルルだった。フェリシテが亡き夫の位置を埋めていた。空白はなく、論理的で冷酷な遺伝の連鎖が展開されていた。悲劇的な病室の奥で、いつの時代が呼び起こされようとしているのだろう。この遠くから来る悲惨さの息吹きが大いなる恐怖をかもし出し、やりきれない暑さにもかかわらず、誰もが身を震わせていた！

「どうしたのですか、先生？」とクロチルドが小声で心配しながら尋ねた。

「いや、何でもない、何でもないんだ！」と博士が呟いた。「後で話すよ」

マッカールは一人だけ冷笑を保ち続け、老母を叱った。何てことだい、みんながわざわざ見舞いにやってきたのに涙で迎えるなんて！　礼儀にかなってないぞ。それから彼はマクシムとシャルルのところへ戻った。

「ようやくお前は、息子と会えたわけだ。美しい子だし、お前も誇らしいだろう？」

フェリシテが急いで口を挟んだ。彼女は事態の成り行きにとても不満を覚え、もはや急いで帰ろうとしか思っていなかった。

「本当に美しい子だし、思っているほど知恵遅れでもないわ。ほら、手先は器用よ……それにパリへ連れていったら変わるわよ。ちがうかしら？　プラッサンではこの子にやらせてあげられなかったようなことをしてあげられるでしょう」

「確かに何とかできるでしょう」とマクシムは呟いた。「否定はしません。考えてみます」

彼は困惑したままだったので、付け加えた。

「おわかりでしょうが、今回は息子の様子を見るために立ち寄っただけです……今回は連れていけません。サン＝ジェルヴェで一ヵ月過ごさないといけませんから。でも、パリへ戻ったら考えてみます。手紙を書きますよ」

そして懐中時計を引っ張り出した。

「まずい！　五時半だ……どうあっても九時の汽車を逃したくないのです」

「確かにそうね、行きましょう」とフェリシテが言った。「もうここですることはないわ」

マッカールは様々な作り話をし、徒に彼らを引き止めようとした。彼はディッド叔母が長々としゃべった日のことを語り、ある朝、彼女が若かりし頃のロマンスを歌っているところに遭遇したと断言した。それに彼に馬車は必要でなく、子供は徒歩で連れ帰るというので、子供は彼にまかせることになった。

「パパに接吻しなさい。顔を合わせていると、当たり前に思えるが、また会えるかはまったくわからないものだからな！」

シャルルは驚きと無関心が混じった動きで頭を上げ、マクシムは困惑して額に二度目の口づけをした。

「おとなしく、元気な子でいなさい……それから私のことも少し思ってくれ」

「行きましょう。時間がありませんよ」とフェリシテが繰り返した。

しかし看護婦が戻ってきていた。太ったたくましい女性で、とても大事にこの狂女の世話をしていた。子供に接するように彼女を起こし、寝かせ、食事を食べさせ、身体を拭いてやっていた。彼女はすぐにパスカルに話しかけてきたので、彼は質問をした。博士が最も大切に暖めていた夢想の一つは注射による治療法で狂人たちを治療し、癒すことだった。なぜならばここの患者たちは脳が衰退しているのだから、神経組織の注射によって抵抗力や意志を与え、器官の損傷を修復しえるのではないだろうか？　またしばし彼は老母に投薬を試みようかとも考えたのだった。それからためらいが生じ、ある種の神聖なる恐れを覚えたし、この歳での狂気は完全な廃人状態を伴うものであり、取り返しがつかないと考えないでもなかった。そこで彼は他の患者を選んだ。帽子職人のサルトゥールのことで、彼は一年前から病院におり、罪を犯すといけないので閉じこめてくれと自ら頼みにやってきた。発作を起こすと殺人の欲求に駆られ、通りがかりの人へ飛びかかってしまいそうになるのだった。小柄で褐色の髪、引っこんだ額、鳥のくちばしのような口、大きな鼻、とても短い顎で、左頰が右よりも著しく大きかった。博士はこの衝動性の患者から奇跡的な結果を得ていて、彼は一ヵ月前から発作を起こしていなかった。ちょうどそのことを看護婦は質問されたので、サルトゥールは平静でますます快方に向かっていると答えた。

「聞いたかい、クロチルド！」とパスカルは喜んで叫んだ。「今晩は彼に会う時間がないけれど、明日また来よう。往診日だからね……ああ！　思い切ってやってみるべきか、もし彼女がまた若々しくなったら……」

彼の視線はディッド叔母へ向けられていた。しかしクロチルドは彼の熱狂に微笑み、優しく言った。

「いいえ、ちがうわ、先生。生命を取り戻すことはできないわ……行きましょう。私たちが最後よ」

それは本当のことで、他の人たちはすでに外へ出ていた。マッカールは入口で、フェリシテとマクシムが去っていくのを、冷笑せんばかりに眺めていた。そして忘れられた存在であり、恐ろしいまでにやせているディッド叔母は微動だにせず、再び視線をシャルルに向けた。その顔はきれいな髪の下で白く疲れ果てていた。

帰り道は非常に気づまりだった。大地から発散される暑さの中で、ランドー馬車は重たげに走っていた。オレンジ色の空にあって黄昏が赤褐色の灰を撒き散らしているようだった。まず漠然とした言葉がいくつか交され、それからセイユ峡谷に入ると会話が止んだ。巨大な岩の不安と脅威の下で、壁が狭まってくるようだった。世界の果てではないだろうか？　どこか未知の深淵に向かっているのではないか？　鷲が通り過ぎ、大きな鳴き声を上げた。

柳の木が再び姿を現し、ヴィオルヌ河の岸辺に並んでいた。その時フェリシテは前置きもなく、あたかも最初から会話を続けていたかのように再び話し始めた。

「母親を気にかけて、何も断わることはないわ。あの人はシャルルをとても愛しているけれど、聞き分けのよい人だし、子供のためにはあなたが引き取るのがいいのだと本当によくわかっている。それに実を言うとね、あの子は母親のところではあまり幸せじゃなかったのよ。だって夫は当然自分の息子や娘を好んで選ぶし……とにかく、あなたはすべて知るべきよ」

そして彼女はおそらくマクシムを引きこみ、明確な約束を引き出そうと、話を続けた。プラッサンまで彼女はずっと話をした。そして突然ランドー馬車が城外の道路の上で揺れた。

「あら、見てよ！　あそこに母親がいるわ……あのブロンドの太った女よ、戸口のところにいる」

それは馬具商の店の入口で、馬具や端綱《はづな》がかかっていた。ジュスチーヌは椅子に座り、靴下を編みながら夕涼みをしていて、娘と息子が彼女の足元の地面で遊んでいた。彼女たちの背後にある店内の暗がりの中で、褐色で太ったトマが鞍の繕いをしているのが見えた。

マクシムは頭を伸ばしたが、感情を動かされたのではなく、単なる好奇心からだった。彼はあまりにも賢明でブルジョワの雰囲気を持ったこの三十二歳のたくましい女性を目前にしてとても驚いた。彼女の中には、二人とも同い年の十七歳になろうかという時に、彼がかどわした恋に狂う少女の面影はまったくなかった。おそらく彼だけが胸をしめつけられたことだろう。自分は身体を悪くし、すでに老いさらばえているのに、彼女は美しくなり、穏やかに、太っていたのであるから。

「彼女だと気づかないところだったよ」と彼は言った。

そしてランドー馬車は走り続け、ローマ通りを曲がった。ジュスチーヌは見えなくなり、まったく異なった過去の幻影はトマや子供たちや店とともに、黄昏の茫漠さの中へ沈んだ。

スレイヤードでは食事の準備が整っていた。マルチーヌはヴィオルヌ河のうなぎ、いためた兎肉、ローストビーフを出していた。七時の鐘が鳴る頃で、ゆったりと食事をする時間が充分にあった。

「心配しなくてもいい」とパスカル博士が甥に繰り返し言った。「鉄道の駅まで一緒に行こう。十分もかからない……旅行かばんは預けてあるのだから、切符を持って列車に乗るだけだ」

そして彼はクロチルドが玄関で帽子とパラソルをかけているのを見つけ、小声で言った。

「私は君の兄さんに不安を覚えるよ」

「それはどうしてなの?」

「彼をよく見たが、歩き方が気になる。まず間違いない……つまり、あの青年は運動失調症に脅かされている」

彼女は蒼白になって繰り返した。

「運動失調症」

彼女はかつての隣人の姿を思い浮べたが、無残な光景だった。彼はまだ青年だったが、十年間小さな車に乗り、召使いに引かれていた。身体の自由がきかなくなるのは最悪のことであり、生きる者から生命を奪う斧の一撃ではないだろうか?

「でも」と彼女が呟いた。「兄さんはリュウマチを患っているだけよ」

パスカルは肩をすくめた。そして彼女の唇に指を当て、食堂へ行くと、フェリシテとマクシムはすでに座っていた。

夕食はとても親しみがこもっていた。心に生まれた突然の不安のために、クロチルドはそばに座っていた兄に対して優しくなった。彼女は明るく彼の世話をして、一番おいしい部分を彼にとらせ、二度、あまりに急いで皿を運ぶマルチーヌを呼び戻した。だからマクシムは気立てがよく、健康で、分別のある妹にますます引きつけられ、彼女の魅力は愛撫のように彼をくるんでいた。彼はあまりに彼女に魅惑されつつあったので、最初は漠然としていた計画が次第に明確になっていった。息子のシャルルの持つ死の美しさや病的な愚者の王のような雰囲気は恐ろしいゆえに、妹のクロチルドを連れていったらどうだろう? 彼はずっと自分の家に女性を入れるという考えに尻ごみしていた。というのも、彼はあまりに若いうちから女遊びにふけったために、あらゆる女を疑っていたからだ。しかしクロチルドは本当に母親のように思われた。それに誠実な女性が家にいれば気分も変わるだろうし、とても好都合だろう。少なくとも、さすがの父も自分のところへ女たちを送ろうとはしなくなるだろう。父ならそういうことを自分の息の根を止めてすぐに金を手に入れるためにやりかねない。父親に対する恐怖と嫌悪が彼を決意させた。

「まだ結婚はしないのか？」と彼は事情を探ろうと尋ねた。

若い娘は笑い出した。

「ええ！　まったく急いでいませんわ」

それから彼女は冗談めかした様子で、顔を上げたパスカルを見つめた。

「誰もわからないでしょうね？　私は結婚しないわ」

だがフェリシテが叫び声を上げた。彼女はクロチルドが博士を熱愛しているのを見て、彼と切り離すためにいつも彼女の結婚を望んでいた。そうすれば自分の息子は寒々しい家の中で一人きりになり、そこでは彼女自身が至上権を握り、女主人としてふるまえるのだ。だから彼女も彼に意見を求めた。女性は結婚すべきだし、オールドミスのままでいるのは自然に反するのではないのか？　そこで彼は厳かに彼女に賛成したが、クロチルドから目を離さなかった。

「ええ、そうです、結婚すべきです……彼女はとても物分かりがいいし、結婚するでしょう……」

「何だって！」とマクシムが口を挟んだ。「本当に彼女は物分かりがいいのかい？　それではきっと不幸になりますよ、結婚生活なんて最悪のものだからだ！」

そして言い切った。

「君は何をすべきかわかっているかい？　さあ、パリへ来て私と一緒に暮らすべきだ……考えてみたが、こんな健康状態で子供を抱えるのは、少しばかり心配だ。私自身、子供みたいなものじゃないか？　介護の必要がある病人だ……君がいてくれれば、まったく足が不自由になっても介護してくれるだろう」

彼の声は自己憐憫で途切れた。不具になった自分が目に浮かび、彼女が愛徳会修道女のように自分の枕元にいるのが見えた。そして彼女が独身でいることに同意するなら、喜んで自分の財産を彼女に遺贈し、父の手へ渡らぬようにするだろう。彼が孤独に対して抱いていた恐怖、おそらくいずれ看護婦を雇うことになるだろうという必然性から、彼はとても感じやすくなっていた。

「引き受けてくれればとてもうれしい。それに後悔はさせないよ」

しかしローストビーフを給仕していたマルチーヌはショックのあまり立ち止ってしまった。そしてこの提案は食卓の周りに同様の驚きを与えた。最初フェリシテはクロチルドの上京が自分の計画の助けになると感じて賛成し、いまだ何も発せず、茫然とした様子のクロチルドを見つめていた。一方パスカル博士は蒼白になり、彼女の返答を待っていた。

「ああ！　兄さん、兄さん」と若い娘は最初、他の言葉が見つからず、口ごもった。

その時、祖母が口をはさんだ。

「お前が言うことはそれだけなの？　でもお前の兄さんの提案はとてもよいわ。もし彼が今シャルルを連れていくのをためらうとしても、お前ならいつでも行ってあげられる。それに後から、あの子を連れていけばいい……そう、そうよ、まったくうまくいくじゃないの。兄が妹の心に訴えかけているのよ……パスカル、彼女はいい返事をするべきでしょう？」

博士は努力を払い、自分を取り戻していた。それでもひどい冷気を浴びせられ、凍てついたような気がした。彼は静かに話した。

「繰り返しますが、クロチルドはとても物分かりがいいので、承諾すべきことは承諾するでしょう」

若い娘は動転し、反抗した。

「先生、それではあなたは私を送り返したいのですか？　もちろんマクシムには感謝します。でもすべてと別れるなんて！　私を愛しているもの、私がこれまでに愛したものすべてと別れるなんて！」

彼女は茫然とした身振りを示し、生きとし生けるものを指し示し、スレイヤード全体を抱擁した。

「それでも」とパスカルは彼女を見つめながら続けた。「マクシムが君のことを必要としているとしたら？」

彼女の目は潤んでいて、しばし身体を震わせた。というのも彼女だけが理解していたからだ。またしても無残な光景が浮かび上がった。彼女が覚えている隣人と同じように、マキシムが不具になり、小さな車に乗り、看護婦に引かれていた。だが愛情が同情に抗っていた。十五年の間無縁だった兄に対して義務があるのだろうか？　義務は自分の心の置き場所にあるのではないだろうか？

「聞いて、マクシム」と彼女はようやく言った。「私にもよく考えさせて。わかっているわ……あなたにとても感謝しているのは本当よ。それで、もしいつか本当に私が必要になったら、ええ、きっと決心します」

それ以上彼女を動かすことはできなかった。フェリシテは絶えざる熱意をもって懸命に説得した。一方博士は今や彼女が約束したと言わんばかりだった。マルチーヌはクリームを運んできたが、お嬢様がいなくなるという喜びを隠そうとしなかった！　だがすぐに思った。一人残された旦那様は悲しみで死んでしまうわ！　この出来事を経てから夕食はゆっくりと終わりに向かった。まだデザートの際中だったが、八時半の鐘が鳴った。マクシムはすぐに心配になり、落ち着きをなくし、出発を望んだ。

駅まで全員で見送ると、彼は最後に妹に接吻した。

「忘れないでくれよ」

「心配することはないわ」とフェリシテがきっぱり言った。「約束を思い出させるために私たちがいるわ」

博士は微笑んでおり、三人とも汽車が動き出すまでハンカチを振った。

この日、パスカル博士とクロチルドは祖母を家まで送り、心地よくスレイヤードへ戻り、気分のいい夜を過ごした。前の週の不和、二人を裂いていた隠然たる対立は消え去ったようだった。互いに一つに結びつき、離れることもなく、二人はこれほどの幸せを感じたことは一度もなかった。二人には病気の後での健康的な目覚め、生きる希望と喜びがあるかのようだった。二人は暑い夜の中で、プラタナスの木の下にある噴水の繊細で澄んだ水音をずっと聞いていた。そして口さえ開かず、一緒にいることの幸福を深く味わっていた。

第4章

一週間後、家は再び不和に陥った。パスカルとクロチルドはまたしても午後の間互いに口もきかないままでいた。そして機嫌は絶えず変わり、マルチーヌも苛々して暮らしていた。三人の関係は悲惨なものになっていた。

それから突然、すべてがさらに悪化した。偉大で神聖なるカプチン会の修道士が南フランスの村々をしばしば訪れていたが、瞑想するためにプラッサンへ立ち寄ったのだ。サン＝サチュルナン教会の説教壇には彼の声が高らかに鳴り響いた。彼は使徒のようであり、親しみやすい熱のこもった雄弁ぶりで、言葉にはイメージあふれる華やかさがあった。そして異常なまでに神秘を高揚させながら近代科学の空虚さを説き、この世の現実を否定し、未知のものや彼方の神秘を開示した。町の信心者の誰もが彼の言葉に動転していた。

最初の晩から、クロチルドはマルチーヌと一緒に説教に連なり、パスカルは彼女が興奮して帰ってきたのに気づいた。次の日から彼女は熱中し、礼拝堂の暗い片隅で一時間の祈りを捧げた後、ずっと遅い時間に帰ってきた。彼女はもはや教会から離れず、見者のように目を輝かせながらも、傷ついて帰ってきた。カプチン会修道士の熱烈な言葉が彼女につきまとっていた。生きとし生けるものに対する怒りと軽蔑が彼女に取りついたようだった。

パスカルは心配し、マルチーヌと話し合いたかった。ある朝彼が早い時間に降りていくと、彼女は食堂を掃いているところだった。

「クロチルドとあなたの望みゆえに、教会へ行くことを自由にさせてきたのはわかっていますね。私は人の心の中まで立ち入りたくない……だが、クロチルドをおかしくさせないでほしい」

女中は箒の動きを止めず、内にこもった声で答えた。

「病んだ人たちはきっとその存在をも信じないのでしょう」

彼女があまりに確信に充ちた様子で言ったので、彼は微笑んだ。

「そうだ、私の心は病んでいる。だからあなたたちは私に回心を懇願しているのだ。あなたたちはしっかりした健全さと包容力あふれる知恵を持っている……マルチーヌ、もしあなたが私を苦しませ、あなた自身を苦しめ続けるならば、私は怒りますよ」

彼の話し声があまりに悲しげで、怒りもこもっていたので、女中は動きを止め、正面から彼を見た。無限の優しさと大きな悲しみが自分の仕事に生涯を閉じこめてきた老女の消耗した顔に浮かんだ。彼女の目に涙があふれ、口ごもりながら急いで出ていった。

「ああ、旦那様！　私たちを愛していないのですね！」

その時パスカルはなす術もなく、募る悲しみに襲われていた。寛大さを示してきたこと、断固たる教師としてクロチルドの教育や指導をしてこなかったことへの後悔が高まっていた。木々は束縛しなければまっすぐに伸びるという信念の下で、読み書きだけを教えた後、彼女の成長を放任してきた。前もって考えた計画はなく、もっぱら普段の生活の流れにまかせ、彼女はほとんどすべてのものを読み、自然科学に熱中し、彼の研究を手伝い、校正刷を直し、彼の原稿を写し、整理した。今となってどれほど放任が悔やまれることか！　知に対して貪欲である彼女の明晰な精神に確固たる指導を与えることもできたのに、祖母のフェリシテや女中のマルチーヌが大事にする彼方への欲求の中で離れてしまい、自分を見失ってしまったのだ！　彼は事実にこだわり、決して現象から逸脱しないように努め、学者の規律によって成就させてきたのだが、彼女が絶えず未知のものや神秘に心を奪われるのを見てきた。彼女の中に妄想や本能的な好奇心があり、充たされないと苦しみが生じた。決して満足することのない欲求があり、理解できないもの、知ることができないものに、抗い難く呼びかけていた。すでに子供の頃から、とりわけ少女時代になると、彼女はすぐに原因と経過を問い、根本的な理由を求めた。彼が花を見せると、なぜその花は種を作り、その種が芽を出すのかを尋ねた。そしてそれは受胎、雌雄、出生、死の謎であり、未知の力であり、神であり、すべてであった。彼女は最初の四つの疑問を上げ、彼をいつも避け難い知識不足へと追いこんだ。彼がもはや答えられず、冗談まじりの怒りの身振りで彼女を追い払うと、彼女は勝利の笑みを浮かべ、我を忘れて夢想にふけるのだった。その無限の光景の中には、未知のもの、信じられそうなもののすべてがつまっていた。彼女の説明は時々彼を唖然とさせた。彼女の精神は科学に育てられ、証明された真実から出発していたが、彼女は一跳びで聖人伝説に充ちた空へと飛躍した。仲介者たちが通り過ぎ、天使や聖人、超自然的な息吹きが物質を変化させ、生命を与えた。またそうでなければ、ただ一つの力、世界の魂だけがあり、五千年後に、愛の最後の接吻の中で、生きとし生けるものを融合させようとしているのだった。彼女に言わせれば、未知で神秘なるものを尊重しているのだった。

だがパスカルはこれほど心乱れたクロチルドを見たことは一度もなかった。先週から教会でのカプチン会修道士の瞑想会に出ていて、夕方の説教を期待し、待ちこがれるように昼間を過ごしていた。そして初めての逢引に出かける娘の高揚した思いで出かけた。翌日には、彼女のすべてが目に見える生活やありのままの存在からの離脱を語っており、あたかも目に見える世界や毎分ごとに必要な動作は欺瞞であり、愚行だと語っているかのようだった。そのため彼女は次第に仕事を放棄するようになり、ある種の抗い難い怠惰さへ身をまかせ、何時間も両手を膝にのせたままで、目は虚ろで茫然とし、何か夢見るように遠くに向けられていた。活動的で早起きだったのに、今では遅く起き、昼食になってようやく姿を現した。とはいえ身づくろいに長い時間をかけているわけではなかった。というのも彼女は女性的な気取りを失い、ほとんど髪もとかさず、大急ぎで着たワンピースのボタンは掛け違っていたからだ。だがそれでも、圧倒的な若さのおかげで麗しかった。あれほど好きだったスレイヤードの朝の散歩、オリーブやアーモンドが植えられた高台を上から下までたどる散策、樹脂の芳しい香りのする松林への訪問、よく日光浴をした燃えるような麦打場での長居などをもはや試みることもなく、鎧戸を閉め、部屋に閉じこもってじっとしていることを好み、部屋からは物音も聞こえてこなかった。そして午後はサロンで、けだるく暇な時間を過ごし、椅子から椅子へと無為に動き、疲れ果てていて、これまで彼女を引きつけてきたものすべてに対する苛立ちがあった。

パスカルは彼女に手伝ってもらうのをあきらめなければならなかった。彼が清書するようにと彼女に渡したメモは三日間書見台の上にあった。彼女はもはや何も整理せず、身をかがめて床の上の原稿を集めることもしなかった。とりわけ投げ出したのはパステル画であり、人工授粉についての著作に図版として使えるはずだったとても正確な花のデッサン画だった。紅色で新奇な色合いをした大きな立葵は彼女が模写し終わらないうちに枯れてしまっていた。そしてある午後など、また異常なデッサン画にずっと熱中した。夢の花々、奇跡の太陽に輝き咲く奇妙な花々、開かれた心臓に似た紫色の大きな花冠の中では、穂の形をした金色の光線がほとばしり、めしべの代わりに星々が湧き上がり、無数の人々が天の川のように天空を流れていた。

「ああ何ということだ!」と博士はこの日、彼女に言った。「こんな妄想で時間をむだにするなんて! 立葵を模写してくれるのを待っていたのに、君は枯らせてしまった! 病気になってしまうよ。健康も、ありうる美も、現実の中にしかないのだ」

この頃の彼女は時々返事もせず、断固たる確信に閉じこもり、少しも異議を唱えなかった。だが彼は彼女の信仰の核心に触れてしまった。

「現実というものは存在しないわ」と彼女ははっきりと言った。

彼はこの大きな子供の哲学的な率直さをおかしく思い、笑い出した。

「そうだ、わかっている……私たちの感覚は誤りやすく、また私たちは感覚を通してしか世界を知ることができない。だから世界が存在しないこともありうる……そこで狂気の扉を開けて、このうえなく突飛な空想をできる限り受け入れ、法則や事実の外へ出て、悪夢の世界へと向かうことになる……しかしそれでは自然を除外してしまうので、もはや規則は存在しないことになってしまう。でも生きることの唯一の関心は生命を信じ、愛し、よりよく知るために全知力を傾けることにあるのだよ」

彼女の身振りは同時に無関心と虚勢を示していた。そして会話は途切れた。今や彼女はパステル画に、青いクレヨンを大きく切りつけるように動かし、燃えるような花々を澄んだ夏の夜空に浮かび上がらせていた。

しかし二日後、新たな口論の末に、状況はさらに悪化した。夕食後に、パスカルは仕事部屋に上がっていったが、彼女は外のテラスに座ったままでいた。時間が経ち、十二時が鳴ったのに彼女が部屋へ戻った音を聞いていなかったので、彼は驚き、不安になった。彼女は部屋を通らねばならず、彼の後ろを横切っていないことは間違いなかった。彼が降りていった時、階下でマルチーヌが眠っていた。玄関の扉は鍵がかかっておらず、クロチルドがずっと外にいるのは確かだった。暑い夜には時々こういうことがあったが、これほど遅くまでいたことは一度もなかった。

博士の不安は高まった。若い娘がずっと座っていたはずのテラスの椅子には誰もいなかった。彼女がそこで眠っていると思っていたのだ。ここにいないのであれば、どうして家の中へ戻っていないのか？このような時間に、どこに行けるというのだろうか？　すばらしい夜だった。九月の夜でまだ熱気が残り、果てしなく拡がる暗い色合いのビロードのような空は満天の星空だった。新月の夜空には星々がどこまでも煌き、大地を照らしていた。彼はまずテラスの手摺りへ身体を傾け、線路まで下っている斜面や空積みの石の段を調べた。しかし動くものは何もなく、小さなオリーブの木の丸く微動だにしない先端が見えただけだった。その時、彼女はきっとプラタナスの木の下の噴水のそば、あの絶えず囁いている水のざわめきの中にいるという考えが浮かんだ。彼はそこへ走った。厚く拡がる漆黒の闇の中へ入りこむと、彼はどの木の幹もよく知っているが、ぶつからないようにするために、手を前に突き出して歩かなければならなかった。そして松林の中の暗闇を手探りして探し回ったが、誰とも会わなかった。彼はついに押し殺した声で呼びかけた。

「クロチルド！　クロチルド！」

夜は深く黙りこんだままだった。彼は少しずつ声を高めた。

「クロチルド！　クロチルド！」

人の気配もなく、息吹きもない。こだまは眠りにつくかのようで、彼の叫びはどこまでも柔らかな漆黒の湖の中へ消えていった。そして彼は声の限り叫び、プラタナスの木の下へ戻り、松林に戻り、うろたえながら地所全体を見て回った。ふと気がつくと彼は麦打場にいた。

この時間、広い麦打場も、巨大な円形の地も眠っていた。もはやここで箕分けをしなくなって長い年月が経ち、生えてきた草はすぐに太陽に焼かれ、根こそぎにされたかのようで、毛長の絨毯のようだった。この柔らかな茂みの中の小石は決して冷めることがなく、日没から湯気を立て、灼熱の午後の間に溜めこまれた熱気を夜に吐き出していた。

麦打場は円形で、物も人気もなく、静かな夜空の下で、石の震えに包まれていた。パスカルは果樹園の方へ走り抜けようとした。その時、目にすることのできなかった長々と横たわっている身体につまずき、あやうく転びかけた。彼は慄然として叫んだ。

「何だ、君なのか？」

クロチルドは応えることさえしなかった。彼女は仰向けに寝そべり、手を首の下で組み、顔を空へ向けていた。蒼ざめた顔に大きな目の輝きだけがあった。

「私は心配して、十五分も前から君のことを呼んでいたんだ！　声が聞こえただろう？」

彼女はやっと口を開いた。

「ええ」

「では、どうしたんだ！　なぜ返事をしなかったのだ？」

しかし彼女は再び押し黙り、説明を拒んでいた。決然とした顔つきで、眼差しは天へと飛び立っていた。

「さあ、とにかく寝よう、しょうがない子だ！　話は明日だ」

彼女はずっと身じろぎせず、何度帰ろうと懇願されても動かなかった。彼もついに彼女のそばの草の中に座り、石の暖かさを覚えていた。

「とにかく外で寝るのはだめだ……せめて返事をしなさい。ここで何をしているんだ？」

「眺めているわ」

そして見開かれ、一点を見つめる彼女の大きな不動の目、その眼差しは、星の中をさらに上へと昇っていくかのようだった。彼女は天体の中心を占めるこの澄みきった広大な夏の夜空に没入していた。

「ああ、先生！」と彼女はゆっくりとした抑揚のない声で続けざまに言った。「彼方に間違いなくあるものと比べたら、先生の知っていることはとても狭くて、限られたものだわ……そうよ、私が返事をしなかったのは先生のことを考えていて、とても悲しかったからなの……悪意があったなんて思わないで」

彼女の声は優しさのあまり震えを帯びていたので、彼は深く心を動かされた。彼は彼女の隣で同じように仰向けに横たわり、肘がふれ合った。二人は話をした。

「君の悩みがおかしなものだったら、と私は恐れていた……君は私のことを考え、そして悲しくなっているのだね。どうしてなのだ？」

「ああ！　先生に様々な事柄を説明するのがつらいからよ。私は学者ではない。しかし多くのことを教わったし、一緒に暮らす間に自分でもさらに独学したわ。でもこれは私が感じていることなのよ……説明してみるわ、だってここには私たちしかいないし、夜空がこんなに美しいから！」

すばらしい夜の親密な静けさの中にあって、何時間も考えた後だったので、彼女の心はあふれんばかりだった。彼は彼女のことを心配しながらも黙っていた。

「私が子供だった時、科学の話を聞いて、先生はとても希望と信念に燃えていたので、神様のことを話しているのだと思っていた。先生にとって不可能なことは何もないように見えたわ。科学とともに進めば、世界の秘密を見抜き、人々を完全に幸福にできる……先生の考える科学の歩みはとても速かった。毎日発見がもたらされ、確信がもたらされる。さらにおそらく十年、五十年、百年すれば、天は開かれ、真実を正面から見据えられるようになる……ああ！　それなのに年月は進んだけれど、何も開かれず、真実は遠ざかっている」

「君はせっかちなのだ」と彼はそっけなく言った。「もし千年が必要なら、それを待たなければいけない」

「でも私は待てないわ。私は知りたい、すぐに幸福になりたい。すべてを一度に知りつくし、本当に幸福になりたい、揺るぎない幸福を！　ああ、これが悲しみの理由よ！。一挙に完全な知へ到達できないし、不安や疑いから解き放たれて、至福の状態に落ち着くことはできない。生きることは遅い足取りで暗闇を進み、一時も穏やかさを味わうことができず、いつも次の恐怖を思って震えることなのかしら？　ちがう、そうじゃないわ！　すぐにでも、万全の知識と万全の幸福が求められているのよ！　科学はそれを私たちに約束してきた。でももし科学がそれを与えられないなら、科学は破産したのよ」

その時、彼の口調も熱を帯び始めた。

「でもそれについて君が言うことはおかしい！　科学は啓示ではない。科学は人間の歩調で進み、科学の奮闘自体の中にその栄光がある……それにちがう、科学は幸福を約束しない」

勢いこんで彼女は口を挟んだ。

「いいえ、ちがうわ！　上の部屋にある先生の本を開いてみて。知っているでしょう、私はあそこの本を読んだわ。約束であふれているのよ！　あそこの本を読むと、天地の征服に向けて行進しているみたいだわ。すべてを打ち壊し、すべてを取り替えると誓っている。それも完全な理性によって、揺るぎなく、賢明に……そうよ、私は子供だわ。約束してくれたのだから、与えてほしいのよ。私は想像する。それはとても美しいものであってほしい、そうでないと満足できない……でも、何も約束しなかったら、それはそれでよかったのよ！　でも今になって苛立ち、苦しみを覚える私の願望を前にして、何も約束しなかったなんて言うのは間違っているわ」

あまりにも澄みきった夜の中にあって、博士はまたしても抗議の身振りを示した。

「とにかく」と彼女は続けた。「科学はすべてを白紙に戻した。大地を裸にし、天を空にする。それなのに私の抱いている希望が科学の罪ではないと言うのであれば、私はどうすればよいの？　それでも私は確信と幸福がないと生きていけない。古い世界を打ち壊しながら、急いで新しい世界を作ろうとしないという時に、私が家を建てるべき頑丈な土地はどこにあるの？　古い都市全体が調査と分析という災害によって崩れてしまった。生き残ったのは不安に襲われて廃墟を歩き回る人たちだけよ。どの石の上に頭を乗せたらいいのかわからず、雷雨の中を野宿しながら、再び生活を始めることができる確固とした避難所を求めている……だから私たちの失望や苛立ちに驚いてはならないのよ。私たちはもう待てない。だって科学は遅すぎる。破産する。だから私たちは後ろへ飛びこむわ。そうよ！　かつての信仰の中へ、何世紀もの間、人々の幸福を充たしてきた信仰へ」

「ああ、その通りだ！」と彼は叫んだ。「私たちは世紀末の転機にいる。疲れ果て、時代がかき乱した恐ろしいほどの大量の知識に苛立っている……そして相も変らぬ虚偽の登場だ。相も変らぬ幻影。人を悩ませ、後ろへ引き戻し、未知のゆりかごへ誘う……すべてを知ることなどありえないのに、何のためにそれ以上知ろうとするのか？　獲得した真実がすぐに確かな幸福を与えないのだから、無知や黎明期の人間がまどろんでいた暗い褥に甘んじていればいいのに、どうしてそれができないのだろうか？　そうだ！　神秘への逆襲なのだ。それがこの百年の実験科学に対する反応だ。これは必然的だ。もしすべての欲求を一度に満足させられなければ、それを放棄することは当然あり得るだろう。だがそこにあるのは停止でしかない。前進する歩みは無限の空間の中で予想を越え、続いていくのだ」

しばし彼らは口をつぐみ、身動きもせず、視線は暗い夜空に輝く無数の星をさまよっていた。流星が炎の筋を残しながら、カシオペア座を流れた。はるか上の方で、天体は明るく聖なる光輝の中をゆっくりと自転し、一方で二人の周りの漆黒の大地からは小さな息吹き、まどろんでいる女性のような甘く暖かい吐息しか聞こえなかった。

「話してほしい」と彼は率直な声で尋ねた。「今夜、君の頭を動転させたのはカプチン会の修道士なのか？」

彼女は率直に答えた。

「そうよ、あの方が説教壇でおっしゃること、それが私をかき乱すのよ。あの方のお話は先生が教えてくれたすべてと対立する。先生から教わった科学が毒に変わって、私をだめにしてしまうような気になるの……神様！　私はどうなるのでしょう？」

「かわいそうに……でもこんなふうに悩むのは恐ろしいことだ！　でも私はまだ君のことでは安心していられる。君は安定しているし、分別もあるし、柔軟にして明瞭でしっかりしている。いつも私が言っているようにね。落ち着きなさい……脳の中がおかしくなってしまうよ、体調はよいのに心が乱れているのだ！　それならば、君はもう信念を持っていないのかい？」

彼女は黙り、溜息をついた。彼は続けて言った。

「確かに幸福という至極単純な点から見れば、信仰は忠実な旅の杖だ。もし幸運にも信仰を持つことができれば歩みはたやすく、穏やかになる」

「ああ、私にはもうわからない！」と彼女は言った。「そんな時もあったし、先生や先生の本とともにある時もあった。私をかき乱すのは先生よ。先生のために私は苦しんでいる。そして私の苦しみはすべて、きっと愛する先生に対する反抗にあるのだわ……いいえ、やめて！　何も言わないで、落ち着きなさいなんて言わないで。今や本当に苛立ってしまう……先生は超自然的なものを否定する。神秘は解明されていないものよ、そうではないかしら？　それに先生もすべてを知ることはできないと認めるでしょう。だから生きる唯一の関心は未知のものに対する終わりのない征服、さらに知るための永久の苦闘でしかないのよ……ああ！　私はあまりにも早くそのことを知ってしまったので、信仰することができない。それに先生はもう私の心をあまりにもつかんでしまった。そのために死ぬんじゃないかと思った時もあるわ」

彼は生温かい草の中で彼女の手を取り、強く握り締めた。

「でも君を怖がらせているのは生命なのだ！　唯一の幸福は絶え間ない努力だと言うのはその通りだ！　しかしだからこそ、無知の中での休息はありえない。立ち止まることを期待してはならず、自ら目を閉ざしても安らぎはないのだ。歩まねばならない、どうあっても、常に進み続ける生命とともに歩まなければならない。提起される誘惑のすべては後ろへの回帰だ、死んだ宗教だ。新たな欲求に合わせて塗り替えられ、取り繕われた宗教で、すべて罠だ……だから生命を知り、愛し、生きるべくある生命を直視するのだ。これ以外の知恵はない」

彼女は苛立たしげに身体を揺すり、彼の手をほどき、声を震わせ、不快感を表した。

「生命はおぞましいわ。どうして先生は私が穏やかに、幸せに生命を生きることを望むのかしら？　先生の科学が世界に投げかけるのは恐ろしい光よ。先生の分析は人間のあらゆる傷口へと降りていき、その醜悪さをさらけ出す。先生はすべてを言ってしまう。露骨に話してしまう。私たちに残されるのは生きとし生けるものに対する吐気だけよ。どんな慰めも不可能にしてしまうのよ」

彼は熱烈な確信に充ちた叫びで、彼女を遮った。

「ああ、すべてを言ってしまおう！　そうなのだ、すべてを知り、すべてを癒すためだ！」

怒りに突き動かされ、彼女は身を起こした。

「もしまだ平等と正義が先生の言う自然の中にあるとすればの話よ。でも先生はわかっているわ。生命は最も強いもので、弱いものはその弱さゆえに否応なく滅ぶ。健康についても、美についても、知性についても、固体の優劣がある。ささやかな幸運による出会いの偶然的な選択次第よ……だから偉大で神聖なる正義がもはや存在しなくなってしまえば、すべてが崩壊するわ」

「その通りだ」と彼は独り言のように小声で言った。「平等は存在しない。平等を基盤にする社会は生きられないだろう。何世紀もの間、慈悲によって不幸を改善すると信じられていた。だが世界は危うくなってきた。だから今日では正義が提案されている……自然は正義なのか？　私にとって自然はむしろ論理だ。論理がおそらく自然の至高の正義であり、共同の労働の総和へ、最後の偉大なる営みへと邁進するのだ」

「それでは」と彼女は叫んだ。「一族の幸福のために個人を押しつぶし、勝利した種を太らすために弱き種を滅ぼすのが正義なの？　ちがう、ちがうわ！　それは罪よ！　汚らわしい殺人にすぎないわ。今晩教会で、あの方が言ったことは正しかった。大地は腐っている。科学は腐敗をさらけ出すにすぎない。我々は皆、高みへと避難せねばならない……ああ、先生！　お願いです。私を救済させて。先生のことを救済させて」

彼女は涙にくれていた。すすり泣く音が澄みきった夜の中に響き渡った。彼は虚しく彼女をなだめようとしたが、彼女の声が彼の声を圧した。

「ねえ、先生。私が先生を愛していることは知っているでしょう。だから私にとって先生がすべてなのです……それに私の苦しみは先生から生まれているのよ。私たちが和解せず、もし二人とも明日死んでしまったなら、永久に離ればなれになってしまうのかと思うと、息がつまるほどの苦しみだわ……どうして先生は信仰を望まないの？」

彼はまた彼女を諭そうとした。

「ほら、君は少しおかしくなっているよ……」

しかし彼女は跪き、彼の両手をつかみ、身体をぴったりと寄せ、熱狂的に抱擁した。そして彼女はさらに声を上げて懇願し、そのあまりの絶望的な取り乱し方に、遠くの暗闇の田園もすすり泣いていた。

「聞いて、あの方が教会でおっしゃったのよ……生活を変え、悔い改めよ。過去のあらゆる過ちを燃やしなさい。そうよ！　先生の本、書類、原稿のことよ……それらを供犠にして下さい、先生。跪いてお願いします。そうすれば、私たちは一緒に安らかな生活を送れるのよ」

ついにそこまで言われ、彼は憤慨していた。

「だめだ！　冗談じゃない、黙りなさい！」

「先生が耳を傾けて、私の望むことをしてくれるなら……私はひどく不幸なのよ。今のように先生を愛していていても。私たちの愛情には何かが欠けている。これまでは空虚で実効をともなわず、私はどうしてもそれを充実させたかった。そうよ！　神聖なものや永遠なるもので充たしたかったのよ……私たちに欠けているのは神様ではないのかしら？　跪いて、私と一緒に祈って！」

今度は彼が苛立ち、彼女から身体を引き離した。

「黙りなさい。たわごとだ。私は君を放任してきた。だから私のことは放っておいてくれ」

「先生、先生！　私が願うのは私たちの幸福です！　私が先生を遠くまで、はるか遠くまで連れていきます。静かな場所で神の下に生きましょう！」

「黙りなさい！　だめだ、絶対にだめだ！」

そして二人はしばし顔をつき合わせ、何も言わずに、にらみ合っていた。スレイヤードは二人の周りに夜の静けさ、オリーブの優しい木陰、松やプラタナスの木の闇を拡げ、泉が悲しげな声で歌っていた。まだ夜明けはずっと先だというのに、頭上の広大な満天の星空はおののきのあまり輝きを失っていた。

クロチルドは無限の夜空のおののきを示すかのように、両腕をかかげた。しかしパスカルは素早く彼女の手をつかみ、自分の手で地面の方へ押さえこんだ。そしてもはや一言も発せず、二人は逆上し、荒々しく敵対した。激しい諍いだった。

いきなり彼女は手を振り払い、反抗的になり、言うことを聞かない強情な動物のように脇へ飛んだ。それから早足で夜を横切り、家へと駆け出した。麦打場の小石の上で彼女の小さな靴音が音を立て、並木道の砂地へ入ると聞こえなくなった。彼はすぐに悲嘆にくれていたが、差し迫った声で彼女を呼んだ。しかし彼女は聞いておらず、応えることなく、ずっと走っていた。恐れに捉われ、心を締めつけられ、彼は彼女の後を追いかけ、急いでプラタナスの木立の角を曲がると、ちょうど彼女が嵐のように玄関へ入りこむのを見た。彼は彼女の後を追って家に入り、階段を飛び上がり、彼女の部屋のドアへ急ぐと、彼女は荒々しく差し錠をかけていた。そこで彼は落ち着きを取り戻し、叫び、また呼びかけ、彼女を取り戻し、説得し、自分の手元にとどめるためにドアを押し破りたいのを非常な努力で抑えこんだ。しばし彼は部屋の静けさの前に立ちつくしていたが、息づかいさえもれてこなかった。きっとベッドにもたれかかり、枕で声やすすり泣きを押し殺しているのだ。彼はついに決意し、玄関の扉を閉めに降りていき、うめき声が聞こえないかと静かに戻ってきた。彼が悲しみに沈み、涙につまりながら床についた頃には夜が明けていた。

それ以後、仮借ない闘いが始まった。パスカルは監視され、追いつめられ、脅かされていると感じていた。彼はもはや自分の家にいるのではなかった。彼にはもはや家がなかった。そこには絶えず敵がおり、彼にすべてを恐れさせ、すべてを隠すように強いていた。続けざまに彼が作った神経組織の瓶が二本粉々にされた。だから彼は自分の部屋をしっかりと閉ざさねばならず、食事の時間にさえ姿を見せず、部屋からは乳棒の音がかすかに聞こえた。彼はもはや往診日にクロチルドを連れていかなかった。というのも、彼女が攻撃的で疑り深い態度をとり、患者たちの元気をなくさせるからだった。彼は外出する時、ただ急いですますことだけを思い、早く帰宅することを考えていた。帰宅すると錠が壊され、引き出しが荒らされているのではないかと心配していた。そして整理させるにも、メモを写させるにも、何枚かのメモが風にさらわれたかのようになくなって以来、もはや若い娘を使わなかった。校正刷りを訂正させることさえも彼女にさせなかった。その考えがカトリックの信仰に背いている文章の一節すべてを切り抜いたのを彼は確認していた。こうして彼女は暇を持て余し、部屋をうろつき、大戸棚の鍵が手に入る機会を待伏せしながら、暇な時間を過ごしていた。鍵を手に入れ、戸を開け、すべてを取り出し、すべてを壊し、神の意にかなう火刑へと処すこと。それが彼女の夢想であり、思いめぐらす計画にちがいなく、長く沈黙していたが、目は輝き、手は熱っぽかった。彼が手を洗い、フロックコートを着用する際に、机の片隅においたままだった数枚の原稿はなくなり、暖炉の奥で一つまみの灰となって残っているだけだった。ある晩患者のところで遅くなってしまい、黄昏時に帰ってきた時、黒い煙がもくもくと立ち昇り、光の失せた空を汚しているのを城外から見て、彼は異様な恐怖に襲われた。スレイヤード全体が自分の書類の喜びの炎によって火がつき、燃えているのだろうか？　彼は走って戻り、隣の野原でゆっくりと煙を上げている木の根の炎だと確認して安心した。

このように知性や研究を脅かされる学者の苦悩、恐ろしいまでの苦痛はどれほどであろうか！　自らの手になる発見、後世に残る原稿は彼の誇りであり、彼の血肉であり、彼の子供であった。だからそれを敵が破壊し、焼くなど、我が身を焼かれるようなものだった。とりわけ彼の思想が絶え間なく待伏せされる中にあって、敵が内部にいて、心の奥まで入りこんでいるのに、追い立てることもできず、そしてそれでもこの敵を愛しているのだと思うと、彼は苦しみを覚えるのだった。彼はなす術もなく、ほとんど無防備で、行動を起こすことは少しも好まず、警戒にあたる以外の方策はなかった。至るところから包囲が狭まり、小さな盗人の手がポケットの奥へ滑りこむのを感じるように思われ、もはや平安はなく、隙間から奪い取られるのではないかと恐れ、ドアさえをも閉ざしてしまった。

「それにしても不幸な子だ！」と彼はある日叫んだ。「私は君だけを愛している。そして私を殺すのは君なのだ！　だが君も私を愛している。君がこんなことをするのは、私を愛しているからだ。何ということだ。こんなことはすぐにでも終わらせるべきだ。私たちは首に石をつけ、水へ飛びこむんだ！」

彼女は応えなかったが、勇敢な目が、先生と一緒なら今すぐにでも死にたいとただ熱心に語っていた。

「それでは、私が今夜急に死んだら、明日には何が起こる？　君は戸棚を空にし、引き出しを開け、私のすべての著作を積み上げ、燃やしてしまうのだろう？　そうだ、ちがうか？　これは本当に殺人だ、だれかを殺すことと同じではないのか？　何て忌わしい卑劣さだ、思想を殺すなんて！」

「ちがうわ」と彼女はくぐもった声で言った。「悪を殺すことよ、悪が蔓延し、再生するのを食い止めることなのよ！」

それぞれの説明のすべてが二人を激昂させた。それはすさまじい怒りだった。ある晩、ルーゴン老夫人が言い争いに遭遇し、クロチルドが自室へ逃げ帰った後、パスカルと二人だけになった。沈黙が続いた。彼女は深く悲しんでいる様子にもかかわらず、目の奥はきらきらと輝き、喜びに光っていた。

「お前の家は気の毒にも地獄なのね！」と彼女はついに叫んだ。

博士は身振りで示して、返答を避けた。彼はいつも若い娘の背後に母親がいて、彼女の宗教的信仰をかき立て、家に混乱を投げこもうとするために、反抗を誘発させようとしていると感じていた。それは思いこみではなく、彼は昼間に二人の女性が会っていて、まだ震えの収まらない先刻の恐ろしい諍いはこの面会や巧みな悪しき入れ知恵のせいだということを完全にわかっていた。明らかに母は不和の状態を確認し、一挙に結論を出せないかを見にきたのだ。

「これではやっていけないわ」と彼女は続けた。「どうしてあの子を手放さないの？　だってお前たちはいがみ合っているじゃない……兄のマクシムのところへやるべきよ。最近もあの子を寄越してほしいと書いてきたわ」

彼は身を正した。蒼ざめ、断固とした調子だった。

「仲たがいしたままで別れるなんて！　いや、だめです。ずっと後悔し、治らない傷になってしまいます。もしいつか彼女が上京しなければならないとしても、遠く離れても互いに愛し合えるようでいたい……でもなぜ上京させるのですか？　私たちはどちらも不平を言っているのではありません」

フェリシテは性急すぎたと感じた。

「なるほどね、もしお互いに争うのが好きなら、何も言うことはないわ……ただ、この場合は、言わせてもらうなら、クロチルドの方が若干正しいわね。お前は私とあの子が少し前に会ったことを白状しろというのね。そうよ！　あの子には言わないと約束したけれど、あなたも知っておいたほうがいいわ。ええ、あの子は幸せじゃないわ。ずいぶん嘆いている。お前は私があの子を叱りつけて、もっと従順になるように説いたと思っているのでしょう……でも私にしてみれば、やっぱりお前のことがよくわからないし、お前のしていることは全部不幸につながると思うわ」

彼女は座っていたので、彼も部屋の隅に座らざるをえなかった。彼女は自分の思いどおりに、二人だけになれたことをひどく喜んでいるようだった。彼女はすでに何度もこのように説教したかったが、彼はそれを避けていた。彼女は何年も前から彼を苦しめていたが、彼は彼女を無視することなく、礼儀正しい息子であり続け、決してこの敬意のある頑なな態度を崩すまいと心に誓っていた。だから彼女がこの問題を持ち出すようになると、彼は完全な沈黙で逃げていた。

「ねえ」と彼女は続けた。「お前がクロチルドに譲歩したくないのはわかるわ。でも私ならどうなの？　もし私があのいまわしい書類を供犠にしてと頼んだら、あそこの、あの戸棚にある書類よ！　あなたが突然亡くなって、原稿が他人の手に渡ったらどうなるか少し考えてみて。私たちみんなの不名誉よ……それはお前の望むことじゃないわよね、そうでしょう？　じゃあ、あなたの目的は何なの？　どうしてこんな危険な遊びに意地を張るの？　燃やすと約束して」

彼は黙っていたが、最後には答えないわけにはいかなかった。

「お母さん、そのことは絶対に話題にしないとすでにお願いしたではありませんか……お母さんの意に添えません」

「でもとにかく」と彼女は叫んだ。「理由を言いなさい。お前には私たち家族も、向こうを通り過ぎる牛の群と同じぐらいどうでもいいものみたいね。でもお前だって家族の一員なのよ……ああ、わかっているわよ！　お前は家族の一員じゃないからこんなことをするのね。私だって時々驚くのよ。お前は一体どこから生まれたのだろうと不思議に思うわ。でもお前のしていることは、こうして私たちの名誉を汚し、母親の私を悲しませている。それをわかっていて止めないのは下劣なことよ……本当にひどい仕打ちだわ」

彼は憤慨し、沈黙を保とうとしながらも、しばし弁解したい気持ちに屈してしまった。

「あなたはひどい。間違っています……私はいつも真実の必要性、その絶対的な力だけを信じてきた。そうです、私は他人のことも、自分のことも、すべて言及しています。それはすべて言及することで、ただ善なることだけに取り組もうとしているのです……まずあの書類は公にする気はないし、個人的なメモの山であるから、手放すに忍びない。それにあなたの燃やしたいのがあれだけでないことはわかっています。私の他の研究もすべて火に投じたいのでしょう、ちがいますか？　それは私の望むところではありません。わかって下さい！　私が生きているうちは、ここでは決して、一行たりとも焼かせはしません」

しかし彼はすでに話しすぎたと後悔していた。というのも彼女が近寄ってきて、彼に迫り、きびしく問いつめるつもりなのが見て取れたからだ。

「それなら、最後まで言いなさい。お前は私たちの何をとがめているの……そうよ、例えば私なら、お前は私の何をとがめているの？　お前を苦労して育て上げたことじゃないわよね。ああ、財産を築くのには長くかかったわ！　今や私たちが多少なりとも幸福を味わっているのも、それを奪い取ったからよ。お前がすべてを述べ、すべてを紙切れに書きつけたら、私の家族が他の家族に対して、受けた以上の助力を与えたことを証明できるでしょう。私たちがいなかったら、プラッサンは二度も窮地に陥っていたのよ。それに至極当然なことだけど、私たちが恩知らずや妬み深い人たちばかりを得たとしたら、この期に及んでも町全体が私たちを汚すスキャンダルをどれほど喜ぶことか……お前もそんなことを望んではいけないのよ。それにお前だって、皇帝の退位や二度と立ち直れないようなフランスの壊滅後の、私の威厳ある態度は評価してくれるわよね」

「それではフランスのことは放っておきましょう、お母さん！」と彼が再び言った。彼女はあまりにも彼の敏感なところにふれていた。「フランスは強い生命を持っている。その急速な回復によって世界を驚かしつつあると私は思っています……確かに腐敗した要素はあります。私はそれを隠さなかったし、おそらくさらけ出しすぎた。だがあなたは私のことをほとんどわかっていない。私が傷口や亀裂を示すからといって、最終的な崩壊を信じていると思っているなら間違いです。私は生命を信じている。生命は絶えず有害な物体を取り除き、傷を塞ぎ、不純物や死の中にあっても健康へと、絶え間ない革新へと歩んでいるのです」

彼は興奮していて、自分でもそれに気づき、腹を立てた身振りを示し、それ以上話さなかった。母親は泣き落としを選び、何とか小粒の涙を少し流したが、すぐに乾いた。そして彼女は再び不安に沈み、老いを悲しみ、彼女もまた、せめて家族のために神と和解するようにと彼に懇願した。私が勇気の範を示してこなかったとでもいうのかい？　プラッサン全体が、サン＝マルク街も、古い地区も、新しい町も、全部が私の高潔な忍従に敬意を払ってはいないか？　私は恩返しを求めているだけけた。私が子供たち全員に求めるのは、自分がしたのと同じ努力なのよ。そうして彼女はウージェーヌの例を引いた。彼は偉大な男で、高位から失墜したが、もはや単なる一議員であることより他は望まず、死ぬまで、自らに栄光を与えてくれた今は亡き帝政を弁護するつもりだった。彼女はアリスティッドにも同じく多大な賛辞を送った。彼は決してあきらめず、一時はユニヴァーサル銀行の廃墟の中で不当な災難に呑みこまれてしまったにもかかわらず、新たな政治体制のもとで立派な地位を獲得するだろう。それなのにパスカルは一人だけ遠ざかり、自分がルーゴン家の最終的な勝利の喜びの中で、安らかに逝けるように何もしてくれないのか？　これほどまでに頭がよく、優しく、善良なのに！　ねえ、こんなことはおかしいわ！　来週の日曜はミサに行って、あの下劣な書類はすべて焼いてしまいなさい。あのことを考えるだけで気分が悪くなるのよ。彼女は懇願し、命令し、脅かした。だが彼はもはや答えず、落ち着き、恭しい敬意の態度で取りつく島もなかった。彼は口論を望んでいなかった。彼は彼女のことをよく知っており、彼女を納得させたり、過去のことであえて論争する気はしなかった。

「やれやれ！」と彼女は彼の断固とした様子に気づき、叫んだ。「お前は私たちの一員じゃないわ。私はいつも言ってきたわ。あなたは私たちの家名を汚しているのよ」

彼は頭を下げた。

「お母さん、冷静になって。私のことは許して下さい」

フェリシテはこの日我を忘れていた。だから家の入口のプラタナスの木の前でマルチーヌに会うと、自室に引っこんだところだったパスカルが開け放たれた窓からすべてを聞いていることも知らずに、憂さを晴らした。彼女は恨みをぶちまけ、彼に自分から書類を捧げるつもりがない以上、奪い取って消滅させてやるとまで誓った。しかし博士の身を凍らせたのはマルチーヌが声を抑えてなだめる様子だった。彼女は明らかにフェリシテの味方であり、待たなければなりません、急いではいけませんと繰り返し、お嬢様と自分は旦那様を追いつめ、一時たりとも安隠にはさせておかないという誓いを立てたと言った。旦那様を神様と和解させようと誓いました。だって旦那様のような聖人が宗教を持たないでいるなんてあってはならないことです。そして二人の女性の声は小さくなり、すぐに囁き声になり、おしゃべりや陰謀を語る押し殺した呟きから彼が理解できたのは脈絡のない言葉や、命令を下し、手段を講じる言葉、彼の自由の侵略だった。やっと母親が帰る時、若い娘のような軽い足取りとすらりとした物腰で、とても満足して遠ざかっていくのが見えた。

パスカルはしばらく無力感に襲われ、完全な失望を味わった。争って何になると自問していた。すべての愛情が自分に逆らって結ばれているというのに。たった一言で自ら火に飛びこまんばかりのあのマルチーヌも、私をこのように裏切っている。それは私のためなのだ！　そしてクロチルドは女中と手を組み、隅々まで企みを練り、助けを借りて私を罠にかけようとしている！　今や私は孤独で、周りには裏切り者しかいない。吸う空気さえ毒されている。でもあの二人は私を愛しているから、きっと最後には彼女たちの心を動かせるだろう。しかし背後に母親がいることを知り、彼女らの執拗さの原因がわかってから、彼女たちを再び引き戻せるとはもはや思わなくなっていた。研究のために生きてきた男の臆病さの中にあって、自分の情熱を抑えて女性から遠ざかっていたので、彼女たちが三人揃って彼を支配し、自分たちの意思に従わせようとしていると思うと、彼は打ちひしがれる思いだった。彼はいつも三人のうちの誰かが後ろにいる気がした。自室にこもっている時は隣の壁に気配を感じた。彼はつきまとわれ、もし頭の奥にある思想を見せようものなら、それを書き表す前にさえ、盗まれるのではないかという恐れを覚えていた。

パスカルが生涯の中で最も不幸な時期だと思ったのは間違いない。彼は絶えず防衛の立場を生きねばならず、消耗していた。時々足元で家の地面が崩れるような気がした。そして彼は唐突に、結婚しておらず、子供がいないことを後悔した。自分も生命を恐れていたのではないか？　自分のエゴイズムはまったく罰せられないのであろうか？　子供を持たないことの後悔がしばしば彼を苦しめ、道で彼に微笑みかける娘たちの明るい眼差しと出会うと、今や彼の目は涙に濡れるのだった。確かにクロチルドはいるが、それは別の愛情で、今では波乱含みであり、限りなく優しい穏やかな愛情、我が子の愛情ではなく、傷ついた心がまどろみを望むところではなかった。そして自分の存在の終わりを感じながら、彼が望んでいたのは何よりも継承であり、自分を永続させる子供であった。苦しみが深まるほど、生命に対する信念の中で、この苦しみを遺贈することにますます慰めを感じた。彼は自分が家族の遺伝的な身体欠陥をこうむっていないと思っていた。それでも時々遺伝が世代を飛び越え、自分から生まれる息子に祖先の異常が再び現れうるという思いはあったが、それさえも彼を思い止まらせなかった。腐敗した古代の祖先や長く忌わしい先祖の系譜にもかかわらず、彼はこの未知の息子がいつの日にかさずかることをいまだに望んでいた。それは思いがけない勝利や稀少な幸福、永久の慰めと豊穣を与える幸運の一撃を願うようなものだった。他人への愛情が揺らぐ中で、彼の心は血を流していた。もはや遅すぎたからだ。

九月の終わりのある重苦しい夜、パスカルは寝つけなかった。部屋の窓を一つ開けると、空は暗く、遠くで嵐が通過しているにちがいなかった。ひっきりなしに雷鳴が聞こえていた。プラタナスの木の暗い茂みははっきりと見分けられなかったが、時々稲妻の光を受け、暗闇の中でどんよりとした緑が浮かび上がった。彼の心は恐ろしい苦悩で充ち、最近の暗鬱な日々を、いまだ口論や高まりゆく裏切りや疑念の責苦のうちに暮らしていたが、その時突然、くっきりと思い出されたことが彼をおののかせた。略奪されるという恐れの中で、彼はついに大戸棚の鍵を常に持ち歩くようになっていた。しかしこの日の午後、暑さのあまり上着を脱いだ。するとクロチルドが部屋の釘にかけるのを見たことを思い出したのだ。いきなり恐怖がよぎった。もし鍵がポケットの奥にあると知っていたら盗んだはずだ。彼は急いで椅子の上に投げかけたばかりの上着を探った。鍵はなかった。まさにあの時盗まれたのだ。彼は確信した。夜中の二時が鳴った。彼は着替えず、ズボンのままで、裸足にスリッパをはき、乱れた夜着から胸がのぞいていた。そして荒々しくドアを押し開け、燭台を片手に部屋へ飛びこんだ。

「ああ、お見通しだぞ！」と彼は叫んだ。「泥棒！　人殺し！」

まさに予想通りだった。そこにはクロチルドがいた。彼と同じようにあらわな格好で、裸足の足に布地のスリッパをはき、脚ははだけ、腕はむきだしで、肩はあわらで、短いペチコートとシュミーズしかまとっていなかった。彼女は用心のために蠟燭を持っておらず、一方の窓の鎧戸を開けるだけにとどめていた。嵐は漆黒の夜空を南へ通過し、絶えずきらめく雷光が蒼白な燐光を書類に注いでおり、彼女にはそれで充分だった。古びた戸棚は開け放たれていた。彼女はすでに上の棚を空けて、腕一杯に記録を抱えて下ろし、真ん中の長机に放り出し、それらが机の上に乱雑に積み上がっていた。彼女は燃やす時間を確保できないという恐れから、記録を隠し、それから祖母のところへ送ろうと思い、夢中になって荷造りをしている最中だったのだ。その時突然蠟燭の光がすべてを照らし、驚きと抵抗の態度が明らかにされ、彼女を立ちすくませてしまった。

「君は私に対して盗みを働き、私を殺すのか！」とパスカルは猛然と繰り返した。

彼女はむきだしの腕の中にまだ書類を抱えていた。彼はそれを取り返そうとした。だが彼女は力の限り握りしめ、破壊行為に固執し、当惑も後悔もしていない、自らの正当な権利を持った女戦士だった。だから彼は分別を失い、逆上して飛びかかった。二人は争った。彼は彼女の素肌をつかみ、乱暴に扱った。

「いっそのこと私を殺して！」と彼女が呟いた。「私を殺すのよ。そうでなければ、私はすべてを引き裂くわ！」

しかし彼は彼女を離さず、自分の方に引き寄せ、激しく締めつけたので、彼女はもはや息ができなかった。

「盗みをした子供は罰を受けるのだ！」

血が数滴、腋のそばからふっくらとした肩に沿って流れていた。争いが絹のように繊細な肌に傷をつけていた。そして足はすらりと伸び、腕はしなやかで、顎は小さくしまり、上半身はほっそりとしている処女の肉体の繊細な伸長の中に神々しさと高鳴るあえぎを彼はしばし感じ、彼女を放した。力を振り絞って彼は書類をもぎ取った。

「さあ！　上の棚に戻すのを手伝ってくれ。こっちに来なさい。机の上のものを整理するところからだ……言うことを聞きなさい。わかったか！」

「わかりました、先生！」

彼女は近づき、手伝ったが、彼女の肉体に浸入してしまったかのような男性のこの抱擁によって屈服させられ、打ち砕かれていた。蠟燭が重苦しい夜の中で高々と炎をあげて燃え、二人を照らしていた。そして遠くからの雷鳴はずっと轟き続け、嵐に開かれた窓は燃えているようだった。

第5章

パスカルはしばし書類を見つめた。その山は膨大に見え、仕事部屋の真ん中を占める長机の上にでたらめに放り出されていた。乱雑さの中にあって、青い厚紙のファイルが口を開けていて、そこから手紙、新聞の切り抜き、印紙の付いた文書、手書きのメモといった資料があふれていた。

彼はすでに資料の山を分類しなおそうと、ファイルに大きな文字で書かれた名前を探し、決然とした身振りを示して、陥っていた陰鬱な内省から抜け出した。そして棒立ちになって押し黙り、蒼白な顔をして待っていたクロチルドの方を向いて言った。

「いいかい、私はずっとこの書類を読むことを禁止してきた。そして君は私の言うことを守ってきたのを知っている……ためらいがあったのだ。君が他の人のように愚かな娘だからではない。私は男のことも女のことも、すべてを君に教えた。それがよくないと思うのはきっと性質の悪い人たちだ……ただ、この人間の恐ろしい真実の中に早々と君を投げこんで、何かよいことがあるだろうか？　だから私たちの家族の歴史を君に見せなかった。これはすべての、人類全体の歴史だ。多くの悪と、多くの善……」

彼は言葉を区切り、決意を固めたようで、今では落ち着き、このうえなく力がみなぎっていた。

「君は二十五歳だ。知らなければならない……それにもう一緒に暮らすことはできない。君は夢想を飛躍させ、夢魔に取りつかれて生き、それを私に強いる。私はどんなにひどい現実であろうと、それを直視すべきだと思う。きっといずれ現実のもたらす一撃が、君をしかるべき女性にするだろう……私たちはあらためて一緒にこの書類を整理し、目を通し、読むことにしよう。この生命の恐るべき教訓を！」

それでも彼女がずっと動かなかったので、言った。

「はっきりと見なければならない。あそこの二本の蠟燭にも火をつけるのだ」

彼は完全な明るさを必要とし、目がくらむ太陽のような光を望んでいた。だから三本の蠟燭ではまだ光が足りないと思い、自室にある二つの大燭台を取りにいった。七本の蠟燭が燃え上がることになった。二人とも衣服は乱れ、彼の胸は露わになり、彼女の左肩の傷からは血がにじみ、腕や胸元はむきだしで、互いに目を合わせさえしなかった。二時が鳴ったばかりだったが、二人とも時間のことは頭になかった。二人は知ることへの情熱に燃えていたので、もはや眠気を忘れ、時間も場所も念頭になかった。嵐が開け放たれた窓から地平線でさらに轟いていた。

クロチルドはこのような激しい熱情を浮かべたパスカルの目を見たことがなかった。彼は数週間前から疲れ切り、精神的な苦悩のために、気配りのこもった優しさにもかかわらず、時々粗暴になっていた。しかし生きることの痛ましい真実へ降りていく時、彼の中には限りない愛情、博愛の哀れみへのおののきが生まれるようだった。何かとても寛容で偉大なものが彼の人格から発散され、それが恐るべき壊滅の事実を若い娘の前で弁解しているかのようだった。彼はすべてを告げることを決意していた。なぜならすべてを癒すためには、すべてを言わねばならないからだ。自分たちのすぐそばにある家族の者たちの歴史こそ宿命的な展開であり、何よりの論証ではないだろうか？　生命とはそのようなものであり、その生命を生きなければならないのだ。きっと彼女はそのことを知ることで寛容と勇気に充たされ、強くなるだろう。

「君は私に反抗するように駆り立てられている」と彼は続けた。「嫌悪すべき行為を強いられている。私はまさに君の意識を元に戻してあげたいのだ。君がわかってくれるなら、後は君の判断、行動次第だ……さあ、私と一緒に読むのだ」

彼女は従った。それでもこの書類は祖母があれほどの怒りをこめて話していたもので、少し怖気づいていた。しかしその一方で好奇心も目覚め、募るばかりだった。それでも男性の強い力で抱き締められ、打ち砕かれてたじろいでしまい、ためらっていた。先生の言うことを聞いて、一緒に読んでもいいのだろうか？　拒否するか、それとも従うかの権利しかないのだろうか？　彼女は受身の立場にあった。

「さあ、どうなんだ？」

「わかりました、先生。喜んで！」

最初に彼が示したのはルーゴン家とマッカール家の家系樹だった。いつもは戸棚ではなく、自室の整理机の中にしまってあり、大燭台を探しにいった時に持ってきたのだった。二十年以上前から更新し続け、誕生や死、結婚や一族の重大事を書きこみ、彼の遺伝理論に従って、それぞれに簡単な注釈が施されていた。それは黄ばんだ大きな一枚の紙で、折りじわがついてすりきれ、その上にはしっかりとした線で描かれた象徴的な樹形図が立ち上り、枝は拡がってさらに枝分かれし、大きな葉が五層に並んでいた。それぞれの葉には名前がつけられ、細かな字でその人生と遺伝的症例が入っていた。

この二十年来の作品を前にして学者の喜びが博士の心を捉えていた。そこには彼の定めた遺伝法則が明確で完璧なまでに当てはまっていた。

「さあ見てごらん！　君はずっと前から知っていたし、私の原稿を写してきたから、理解できるだろう……このような集合は美しいものだと思わないかい？　まったく明確にして完全な記録で、欠落はない。書斎での実験、黒板の上で提示され、解決される問題だと言われるかもしれない……見えるだろう、下の幹のところに共通の根株であるディッド叔母がいる。そしてそこから三本の枝が生える。嫡子のピエール・ルーゴン、庶子の二人、ユルシュル・マッカールとアントワーヌ・マッカールだ。そして新しい枝が伸び、分岐する。片方にはサッカールの三人の子供、マクシム、クロチルド、ヴィクトール、それにシドニー・ルーゴンの娘のアンジェリック。もう片方にはリザ・マッカールの娘のポリーヌ、そしてリザの妹ジェルヴェーズの四人の子供、クロード、ジャック、エチエンヌ、アンナ。そこの、彼女たちの弟のジャンのところで途切れる。次はここを見なさい、真ん中だ。私はこれを節と名づけている。嫡子の枝と庶子の枝がマルト・ルーゴンと従兄のフランソワ・ムーレで結びつき、新たに三つの分枝が生まれた。オクターヴ、セルジュ、デジレ・ムーレだ。しかしユルシュルと帽子職人のムーレから生まれた子供は他にもいる。シルヴェールの悲劇的な死のことは知っているね。それにエレーヌと彼女の娘のジャンヌだ。最後に一番上だ。梢の小枝は君の兄のマクシムの子供、かわいそうなシャルル、それに幼くして亡くなった二人、クロード・ランチエの息子のジャック＝ルイ、アンナ・クーポーの息子のルイゼ……永遠なる生命の樹液の鼓動の下で、全五世代にわたって、人間の樹は五回の春を迎え、五度人間を蘇らせ、幹を伸ばしてきたのだ！」

彼は活気づき、解剖図であるかのように、黄ばみ古ぼけた紙葉の上の事例を指で示し始めた。

「何度でも言おう、この中にすべてがあるのだ……さあ、直接遺伝の場合の分岐を見よう。母系遺伝はシルヴェール、リザ、デジレ、ジャック、ルイゼ、それに君だ。父系遺伝はシドニー、フランソワ、ジェルヴェーズ、オクターヴ、ジャック＝ルイ。そして混合遺伝には三つの事例がある。接合性はユルシュル、アリスティッド、アンナ、ヴィクトール。伝播性はマクシム、セルジュ、エチエンヌ。融解性はアントワーヌ、ウージェーヌ、クロードだ。顕著な四番目の例も明示しておくべきだろう。ほどよい混合だ。ピエールとポリーヌがそれに当たる。これらの相違ははっきりしている。例えば母系遺伝では父と身体的に似ることが時々あるし、父系遺伝ではその反対が起きる。つまり母と身体的に似るわけだ。一方混合遺伝では、身体的や精神的で父母のどちらが優勢に顕現するかはいくつかの要因に左右され、状況次第だ……次に、これは間接遺伝、傍系親族の間接遺伝だ。はっきりと証明された事例は一つしかない。オクターヴ・ムーレと伯父のウージェーヌ・ルーゴンの顕著な身体的類似だ。影響遺伝の事例も一つしかない。ジェルヴェーズとクーポーの娘アンナは、特に子供の頃、驚くほどランチエに似ていた。彼は母親の最初の恋人で、永久的な影響を彼女に与えたかのようだった……しかし事例が豊富なのは隔世遺伝だ。見事なケースが三つある。マルト、ジャンヌ、シャルルはディッド叔母と似ていて、この類似はこうして一、二、三世代に渡っている。これは確かに例外的な出来事だ。それというのも、私は先祖返りをほとんど信じていないからだ。配偶によってもたらされた新たな要素、偶然事、膨大な種類の混合が個々の特徴を急速に消し去り、個人を一般的なタイプへと連れ戻すのではないかと思われるのだ……そして残りのエレーヌ、ジャン、アンジェリックは潜在性ということになり、まさに化合であり、化学的な混合だ。両親の身体的精神的特徴が混じり合い、どちらの面影も新たな存在の中に認められないようだ」

沈黙があった。クロチルドは深い注意を払って聞き、理解しようとしていた。そして彼は今や一心不乱に目をずっと家系樹の上に注ぎ、自分の作品を公平に判断するつもりでいた。彼は自分自身に話しかけていたかのように、ゆっくりと続けた。

「そうだ。これはあたうかぎり科学的だ……ここには一族の者たちしか載せなかった。一族の外から来た配偶者たちや父母にも同じように紙面を割くべきだっただろう。彼らの血が私たちの血と混じり、修正を加えたからだ。私は厳密に家系樹を仕上げてみたことがあった。父と母は半分ずつ、世代から世代へ子供に伝える。それに従うと、例えばシャルルの場合なら、ディッド叔母の部分は十二分の一にすぎない。だがそれでは何の説明にもならなかった。二人は身体的に酷似しているからだ。それで私は外部からもたらされた要素を指摘し、結婚とそれがそのたびごとにもたらす新たな要因を考慮に入れることで充分なものになると思ったのだ……ああ！　歩み出したばかりの諸科学、仮説は初期の段階にあって想像力が主人である諸科学、それは学者の領域であると同時に詩人の領域なのだ！　詩人は開拓者として先頭を進み、しばしば未開の地を発見し、次なる解決を示唆する。獲得され、明確になった真実と未知の間には、まさに詩人たちに属する空白があり、そこから明日の真実が引き出されることだろう……遺伝は何という広大なフレスコ画を描き、何という巨大な人間的喜劇や悲劇を書くことであろうか。まさに家族の、社会の、そして世界の創世記なのだ！」

彼の目は茫然となり、自分の思索をたどることで、思い乱れていた。だがいきなり身体を動かし、再び書類に目を戻し、家系樹を脇に追いやりながら言った。

「とりあえずこれは後回しにしよう。というのも、今すぐ君に理解してもらうには、事実を確かめ、家系樹の中の要約された短いメモに表れた当事者全員の行動様式をつぶさに見なければならないからだ……書類を言うから、一つずつ渡してくれ。それぞれの書類の内容を君に示し、伝えよう。それから棚の上に戻すことにする……アルファベット順ではなく、事実を順序立てていく。そのように分類してみたいとずっと前から思っていたのだ……さあ、ファイルの上の名前を探してくれ。まずディッド叔母だ」

その時、雷が地平線で燃えるように光り、スレイヤードを斜めにかすめ、家の上に豪雨を降らせた。しかし二人は窓を閉めることさえしなかった。クロチルドは大きな文字でディッド叔母の名前が書かれている書類を手渡した。彼はそこからあらゆる種類の文書を引き出し、自分が書いた古いメモを読み始めた。

「それからピエール・ルーゴン……次にユルシュル・マッカール……さらにアントワーヌ・マッカールだ……」

彼女は黙ったまま、心は苦悩に締めつけられながらも、すべての命令にずっと従っていた。だから書類は列をなし、記録文書は陳列され、元の位置に戻り、戸棚を充たしていった。パスカル博士はルーゴン=マッカール一族の物語をクロチルドに語り始めた。

まず起源となるのはアデライード・フークだった。大柄で気の狂った女性、根元的な神経症の病巣であり、嫡子の枝ピエール・ルーゴンと庶子の二本の枝ユルシュルとアントワーヌ・マッカールを産む。すべては血塗られたブルジョワの悲劇であり、一八五一年十二月のクーデタの中で、ピエールとフェリシテのルーゴン夫婦はプラッサンの秩序を守り、シルヴェールの返り血を浴び、一族の繁栄を始動させたのだ。(『ルーゴン家の誕生』)

しかしその一方でアデライード老母、哀れなディッド叔母はテュレットに閉じこめられ、贖罪のために、死を待つ幽霊のような存在だった。そして貪欲な一味が世に解き放たれた。ウージェーヌ・ルーゴンにあっては権力に対する極端な欲望だった。彼は傑物で、家族の鷲であり、世俗のちっぽけな利害には軽蔑して目もくれず、権力のために権力を愛し、パリを古ぼけた長靴で征服し、来るべき帝国の策謀家たちとともに、国務院長官から大臣職へと成り上り、食いつ食われつの物欲しげな支持者と徒党を組んでいたが、クロランドという一人の美しい女性によって一時は敗北させられた。彼は彼女に愚かしいまでの欲望を抱いたが、その真なる強烈さゆえに支配者になるのだという激しい欲求が燃え上がり。彼は自らの全生命を否認して再び権力を我がものとし、副皇帝という誇らしげな王位に向かって歩んだのだ。(『ウージェーヌ・ルーゴン閣下』)

アリスティッド・サッカールにあっての貪欲さとは金や女や贅沢品に殺到する卑しい快楽であり、貪り食うような飢えは白熱した獲物の奪い合いが始まるやいなや、彼を路頭に放り出した。街を吹き抜ける異常な投機の突風はその至るところに穴を開け、再開発され、途方もない財産がわずか六ヶ月で築かれ、食いつぶされ、再び築かれた。金に酔い、深まる陶酔に夢中になった。妻のアンジェールを死に追いやり、自分の名を売ってルネと結婚することで、最初に必要な十万フランを手に入れたのである。そしてずっと後になって、財政的危機が訪れると、息子のマクシムと二番目の妻の近親相姦を黙認し、祝祭のようなパリの燃えんばかりの輝きの中での乱行にも目をつぶっていた。(『獲物の分け前』)

それから数年後に、またしてもサッカールはユニヴァーサル銀行という巨大な数百万フランに及ぶ搾取機関を作動させたのである。サッカールは決して打ち負かされず、成り上り、金の野蛮にして文明的な役割を理解し、大金融家として知勇両面に至るまで昇りつめ、アウステルリッツやワーテルローでのナポレオンのように、証券取引所という戦場に出陣し、勝利し、そして敗北した。無数の哀れな人々が災厄の中に呑みこまれ、彼の私生児ヴィクトールは予想もつかぬ犯罪へと解き放たれ、夜陰に乗じて姿を消した。そしてサッカール自身も冷酷無情な環境の中で、健気なカロリーヌ夫人に愛されていたが、おそらく彼の呪われた人生に対する応報であろう。(『金』)

そしてこの土壌から純白の大きな百合が芽を出す。シドニー・ルーゴンは兄サッカールの扇動者、多くのいかがわしい仕事の仲介者であるが、清らかで神々しいアンジェリックという私生児を出産する。アンジェリックは魔法の指を持つ若い刺繍娘であり、金糸で司祭の上祭服を織りながら魅力的な王子の出現を夢想していた。仲間である聖女たちに囲まれ、彼女は高らかに舞い上がり、頑なな現実と折り合うことなどできないのだ。だからアンジェリックもその結婚の日に死をもって愛を獲得するしかなかった。華やかな婚礼の栄光を告げる鐘が鳴る中で、オートクール家のフェリシアンの最初の接吻を受けながら。(『夢想』)

さて二つの枝、嫡子と庶子が接合する。マルト・ルーゴンは従兄のフランソワ・ムーレと結婚する。平穏な家庭生活は次第におかしくなり、最悪の事態を迎えるに至った。マルトは優しいが、悲しげな女で、町の征服をたくらむ大がかりな戦闘体制の中に巻きこまれ、利用され、押しつぶされてしまった。彼女にとって三人の子供は引き離されたも同然で、フォージャ神父の荒々しい力に心まで許してしまったのだ。そしてその時ルーゴン家はプラッサンを二度救ったのである。マルトが夫の放火した炎に照らされ、息を引き取ろうとした時、積み重なる怒りと復讐の思いで狂った夫は司祭とともに焼け死んだのだった。(『プラッサンの征服』)

三人の子供のうちのオクターヴ・ムーレは大胆な征服者にして明快な精神の持主であり、女たちを利用してパリに王国を樹立しようと決意しながら、腐敗したブルジョワジーの只中で地にまみれ、そこで恐るべき感情教育を学んだ。ある女からは気紛れな拒否を受け、別の女からはいいように操られ、姦通の泥まみれの乱脈さまで味わっていた。幸いなことにずっと勤勉で闘争家でもあったので、徐々に足を洗い、自らを成長もさせ、没落の音がきしんでいる腐敗した世界の卑しい駆け引きから身を遠去けたのだった。(『ごった煮』)

だからオクターブ・ムーレは高級商法の革命的勝利者となり、古い取引にこだわっている小さな商店を倒産させ、熱狂するパリの中心に巨大な誘惑の宮殿を屹立させたのだ。その宮殿は光輝き、ヴェルベット、絹、レースをあふれさせ、女たちを開拓することで王のような財産を手に入れ、ある日一人の復讐を担った娘が現れるまでは女たちを嘲笑しながら毎日を送っていた。そのとても素朴で賢いドゥニーズはムーレを征服し、貧しい彼女が求婚をはねつけるほどに彼の苦しみは募り、彼女の足元にひれ伏させた。彼女は売上金が雨のように鳴り響く下で、彼の王宮で優しくも彼女は求婚を受け入れるのだった。(『ボヌール・デ・ダム百貨店』)

まだ二人の子供がいる。セルジュ・ムーレとデジレ・ムーレだ。デジレは幼くて幸せな動物のように無垢で健やかであり、セルジュは洗練され、神秘的で、一族の神経の突出的なめぐり合わせで司祭職にはまりこんだ。そして彼は伝説的なパラドゥーでアダムのような冒険を再び試み、生まれ変わってアルビーヌを愛し、荷担する大いなる自然の中で、彼女を我がものとし、それから失い、またしても教会によって生命との永遠なる戦いに引き戻され、自らの性を死に至らしめるために戦い、死んだアルビーヌの肉体の上に儀式としての一握りの土を振りまいた。ちょうどその時デジレは動物たちと親しく戯れ、家禽小屋の盛んな繁殖力の中にあって、喜びの声を上げていた。(『ムーレ神父のあやまち』)

遠く離れた場所に目をやれば、甘美にして悲劇的な人生の一面が始まっていた。エレーヌ・ムーレはパリを見下ろすパッシーの高台で娘のジャンヌと静かに暮していた。パリは広く果てもない人間の大海であり、それを目の前にして、この痛ましい物語が展開される。エレーヌのかりそめの恋、夜になってたまたま娘の枕元に連れてこられた医師への熱愛がジャンヌに病的なまでの嫉妬をもたらす。それは恋に落ちた母の愛情を取り戻そうとする本能的嫉妬であり、すでにあまりにもさいなまれていたジャンヌはそのために死んでいくのである。まったく貞淑な生活の中における欲望のひと時の恐るべき代償であり、哀れで愛しい娘は一人だけ高台に残され、永遠のパリを目の前にする静かな墓地の糸杉の下に葬られた。(『愛の一ページ』)

リザ・マッカールとともに庶子の枝の物語が始まる。彼女は冷静にして賢明で、腹を満たす羽振りのいい生活をしていた。女主人としてきれいなエプロンをつけ、豚肉中心の惣菜屋の入口から中央市場へ笑みを振りまいていた。そこでは民衆の飢えがうなりを発し、太った者とやせた者の積年にわたる戦いがあった。義兄のやせたフロランは太った魚屋や商店の女将たちから憎まれ、追いつめられていた。そして太った女主人自身もまったくの誠実さから、許しを与えようとせず、すべてのまっとうな人々が納得するように働きかけ、フロランを脱走してきた共和主義者として逮捕させた。(『パリの胃袋』)

この母親から最も清らかで人間的な娘が生まれた。ポリーヌ・クニュは沈着で理性的にして、知恵を備え、人生を甘受する処女であり、他者を愛することにおいてあまりにも情熱的だったので、彼女の出産適齢期にある肉体の反抗にもかかわらず、友達に婚約者のラザールを与え、さらにその不和の家庭から子供を救い、まさしくその母親となり、常に自分を犠牲にし、身を砕きながらも、毅然として明るく、大きな海を目の前にする変化のない孤独な片隅にあって、苦痛をわめきながら、死にたくはない病める者たちの小世界にいた。(『生きる歓び』)

そしてジェルヴェーズ・マッカールが四人の子供と一緒に登場する。ジェルヴェーズは足が不自由だったが、愛らしく働き者で、愛人のランチエによってパリの場末に捨てられ、そこで彼女はトタン職人のクーポーと出会った。道楽者ではなく、勤勉な労働者へと結婚した彼女は、最初とても幸せで、開業した洗濯屋には三人の働き手がいた。それから夫とともに避けられない環境の退廃へと流され、彼は次第にアルコールに征服され、恐るべき狂気と死に取りつかれてしまう。そして彼女自身も堕落し、怠け者になる。ランチエの出戻りがとどめとなり、三人の共同生活という言葉にもできない醜悪さの中にいた。つまり彼女は人をたぶらかす悲惨さの哀れな犠牲者であり、ある晩、腹を空かせたまま死んでしまう。(『居酒屋』)

彼女の長男のクロードは精神が不安定で、偉大なる画家として痛ましいまでの才能を持ちながら、傑作を完成させられないという狂気を覚え、思い通りにならない指は傑作をものにさせてくれないのだ。常に抜きん出た猛烈な闘士にして、作品に責めさいなまれる殉職者であり、女性を崇拝しながらも、妻のクリスティーヌを犠牲にする。かつて激しく愛した優しい妻をかえりみず、絵の中の女性に神聖なものを見るのだが、彼の絵筆は至高の裸体を仕上げられず、創作の激しい情熱、創作の飽くなき欲求の中で恐ろしいばかりに苦しんでいた。彼はそれに満足できず、首吊り自殺を遂げた。(『制作』)

ジャックは犯罪者気質で、彼の遺伝的欠陥は血への本能的渇望へと向かっていた。それは女であれば誰でもよく、また娼婦のはだけた胸から流れる若く新鮮な血に対する渇望であり、彼が抗っていたこの忌まわしき病は従順で官能的なセヴリーヌと愛を交わすことで目覚め、彼女自身も殺人という悲惨な一件によって絶えざるおののきの中に投げこまれていた。さらに彼は発作の後で、彼女の白い胸元を見て狂おしくなり、彼女を刺し殺した。これらの獣人のすべての残忍さは彼が乗っている機械の響きの中で、汽車が全速力で走るにつれて、駆り立てられるのである。ある日彼をおかしくさせた愛する機械は機関手を失い、地平線の未知の災厄へと走り続けた。(『獣人』)

次はエチエンヌだ解雇され、文無しとなり、三月の冷え切った夜の闇に埋ずもれた町にたどりつき、すべてを呑み尽くす竪坑に入り、粗野な男に横取りされることになる気の毒なカトリーヌを愛した。炭鉱夫たちとともに悲惨で雑然とした下層の暗い生活を送るが、ある日飢えに苦しみ、蜂起を煽動され、パンを求めて叫ぶ気の毒な人々は平野をうろつき回り、破壊行為や火事の中で威嚇する軍隊の銃弾だけが発射され、恐るべき大激動がこの世の終わりを告げているようだった。マユの一家の復讐の血はいつか目覚め、アルジールは飢えで死に、マユは弾丸で殺され、ザカリはガス爆発で死に、カトリーヌは地下に残され、マユの妻は一人だけ生き残り、死者たちに涙を流し、三十スー稼ぐために再び炭鉱の中に降りていった。一方でエチエンヌはストライキの主謀者として敗北しつつも、将来に労働者の要求の実現を信じ、四月のほのぼのとした朝に立ち去るのだ。新しい世界の確かな気配を耳に覚えながら。その萌芽はまもなく大地に充ちあふれるであろう。(『ジェルミナール』)

そこでナナは復讐者になる。場末の卑猥な社会に芽生えた娘で、下層の腐敗に飛び交う金蝿であり、黙認され、隠蔽されているが、羽ばたきの中に破滅の誘因を持ちこみ、貴族階級をもてあそんで腐敗させ、自惚れだけの男たちを毒まみれにし、彼女が窓から入りこんだ宮殿の奥で、意図しないまま破滅と死につながるすべての行為が繰り拡げられるのだ。ヴァンドゥーヴルの禁欲の炎、中国の海をめぐるフーカルモンの哀愁、善良な人間としての人生をないがしろにするシュタイネルの破産、ラ・ファロワーズのどうしようもない弱さ、さらにミュファの悲劇的失脚、前日監獄から出たばかりのフィリップに見守られるジョルジュの青白い死体。時代の汚れた空気の感染のすさまじさゆえに彼女も腐敗し、息子のルイゼの死の床で黒ずんだ天然痘が破裂するのだ。一方で窓の下にあるパリは戦争の狂気に昂奮し、酔いしれて時を過ごし、すべての崩壊が押し寄せていた。(『ナナ』)

ついにジャン・マッカールの出番となる。労働者にして兵士だった彼は農民になり、汗を流して麦をまき、苛酷な土地に取り組んだ。それは何よりもその地方の農民との戦いでもあり、ずっと辛抱強く所有するという欲求を土地に傾ける長くて厳しい征服、困難を伴う欲望だった。フーアン老夫婦は彼らの肉を与えるかのように畑をゆずり、ビュトー夫婦は激怒し、うまごやしの生えた土地の相続を急がせるために尊属殺人まで犯したのだ。頑固なフランソワーズは鎌の一撃を受け、無言のまま土くれのような家族を思って死んでいく。すべては昔ながらの蛮行から少しも解放されていない単純にして本能的な者たちが起こした惨劇であり、人間が大地の上で繰り拡げる汚れだが、唯一永遠なのは広大なる大地であり、行きては帰ってくる母なる大地で、その罪までも愛するのだ。生きるものの悲惨さやおぞましさを伴ってでも、大地は未知の目的に向って生命を絶えず再生させようとする。だからまさにジャンがそうした存在であり、妻を失い、戦争の最初の噂を聞きつけ、再び軍隊に入り、大地が備えている限りなき豊饒さ、永遠に蘇える生命力を信じていた。(『大地』)

そしてまたしてもジャンだ。ジャンは最後の壊滅においても、最も素朴で堅固な兵士であり、悲惨で宿命的な災厄に巻きこまれた。スダンの戦いで帝国は崩壊し、祖国は危機に追いやられた。ジャンは常に賢明にして慎重であり、希望を揺るがすことなく、父親のような優しさで戦友のモーリスを元気づけていた。モーリスはブルジョワの異端児で、贖罪を宿命づけられていた犠牲者だった。ジャンは容赦なき宿命がモーリスの腐った肉体を倒すために、まさに自分自身を選んだことを知った時、血の涙を流した。それからすべてが終った後で、絶えざる敗北、悲惨な内乱、プロシアへの地方の譲渡、何十億フランの賠償金の支払いが引き続いて起き、ジャンはフランスを再建するという厳しい大仕事に取り組むために自分を待っている大地へと戻っていった。(『壊滅』)

パスカルは話を止め、クロチルドは次から次へとすべての書類を手渡し終えていた。彼は書類の束を受け取ると綿密に調べ、分類しなおし、戸棚の上の棚に置き終えた。息を切らし、この活発な人間たちにあてられて消耗し、ひどく息遣いが乱れていた。一方で若い娘は言葉もなく、身動きもせず、あふれんばかりの生の奔流に茫然とし、考えることも判断を下すこともできず、ずっと佇んでいた。嵐は続き、雷鳴が暗い田園に轟き、豪雨はとめどなかった。恐ろしい炸裂音を伴って近隣の木々に雷が落ちたところだった。蠟燭の火が大きく開かれたままになっている窓からの風を受け、怯えるように揺らめいた。

「ああ！」と彼は再び書類を指し示しながら続けた。「これが世界であり、社会にして文明というものだ。善も悪もあらわになり、生命全体がすべてをもたらす鍛冶仕事と炎の中にある……そうなのだ。今や私たちの一族は科学における模範例になりうるだろう。科学の望みはいつか、神経と血液の偶然の法則を厳密に確定することにある。つまりある一族において、始祖の器官障害の結果として発生し、環境に従い、一族の各人における感情、欲望、情熱、あらゆる人間的、自然的、本能的表出を決定する。そこから生み出されたものが美徳や悪徳と名づけられるのだ。さらにこれは歴史的記録だ。クーデタからスダンまでの第二帝政期を物語っている。というのも私たち一族は民衆から生まれ、現代のあらゆる社会に拡がり、あらゆる状況に関与し、はちきれんばかりの貪欲さ、現代の本質である衝動性、下層階級を享楽に駆り立てる鞭の一撃によって、社会総体を横断して進んでいく……私は君に一族の起源を話した。プラッサンから始ったのだ。そして私たちはまだこのプラッサンにいるのだ。出発の地点に」

彼は再び言葉を中断させた。ある夢想が彼の言葉を緩慢にさせた。

「何と恐ろしいまでに感動的な集団であることか！　何と甘美にしてすさまじい出来事、何という喜び、何という苦しみだ。それがこの膨大な事実の塊の中にふんだんにあるのだ！　ここには純粋な歴史がある。帝政は血の中で樹立され、まず享楽的で無情な独裁者は歯向かう都市を制圧し、それから緩慢に崩壊へと滑り落ちていき、血の中で没落する。そのあまりの血の海に国全体が溺れそうなほどだった……大小の商業、売春、犯罪、土地、金、ブルジョワ、民衆に関する社会的研究でもある。民衆は場末の掃きだめで腐敗し、まさに工業化の只中で反発する。卓越した社会主義の力はますます増大し、新たな世紀が孕まれる……偽りのない人間研究だ。秘められた出来事、愛の物語、不正な自然に対する知と心の闘い、あまりにも高邁な務めに悲鳴を上げる人々の挫折、自らを犠牲にし、苦悩をものともしない善意の叫び……空想的でもある、現実の彼方への想像力の飛翔だ。どの季節にも花々が咲き誇る広大な庭園、精巧に作られたすばらしい尖塔のあるカテドラル、楽園から堕ちた驚くべき物語、接吻の中で再び昇天していく理想的愛情……すべてがあるのだ。最上のものも最低のものも、卑しいものも崇高なものも。花々、泥土、嗚咽、笑い。果てもなく人間を押し流す生命の奔流までも！」

彼は再びテーブルの上の家系樹を取り上げ、よく拡げ、指であちこちを示しながら、今度はまだ存命の一族の者たちを列挙し始めた。失墜した有力者ウージェーヌ・ルーゴンは議会にあって、壊滅へと追いこまれた旧世界の証人であり、不動の擁護人だった。アリスティッド・サッカールは宗旨替えをし、共和派になって窮地を逃れ、大新聞社の社長として新たに大金を稼いでいた。一方で彼の息子のマクシムはボワ・ド・ブーローニュ通りの小さな館で恐ろしい苦痛にさいなまれ、品行方正に金利暮らしをしていた。もう一人の息子のヴィクトールはまったく姿を現さず、犯罪の闇の中をうろつき、まだ監獄に入っていなかったが、世間から見放され、いずれ未知の絞首台に至るだろう。シドニー・ルーゴンはかなり前に、いかがわしい仕事に疲れて姿をくらませ、隠遁していたが、修道女のような厳粛さをもつようになり、ある教団に庇護され、宗教慈善団体の会計係として未婚の母の結婚を手助けしている。オクターヴ・ムーレはボヌール・デ・ダム百貨店の社長で、その巨万の財産は絶えず増え続け、冬の終わり頃に愛する妻のドゥニーズ・ボーデュとの間に二人目の子供が産まれる。とはいえ、彼もわずかばかり精神が狂い始めている。ムーレ神父はサン＝トゥトロープの主任司祭で、沼地の峡谷の奥に妹のデジレと閉じこもり、謙遜をきわめ、あらゆる昇進を断わり、肺結核の進行に苦しみながら、聖人として治療を拒み、死を待っている。エレーヌ・ムーレは世間から遠く離れ、新たな夫のランボー氏に熱愛され、マルセイユ近郊の海辺の小さな地所でとても幸福に暮らしていたが、再婚相手との間には子供ができなかった。ポリーヌ・クニュはフランスのもう一方の端である大洋に面したボンヌヴィルにずっといて、叔父のシャントーが亡くなってからは、ポール坊やと二人きりで、結婚しないと心に決め、妻を亡くし、財産を築こうとアメリカへ発ってしまった従兄のラザールの息子にすべてを捧げるつもりでいる。エチエンヌ・ランチエはモンスーのストライキの後パリへ戻り、かなり後になって、コミューンの蜂起に身を危くした。彼はコミューンの思想を夢中になって擁護していたのだ。彼は死刑を宣告され、そして特赦を受けて流刑となり、今ではヌメアにいる。だが噂によれば、彼はそこですぐに結婚し、子供をもうけたらしい。だが子供の性別もはっきりとはわからない。最後にジャン・マッカールだ。彼は血にまみれた一週間の後に除隊し、故郷へ戻り、プラッサンのそばのヴァルケラスに身を落ち着け、そこで運良く裕福な農民の一人娘である丈夫なメラニー・ヴィアルと結婚し、義父の土地を肥沃なものにした。妻は初夜から妊娠し、五月に男の子を産み、また妊娠して二ヶ月だった。母親が子供に乳を飲ませる暇もない豊饒な多産さの一例だ。

「確かにそうなのだ」と彼は小声で続けた。「一族の人々は退化した。ここにあるのはまったくの衰弱、急速な堕落だ。まるで私たち一族は享楽に駆られ、欲望を貪欲に満足させながら、あまりに早く燃えつきてしまったかのようだ。ルイゼは幼児で亡くなった。ジャック＝ルイは半ば知恵遅れで、神経を病んでいた。ヴィクトールは野蛮状態に逆戻りし、どのような闇の中を駆けているかわからない。あの哀れなシャルルはあまりに美しくてひ弱だ。これが家系樹の梢なのだ。生気のない幹の先端から、太い枝々の力にあふれた樹液がほとばしることはありえないだろう。幹には虫がいたが、今では果実の中に入りこみ、貪り食っている……だが決して絶望すべきではない。家族は永遠なる生成だ。家族の根は共通の祖先を越え、生存した一族の底知れぬ温床を貫き、源初の存在まで伸びている。だから家族は終わることなく成長し、拡がり、未来の奥底へ向かって限りなく枝分かれしていくだろう……私たちの家系樹をよく見るのだ。五世代など取るに足りない。巨大にして暗闇に包まれている人類の森林の中にあっては、草一筋の重要性すらない。民衆は樹齢数百年の樫の巨木なのだ。大地をつかんでいる巨大な根だけを考えるのだ。生命の豊饒な永遠の息吹きの下にあり、淀みなく梢が左右に伸びている海で、先の葉が他の葉と絡み合い、絶えず拡がっていくことを考えるのだ……そうなのだ！　希望はそこにある。外からやってくる新たな血によって家系が日々回復されるところにある。結婚は毎回別の要素をもたらし、良いものも悪いものも、それでも必然的に進んでいく退化を阻害する効果がある。裂け目は埋められ、欠陥は消え、運命的な平衡が数世代の後に復活する。だからかならず最終的に出現してくるのは普通の人間だ。はっきりとした像を描けないが、知られざる仕事に粘り強く取り組み、未知の目的に向かって突き進む人間だ」

彼は言葉を止め、長い溜息をついた。

「ああ！　私たちの家族は一体どうなるのだろう？　どのような存在に突き当たるのだろう？」

そして彼は言葉を継いだが、もはや名前を挙げてきた生存者たちを気にかけず、彼らの書類を分類してしまった。彼らのありうる末路についてはわかっていたからだ。しかし彼はまだ幼い子供たちに強い関心を抱いていた。ヌメアの医師に手紙を書き、エチエンヌの妻や彼女が産んだ子供について正確な情報を得ようとしたが、返事はなく、家系樹がこの点については不完全なままになると心配していた。オクターヴ・ムーレの子供二人についてはずっと資料が集まっていた。ムーレとは手紙のやり取りを続けていたからだ。女の子は身体が弱く、不安なところがあるが、男の子は母親似ですくすくと育っていた。しかし彼はジャンの子供たちにさらに確固とした希望を抱いていた。最初に生まれたのは大きな男の子で、大地を潤す一族の若き樹液や新しい生命を備えているように思えた。彼は時々ヴァルケラスに赴き、豊饒な一隅に幸せを覚えながら帰ってきた。父は穏やかで分別があり、勤勉に耕していて、母は陽気で純真で、子供を産める大きな腰つきをしていたからだ。どこから健全な枝が生まれるか誰にわかるだろうか？　おそらく望みをかけている賢者、強者はそこから芽を出すだろう。家系樹の美観にとって残念なのは、この男の子や女の子たちがまだ幼すぎて分類できないことだった。そして彼は独身で過ごしたことを秘かに後悔していたが、この未来の希望であるブロンドの幼い子供たちに対して、言葉の中に感動をこめていた。

パスカルは自分の前に拡げられている家系樹をずっと見つめていた。彼は叫んだ。

「だがこれは全体を包括しているし、決定的なものになっているのだ。さあ、見てごらん！　繰り返すが、ここであらゆる遺伝の症例が一堂に会している。理論を定式化するために、私は事実の集積から根拠を樹立するしかなかった……ようやくこの驚嘆すべきものができたのだ。それを指でたどってみる。同じ株から生まれた者たちは誰もが共通の祖先の必然的な変化に過ぎないのに、どうして根本的に異なって現れるのか。幹が枝を説明し、枝が葉を説明する。君の父のサッカールの場合は、伯父のウージェーヌ・ルーゴンと同じく、気質と生命があまりにも相反しているために、同じ衝動が一方では無秩序な貪欲を生み、もう一方では極端な野望を生んだ。清純な百合のようなアンジェリックはいかがわしいシドニーから生まれるが、その生来の夢想癖が神秘に向かうのか、愛に向かうかは環境次第なのだ。ムーレ夫妻の三人の子供は同じ息吹きに駆り立てられている。聡明なオクターヴは女性の服飾品を販売することで百万長者になり、信心家のセルジュは田舎の貧しい主任司祭になり、白痴のデジレは幸福な美しい女性になった。だがジェルヴェーズの子供の例はさらに衝撃的だ。過度の神経症だ。だからナナは娼婦、エチエンヌは反逆者、ジャックは殺人者で、クロードは天才なのだ。一方で彼らの本従妹にあたるポリーヌはすばらしい誠実さを持ち、努力し、自らを犠牲にする人間だ……これが遺伝だ。愚者、狂人、犯罪者、偉人たちを生み出す生命そのものだ。ある細胞が流産して、別の細胞がその位置を占める。だから天才や天真爛漫な人間が生まれるところに、悪党や狂暴な狂人が現れる。人類は流転し、すべてを押し流すのだ！」

それから彼の思いは新たに揺れ動いた。

「それに動物たちだ。苦しみ、愛する獣は人間の未完成な部分を示しているようだ。これらの身近なすべての動物たちとともに私たちの生命はある。そうなのだ。私は彼らを救い上げ、一族の中に場所を与え、常に入り混じり、私たちの生存を補っていることを示したかった。私にはわかる。猫のいることが家に不思議な魅力を与え、かわいがられていた犬の死は涙を催させ、心に慰めがたい悲嘆を残す。とても大事にしている山羊、雌牛、驢馬の個性はあまりにも大きな役割を占めていたので、その物語を書かずにはいられなくなる……そうだ！　私たちにとっての老馬のボノムだ。哀れな老馬は四半世紀の間つくしてくれた。彼の血と私たちの血と混ざり合ってきたし、だから彼は家族の一員ではないだろうか？　私たちが彼を変えてきたように、彼自身も私たちに多少の影響を与えてきたので、最後には互いによく似てくる。まさにそれは真実だ。だから彼が今や半ば目が見えなくなり、ぼんやりとし、足はリューマチで不随になっているのを見ると、まるで年老いた気の毒な親を抱えているような気がして、その両頬に接吻してしまう……ああ、動物たち！　地を這い、人間の下で嘆くものたちよ。生命の歴史の中にあって、どれほどの深い共感を寄せねばならないことか！」

それが最後の叫びだった。パスカルは生けるものに対する自らの優しさを高揚させた。彼は次第に興奮し、自らの信念を告白し、活発な自然の止むことのない力強い労働のことまで語っていた。そしてクロチルドはそれまで一言も話すことなく、自分に襲いかかってくる多くの事実に打ちのめされ、蒼白になっていたが、ようやく口を開いて尋ねた。

「それなら先生、私もその中に入っているの？」

彼女は家系樹の紙の上にほっそりとした指を置いた、そこに自分の名前が書きこまれていた。先生はずっとこの紙を手にしていたのだ。だから彼女は主張した。

「そうよ、私のことよ。私はどうなっているのかしら？　どうして私の書類は読んでくれなかったの？」

彼はしばし質問に驚いたかのように黙っていた。

「どうしてだって？　だって何の意味もないからだ……君に隠すことなど本当に何もない。……ここに書かれている通りだ。〈クロチルド。一八四七年生。母系。隔世遺伝。母方の祖父が身体的精神的に優勢……〉。まったく明瞭だ。君は祖父母親を受け継いでいる。食欲が旺盛だし、まったく同じように美人で、時々怠惰にはなるが、従順だ。そうだ、君はお母さんのようにとても女らしいし、あまり気づいていないようだが、愛されることをとても願っている。それに君のお母さんは大の小説好きで、一日中寝そべっているのを好む空想家であり、本を読んで夢想にふけっていた。おとぎ話に夢中になり、トランプ占いをしてもらい、夢遊病者に伺いをたてていた。だから私は君が神秘に心を奪われ、未知のものに気がかりなのはそこからくるのだとずっと思っていた……だが君を作り上げ、二面性を与えたのは、祖父のシカルド指揮官の影響だ。彼のことは知っている。傑出した人物ではないが、生一本で精力的だった。率直に言って彼がいなければ、君はそれほどの人間ではなかっただろうと思う。というのもその他の人間からの影響は決して好ましいものではないからね。彼は君の存在に最上のものを与えたのだ。奮闘する勇気、高潔さ、それに誠実さだ」

彼女は注意深く彼の話を聞き、苦しくて少し震えていたにもかかわらず、その通りよ、傷ついてはいないわと言うつもりで、軽くうなづいた。だが彼女の親族や母親について知らされた新たな詳細が唇を震わせた。

「よくわかりましたわ！　ところで先生、あなたのことは？」と彼女は言った。

すると彼はためらわずに叫んだ。

「ああ、私のことか！　何のために私のことを話すのだ？　私はちがう。一族の者じゃない！　そこに書いてあるだろう。〈パスカル。一八一三年生。潜在性。化合。両親の身体的精神的特徴が混ざり、そのどちらも新たな存在の中には現出していないようだ……〉。母がいつも私に言っている。お前はちがう。お前がどこから来たのかわからないと！」

彼の中に安堵の叫び、無意識の喜びのようなものがあった。

「それに住民はよくわかっている。君は町で私がパスカル・ルーゴンと呼ばれるのを耳にしたかい？ないはずだ！　いつだって、ただパスカル先生と呼ばれてきた。それというのも、私が例外だからだ……だからあまりほめられたことではないが、私はそれをとても歓迎している。というのも、あまりに重すぎて耐えがたい遺伝が実際にあるからだ。私は一族全員を愛しているが、自分が別で、異なっていて、何も共通するところがないと思うと、そのことで心が弾む。ああ、私は一族の者とはちがう、ちがうのだ！　私は純粋な息吹きに強く支えられ、勇気を出し、ここに一族全員を集合させ、ありのままの姿をこの書類の中に記している。そしてさらなる生きる勇気を見出しているのだ！」

それから彼は黙りこんでしまい、沈黙に包まれた。雨は止み、嵐は過ぎ去り、雷の音は次第に遠去かっていった。一方で田園はいまだ暗かったが、すがすがしくなり、湿った大地の心地よい香りが開け放たれた窓から立ち昇ってきていた。静かになった大気の中で、蠟燭は燃えつきようとし、穏やかな長い炎が点っていた。

「ああ！」とクロチルドは打ちひしがれたように大きく身を振り、短く言った。「どうなるのかしら？」

彼女はある夜、麦打場でそのことについて苦しみの叫びを上げていたのだった。生きることはいまわしい。どうすれば、穏やかに、幸せに生きることができるだろうか？　科学は恐ろしい光を世界に投げこみ、人間のあらゆる傷口まで分析し、醜悪さをさらけ出した。そして彼はさらに露骨に話し、彼女が生きとし生けるものに抱いていた嫌悪感を強め、一族そのものを解剖室の床の上にまったくむき出しにしてしまった。三時間近くにわたって、目の前を濁流が走っているようだった。それは最悪の暴露であり、彼女の親族、大切な人たち、彼女が愛さねばならない人たちについての突然で恐ろしい真実だった。金融犯罪の中で膨れ上がる父親、近親相姦を犯す兄、良心のとがめを感じることなく正当な人たちの血にまみれた祖母、その他にもほとんど全員が欠陥を抱えている親類たち、飲酒み、倒錯者、人殺し、人間の樹の醜悪な開花だった。彼女にとってこの衝撃はあまりにも残酷なものであり、このように一挙に教えられたあらゆる生命に痛ましいまでに茫然とし、我を失っていた。それでもこの教えは強く揺さぶることがあっても、正しいものだと思えてきた。何か偉大で善良なもの、深い人間的な息吹きによって、彼女の心は最初から最後まで湧き立っていたのだ。彼女に何も悪意は伝わってこなかった。不快な海風、嵐の突風に鞭打たれているように感じたが、それは寛大で健やかな胸の中から流れ出ていた。先生はすべてを言い、包み隠さず私の母のことまで話し、私と向かい合いながら、いささかも事実を裁こうとしない客観的な学者の態度を崩さなかった。すべてを知り、すべてを癒すためにはすべてを言わなければならない。それがあの美しい夏の夜に、先生が発した叫びではなかっただろうか？　そして彼女は多くのことを学びすぎたために動揺し、あまりのまばゆい光によって目が見えなくなっていたが、ようやく理解し、先生が巨大な作品を試みていることを悟った。いずれにせよ、それは未来への希望と健全さの叫びだったのだ。遺伝が世界を作っているからこそ、その法則を定め、意のままに扱い、幸福な世界を再生させたいと望む慈悲の人として先生は話していたのだ。

それでは、先生が開いた水門からあふれる流れには泥しかないのだろうか？　土手の草花と混じり、どれほどの黄金が流れてしまったことだろう！　多くの人間がまだ彼女の前を走り抜けていて、彼女は魅力的で優しげな姿、若い娘たちの繊細な横顔、女たちの晴れやかな美しさに心を奪われていた。そこではあらゆる受難の血が流れ、優しい昇天の中であらゆる心が開かれていた。多くの女たちの姿があった。ジャンヌ、アンジェリック、ポリーヌ、マルト、ジェルヴェーズ、エレーヌ。彼女たち、そして他の者から、さらにあまり善良でない者や恐ろしい者といった最悪の一団からでさえ、親愛に充ちた人間性が立ち昇っていた。そしてまさにこの息吹きが自分の前を通り抜けていくのを感じたのだった。先生が学者の明確な教えによってもたらしたのはこの大いなる共感の流れだったのだ。先生は少しも感傷的になっていないようだったし、論証する者の客観的な態度を崩していなかった。しかしその心の奥にはどこか悲嘆にくれた優しさ、献身的な熱望があり、他者の幸福のために自分の全存在を犠牲にしようとしているのだ！　先生の全仕事は厳密に構成されているが、痛烈な皮肉に至るまで、この痛ましい友愛に包まれている。動物たちが苦しむ哀れな生者たち全員の老兄だと先生は言わなかっただろうか？　苦悩が先生を激昂させていたが、それはあまりに高揚した夢想ゆえの怒りだった。まがいものやその場しのぎのものに対する嫌悪で腹を立てることもあった。一瞬の輝きを見せる社会ではなく、万人のために、人間の歴史のあらゆる危機のために働くことを夢見ていたからだ。おそらく日常の陳腐さへの反抗でもあるのだ。それが先生を大胆な挑戦へと追いやり、理論化、応用化へと進ませたのだ。だから先生の作品は人間的であり、生きとし生けるものへの激しい嗚咽にあふれているのだ。

でもこれが生命なのだろうか？　絶対的な悪は存在しない。人間は決して性悪ではなく、常に誰かに幸福をもたらす。だからある視点に固執しなければ、最後にはそれぞれの存在の有益さに気づく。神を信じる者は、その信仰する神が悪人を雷で打たないとしても、それは神が自らの営みの全体的歩みを眺めているので、個人に手出しできないのだと思わなければならない。仕事は終ったかと思えば、また再び始まり、生者たちはそれでも驚くべき勇気と勤勉を保っている。つまり生命への愛がすべてを活気づけているのだ。人間の巨大な労苦、生命への執着は陳謝であり、贖いだ。そしてはるか高みからの眼差しはもはやこの絶えざる闘争を眺めるだけで、多くの悪があるにせよ、多くの善の存在しか見ないのだ。大きな寛容さの中に入り、許しを与え合い、もはや限りない哀れみと激しい慈悲しか持たない。そこには確かに安息所があり、教義への信仰を失った者たち、この世の明白な不正の中でなぜ生きているのかを理解したいと望む者たちを待っている。生きることへの努力を貫き、孤絶し謎に包まれている作品に礎をもたらすために生きなければならないし、この地上での唯一可能な平安はこの努力が達成される喜びの中にあるのだ。

さらに一時間が経ち、この生命についての恐ろしい教えの間に一夜が過ぎてしまったが、パスカルもクロチルドも自分たちがどこにいるのかわからず、過ぎた時間のことも頭になかった。それに彼は数週間前から過労であり、疑いと悲しみによってすでに疲れ果てていて、突然目覚めた時のように神経の震えを覚えた。

「さあ、君はすべてを知ったのだ。真実に鍛えられ、許しと希望に充たされ、心を強くしただろうか？　君は私に賛成してくれるのか？」

しかし彼女は恐ろしい精神的ショックを受け、身震いを覚え、返事ができなかった。彼女の中ではかつての信仰が瓦解し、新たな世界へ進み出していたので、尋ねることも結論を下すこともできないでいた。だが彼女は心を奪われ、真実という至上の力へと駆り立てられているのを感じていた。彼女はそれに従ってはいたが、納得していなかった。

「先生、先生……」と彼女は口ごもった。

そして二人はしばし向かい合い、見つめ合った。夜が明け、心地よく澄み渡った曙光が嵐に洗われた明るい大空の奥にあった。薔薇色を帯びた薄青の空には雲ひとつなかった。湿った田園の晴れやかな目覚めが窓から入りこんでいた。そして蠟燭は燃えつきんばかりで、さらに明るくなる中で光は弱まっていた。

「答えてくれ。君はまだここですべてを破棄し、ここで燃やしてしまうつもりなのか？　私に賛成してくれるのか？　すべてを肯定してくれるのか？」

その時、彼は彼女が泣きながら自分の首に飛びつこうとしていると思った。突然の衝動が彼女を駆り立てているように見えた。だが二人は半裸のままで見つめ合っていた。彼女はそれまで自分の格好を気に止めていなかったが、ペチコートしかつけておらず、腕はむきだしで、肩はほどけた髪の乱れた房でどうにか覆われてはいるが、露わであることに気づいた。そして左腕のそばに視線を落とし、血が数滴垂れているのを思い出した。争った時にできた傷で、彼は荒々しい抱擁によって、彼女を屈伏させたのだった。まさにその時、彼女の中に異常なまでの混乱が起き、圧倒的な確信を感じ始めていた。それはあの抱擁によって、彼が彼女のすべてにして永久の主人となったかのようだった。そのために心は長く乱され、圧倒され、彼女の意志を超越して引きつけられ、自分を捧げたいという抗い難い思いに捉われていた。

クロチルドは急に姿勢を正し、よく考えようとした。むきだしの両腕を露わな胸元に重ね合わせていた。血管の血が肌の上に登ってきて、羞恥心の波で赤く染まった。それから彼女はすらりとした身体を神々しくひるがえし、逃げ出した。

「先生、先生、待って下さい……よく考えさせて……」

彼女は不安げな処女の軽やかさで、以前のようにすでに部屋の奥へ逃げこんでいた。彼は素早くドアが閉まり、鍵が二度回されるのを聞いた。彼は一人だけで残され、突然、とてつもない失意と悲しみに襲われて自問した。すべてを言ったのは正しかったのだろうか。真実は大切な愛する人の中で芽生え、いつの日か成長し、幸福の実を結ぶだろうか。

第6章

数日が過ぎた。十月の初めはすばらしく、燃えるような秋で、爛熟した夏の熱気が残り、空には雲ひとつなかった。それから天気は崩れ、強風が吹きつけ、最後の嵐が斜面を襲った。スレイヤードの陰鬱な家にあっては、冬の気配が限りない悲しみをもたらしているかのようだった。

新たな地獄を迎えていた。パスカルとクロチルドの間にはもはや激しい口論は起きていなかったし、ドアが激しく音を立てて閉められることもなく、大声のためにマルチーヌがいつも二階に上がる羽目になることもなかった。だが今や二人はほとんど口をきいておらず、あの夜の場面については一言もふれられなかった。彼にしてみれば、説明できない不安と自分でも定かでない奇妙な慎しみによって、彼女と再び対話したり、返事を待ち望んだり、自分への忠実と従順の約束を求めたりしていなかった。彼女も大きな精神的ショックを受けてすっかり変わってしまい、ずっと考え続け、ためらい、抗いながら、本能的な反発の中で屈伏するという解決を避けていた。だから悲惨な家の中は悲しげな沈黙に覆われ、誤解は深まり、もはや幸福はなかった。

パスカルにとって、嘆きをもらすことはなかったが、恐ろしく苦悩した時期でもあった。この見せかけの平穏さは本当に心安まるものではなかった。彼は極度の不信に陥り、ずっと見張られていて、自分を安心させようとするのも、陰で悪意に充ちた陰謀を企んでいるからだと思いこんだ。不安はさらに大きくなり、毎日破局が起こるのではないかと身構え、書類が突然できた深淵の底に飲みこまれ、スレイヤード全体が破壊され、奪い去られ、粉々に砕け散ってしまうのではないかとも思っていた。彼の思想、生命を支えている精神と知性に対する迫害がこのように陰険であるために、苛立たしく、耐え難くなり、彼は夜になって寝つくと熱を出した。しばしば彼は身震いして腹立たしげに振り返り、背後で何か裏切りを仕掛けている敵を取り押さえてやろうと思うのだった。それなのに誰もおらず、彼は暗がりの中で一人震えるだけだった。また疑惑に駆られて見張りをし、何時間も窓の外に隠れたり、廊下の奥で待ち伏せたりすることもあった。しかし何の気配もなく、自分のこめかみが激しく鼓動する音しか聞こえなかった。彼は感情がおかしくなり、各部屋を見回り終えることなくしてベッドに入らず、もはや眠ることもできず、わずかの物音でも目が覚め、息をこらし、身構えるのだった。

さらにパスカルの苦しみを増大させていたのは、誰よりも愛している唯一の女性、愛するクロチルドが常に自分を傷つけているという次第に激しくなる思いだった。彼は二十年前から彼女が美しく、魅力的に育っていくのを見守ってきたのであり、今日まで彼女の生命は花開くようにのびやかに育ち、芳しい香りを放っていたのだ。ああ、クロチルド！　彼女のことを決して分析しなかったのも、全面的な優しさで自分の心を充たしてくれたからだ！　彼女こそは自分の喜び、勇気、希望となり、自分の中で若さそのものが新たに再生するのを感じていたのだ！　とてもさわやかで丸みを帯び、優雅な首を備えた彼女が通り過ぎると、彼は蘇り、健康と歓喜を浴びて春が戻ってきたようだった。それに彼女の存在全体が彼の思い入れを物語っていた。この子供がやってきた時にはまだかすかだった愛情も、成長とともに彼のすべてを占めるようになり、彼の存在を覆い尽くした。彼はプラッサンに居を定めると決意して以来、恵まれた生活を送り、本の世界に閉じこもり、女性から遠ざかっていた。彼の恋情はあの亡くなった夫人に対するものしか知られておらず、彼は彼女の指先に口づけしたことさえなかった。もちろん彼は時々マルセイユに旅行し、外泊することもあった。しかしそれは唐突な息抜きのための外出であり、特定の相手はおらず、束の間のものだった。彼は激しく生きてこなかったので、自分の中に精力のすべてをためこんだままで、この時になって、その波が近づきつつある老いに脅かされ、うめきを発していた。だから彼は動物をかわいがり、近寄ってきた野良犬に手をなめてもらっていたのだろう。それから突然愛情を注いでいた少女クロチルドが心を揺さぶる女性となり、今では彼を虜にし、苦しめ、彼の敵のようになってしまったのである。

あれほど明るく良心的だったパスカルはこのところ、手に負えないほど陰鬱で冷酷になっていた。彼はわずかばかりの言葉にも苛立ち、マルチーヌを怒鳴りつけたので、彼女は驚き、ぶたれた動物のような従順な目を彼に向けた。朝から晩まで彼は悲嘆にくれた家の中で苦悩をただよわせ、あまりに険しい顔をしているので、誰も言葉をかけようとしなかった。もはや決してクロチルドを往診に連れていかず、一人で出かけた。こうしてある午後不意の出来事に突き当たり、心構えのある医師として一人の死を看取り、動転して帰ってきた。居酒屋の主人のラファアスに注射しにいったのだった。彼の運動失調症が急激に進行していたので、見こみがないと診断していた。だが彼はそれでも頑強に手をつくし、治療を続けていた。そしてその日、不幸にも小さな注射器が瓶の底に残る濾過されなかった不純物を吸いこんでいた。ちょうどその時軽い出血があり、血管注射したことで不運に拍車がかかってしまった。居酒屋の主人が蒼ざめ、息をつまらせ、大粒の冷や汗を流すのを見て彼はすぐに不安になった。そして彼が症状を理解した時、死は突然に訪れ、唇は蒼くなり、顔は黒くなった。死因は血栓であり、自分の調薬の不備や、まだ荒削りでしかない自分の医療法をとがめるしかなかった。ラファスは亡くなってしまったが、耐え難い苦痛の中にあって六ヶ月もたなかっただろう。だがそれで事実の残酷さが弱まるわけではなく、この死は恐ろしいものだった。何というやりきれない後悔、何という信念の揺らぎ、無力にして人を殺してしまう科学への何という怒り！　彼は蒼白な顔で戻ってきて、翌日まで姿を見せず、十七時間も自室に閉じこもり、息をひそめ、服を着たままベッドに身を投げ出していた。

翌日の午後、クロチルドは仕事部屋にいる彼のそばで縫い物をしながら、思い切って重い沈黙を破ろうとした。視線を上げ、彼がまったく見つからない情報を求めて、苛立ちながら本の頁をめくっているのを眺めた。

「先生、気分が悪いのでは？　どうして言ってくれないのです？　私が看病するのに」

彼は本から顔を離さず、低い声で呟いた。

「気分は悪い。だが君には関係ないだろう？　余計なお世話だ」

彼女はなだめるように続けた。

「悩みがあるなら、私に話して下さい。きっと気が楽になるわ……昨日はとても悲しそうに帰ってきたのよ！　そんなふうに一人で悩まないで。昨日の夜はとても心配になって、三度もドアの前で耳を傾けて、先生が苦しんでいるんじゃないかととても心配したわ」

彼女があふれんばかりの優しさをこめて話したので、彼は鞭の一撃を受けたかのようだった。病気のように身体が弱っていたので、彼は唐突な怒りに駆られて本を押しやり、身を震わせながら姿勢を正した。

「つまり私を見張っているのか。自分の部屋に引きこもることさえできない。壁に聞き耳を立てにくるのだからな……わかった。それなら私の心臓の鼓動まで聞けばいい。私の死をうかがい、すべてを略奪し、すべてをここで燃してしまえばいいんだ……」

彼は声を荒げ、嘆きや脅しも含めてあらゆる不条理な苦しみを吐き出した。

「君に看病などさせない……まだ他に言いたいことがあるのか？　私たちは同じ気持ちだと言って、心から二人の手を重ね合わすことができるのかをよく考えたのか？」

しかし彼女はもはや言葉を返すことなく、大きな澄んだ目でじっと見つめ続けるだけで、率直な返事を保留にしていた。一方で彼はこの態度にさらに激昂し、節度を失っていた。

彼は口ごもり、身振りで彼女を追い出そうとした。

「出ていけ！　出ていくんだ！　私のそばにいるな！　敵なんかそばにいてほしくない！　私を狂わせるものは、誰もそばにいてほしくない！」

彼女は蒼白になって立ち上がり、振り返ることなく、縫い物を持ってすぐに出ていった。

それから一ヵ月にわたって、パスカルはすべての時間を研究に打ちこみ、現実逃避しようとした。今では意固地なまでに昼間は部屋に一人いて、夜になっても古い記録を再び取り出し、遺伝の研究すべてを修正することに時を費やしていた。彼は怒りに襲われ、自らの希望の正当性を確信し、人類が再生し、ついには健康で優れたものとなりうるという確信を科学から何としてでも引き出そうとしているかのようだった。もはや外出せず、病人を放り出し、閉じこもったままで身体を動かすこともなく、文書の中で暮らしていた。そしてこのような過労の一ヵ月が過ぎると、彼は弱ってしまった。家庭内の苦悩は休まることがなかったので、ひどい神経衰弱に陥り、しばらく前から潜んでいた病気があまりにも激しい症状となって表れた。

今や朝起きると、パスカルは昨夜眠りについた時よりも疲労困憊し、さらに身体が重く、だるく感じるのだった。だから全身が絶えず苦しくなり、足は五分の歩行で弱り、身体はわずかの力仕事でうちひしがれ、身体を動かすと、必ず後で恐ろしいばかりの苦痛があった。時々地面が足元で波打っているように感じた。聾さんばかりの耳鳴りが続き、めまいが起き、きらめく雹《ひょう》を恐れるかのように瞼を閉じさせた。ワインを受けつけないようになり、よく消化できないので、ほとんど食事をとらなかった。そしてこの弛緩した無気力状態が募り、突然激怒し、狂気の沙汰に及んだ。平衡感覚がおかしくなり、何の理由もなく苛立たしい弱さの果てに追いやられるのだった。わずかでも動揺すると目に涙があふれた。ついに彼は閉じこもってしまい、絶望的な危機の中にあって、何時間も大いにむせび泣き、苦しみとは直接に関係なくても、ただ事態の大いなる悲しみに打ちひしがれていた。

しかし彼の苦痛がさらに激しくなったのは、とりわけマルセイユへの旅行の後で、それは彼が時々試みていた万年青年の家出であった。彼は放蕩にふけることで粗暴な気晴らしと慰藉を得たいと思ったのだろう。だが彼は二日しか滞在せず、精力の衰えに打ちのめされ、ショックを受けたかのようで、男として失格した思いにとりつかれた顔をして帰ってきた。それは打ち明けられぬ恥であり、試みに対する苛立ちが確信になってしまった恐れであり、臆病な恋する人の非社交性を募らせることになった。彼は決してそれまでこのことに重きをおいていなかった。それなのに彼はこのことに取りつかれ、動転し、惨めさに狂い、自殺まで考えた。おそらくそれは一時的なことで、病気による原因が根底にあるはずだと思ってみても虚しかった。それゆえに性的不能という感情は彼をさらに意気阻喪させた。彼は女性を前にして、欲情にじれているうぶな若い青年のようだった。

十二月の初めの週になって、パスカルは耐え難い頭痛に襲われた。頭蓋骨のきしむ音が絶えず大きくなり、頭が割れそうだった。ルーゴン老夫人はそれを聞き、ある日、訪問して息子の様子を尋ねるつもりだった。しかし彼女は台所へ急ぎ、まずマルチーヌと話をしようとした。マルチーヌは怯え、悲嘆に暮れた様子で、旦那様はきっと狂ってしまったにちがいないと老夫人に話した。そして彼の奇妙な挙動、自室での絶えない足踏み、すべての引き出しに鍵をかけ、夜中の二時まで家を上から下まで見回りしていることを言った。目に涙を浮かべ、最後には旦那様の身体の中にはきっと悪魔が入りこんでいる、サン=サチュルナン教会の主任司祭に知らせるべきだという意見を述べさえした。

「あんなに優しい方が」と彼女は繰り返した。「旦那様のためなら、八つ裂きにされてもかまわないわ！　何よりも教会に連れていけないのが不幸なのです。きっとすぐに治して頂けるのに！」

クロチルドがフェリシテ祖母の声を聞き、入ってきた。彼女も誰もいない部屋から部屋へとさまよい、使われていない一階のサロンでほとんど暮らしていた。だが彼女は話すこともなく、これからどうするのかを考えている様子で耳を傾けるだけだった。

「ああ、お前かい！　元気そうだね！　パスカルの身体の中に悪魔が入りこんでいると、マルチーヌが話してくれたわ。私も同じ意見だわ。ただこの悪魔の名前は傲慢よ。自分はすべてを知り、同時に教皇にして皇帝だと思いこむ。だから当然の如く、人が自分のように話さないと激しく怒るのよ」

彼女は肩をすくめ、限りない自嘲がこもっていた。

「私にしてみれば、もしこれがそれほど悲しいことでなかったら笑い飛ばしているわ……でも本当に何も知らず、人並みに生きようともせず、愚かにも本の中に閉じこもっている子供なのよ。サロンに連れ出してみなさい。生まれたばかりの子供みたいに純真だわ。それに女のことはほとんど何も知らない……」

彼女は話している相手が、若い娘と女中だということを忘れ、声を落とし、打ち明ける様子で言った。

「そうよ！　これもお高くとまっていた報いなのよ。妻も愛人も誰もいない。そのためよ。だからおかしくなったのよ」

クロチルドは身じろぎもしなかった。ただ考えこんでいる大きな目を静かに閉じ、それから再び目を開き、ふさぎこんだ態度を崩さず、自分の中で起きていることを何も言い出せないでいた。

「あの子は上にいるの？」とフェリシテが続けた。「私は様子を見にきたのよ。だってこんなことは終わりにしないといけないわ。本当に馬鹿げているもの！」

彼女は階段を上がり、その間にマルチーヌは再び鍋に戻り、クロチルドはまた虚ろな家をさまよっていた。

上の部屋でパスカルは目の前に大きく開かれた本を置き、茫然としているようだった。彼はもはや読むことができず、言葉は逃げ去り、消えてしまい、何の意味も持っていなかった。それでも彼は執拗にこだわり、それまでとても旺盛だった仕事の能力も失わんばかり苦しんでいたのだ。だから母親はすぐに彼を叱責し、本から引きはがし、本を机の遠くの方へ投げ、病気の時は養生するものだと叫んだ。彼は立ち上がり、怒りの身振りを示し、クロチルドを追い払ったように彼女を追い払おうとしていた。それから何とか我慢して礼儀正しさを取り戻した。

「お母さん、私があなたと議論したくないのはよくご存知でしょう……放っておいて下さい。お願いです」

だが彼女は引き下がらず、彼の絶えざる警戒心について問い詰めた。お前は熱に浮かされ、いつも敵が罠を張りめぐらせ、自分から盗むつもりだと思っている。良識のある人間がこのようにつきまとわれていると思いこむだろうか？　そして彼女は彼が自分の発見、すべての病人を治すという自慢の薬にのぼせていると非難した。それよりも神様を信じることだ。失望が残酷なものであったからなおさらだ。そして彼女は彼が殺してしまったあのラファスのことをほのめかした。当然のことながら彼女はこれが彼に不快であることを承知していた。というのもそれこそが彼をおかしくさせた原因だったからだ。

パスカルはずっと自分を抑えていたので、目を床にやり、同じ言葉を繰り返すだけだった。

「お母さん。お願いですから放っておいて下さい」

「いいえ、だめよ！　放っておけないわ」と彼女は高齢にもかかわらず、いつもの激しさで叫んだ。「私はまさにお前に少しばかり文句を言って、お前が苦しんでいる熱を下げるために来たのよ……だめよ、このように長引かせては。お前の件で、私たちが町中の噂になるのはいやよ……養生すべきだわ」

彼は肩をすくめ、自身の不安を確認するように小声で言った。

「病気ではありません」

だがそれを聞いて、フェリシテは我を忘れて飛び上がった。

「何だって、病気じゃない！　病気じゃないだって！　医者の不養生とはよく言ったものね……ああ、かわいそうな子！　お前に近づく全員が不幸に見舞われるのね。お前は傲慢と恐怖で狂っているのよ！」

今度はパスカルが素早く頭を上げ、彼女の目をまっすぐに見つめたが、彼女は続けた。

「お前にそれが言いたかったのよ。だってそんな役目は誰もやりたがらないからね。そうじゃないの？　お前はもういい年だし、分別もわきまえている……人に影響を与えるし、他のことも考えて、固定観念に捉われるままではだめよ。うちのような家族の場合は特にそうだわ……わかっているでしょう。

気をつけなさい。養生するのよ」

彼は蒼くなり、彼女をじっと見つめ続けていた。まるで彼女を探り、自分の中にある母親の割合を知ろうとするかのようだった。そして彼はただ答えた。

「その通りです、お母さん……気遣ってくれてありがとう」

それから一人になると、彼はまた机の前に座り、読書を再開しようとした。しかし先程よりもさらに読むことに集中できず、言葉を理解しようとしても、目の前で文字がもつれていた。そして母親が発した言葉が耳元で鳴り響き、彼の中でしばらく前から湧き上がっていた苦悶がふくらみ、固定し、今では迫ってきた直接的な危険を伴いながらつきまとっていた。それでは二ヶ月前に、自分はちがう、家族の一員ではないと誇らしげに自負していた自分が、最もおぞましい精神錯乱にかかるというのか？　骨髄の中に遺伝的欠陥が再生するのを見るという苦痛を味わい、遺伝という怪物の鉤爪《かぎつめ》を受けるという激しい恐怖へと落ちこんでいくことになるのか？　母は言った、お前は傲慢と恐怖に狂っている。つまり崇高な理念、苦しみを廃絶し、人々に意志を与え、さらに健康でより高潔な人類を再生するという熱狂的な確信、それは間違いなく誇大妄想狂の始まりだったのだ。そして彼は罠を恐れ、敵が執拗に自分を破滅させようとしていると感じ、見張らずにいられないことにおいて、被害妄想の徴候を容易に認めていた。一族のあらゆる災難はこの恐ろしい症状に達したのだ。短期間に狂気に陥り、それから全身が麻痺し、死に至るのである。

パルカルはこの日から取りつかれてしまった。神経衰弱の状態にあり、疲労と苦悩によって抗うこともできず、狂気と死の強迫観念がまとわりつくようになった。彼はあらゆる病的な感覚に襲われ、ベッドから起きるとひどい疲労を感じ、耳鳴りがし、めまいがし、消化不良から涙の発作に至るまで、次から次へと加わり、まるで彼が怯えきっているほど遠からぬ狂気の明確な証明のようだった。彼は観察眼に富んだ医師であるのに、精妙な診断を自分自身に下す能力をまったく失っていた。だから推論を続けるとすべてを混同し、すべてを歪めてしまい、常に精神的身体的な憂鬱を引きずっていた。もはや自制心も失い、狂人のようになり、始終自分は狂ってしまうにちがいないと確信するのだった。

太陽の光の弱い十二月の昼間の全体がさらに彼の症状を悪くするように働いた。毎朝強迫観念を追い払おうとしながら、それでも仕事部屋の奥に閉じこもり、前日のもつれ合った錯綜に再び取り組んだ。遺伝に関する長年の研究、膨大な調査や仕事が彼に毒を盛りこんでしまい、絶えず不安を蘇らせる原因となっていた。彼が自分の症状について投げかけていた絶えざる疑問に対して、眼前の書類はありうる組合わせのすべてをもって答えていた。それらはあまりにも多くの可能性を示していたので、彼は今や途方に暮れていた。もし自分が間違っていて、潜在性という注目すべき事例を例外にできないとすれば、一世代、二世代、または三世代さえも飛び越える隔世遺伝に与しなければならないのだろうか？　自分の事例は最も単純な潜伏性遺伝の顕現であり、自分の生殖質の理論を支える新たな論拠をもたらしているのではないだろうか？　それともここに生命が衰退する中での世代間の継続的な類似の特異性、未知の祖先の突然の出現を見るべきなのか？　この時から彼はもはや休むことなく、自分の事例から得た着想に没頭し、メモを丹念に調べ、文献を読み返した。それから自分を分析し、自分の感情の襞にも探りを入れ、そこから事実を引き出し、それに基づいて診断できないかと試みた。日々知性は鈍くなり、異常な幻覚現象を体験したと思いこみ、神経そのものが病巣に冒されていった。一方では足が重く病んでいたので、脚もやられたと思い、一族の外からの血統の間接的影響をこうむっていると考えていた。すべてがもつれ、もはや自分を見失い、虚妄の中でおかしくなった身体組織が揺さぶられていた。そして結論は毎晩同じで、同じ弔鐘が頭蓋骨の中で響いていた。遺伝、恐るべき遺伝。狂うことへの恐怖だった。

一月の初めに、クロチルドは思いがけず、心を締めつける光景を目撃した。彼女は仕事部屋の窓の前で本を読んでいて、その姿は肘掛椅子の高い背もたれで隠れていた。その時、昨晩から自室の奥に閉じこもり、姿を見せなかったパスカルが入ってくるのを見た。彼は両手で目の下に黄ばんだ一葉の紙を大きく拡げ持っていたので、彼女はそれが家系樹だとわかった。彼は一心不乱に見入っていたので、彼女は悟られずに姿を見せることもできただろう。彼はテーブルの上に家系樹を拡げ、長い間見つめ続け、問いを発することを恐れるような様子だったが、次第に打ち負かされ、懇願するようになり、両頰を涙で濡らしていた。ああ、どうしてなのだ！　家系樹は答を与えてくれず、自分がどの祖先に似ているかを語らず、自分の事例を他の者たちの横にある自分の葉に書きこませてくれないのか？　狂わねばならないなら、どうして家系樹はそのことをはっきり言わないのだろうか？　そうなれば自分は安心できる。自分が苦しんでいるのは不確実さなのだ。しかし涙で視界は曇ってしまった。それでも彼はずっと見つめ続け、知ることへの欲求だけに没頭していたが、彼の理性はもはや危機に陥っていたのだ。クロチルドは彼が戸棚の方へ向かうのを見て、急いで身を隠さなければならなかった。彼は戸棚を開け放った。書類をつかみ、机に投げ出し、熱に浮かされてめくっていた。そこで再開されたのはあの恐ろしい嵐の夜の情景で、悪夢が駆けめぐり、あらゆる亡霊たちが列をなし、反故の堆積から呼び起こされて出現した。めくっている途中で、彼は書類のそれぞれに問いを投げかけ、激しく懇願し、自分の病気の起源を求め、確信を与えてくれる言葉、呟きを切望していた。最初ははっきりしない片言だけがもれていた。それから言葉が次第にはっきりとしたものになり、とぎれとぎれに話し出した。

「お前か？　お前か？　お前なのか？　ああ、老母よ、私たちすべての母よ。お前が私に狂気を押しつけたのか？　お前か、アル中の叔父め、老いた山賊の叔父め。年来の飲酒癖のつけを払うのは私なのか？　お前か、運動失調症の甥め。それともお前か、神秘主義者の甥め。あるいはお前なのか、痴呆の姪め。誰が私に真実を教え、私が苦しんでいる病巣の容態を示してくれるのだ？　ならばお前か、首吊り自殺した従兄め。それともお前か、人殺しの従弟め。あるいはお前か、堕落して死んだ従妹め。お前たちの悲劇的な最後が私の最後で、精神病院の独房の奥での衰弱、生けるもののおぞましい腐敗であることを告げているのか？」

そして悪夢は目まぐるしく続き、彼ら全員が姿勢を正し、嵐のような勢いで通り過ぎた。書類が苦しむ人間たちの足踏みの中にあって活気づき、魂を吹きこまれ、肉体を与えられ、犇めき合っていた。

「ああ！　誰が言ってくれる、誰が言ってくれる、誰が私に言ってくれるのか？　狂死したこいつか？　肺結核で死んだあいつか？　麻痺して息絶えたこいつか？　生理的な悲惨さによってまだ幼くして死んだあいつか？　こいつの中に私を殺す毒があるのか？　ヒステリーか、アルコール中毒か、結核か、腺病か、何なのだ？　それに私はどうなるのか？　癲癇病みか、運動失調症患者か、それとも狂人か？　狂人！　狂人と言ったのは誰だ？　全員が言っているぞ。狂人、狂人、狂人！」

むせび泣きがパスカルの息をつまらせた。彼は書類の中にぐったりと頭を垂れ、身体を震わせ、ずっと涙を流していた。クロチルドは宗教的な恐怖のようなものに襲われ、一族を支配する宿命が通り過ぎるのを感じ、息をひそめて静かに立ち去った。もし自分がそこにいたと思いこめば、彼はひどく恥じ入るだろうとよく理解していたからだった。

長きにわたって衰弱が続いた。一月はとても寒かった。しかし空はずっとすばらしく清らかで、透明な青の中にいつも太陽が輝いていた。そしてスレイヤードの仕事部屋の閉めきった窓は南向きで、温室のようになり、そこでは穏やかで心地よい気温が保たれていた。火の用意も必要なく、太陽は部屋を離れず、薄い金色の光の層を投げかけ、そこでは冬を生きのびている蝿たちがゆっくりと飛んでいた。蝿たちの震える羽音以外には何の音もしなかった。眠気を誘う暖かさが閉じこめられていて、まるで古びた家の中に春がわずかに保存されているかのようだった。

ある朝今度はパスカルが、そこで会話の終わり部分を聞くことになったのだが、それは彼の苦しみを深めた。彼はもはやほとんど昼食前に自室から出ることがなかった。だから、クロチルドは仕事部屋でラモン医師を迎えたところで、二人は互いに近寄り、明るい日差しの中で親密に話し始めていた。

ラモンが姿を現わしたのはこの一週間で三度目だった。個人的な状況、とりわけプラッサンで医者としての地位を見定める必要から、これ以上結婚を先延ばしできなかった。そのために彼はクロチルドから確かな返事をもらいたがっていた。これまでの二回の訪問では他の人がいたので話ができなかった。このことは彼女だけに話したかったので、率直に会話を交わし、自分の口から説明するつもりでいた。ずっと友人関係にあり、二人とも思慮分別を備えていたので、彼はこのように話を進めることができたのだ。そして彼は微笑み、視線を合わせながら言い終えた。

「間違いなく、これが一番賢明な結末です、クロチルド……ええ、ずっと前から僕はあなたを愛しています。僕はあなたに愛情を覚え、深い尊敬の念を抱いています……しかしそれだけでは不充分だと思うし、僕たちはさらに理解し合い、一緒にとても幸せになれるはずです。きっとそうです」

彼女は視線を落とさず、同じように友情のこもった微笑みを浮かべ、彼をしっかりと見つめていた。彼は本当に美しく、若い力がみなぎっていた。

「どうして代訴人の娘のレヴェックさんと結婚なさらないの？」と彼女が尋ねた。「私よりもずっときれいだし、裕福よ。それに彼女はとても喜ぶと思うわ……よき友人として言うけれど、私を選ぶなんて愚かに決まっているわ」

彼は辛抱強く、常に決意の賢明さを崩さない様子だった。

「でも僕はレヴェックさんを愛していません。あなたを愛しているのです……それにすべてを考えたうえのことで、何度も言いますが、自分のしていることはよくわかっています。はいと言ってください。あなたにとっても一番よいはずです」

すると彼女は深刻になり、その顔に影が過ぎった。この考えあぐねるという、ほとんど無意識に起きている内面の争いの影がずっと前から彼女を黙らせていた。

「よくわかりましたわ！　でもあまりにも重大なことですから、今日お返事できないことを許して下さい。まだ何週間か時間を下さい……先生はとても具合が悪いし、私も心乱れています。私に軽率な返答をさせないで下さい……私もあなたにとても愛情を抱いています。でもこんな時に決心するのはよくないことです。家がこんなに不幸なのに……おわかりいただけますか？　長くはお待たせしません」

そして彼女は話を変えるために付け加えた。

「そうなのです、先生のことが心配なのです。あなたに診てもらいたいし、お話ししたいことがあります……先日、先生が激しく涙を流しているのを不意に見てしまいました。きっと先生は狂ってしまうという恐れに取りつかれているのです……一昨日、あなたが先生と話していた時、先生のことを観察していたのを見ました。包み隠さず言って下さい。先生の容態についてどう思いますか？　危険な状態ですか？」

ラモン医師は叫んだ。

「いいえ、そんなことはありません！　過労に陥り、体調を損ねていますが、それだけのことですよ！　先生ほど学識があり、多くの神経症患者を診てきた方が、この点について自分を誤診するでしょうか？　この上なく明晰で力強い頭脳の持主がそんな現実逃避をしているとすれば、本当に嘆かわしいことです！　この場合なら、先生の発見された皮下注射が最適でしょう。どうして注射をしないのでしょうか？」

そこで若い娘がひどく悲しい身振りを示しながら、もはや先生は自分の言うことを聞いてくれないし、自分も言葉をかけることとさえできないと言うと、彼は付け加えた。

「そうだったのですか！　それでは僕から言いましょう」

この時、パスカルは話し声が気になって部屋から出てきた。だが二人揃って互いに寄り添い、生命力あふれ、若々しくて、しかもあまりに美しく、あたかも太陽を身にまとったかのように光の中にいるのを見て、敷居のところで立ち止まった。そして彼の目は大きく開かれ、蒼ざめた顔が歪んでいた。

ラモンはクロチルドの手を取り、またしばし握っているつもりだった。

「約束してくれませんか？　この夏には結婚式を挙げたいと思います。僕がどれほどあなたを愛しているかわかって下さい。返事を待っています」

「確かにわかりました」と彼女は答えた。「一ヵ月もしないうちにすべてが決まりますわ」

めまいがしてパスカルはよろめいた。まさに今、友人にして弟子でもあるこの青年が、自分の大切なものを奪うために家に入りこんでいるのだ！　もし彼がこの侵入に気づかなかったら彼はこの結末を待つことになったにちがいなかった。するといきなり結婚という考えに襲われ、予期しなかった惨事であるかのように打ちひしがれ、自分の人生が崩壊する思いだった。自ら育て上げ、一心同体であると思っていたこの子が、それでは何の未練もなく出ていき、自分を寂しい片隅に追いやり、一人で苦しませるままにするのか！　昨日も彼は彼女にひどく苦しめられ、なぜ彼女と別れ、ずっと彼女を求めている兄のところへやってしまわないのかと自問していた。まさにその瞬間に、二人の平穏のためにこの別離を決心したところだった。ところが突然そこに彼女がこの若者といるのを見つけ、返事をする約束をしたのを聞いてしまった。彼女は結婚するつもりで、近いうちに自分から離れていくのだと考えると、心をナイフでえぐられる思いだった。

彼が音を立てて歩き出すと、若い二人が振り向いたが、少し気詰まりな様子だった。

「ああ先生！　あなたのことを話していたんですよ」とラモンがようやく陽気そうに言った。「ええ、色々と画策していたんです。さあ、白状して下さい……どうして先生は自分のことを大事になさらないのですか？　まったく重い病気ではないし、二週間とせずに治りますよ」

パスカルは椅子に沈みこみ、二人を見つめ続けていた。彼は強く自制していたので、受けた傷は少しも顔に現れていなかった。だがそれは自分の致命傷になるだろうし、それでいて誰も自分を蝕んでいた病気に気づかないだろう。彼にしてみれば、反発し、一杯の煎じ薬すらも激しく拒むことで、憂さを晴らす思いだった。

「自分を大事にする！　何になるのだ？　私の老いぼれた身体がどうなるというのか？」

ラモンは冷静な人物らしい微笑を浮かべて強調した。

「あなたは僕たちよりもずっと頑丈です。あなたの病気はまさに予想外です。それに治療薬をお持ちになっているではないですか……注射なされば……」

彼はさらに言葉を続けることができず、それが限界だった。パスカルは激昂し、ラファアスを殺したように、自分も殺してしまえと言うのかと尋ねた。注射だと！　誇るべき喜ばしい創意だった！　だが私は医業を否定し、もはや病人には手出ししないと誓った。もはや何の役にも立たない者なら、死んでしまうべきだし、世のためになる。だから自分もできる限り早く注射をすべきなのだ。

「何ですって！　とんでもありませんよ！」とラモンはこれ以上彼を興奮させるのを恐れ、辞去しようと心に決め、締めくくった。「あなたのことはクロチルドにまかせます。だから僕は安心です……クロチルドがやってくれるでしょう」

だがまさにこの朝、パスカルは最後の一撃をこうむったのだ。その夜から病床につき、翌日の夜まで部屋のドアをずっと閉めきっていた。クロチルドは彼のことを心配したが、それも虚しく、激しく拳でドアを叩いたが、息の音すらなく、何の応えもなかった。マルチーヌもやってきて、鍵穴から旦那様と懇願し、せめて必要なものだけでも告げてもらおうとした。死んだような沈黙が支配し、部屋は無人のようだった。そして二日目の朝、若い娘がはからずもノブを回すとドアが開いた。おそらくドアは何時間も前から閉まっていなかったのだ。だから彼女は一度も足を踏み入れていなかった部屋に自由に入ることができた。この大きな部屋は北向きで寒く、片隅にシャワー設備と帳のない鉄の小さなベッド、黒い木の長机に椅子が何脚かあるだけで、机の上や壁沿いの棚には錬金術に関連する一式、乳鉢、炉、器具、道具入れがあった。パスカルは起きていて、服を着替え、ベッドの端に座っていたが、身づくろいで疲れきっていた。

「先生は私に看病されたくないのですか？」と彼女は動揺し、不安だったので、あえてそれ以上言えなかった。

彼は弱々しい身振りをした。

「ああ！　入るがいい。殴ったりはしない。私にはもうそんな力はない」

そしてこの日から、彼は彼女が自分の周りにいることを黙認し、看病することを許した。しかし彼は気紛れでもあり、病人の慎みからベッドに寝ている時は、彼女が入ってくることを望まなかった。そして彼女をマルチーヌのところへ追いやった。だがベッドにいることは稀で、椅子から椅子へと身体を引きずっていたが、何であれ、仕事をする気力はなかった。依然として病気は悪化し、そのことでまったく絶望的になり、頭痛や胃に起因するめまいに痛めつけられ、足の一歩を踏み出す力もないと言い、毎朝、夜にはテュレットで狂人として縛られて眠ることになるのだと思いこんでいた。彼はやせてしまい、痛ましい顔つきをしていたが、豊かな白髪の下には悲劇的な美しさがあり、せめてもの身づくろいとして櫛を入れることは止めなかった。世話をしてもらうことを受け入れても、あらゆる治療を激しく拒絶し、医者にかかることに疑いを抱いていた。

だからクロチルドはずっと彼のことだけを心配していた。それ以外のことに関心をなくし、最初は小ミサに通っていたが、そのうちに教会へ行くことも完全に止めてしまった。確信と幸福のもどかしさの中にあって、すべての時間を大切な人の周りで費やすことに満足し始めたようで、彼の元気で陽気な姿を再び目にすることを望んでいた。それは彼女自身の献身であり、自らの忘却であり、他の人の幸福を自分の幸福としたいという思いだった。そのため知らないうちに、ただ女性としての心に突き動かされ、この危機を乗り越える中にあって、自分でも気づいていなかったが、彼女は深く変わっていった。彼女は二人を仲たがいさせた不和についてはずっと沈黙を守り、先生の首にしがみつき、私は先生のもので、彼女自分を捧げることによって先生を生き返らせると叫ぶつもりもなかった。そう思っている彼女はただの優しい娘であり、母親に代わって彼を看るように、徹夜で看病した。そしてそれはとても清らかで、とても慎しく、繊細な心づかいがこもり、絶えず気を配り、彼女にはあふれんばかりの生命力があったので、今では毎日はあまりにも早く過ぎ、彼方のことを思いわずらわず、彼を治したいという思いだけで充たされていた。

それでいて本当の争いは自制しなければならなかった。それは彼に注射を決心させることだった。彼は逆上し、自分の発見を否定し、自分を愚か者と見なしていた。だから彼女は叫びたいほどだった。今や科学を信じているのは彼女であり、彼が自己の天分を疑うのを見て憤っていた。長い間彼は抵抗した。それから弱気になり、彼女の持つ影響力に屈していったが、毎朝彼女が試みる優しい諭しからはただ免れたがっていた。最初の注射以来、彼は大いに回復したと感じたが、それを認めることは拒んだ。頭はすっきりし、少しずつ体力が戻っていた。だから彼女は勝ち誇り、彼を誇りに思う情熱に駆られ、その治療法を称え、彼自身が自らなした奇跡の例として認めようとしないのに憤慨した。彼は微笑み、自分の事例を明らかに検証し始めた。ラモンが言ったことは正しかったのだ。ただの神経衰弱であったにちがいなく、きっとすぐに全快するだろう。

「ああ君が私を治してくれたんだ！」とパスカルはクロチルドに言ったが、自分の望みは告白しようとしなかった。「治療というのはそれに携わる人次第なんだ」

回復期は長引き、二月の間ずっと続いた。天気は晴れながらも寒いままで、一日たりと太陽が部屋を暖めない日はなく、淡い日光が注いでいた。それでも病気が再発し、暗い悲しみに襲われ、そのような時に病人は激しい恐怖へ逆戻りすることもあった。その間、看護人は悲しげに部屋の反対側へいって座り、彼をそれ以上苛立たせないようにしなければならなかった。彼は再び回復を絶望視するようになった。また辛辣になり、皮肉には棘があった。

このように思わしくないある日、パスカルが窓に近づくと、隣人である退職した教師のベロンブル氏の姿が目に入った。彼は木々をめぐり、果実となる蕾が多くついているかを見ていた。老人がきちんと身を正し、自分だけの幸せな静けさを保ち、病に取りつかれたことなどないような姿を見ると、彼は突然我を忘れてしまった。

「ああ！」と彼はうなった。「決して過労になることもなく、決して悲しみのために命を危険にさらすことなどない人物だ！」

そして彼はそこから離れ、エゴイズムに対する皮肉な称賛を始めた。この世に一人きりでいて、友人も妻も自分の子供もいないことは何という喜びであろうか！　あの無情な吝嗇家は四十年の間、他人の子供の頬を張ることとしかせず、退職して世間から遠ざかり、犬も飼うことなく、自分よりも年上の聾唖の庭師と一緒に暮らしている。この世でありうる最大の幸福ではないのか？　責務も義務もなく、自分の愛しい健康の他には気がかりなことがない！　これこそ賢者であり百年は生きるだろう。

「ああ、やはり生命への恐れだ！　これにまさる臆病さはない……私は時々ここに自分の子供がいないことを後悔していた。よくも言ったものだ！　世に不幸な者をもたらす権利などあるのか？　悪しき遺伝は滅ぼさなければならない。生命を滅ぼさなければ……彼こそまさしく賢明な紳士だ！　臆病な老人だ！」

三月の光の中で、ベロンブル氏は穏やかに梨の木の見回りを続けていた。彼はあわただしく動き回ろうとせず、矍鑠《かくしゃく》とした老年を大事にしていた。並木道で小石にぶつかると、杖の先で遠くにやり、急ぐことなく通り過ぎた。

「彼を見ろ！　若々しさを保ち、元気で、自分の中にあらゆる天の恵みを持っている！　私はこれ以上幸せな人間を知らない」

クロチルドは黙ったまま、パスカルの皮肉に心を痛めていた。彼がひどく痛ましげに見えたからだ。彼女はいつもベロンブル氏をかばっていたが、抗議したい気持ちになっていた。涙が目に浮かび、言葉少なに小声で答えた。

「そうね。でも彼は愛されていないわ」

この言葉が痛々しい情景を退けた。パスカルはショックを受けたように振り返り、彼女を見つめた。突然同情心に襲われ、彼の目も濡れていた。彼はその場を離れ、涙を止めようとした。

体調のよい時と悪い時が交互に立ち現れ、さらに数日が経った。体力の回復はあまりにも遅かったので、研究を再開すると大汗をかいてしまい、彼を絶望させていた。彼が意地を張っていたらきっと気を失っていただろう。研究していないと、回復期が長引くように思われたのだ。しかし彼は続けてきた探求に再び興味を覚え、最近書いたページを読み直していた。彼の中の学者が目覚めると共に、かつての不安がまたしても現れた。ある時彼はひどく憂鬱になってしまい、家全体が消滅してしまったかのようだった。自分がその惨事に気づかないうちに、略奪されすべてを取り上げられ、破壊されていたのかもしれないのだ。今や彼は見張りを再開し、ポケットを手探りし、戸棚の鍵がそこにあるかどうかを確認するのだった。

しかしある朝、彼がベッドでぼんやりとし、十一時頃になってやっと部屋から出ると、クロチルドが仕事部屋で静かに、花をつけたアーモンドの木の枝のとても正確なパステル画を描くのに没頭していた。彼女は微笑みながら頭を上げた。そしてそばの書見台の上に置いてあった鍵を取り、彼に渡そうとした。

「さあ！　先生」

彼は驚き、理解できないまま、彼女が差し出したものを確かめていた。

「何なのだ？」

「戸棚の鍵です。昨日ポケットから落ちたにちがいないわ。今朝ここで拾いました」

そこでパスカルは大いに感動して鍵を受け取った。彼は鍵を見つめ、クロチルドを見つめた。それでは終わったのか？　彼女はもはや自分をいじめず、すべてを盗み、すべて燃やそうとはしないのか？　そして彼女もとても感動しているのを見て、彼は心に大きな喜びを覚えた。

彼は彼女を引き寄せ、抱擁した。

「ああ、娘よ！　私たちは最悪の危機から脱出できたのかもしれない！」

そして彼は机の引き出しを開けにいき、かつてのように鍵を投げ入れた。

それ以後、彼は体力を取り戻し、回復の歩みはずっと速くなった。再発の可能性はまだあったが、それは彼がまだあまりにも揺れ動いていたからだった。それでも書くことはでき、日々の重苦しさはずっと楽になった。太陽も同じように元気を取り戻し、もうすでに気温も上がり、仕事部屋では時々鎧戸を半分閉めなければならなかった。彼は人と会うのを拒んでいて、マルチーヌをかろうじて受け入れる程度で、たまに母親が様子を見にやってきた時には眠っていると返答させていた。彼はこの心地よい静けさだけで満足し、昨日の反逆者にして敵であり、今日の従順な生徒に看病されていた。長い沈黙が二人の間を支配していたが、気づまりではなかった。二人とも熟慮し、限りない優しさを覚えながら夢見心地でいた。

それでもある日、パスカルはとても真剣に見えた。今になって自分の病気は紛れもなく偶発的なもので、そこには遺伝的問題は何の役割も果たしていないという確信を得ていた。しかしそのためにさらに謙譲の思いに襲われるのだった。

「ああ！」と彼は呟いた。「私たちは本当にちっぽけなものだ。私だって自分のことを揺るぎないと思いこみ、自分の健全な理性を誇っていたのだ！ ところがどうだ。わずかばかりの悲しみ、わずかばかりの疲れで危うく狂いかけたのだ！」

彼は口を閉ざし、また考えこんだ。彼の目は輝き、すっかり自分に打ち勝っていた。それから賢明さと勇気の中で彼は決心した。

「もし私が回復したら、何より君のために喜ばしく思うよ」

クロチルドは理解できず、頭を上げた。

「それはどういうことなの！」

「もちろん、君の結婚式のためだ……今なら日取りを決められる」

彼女は驚いたままでいた。

「ああ！ そうだったのね、私の結婚式のことね！」

「今日早速決めてしまおう。六月の第二週はどうだろう？」

「ええ、六月の第二週ね、すばらしいわ」

二人はもはや話さなかった。彼女は途中になっていた縫い物仕事へ視線を戻し、彼は遠くに目をやり、身動きすることなく、深刻な顔をしていた。

第7章

その日にルーゴン老夫人がスレイヤードに着くと、マルチーヌが菜園でねぎを植えているのを目にした。だから彼女はこの状況を利用して女中の方へ向かい、家に入る前におしゃべりして情報を引き出そうとした。

時が経つにつれ、彼女はクロチルドが変節したと言って落胆していた。クロチルドから書類を手に入れることはもはや絶対にできないとよくわかっていた。あの子は自分を見失い、パスカルの看病をするようになってから、和解している。それに堕落し、教会に姿を見せなくなっている。そのためルーゴン老夫人には、クロチルドを遠ざけ、息子が一人だけになり、孤独で心細くなったところを征服するという最初の計画が蘇ってきていた。クロチルドに兄のところに行かせることを決心させられなかったので、結婚させることに熱心になり、明日にでも、絶えざる延期に不満げなラモン医師の首に放り出してしまいたかった。そこで彼女は今日の午後、事態を急がせようとする熱烈な望みを抱いて駆けつけてきたのだった。

「どうなの、マルチーヌ……うまくいっているかしら?」

女中は跪いていて、両手一杯に土をつかんだまま青白い顔を上げた。髪には日除けのためにハンカチが結ばれていた。

「いつもどおりです、奥様。まずまずです」

そして彼女たちはおしゃべりをした。フェリシテは彼女を打ち明け話の相手、献身的な女中として扱い、今では何でも話せる家族の一員となっていた。フェリシテはまず質問し、今朝ラモン医師が来たのかどうかを知りたがった。彼はやってきていたが、関係のない話をしただけだった。だから彼女はがっかりした。というのも昨日医師と会っていて、はっきりとした返答をもらえなくて苦しい、今ではせめてクロチルドの約束を早くもらいたいと打ち明けられたからだった。このように引き伸ばすべきではない。何としてでも孫娘に約束させなければならない。

「彼は控え目すぎるのよ」と彼女は叫んだ。「私は彼にそう言ったわ。私はよくわかっているのよ。今朝だって決断を迫ろうとしなかったんだわ……でも私が口を出すつもりよ。見ていなさい。どうしてもあの子に決心させせてやる」

それから彼女は静かに言った。

「だって息子はよくなったのよ。あの子は必要ないわ」

マルチーヌは身体を二つに折り曲げ、またねぎを植え始めていたが、勢いよく身体を伸ばした。

「ああ、そうですわ！　そのとおりです！」

三十年の奉公によって年老いてしまった顔に再び炎が燃えていた。主人がもはやほとんど彼女をそばに寄せつけなくなって以来、彼女は傷つき、血を流していたのだ。病気の間ずっと遠ざけられ、さらに世話を受けつけなくなり、最後には部屋から閉め出されていた。彼女は起きていることをおぼろげに感じていて、とても長い年月にわたたってずっと主人を崇拝してきたゆえに、本能的な嫉妬が彼女を苛んでいた。

「お嬢様がいなくても本当に大丈夫です！　旦那様のことは私だけで充分です」

そしていつもは口を慎む彼女が畑仕事について話し、自分は時間を見つけて野菜を作り、こうして人を雇うお金を節約していると言った。もちろん広い家ですが、仕事を恐れなければ、隅まで目が届きます。それにお嬢様が出ていかれれば、それでも一人はお仕えする人が減ります。彼女の目は無意識のうちに、まったくの静けさ、彼女が出ていった後の幸福で平穏な暮らしを思って輝いていた。

彼女は声を落とした。

「それは私にもつらいことです。だって旦那様にはきっと大いにつらいことでしょうから。こういう別れを望むなんて考えたこともありませんでした……ただ奥様、私も奥様と同じようにこれは必要なことだと思います。というのも、お嬢様がここにいるとだめになってしまうのではないかとひどく心配しているからです。それにまた神様を信じる気持ちもおろそかになってしまう。ああ、それは悲しいことです！　そのことをよく考えると、胸が張り裂けそうになりますわ！」

「二人とも上にいるのかしら？」とフェリシテが言った。「上に行って会ってくるわ。最後まで二人を何とかすることが私の役目よ」

彼女が一時間後に降りてくると、マルチーヌはまだ膝をついて湿った地面を這いながら、植えつけを終わらせているところだった。ラモン医師と話し、彼は自分の運命を知りたくて待ち焦がれていたとフェリシテが上で語るとすぐに、パスカルがそれに同意しているとわかった。真面目な顔つきで、彼が待ち焦がれるのは当然だと言わんばかりにうなずいていた。クロチルドも笑うのを止め、真剣に聞いているようだったが、いくらか驚きを見せていた。どうして急がせるのだろうか？　先生は結婚式を六月の第二週と決めたし、まだ二ヶ月も先だ。近いうちにラモンとそのことを話します。結婚はとても大切なことだから、よく考えて、婚約は一番最後にするべきです。それに彼女はこのことに関して、自分の決意ははっきりとしていると慎み深く口にした。だからフェリシテは二人とも間違いなく一番ふさわしい結末を望んでいるということで引き下がるしかなかった。

「実際に、口を挟む余地はないわ」と彼女は締めくくった。「パスカルは難癖をつけるつもりはないみたいだし、クロチルドは慎重に行動したいのね、生涯の相手を決める前には心の底まで考え直す娘だわ……まだ一週間は考えさせてあげる」

マルチーヌは踵の上に腰を下ろし、地面を凝視していた。顔には影が拡がっていた。

「そうです。その通りです」と彼女が小声で呟いた。「お嬢様は前からよく考えていました。お嬢様はひっそりとした場所によくいます。話しかけても、答えてくれません。まるで病気を抱え、目をぎょろつかせている人のようです……何かが起こっています。お嬢さまは以前のお嬢様ではありません。もう別人のようで……」

彼女は頑なに仕事を続け、苗を取り上げ、ねぎを植えた。一方ルーゴン老夫人は少し安心し、結婚は間違いないと言って帰っていった。

実際にパスカルはクロチルドの結婚を必然的な決定事項として受け入れているようだった。彼はそのことについてもはや再び彼女と話していなかった。二人の間の会話で少しばかりほのめかされても落ち着いたものだった。さらに二人がまだ一緒に暮らせる二ヶ月は終わりなく、永遠に果てないもののようだった。彼女はとりわけ彼を微笑んで見つめ、曖昧なかわいらしい身振りで不安やなすべき決断を先送りにし、慈悲深い生命へと身をゆだねるのだった。彼は回復し、毎日体力が戻ってくるのを感じ、夜になって彼女が眠り、自室に一人で戻る時以外、悲しくなることはなかった。寒さを覚え、ずっと一人だけになる時が来ることを思うと、震えが走った。それでは老年の始まりがこのように自分の身体を震わすのだろうか？　こうしたことが遠くにある闇の国のように思われ、そこではすでにあらゆる力が消滅するのを感じるのだった。すると妻がいないという後悔、子供がいないという後悔が彼を憤懣で充たし、堪えがたい苦悶に心がよじれるのだった。

ああ！　どうして普通の生活を営んでこなかったのだ！　ある夜には科学を呪い、自分から男らしさのほとんどを奪ってしまったと責め立てることもあった。彼は研究に自分を貪り食わせるままにしてきたのであり、脳を食わせ、心を食わせ、筋肉を食わせてきた。こうした孤独な熱狂が生み出したのは本や黒ずんだ紙片だけであり、それも風が吹けばきっと飛んでいってしまうだろう。それらを開くと、彼の手は冷たい紙葉に凍えた。自分を抱き締めてくれる生命にあふれた妻の胸もなく、温かな子供の髪の毛に接吻することもできないのだ！　エゴイストな学者の凍りついた寝床で自分は一人だけで生きてきたのであり、ここで一人きりで死んでいくのだろう。それでは自分は本当にこのように死ぬのだろうか？　この窓の下で鞭を鳴らす素朴な人足たちや馬方たちの幸福を味わうことはないのだろうか？　彼は急がねばならないという思いに熱く浮かされていた。というのも彼にはもはや時間がなかったからだ。行使してこなかった若さのすべて、抑圧され積み上がった欲望のすべてが血管の中を荒波のように再び湧き上がってきていた。それは再び愛し、再び生き、少しも飲み干すことがなかった情熱を使い果たし、老人になる前にすべてを味わうのだという誓いであった。人を訪ね、道行く人を呼び止め、野や町を歩き回るのだ。そして次の日入念に身体を洗い、自室から出ると、興奮は収まり、燃えるような光景は消え、生来の臆病さが戻ってくるのだった。そして次の日の夜になると、孤独への恐れが再び彼を不眠へと投げこみ、再び血が燃え立ち、そして同じ絶望、同じ憤懣、妻を知らずに死にたくないという同じ欲求を覚えた。

この燃えるような夜の間、暗がりの中で大きく目を開くと、いつも同じ夢想が始っていた。ある娘が道を通り過ぎる。二十歳のすばらしく美しい娘だ。そして部屋に入ってきて、熱愛する様子で従順に自分の前に跪く。そして彼女を妻に娶る。彼女は愛の巡礼者の一人、古い物語に出てくるような娘で、星に導びかれ、強大な権力と栄華を誇った老王に健康と力を取り戻させるためにやってきたのだ。自分はその老王で、彼女は自分を熱愛する。彼女は奇跡を起こし、二十歳の若さを彼に分け与える。自分は彼女の腕から勝ち誇って飛び出す。生命への信仰や勇気を取り戻しているのだ。彼が持っている十五世紀の『聖書』には素朴な木版装飾画があり、その中のある絵がとりわけ彼の興味を引いていた。老いたダビデ王は自室に戻ろうとして、その手をシュネム人の若い娘アビシャグのむきだしの肩に添えている。そして彼は隣のページの文章を読んだ。「ダビデ王は老い、いくら衣を着せられても身体が温まらなかった。そこで家臣たちは王に言った。〈わが主君、王のために若い処女を探して、おそばにはべらせ、お世話をさせましょう。ふところに抱いてお休みになれば、暖かくなります〉。彼らは若く美しい娘を求めてイスラエル領内をくまなく探し、シュネム生まれのアビシャグという娘を見つけ、王のもとへ連れてきた。この上なく美しいこの娘は王のそばに眠り、王に仕えた……」。この老王の震えは、自室の陰鬱な天井の下に一人で床に入るとすぐに自分を凍えさせる今の震えと同じものではないだろうか？そして道を通り過ぎる娘、自分の夢想が導くあの愛の巡礼者は熱愛する素直なアビシャグ、王のために自らのすべてを捧げようとする情熱的な臣下ではないだろうか？　彼はいつもそこに彼女が見えるのだった。幸せな奴隷として彼に献身し、わずかばかりの願望にも気を配り、輝かしい美しさで彼の喜びを絶えず充たし、その優しさゆえに、彼はそばにいると、香油にひたっている心地がした。それから時々古い『聖書』をめくると、他の版画絵も列をなして浮かび上がり、彼の想像は消えてしまった族長や王たちの世界をさまよった。男の長寿、創造する力、女性に対する全能への何という信仰だ！　百歳の男たちはまだ妻たちを孕ませ、寝所に婢女たちをはべらせ、道行く若き寡婦や処女たちを迎え入れる。何という途方もない話だ！　百歳のアブラハム、イシマエルとイサクの父、妹サラの夫、従順な婢女ハガルの主人。ルツとボアズのうっとりするような牧歌。若い寡婦はベツレヘムに着き、大麦の刈り入れの間、生暖かい夜、主人の足元で眠りにつく。ボアズがルツの求める権利を理解すると、法に従い、姻戚関係にある親類として妻に娶った。これらのすべては強い生命をあふれさせる民衆の自由な力であり、その営為は世界を征服するだろう。これらは決して消えることない雄々しさを持った男たち、常に豊穣な女たちであり、頑強に繁殖する一族の連鎖であり、罪や姦淫、近親相姦まで含む年齢や理性を超越した愛だった。そして彼の夢想は古びた素朴な版画を前にして、ついに現実となるのだ。アビシャグが彼の淋しい部屋に入ってきて、部屋を明るくし、香りで充たし、むきだしの両腕、むきだしの腹部、神々しい裸体を拡げ、彼に王たる若さを贈るのだ。

ああ、若さよ！　それを貪欲に渇望しているのだ！　彼の生命は衰えつつあり、この若さへの熱烈な欲望は怯えをもたらす老年に対する反逆であり、引き返し、再び始めたいという絶望的な欲求であった。この再び始めたいという欲求の中にあったのは、至上の幸福に対する後悔、記憶が彩りを添える無為に過ごしてしまった時間のかけがえのない価値への思いだけではなかった。そこには今度こそ健康と力を楽しみ、少しでも愛する喜びを逃さないという断固とした意思があった。ああ、若さよ！　若さを思い切り嚙みしめるのだ。老いる前に、若さのすべてを貪欲に味わい、貪って生きたいのだ。ほっそりとした身体つきで、樫の若木を支える力強さを持ち、輝くような歯と濃く黒々とした髪の二十歳の自分をまざまざと思い出すと、彼は動揺を覚え、苦悶した。それらはかつて軽蔑すべき贈り物であったが、もし奇跡がそれらを自分にもたらしてくれるならば、どれほど激しく享受することだろうか！　そして女の中の若さ、通り過ぎる乙女が彼を困惑させ、深い感動へ投げこんだ。しばしば女体からは紛れもない若さの幻影がかもし出され、清純な香りときらめきを放った。彼女の澄んだ目、健康的な唇、さわやかな頰、そしてとりわけ優美で、きめ細かにふっくらとし、ほつれた髪がうなじに影を作っている首からもたらされるものだった。だから若さはいつでも繊細で偉大なものとして現れ、穏やかな裸体は神々しくすらりとしていた。彼の眼差しは幻影を追い、心は果てしない欲望に溺れていた。若さはまさに心地よく欲望をそそるものであり、この世の花、唯一の美、唯一の喜び、唯一の真なる善であり、自然が存在に与えたにちがいない健康を備えていた。ああ、再び始めるのだ！　この身に乙女のすべてを抱擁して、再び若さを自分のものにするのだ！

四月の美しい日々が果樹の花を開かせて以来、パスカルとクロチルドは今ではスレイヤードでの朝の散歩を再開していた。彼にとっては回復して初めての外出であり、彼女に導かれてすでに燃え立っている麦打場へ行き、松林の並木道を通り、高台の端まで戻ってきた。そこは樹齢数百年の二本の糸杉の影に覆われていた。太陽が古びた敷石を白く照らし、光り輝く空の下には広大な地平線が拡がっていた。

ある朝クロチルドは走り回り、笑みで全身を震わせ、とても元気よく戻ってきたが、あまりにも夢見るような陽気さで仕事部屋に上がってきたので、庭帽子も首に結んだ小さなレースも脱いでいなかった。

「ああ、暑い！」と彼女は言った。「下で脱いでくればよかった！　早く下に置いてくるわ」

彼女は部屋に入りながら、レースを肘掛椅子の上に投げ出していた。だが両手はせっかちに、大きな麦わら帽子の結び目を解こうとしていた。

「ああ、わかった！　私はここで結んでしまったのね。脱げないわ。先生の手助けが必要だわ」

パスカルも気持ちのよい散歩に心が湧き立ち、美しく幸せな彼女を見ていたので、明るい気分だった。そこで彼は彼女に近づき、ぴったりと寄り添わなければならなかった。

「さあ、顎を上げて……ああ、動いてばかりいるよ。本当に手伝ってほしいのかい？」

彼女はさらに笑い声を上げ、彼は彼女が喉を膨らませ、波打たせて笑うのを見ていた。彼の指は彼女の顎の下の魅力的な首の部分に絡みつき、思いもかけずにきめ細かく温かい肌に触れた。彼女はとても襟ぐりの深い服を着ていたので、彼がその開いた部分から直接息を吸いこむことになり、女性の生々しい芳香や陽射しに暖められた若さの清純な香りが立ち昇ってきた。突然彼はめまいを覚え、気が遠くなったように思えた。

「だめ、だめだ！　じっとしてくれないとほどけない！」

血の波がこめかみを打ち、彼の指はさまよっていたが、彼女はさらに身をそらし、意識することなく、処女の魅惑を見せていた。それは女王のような若さの出現だった。澄んだ目、健やかな唇、さわやかな頰、とりわけ優美できめ細かにふっくらとし、ほつれた髪がうなじに影を作っている首。だから彼にとって彼女はとても繊細ですらりと伸び、その神々しいばかりの開花の中に小さな喉があるように思われたのだ！

「ああ、ほどけたわ！」と彼女は叫んだ。

どのようにしたのかもわからずに、彼は結び目を解いていた。部屋が渦巻いているような感じを覚え、彼は依然として彼女を見ていた。今や彼女の頭はむきだしになり、星のように美しい顔は笑みを浮かべ、金色の巻き毛が揺れていた。その時彼は彼女を再び腕に抱き、肌があらわになった部分に狂わんばかりに接吻してしまいそうになり、恐れを覚えた。だから彼は手に持っていた帽子と一緒に、口ごもりながら立ち去った。

「玄関にかけてくるよ……待っていなさい。マルチーヌと話すことがあるから」

彼は階下の使われていないサロンの奥へ逃げこみ、厳重にドアを閉め、クロチルドが心配して、自分を探しにここへ降りてくるのではないかと震えていた。彼は狂わんばかりに取り乱し、まるで罪を犯してきたばかりのようだった。彼は自分の唇からほとばしった最初の叫びにおののいた。思わず叫んでいたのだ。「私はずっと彼女を愛していた。激しく求めていたのだ！」。そうなのだ。彼女が女らしくなってから、彼は彼女を愛するようになっていた。ある日突然、彼は彼女が一人前の女性であることをはっきり見てしまった。その時彼女は性を感じさせないお転婆娘から愛らしさと魅力を備えた女性へと脱皮していた。その脚は長くほっそりとし、上半身はすらりとしながらも豊かで、胸は膨らみ、首は丸みを帯び、腕はしなやかでふくよかだった。うなじや肩は新鮮なミルク、白い絹のようで、つややかにして限りなくなめらかだった。だからこれはパスカルにとって圧倒されることだったが、まったくの真実だったのだ。彼はこのすべてを渇望し、この若さを、この清純で芳香を漂わせる肉体の花を貪欲に渇望していたのだ。

それからパスカルは不安定な椅子に倒れこみ、もはや日の光は見たくないかのように組み合わせた両手に顔を埋め、むせび泣き始めた。ああ！　どうなってしまうのだろうか？　弟が自分に預けた少女、彼女を自分はよき父として育ててきたが、今では二十五歳の誘惑者、至高の力を持つ女性となってしまったのだ！　彼は子供よりも無能で、無力だと感じていた。

さらに彼は肉体的な欲望を秘めながらも、依然として無限の優しさで愛し、彼女のしっかりとした知的人柄、清廉な感情、煥発で明瞭な才気に惹かれていた。彼女が神秘なるものに対する不安で苦しむようになったのは互いの不和以後のことで、それもむしろ彼女は自分と異なる存在として貴重に思えたのであり、そこに彼は事物の無限の細部を見出していた。だから彼にとって対立し、反抗する彼女も喜びだった。彼女は仲間であり、生徒だった。彼は彼女をそのように見なし、広い心、情熱的な率直さ、誇らしげな理性を持つように育て上げた。そして彼女はいつも当たり前のようにそばにいたので、もはや彼女がいない場所の空気を吸うことを想像もしなかったし、彼女の様々なものを必要としていた。それらは彼女の気遣い、自分の周りでのスカートのはためき、包みこんでくれる思いと愛情、眼差し、微笑み、彼女が与えてくれる心地よい女性の日常生活のすべてだった。彼女がいなくなると思うと、頭の上で天が崩れるようで、それはすべての終わり、究極の暗闇であった。世界には彼女しか存在せず、彼女だけが気高く優しく、唯一の突出した才女、唯一の美女であり、奇跡のような美しさを備えていた。それならば、どうしてなのだ？　自分は彼女を愛し、彼女の先生であるのだし、二階に上がっていって彼女を腕に抱きしめ、偶像のように接吻しないのだろうか？　二人とも何の制約もない身であり、彼女は無知ではないし、一人前の女性になっていた。だからそれは喜びなのだ。

パスカルはもはや泣いておらず、立ち上がり、ドアへ向かって歩こうとした。しかし突然、再び椅子に倒れこみ、またしてもむせび泣いてしまった。だめだ、いけないのだ！　おぞましいことだし、あってはならないことなのだ！　頭の上にある白髪が氷のように思われてきた。彼女が二十五歳であることを思い、自分の五十九という年齢におののいた。恐怖の震えに捉えられ、自分が彼女の虜になり、日々の誘惑に無力になるだろうと確信を抱いた。そして帽子の紐をほどいてくれるように言って、彼を呼んで、彼女の背後に身をかがめさせるように仕向け、その仕事を指示する彼女の姿が見えていた。そして彼は盲目になり、狂わんばかりになり、思い切り彼女の首やうなじに貪りつく自分が見えていた。さもなければ、さらにあさましい光景も浮かんだ。夜を迎えて、二人ともランプを持ってくるのを遅らせている。互いに意を秘めた夜が緩慢に暮れ、けだるさに包まれていた。二人は抱き合い、無意識のうちに罪を犯し、取り返しのつかない行為に及んでしまう。彼女と別れるという決意をしなければ、ありうる確実でさえあるばかりか、結末であり、彼は大きな怒りを覚えた。それは彼にしてみれば、最悪の罪、信頼の乱用、下劣な誘惑だった。そのことに憤り、彼は今度こそ勇気をふりしぼって立ち上がり、自分を律するのだと決意し、何としてでも仕事部屋に上がっていこうとした。

上ではクロチルドが静かにデッサン画を始めていた。彼女は顔を向けることもしないで、ただ言った。

「ずいぶん長くかかったのね！　マルチーヌが十スー計算を間違えたとばかり思っていたわ」

女中の吝嗇さに対するいつもの冗談に彼は微笑んだ。そして彼も静かに机の前に座った。それから二人は昼食まで話をしなかった。彼女のそばにいると、彼は大いなる甘美さに浴し、心が落ち着くのだった。思い切って彼女を見つめると、繊細な横顔と懸命に取り組んでいる高貴な娘が持つ真面目な雰囲気に感動させられた。それでは階下で見たのは悪夢だったのだろうか？　これほどたやすく自分に打ち勝てるものだろうか？

「ああ！」と彼は叫んだ。マルチーヌが二人を呼んだからだ。「確かに空腹だ！　君はもうじき肉づきがよくなった私を目にすることになるよ！」

彼女は陽気に近づき、彼の腕を取った。

「そうよ、先生！ 楽しく、たくましく生きるべきだわ」

しかしその夜、自室ではまた苦悶が始まった。彼女を失うことを思うと、顔を枕に押しつけ、うめき声を押し殺さなければならなかった。様々なことが具体的に浮かび上がり、彼女が他の男の腕に抱かれ、処女の肉体を与えることを思うと、耐え難い嫉妬に苦しめられた。自分はこのような犠牲に同意するほど健気ではありえない。あらゆる計画が熱く錯乱している頭の中に湧き上がってきていた。彼女を結婚から遠ざけ、そばにとどめ、決して自分の恋情は気づかせない。彼女とともに去り、町から町へ旅し、二人で終わりない研究に専念し、先生と生徒という友愛関係を保つ。いやむしろ、彼女を失うことになるが、結婚させるぐらいなら、彼女を看護人として兄のところへ送り、夫にゆだねない。そしてどの解決にも彼の心は張り裂け、苦悶にうめき、彼女のすべてを所有したいという高飛車な欲望を覚えた。彼はもはや彼女がいるだけでは満足できず、彼女が自分のもの、自分のためのもの、自分だけのものであってほしいと思うと、彼女が波のように垂らした髪だけを身にまとい、清らかな裸体で部屋の暗闇の中で光を放ち、立ち上がっているのだった。彼は腕を虚空に差し伸べ、酔いしれた男のようにふらつきながらベッドから跳ね起きた。仕事部屋の暗闇の静けさの中にあって、ただ素足だけが床をきしませたので、彼はこの突然の狂気から目覚めた。ああ、私はどこへ行くつもりだったのだ？ 眠っているあの子の部屋のドアを叩こうとしていたのか？ 肩でドアを押し破ろうとしていたのか？ 深い静けさの中で彼は清らかでかすかな息吹きを聞いた気がし、それが聖なる風のように自分の顔に吹きつけ、動転してしまった。だから彼は恥と恐ろしい絶望の発作に襲われ、部屋に戻ってベッドへ倒れこんだ。

翌日起きると、パスカルは不眠のために消耗していたが、心は決まっていた。毎日のシャワーを浴びると、回復し、さらに健康になった気がした。彼の決意はクロチルドを婚約させることだった。彼女が形式的にラモンとの結婚を受け入れれば、この取り返しのきかない解決によって自分の気が休まり、あらゆる狂気じみた願望が阻止されるように思えた。自分と彼女との間におけるさらに越えがたい柵となるだろう。そうすれば、欲望に対して身構えられるだろう。そしてずっと苦しむことになろうとも、それはただの苦痛でしかなく、不実な男になるということ、さらに他人ではなく自分が彼女を所有しようと夜に起き上がるというあの恐ろしい危惧はなくなるだろう。

この日の朝、彼がこれ以上遅らせてはいけない、ずっと前から待っている律儀な青年にはっきりと返事をしなければいけないと若い娘に説くと、彼女は最初驚いたようだった。彼女は正面から彼の目を覗きこんだ。彼は困惑を抑えこみ、ただ少し悲しげな様子で強調したのであり、あたかもこのことを言わなければならないのが悲しいかのようだった。結局のところ彼女は弱々しく微笑み、顔をそらした。

「つまり先生は私にいてほしくないのね？」

彼は正面きって答えなかった。

「わかってほしい。間違いなく事態が面倒なことになっている。ラモンが怒っているのも当然だろう」

彼女は書見台の書類の整理に向かった。そして沈黙があった。

「奇妙なことね。今では先生がお祖母さんやマルチーヌの味方をしている。あの二人は最終的な返事をするようにと、私につきまとっている……まだ何日も余裕があると思っていた。でも実際に、もし三人に急かされたら……」

彼女は最後まで言わなかったが、彼もそれ以上はっきりと彼女の口から説明させようとはしなかった。

「それでは」と彼が尋ねた。「いつラモンに来るように言おうか？」

「彼の都合にまかせるわ。いつ来ても彼のことなら気にならないし……それほど心配しないで。午後であれば、かまわないと私が伝えるわ」

その翌々日、またしてもいさかいが起きた。クロチルドは何も行動しなかったので、今度はパスカルが激しい苛立ちを見せた。彼女がすがすがしい微笑みで彼をなだめてくれるのに、もはやいなくなると思うと、大いに苦しみ、苦悩の発作に見舞われていたのだ。そして彼はぶしつけな言葉で、真面目な娘として振る舞い、これ以上彼女を愛する誠実な男をもてあそぶなと命じた。

「どういうことなんだ！　事態は急を要しているのだ！　先に言っておくが、私からラモンに連絡する。明日の三時に来てもらう」

彼女は目を床にやり、黙ったまま彼の言葉を聞いていた。二人とも結婚がはっきり決まったのかどうかという問題に言及したくないようだった。だから二人はすでに決まり、はっきり定まった事柄だという考えから始めていた。彼女が顔を上げるのを見て、彼は震えた。というのも息吹きの気配を感じ、彼女が自問し、この結婚を断わると言おうとしているように感じられたからだ。ああ、自分はどうしてしまったのか、どうしようというのか！　すでに彼は大いなる喜びと狂わんばかりの不安の中にあった。しかし彼女は唇を開くことないあの控え目で優しげな微笑みを浮かべて彼を見つめていた。そして従順な様子で答えた。

「先生にまかせます。明日の三時にここに来るように言って下さい」

パスカルにとってその夜はあまりに忌わしいものだったので、翌朝遅くなってから起き、頭痛を口実にした。心安らむのは冷たいシャワーの下にいる時だけだった。そして十時頃、彼は自分でラモンのところへ行くと話し、家を出た。しかしこの外出には別の目的があった。彼はプラッサンの小物商のところに古いアランソン織りのブラウスがあるのを知っていた。すばらしい品はそこで恋人の大盤振舞を待って眠っていた。夜の責苦の中で、これをクロチルドに贈り、結婚衣裳に備えようという考えが浮かんでいた。自分自身で彼女を飾り、非常に美しい純白の彼女の肉体を贈るというまさに苦い思いが、献身に疲れ切った彼の心を感動させていた。彼女もこのブラウスのことを知っていて、ある日彼と一緒の時にそれに見とれ、感嘆し、サン＝サチュルナン教会の信者から熱愛されている古い木製の聖母マリア像の肩にかけることだけを願っていた。小物商は小さな箱に入れて届けてくれるだろうから、目立つことなく、整理机の奥にしまいこんで隠しておけるだろう。

三時にラモン医師が現れた。パスカルとクロチルドは仕事部屋で彼を待ち焦がれ、とても陽気にしていたが、一方で二人とも彼の訪問を話すことを避けていた。笑い声に包まれ、大げさな誠意のこもった出迎えだった。

「先生、全快しましたね！」と青年が言った。「いつになくお元気そうです」

パスカルはうなずいた。

「ああ、確かにそうだ！　元気この上ないよ！　ただ心はそうでもない」

この思いがけない告白はクロチルドの動きを封じたので、彼女は二人を見つめたが、あたかも周囲の状況に押されて二人をそれぞれ見比べているかのようだった。ラモンは微笑を浮かべ、女性たちに愛される医師として無類に美しい顔立ちであり、髭も髪も黒く力強く生え、若い男らしさに輝いていた。一方パスカルは白髪の下で、髭も白く、雪が積もったような白い頭は厚い層になっていて、彼が潜り抜けてきたばかりの責苦の六ヶ月の悲劇的な美を残していた。痛ましい顔は少しばかりの老いを示し、子供らしさを残す大きな目、快活で澄んだ褐色の目だけがそのまま保たれていた。しかしこの時、彼の顔立ちのどの部分もがあまりの優しさや昂揚した善良さを表していたので、クロチルドは深い愛情をこめて最後には彼の上に視線を止めた。沈黙があり、三人の心の中を軽い震えが通り過ぎた。

「それで、君たち！」とパスカルが思い切って口にした。「きっと二人で話し合いたいだろう。私は下でやることがあるが、すぐに戻ってくる」

そして彼は二人に微笑みかけながら部屋を出ていった。

二人だけになると、クロチルドはとても率直にラモンに近づいて両手を伸ばした。彼の手を取り、握り、話しかけた。

「聞いて下さい。私はあなたをひどく落胆させようとしています……そのことで私を怒らないで下さい。それというのも誓って申しますけれど、私はあなたにとても深い友情を感じています」

すぐに彼は悟り、蒼ざめた。

「クロチルド、お願いです。それ以上言わないで下さい。もしまだ考えたいのなら、もっと時間をかけて下さい」

「それは無駄なことです。私の心は決まっています」

彼女は誠実な美しい眼差しで彼を見つめ、彼の手を放さず、自分が冷静で、愛情をこめていることを伝えようとした。すると彼が低い声で続けた。

「それでは断わるのですね？」

「そうです。でもこれは私にもとてもつらいことなのです。聞かないで下さい。いずれわかって頂けるでしょう」

彼は座りこんでしまい、自制しながらも感情に打ち砕かれていたが、堅実で冷静な男として、どのように大きな苦痛にも正気を失うはずはなかった。それでもこれほどまでに悲しみに動転させられたことはなかった。彼は言葉もなく座っていたが、彼女は立ったまま続けた。

「それに私があなたをもてあそんだと思わないで下さい……私があなたに希望を抱かせ、返事を保留していたのは、私がまさに自分のことをはっきりとわかっていなかったせいです……きっとわかって頂けないでしょうけれど、私は大きな危機を乗り越えたところなのです。まったくの暗闇の中で、本当の嵐を通り抜け、そこでやっと自分のことがわかったのです」

ようやく彼が言葉を発した。

「あなたがそうして欲しいなら、何も尋ねません……でも一つだけ答えてください。クロチルド、あなたは僕を愛していないのですか？」

彼女は少しもためらわず厳かに言ったが、感謝の気持ちがこめられ、返答の率直さを和らげていた。

「その通りです。私はあなたを愛していません。あなたには心からの友情を覚えているだけです」

彼は立ち上がっていて、まだ彼女が探していた言葉を身振りで押しとどめた。

「充分です。このことを話すことはもう決してないでしょう。あなたの幸せを願っています。僕のことは心配しないで下さい。今の僕は自分の家が頭上で崩れた男のようなものです。でも僕はそこから抜け出さなければならない」

血の波が蒼ざめた顔に拡がり、彼は息がつまって窓の方へ行き、重い足取りで戻ってきて、冷静さを取り戻そうとしていた。大きく息をついた。痛々しい沈黙の中で、パスカルが戻ってきたことを告げようとする足音を立てながら階段を上ってくるのが聞こえた。

「お願いです」とクロチルドが急いで呟いた。「先生には何も言わないで下さい。先生は私の決断について知らないし、このことは私から、そっと伝えたいのです。だって先生はこの結婚をとても望んでいましたから」

パスカルは戸口で立ち止まった。彼はよろめき、息を切らし、まるで急いで駆け上がってきたかのようだった。それでも彼にはまだ二人に微笑む力があった。

「それで、話はまとまったのか？」

「ええもちろんです」とラモンが答えたが、彼もおののいていた。

「では決まったのだね？」

「すっかり」と今度はクロチルドが言ったが、彼女も気を失いそうだった。

そしてパスカルは部屋に入り、家具にもたれかかりながら、作業机の前にある肘掛椅子に倒れこんだ。

「ああ、わかるだろう！　脚が相変わらずよくないんだ。老いぼれの身体だよ……でも何ということはない！　私はとても幸せだ。とても幸せだよ。君たちの幸福が私を回復させてくれる」

そして少しばかり話を交わし、ラモンが帰り、若い娘と二人だけになると、彼はまた不安になったようだった。

「決まったのだね、本当に決まったのだね？」

「そうです。決まったのです」

それから彼はもはや話すこともなく、うなずき、自分はうれしいし、申し分ない、ようやく全員が落ち着いて暮せるだろうと繰り返し言っているような様子だった。彼の目は閉じられ、眠った振りをよそおった。だが彼の胸は張り裂けんばかりに打ち、執拗に閉じられたまぶたが涙をこらえていた。

その夜の十時頃、クロチルドがマルチーヌに用事を頼むために下に降りていくと、パスカルはこの隙を利用し、若い娘のベッドの上にレースのブラウスの入った小さな箱を置きにいった。彼女が上がってきて、いつものように彼にお休みを言った。そして数分後に彼も自室に戻り、すでに上着を脱いだ頃、彼の部屋のドアのところで陽気なこだまが響き渡った。軽くドアが叩かれ、潑剌とした声が笑いながら叫んだ。

「ねえ、来て。見に来て！」

彼はこの若い呼び声に抗えず、この喜びを受け入れドアを開けた。

「ねえ、来て。幸せの青い鳥がベッドの上に置いていったものを見に来て！」

そして彼女が彼を部屋へ引っ張っていったので、彼は断れなかった。彼女は二つの燭台に火をつけていた。古びた部屋全体が微笑んでおり、色褪せた壁紙の薔薇色が優しく、礼拝堂へ変わってしまったかのようだった。そしてベッドの上には、信者たちから崇拝される聖なる布であるかのように、古いアランソン織りのブラウスが拡げられていた。

「私の驚きはきっと先生にはわからないわ！　私は最初この箱が目に入らなかったの。毎晩やっている簡単な片づけをすませ、着替えて、それでベッドに入ろうとして、先生のプレゼントに気がついたの……ああ、何という驚き、本当にびっくりしてしまったわ！　どうしても明日になるのが待ちきれなかったわ。だからペチコートを再びまとって、急いで先生を探しに行ったの……」

その時になってようやく彼は彼女が半裸なことに気づいた。書類を盗み出そうとしているところを取り押さえたあの嵐の夜と同じだった。彼女は神々しく立ち現れ、華奢な処女の身体を伸ばし、脚はすらりとし、腕はしなやかで、上半身はほっそりとし、喉元は小さくしまっていた。

彼女は彼の両手を握り、自分の小さな手の中で愛撫し、包みこんだ。

「何て先生は優しいのかしら！　本当にありがとう！　とてもすばらしい品よ。私への最高のプレゼントだわ！　覚えていてくれたのね。この古い芸術品のような服に見とれて、サン＝サチュルナン教会のマリア様だけが肩にまとうにふさわしいって言ったことを……うれしい、本当にうれしいわ！　だって実現したのだから。私はおしゃれが好きだし、だから時々とんでもないものを欲しがったわ。光線で織ったドレスとか、手にさわれない空の青でできたベールとか……これで私は本当にどんなにきれいになるかしら！」

興奮気味に感謝しながら、彼女は喜びに輝き、彼に身体を寄せ、ずっとブラウスを見つめ、彼にも自分と一緒に感激させようとした。それから突然好奇心に襲われた。

「でもどうして？　なぜこんな立派な贈り物をしてくれたの？」

彼女が自分を探し、響き渡る陽気さの衝動に動かされて駆けつけてくる前から、パスカルは夢想の中を歩いていた。優しい感謝の気持ちを感じて涙が流れ、夢想の中に止まり、ひどく恐れていた恐怖を覚えるどころか、逆に癒され、うっとりし、まるで大いなる不思議な幸福に近づいているかのようだった。この部屋には一度も入ったことがなかったが、聖なる場所の甘美さがあり、不可能なことに対する渇望を充たしてくれるのだ。

それでも彼の顔は驚きを示していた。そこで彼は答えた。

「このプレゼントはね、君の結婚衣裳のためだよ」

今度は彼女がしばし驚き、訳がわからない様子だった。そして数日前から浮かべていた快くて奇妙な笑みをもらし、新たに喜んだ。

「ああ、そうだったわ！　私の結婚式ね！」

彼女はまた真剣になり、尋ねた。

「ということは、先生は私を厄介払いするのね。もう私をここに置きたくないので、あんなに私を結婚させたがっていたのね……つまり、先生は私のことをずっと敵だと思っているの？」

彼は責苦が戻ってくるのを覚え、もはや彼女を見つめず、健気であろうとした。

「おそらく私の敵なのだろう。そうじゃないのか？　私たちはここ数ヶ月の間、お互いにあれほど苦しんだではないか！　別れたほうがいい……それに、私は君が何を考えているか知らないし、君は私が待っている返事を絶対にしようとしない」

彼女は虚しく彼の視線を追った。彼女は二人が一緒になって記録を読み通したあの恐ろしい夜のことを話し始めた。本当に私の全存在が揺すぶられてしまったのよ。だから先生に味方するか、敵対するかを言っていなかったし、先生が返事を求めるのも当然のことだわ。

彼女は彼の手を取り、何としてでも自分のことを見つめさせようとした。

「私が先生の敵だから、私を追い払うの？　よく聞いて！　私は敵じゃない。私はあなたの召使で、あなたの作品よ、あなたのものなのよ……わからないの？　私はあなたと一体だし、あなたの味方よ。それもあなたただけの！」

彼は輝きを発し、大いなる喜びが目で燃えていた。

「私はこのレースを身につけるわ。そうなのよ！　このレースは私の結婚の夜を祝ってくれる。だって私はあなたのために美しくありたい、本当に美しくありたい……でもあなたはわかってくれない！あなたは私の先生よ、でも私はあなたを愛している……」

取り乱した身振りで、彼は彼女の口を塞ごうとした。だが無駄だった。彼女は一気に叫んでしまった。

「だから私はあなたを求めているのよ！」

「だめだ、だめだ！　黙りなさい。私をおかしくさせないでくれ！　君は他の男と婚約し、約束を交わした。こんな狂気の沙汰はまったくもってありえないのだ」

「他の男のことね！　私は彼とあなたを比べて、あなたを選んだのよ……彼を追い払い、彼は出ていった。二度と戻ってこないわ……私たち二人だけしかいないのよ。私はあなたを愛している。あなたも私を愛しているわ。私にはよくわかっているわ。だから私は身をまかすのよ……」

彼は身震いに襲われ、果てしない欲望に駆られ、もはやすでに抗っておらず、花開く女性の繊細さと芳香のすべてを抱き締め、吸いこんでいた。

「私を受け止めて。私はあなたに身をまかせるわ！」

欲望ゆえの堕落ではなく、栄光に充ちた生命が二人を呼び覚まし、二人は歓喜の只中にいた。広い部屋は古い家具と共に計って、光にあふれているようだった。もはや恐れも、苦しみも、ためらいもなかった。二人は自由であり、身をまかせる彼女は彼を知ることを望み、彼は彼女の肉体という至上の贈与を受け止めていた。こうして彼の愛の力はこの上ない幸福を獲得したかのようだった。場所、時間、年齢は消え失せていた。永遠に続く自然、所有し創造する情熱、生きることを願う幸福だけがあった。彼女は目くるめく思いでうっとりとし、失われる処女の甘美な叫びを上げるだけだった。そして彼は恍惚の嗚咽の中で、彼女のすべてを抱き締め、彼女が悟るはずもないままに、自分の男性を回復させてくれたことに感謝していた。

パスカルとクロチルドは互いに抱きしめ合ったまま、恍惚に溺れ、神々しい喜びに熱狂していた。夜の空気は甘美で、沈黙は優しげな静けさをたたえていた。時間が次々と流れ去り、この至福の中で喜びを味わっていた。すぐに彼女が愛撫するような声で彼の耳に囁いた。ゆるやかで、果てることない言葉だった。

「ああ！　先生、先生、先生……」

この言葉は彼女がそれまでいつも口にしていたが、この時は深い意味作用を持ち、拡がり、こだまし、まるで自らの存在すべての贈与を告げているかのようだった。彼女は熱い感謝の思いをこめ、物分かりがよく従順な女性としてこの言葉を繰り返していた。神秘は打ち負かされ、現実に同意した。これこそがついに明らかになり、充たされた愛を備えた輝かしい生命ではないだろうか？

「先生、先生。あれは遠くからやってくるのよ。私はあなたに告白しなければいけない……私が教会に行っていたのは、幸せになりたかったからなの。不幸だったのは信じることができなかったことよ。私は多くのことを知りたかったのに。教会の教義は私の理性と対立し、教会の説く天国はありえそうもない子供じみたものに思えたわ……それでも、世界が感覚的なものでは終わらない、未知の世界があり、そのことを考えなければいけないと思いこんでいたのよ。先生、私はあのことをまだ信じているわ。彼方があるという考えよ。あなたの首にすがりつき、ようやく見出された幸福でさえ、その考えを消すことはできない……でもこの幸福への欲求、すぐにでも幸福になり、確信を持ちたいという欲求にどれほど苦しんだことか！　教会へ行っていたのも、自分には何かが欠けていて、それを探していたからだわ。私の苦しみは願望を充たしたいというこの抗い難い思いから生じていたの……あなたが私の幻想や幻影へのつきない渇望について言ったことを覚えているでしょう。ある夜のこと、麦打場の満天の星空が蘇えってこないかしら？　私はあなたの科学を憎み、科学が大地にまいた荒廃に苛立ち、科学があばき出した恐ろしい傷口から目をそらした。だから先生、私はあなたを孤独な場所へと連れ出し、二人だけで世間から忘れられ、遠く離れ、神様の下で暮らしたかった……ああ、何という苦しみだったことか！

渇望し、もがき、それでいて少しも充たされないということは！」

言葉を発することなく、彼は彼女の両目に優しく接吻した。

「それに先生、まだ覚えているでしょう」と彼女は吐息のようにかすかな声で続けた。「とても大きな精神的ショックだったわ。あの嵐の夜、私の前で記録を引き出しながら、生命についての恐ろしい教訓を教えてくれた時のことよ。あなたはあの時よりも前にすでに言っていた。〈生命を知り、生命を愛し、生きなければならないように生命を生きる〉。でも何とも恐るべき大河が人間の海に大挙して流れ落ち、絶えず定かならぬ未来へ向かって膨れ上がるのだわ！　先生、わかるでしょう、私の中の葛藤はそこからきていたのよ。まさにそこから、私の心と肉体の中に現実の持つ苛酷な力が生まれていたのよ。最初茫然となってしまい、それほど激しい衝撃だったわ。私は自分を失い、黙っていた。何もはっきりと言えなかったのよ。そして少しずつ進展があって、私は最後まで抗い、自分の敗北を認めないようにしていた……それでも日を追うごとに真実が私の中に立ち現れ、あなたが私の先生で、あなたとあなたの科学、あなたの優しさの中にしか幸福はないとも感じ始めた。あなたは生命そのものだった。寛容で寛大で、すべてを語り、すべてを受け入れ、健康と努力へのたぐいまれな愛の中で、世界の活動を信じ、私たちが全力でなしとげているこの営みに宿命の意味をもたらし、私たちを生きることへ、愛することへ、生命力を回復させることへと熱中させる。それも私たちのおぞましさや悲惨さにもめげずに、またさらに生命へと……ああ、まさに生きることは大いなる労役で、きっといつの夜か成就する絶えることのない活動なのだわ！」

パスカルは無言のまま微笑み、彼女の口に接吻した。

「それに先生、私はあなたのことをずっと、とても幼かった頃から愛していたけれど、あの恐ろしい夜に、あなたは私に印を刻み、あなたのものにしたのだと思うわ……私の息をつまらせたあなたの抱擁がどれほど激しかったか覚えているでしょう。傷跡が残り、肩から血が滴った。私は半分裸で、あなたの肉体が私の中に入ってきたようだった。私たちは争い、あなたの方がずっと強かった。だから私には助けが欲しいという思いまで残っていたわ。最初は辱められたと思ったのよ。それから、それが限りなく優しい従順さだとわかった……いつもあなたが私の中にいるように感じていた。あなたの身振りは遠くからでも私をおののかせたわ。触れられているような感じがしたのよ。私はまた抱きしめられ、打ち負かされ、あなたと永久に溶け合ってしまいたいと願っていたのね。そして私は気づいたわ。見抜いたのよ。あなたも私を求めていて、私を自分のものにしたあの激しさがあなたを私のものにしてしまったこと、通り過ぎる私をつかまえ、とどめておきたいという思いにあなたが抗っていることも……あなたが病気になって看病していた時、もう私は少しだけ満ち足りていた。その時から私にはわかっていたのよ。もう教会には行かなかったけれど、あなたのそばにいると幸せになれた。あなたが私の確信となっていった……覚えているでしょう。私は麦打場で叫んだことがあった。私たちの愛情には何かが欠けていると。だから欠けているものを充たしたいと思っていた。欠けていたのは何だったのかしら、神様？この世界に存在する理由？　それは神性よ、全的所有、愛と生命の活動だったのよ」

彼女はもはや呟くことなく、彼は勝利に微笑んでいた。そして二人は抱擁を交わした。夜全体が至福となり、幸福な部屋には若さと情熱の芳香が充ちていた。薄明が現れると二人は窓を大きく開け、春を招き入れようとした。四月の豊饒な太陽が広大な空に上がり、汚れない純粋さがあり、大地は若芽の震えに隆起し、陽気に婚礼の歌を歌っていた。

第8章

だから幸せな所有であり、幸せな牧歌だったのだ。クロチルドは、老い始め衰えかけたパスカルのところへやってきた復活そのものだった。彼女は恋人として、その服に太陽と花々を一杯つめこんで、彼のもとへもたらした。そして彼女はその若さを、三十年の過酷な研究の後ですでに疲れ切り、顔色も悪く、人間の災厄に対するひどい不安に落ちこんでいた彼に与えたのだ。彼女の活力の清純な息吹きを受け、彼は澄んだ目を大きく開き、蘇っていた。それはまた永遠に回帰する生命への、健康への、力への信頼であった。

結婚の夜の後の初めての朝、クロチルドが先に、ようやく十時頃に自室から出てきた。仕事部屋の中央でマルチーヌが怯えた様子で棒立ちになっているのを目にした。昨晩博士は若い娘の後についていく時に、部屋のドアを開けたままにしていた。だから女中は思いのままに入り、ベッドが乱れてもいないのを確認してきたところだった。それからもう片方の部屋から声が聞こえてきたので、彼女は驚いた。驚きのあまり、彼女は半信半疑だった。

クロチルドは幸福の輝きの中で陽気になり、異常なほどの歓喜の衝動に舞い上がり、女中に全身を投げ出し、叫んだ。

「マルチーヌ、私は出ていかないわ！　先生と私は結婚したのよ」

衝撃を受けて老女中はよろめいた。胸が張り裂けるような悲しみ、恐ろしい苦悩が白いかぶり物に包まれた修道女の諦念を示す年老いた顔を蒼ざめさせた。彼女は一言も発することなく、踵を返し、下に降り、台所の奥へ行って倒れこみ、調理台の上に肘をつき、両手を組み合わせてすすり泣いた。

クロチルドは心配になり、当惑し、彼女の後を追った。そして理解しようと務め、彼女を慰めようとした。

「ねえ、訳がわからないわ！　どうしたのよ？　先生と私は相変わらずあなたを愛しているし、ずっとここにいてほしいと思っている……私たちの結婚はあなたにとっても悪いことではないわ。むしろ今から家は楽しくなるのよ。朝から晩まで」

しかしマルチーヌは狂ったように、さらに激しくすすり泣いていた。

「せめて返事をして。どうして怒っているの、どうして泣いているのよ。訳を話して……あなたは先生がとても幸せなのを知ってもうれしくないの、とても幸せなのよ！　先生を呼んでくるわ。先生にどうしても聞いてもらうわ」

この脅しに老女中は突然頭を上げ、自室に飛びこんだ。彼女の部屋のドアは台所に面し、開いていたのだ。そしてそのドアを荒々しい仕草で押しやり、頑なに閉じこもってしまった。若い娘が呼んでもドアをたたいても、何の反応もないので疲れてしまった。

物音に気づき、パスカルがようやく降りてきた。

「どうしたんだ！　何かあったのかい？」

「マルチーヌが頑なな態度をとっているの！　なぜか私たちの幸せな出来事を知って泣き出したのよ。それで閉じこもってしまって、何の応答もないの」

確かに彼女は動く気配すらなかった。今度はパスカルが呼びかけ、ドアをたたいた。彼は腹を立てていたが、同情もしていた。だが何の応答もなく、小さな部屋からは死のような沈黙だけが伝わってきた。二人は交代で繰り返した。偏執的なまでに清潔で、胡桃材の箪笥があり、修道院のようなベッドには白い帳がついている。このベッドで女中は女としての人生のすべてにわたってずっと一人で眠ってきたのであり、おそらくそこに身体を投げ、長枕を噛み、すすり泣きを押し殺しているのであろう。

「ああ、本当にしようがないわね！」とクロチルドが独り善がりな喜びの中で言ってしまった。「すねているのよ！」

そして初々しい手でパスカルをとらえ、彼に魅力的な顔を上げた。そこには自分の身を捧げ、彼のものになるのだという熱情がずっと燃え盛っていた。

「先生、わかるかしら、今日から私があなたの召使になるのよ」

彼は感謝のあまり感動し、彼女の目に接吻した。そしてすぐに彼女は朝食の準備にとりかかり、台所を混乱させた。大きな白いエプロンをまとった彼女は魅力的で、大変な仕事をするかのように、袖をまくり、なめらかな腕を見せていた。ちょうどそこにはすでに骨付きのあばら肉があったので、彼女はとても上手に料理した。ゆで卵を付け合せ、フライド・ポテトもうまく仕上げた。だからおいしい朝食となり、彼女は献身的に、パンや水、忘れていたフォークを探しに走り回り、何度となく中座した。彼が許してくれるなら、彼女は跪いて給仕したことだろう。ああ！　二人だけで、もはや私たちしかいないのだ！　この広くて優しい家の中で、世間から遠く離れ、自由に笑い、安らかに愛し合うことができるのだ！

午後の間中、二人は部屋の片づけに専念し、掃除をしたり、ベッドを整えた。彼自身も喜んで手伝った。それは戯れであり、二人はまるで笑いさざめく子供たちのように楽しんでいた。だがそれでも時々、マルチーヌの部屋のドアをたたきにいった。ねえ、馬鹿げているよ。餓死するつもりなのかい！　誰もあなたに何もしていないし、何も言っていないのに、こんなにすねるなんて見たことがないよ！　しかしノックの音はいつも彼女の部屋の陰鬱な空虚さの中に響くだけだった。夜になり、二人はまた夕食をとるのに夢中になってしまい、互いに身を寄せ合い、同じ皿で食べた。寝る前に最後の努力を試み、ドアを押し破ると脅し、耳を木のドアに当てがったが、何の気配も感じられなかった。そして次の日、目が覚めて降りていくと、相変わらずそのままで、ドアがきっちりと閉められていたので、ひどく心配になった。二十四時間も女中は生きている気配を示していなかった。

それからクロチルドとパスカルがしばし台所から離れ、戻ってくると、驚いたことにマルチーヌがテーブルに座り、スカンポの皮を剝いて朝食の準備をしているところだった。彼女は騒ぐことなく女中の場所に戻っていた。

「でも一体何があったの？」とクロチルドが叫んだ。「今なら話してくれるかしら？」

マルチーヌは涙の跡が残る悲しげな顔を上げた。だがそこには大いなる穏やかさがあり、もはや諦念のこもった陰鬱な老年の顔だけが見えた。限りなくとがめているような様子で、彼女は若い娘を見つめた。それから何も言葉を発することなく、再び顔を伏せた。

「それなら、あなたは私たちのことを怒っているの？」

彼女の陰鬱な沈黙を前にしてパスカルが口を挟んだ。

「ねえ、マルチーヌ、あなたは私たちのことを怒っているんだね？」

すると老女中は彼を見つめた。彼に対して自分はかつて崇拝の念を抱いていたし、あまりにも愛しているので、それでもすべてを支え、とどまるつもりでいるかのようだった。彼女はようやく口を開いた。

「いいえ。私は誰に対しても怒っていません……旦那様は自由です。もし旦那様が満足なら、すべて問題はありません」

それから新しい生活が定まった。二十五歳のクロチルドは長きにわたって子供っぽいままだったが、精妙な満開の愛の花を咲かそうとしていた。胸の高鳴りを覚えて以来、巻き毛の短髪の丸い頭を備えた聡明な少年のようだった彼女はかわいらしい女性へと、愛されることを愛する本当の女性へと変わっていた。行き当たりばったりの読書から得た知識にもかかわらず、彼女の魅力は乙女のような無邪気さであり、愛を無知なまま待つことによって、自らの存在を捧げ、愛するであろう男の中で自分を消し去ろうとしているかのようだった。確かに彼女が身を捧げたのは感謝や崇拝によってであり、それと同じくする優しさによってでもあった。彼を幸せにできることを喜び、彼の腕の中では小さな子供になり、彼の愛するもの、彼が慕る崇拝の中で、跪いて接吻するかけがえのない宝であることの幸せを味わうのだった。彼女はかつて信心家であったので、年老いた全能の主の手にいまだ自分を素直にゆだねながら、そこから慰めや力を引き出し、感覚の向こう側では、まだとどめている信仰の聖なる震えを保っていた。だがあまりに女らしくなり、見惚れるようなこの愛人はとりわけ魅力的な様子をかもし出した。健康的で陽気な女性であり、よく食べ、軍人だった祖父の勇敢さをささやかに受け継ぎ、家の中は身体の舞うようなしなやかさ、肌のさわやかさ、すらりとした身体の優雅さ、とても初々しい首筋や若さあふれる肉体で充たされた。

そしてパスカルは愛に包まれ、たくましくあり続ける男の堂々とした美によって、白髪の下で再び美しさを取り戻していた。もはや彼が通り抜けてきた悲しみや苦しみの月々の痛ましい顔ではなかった。すっきりした容貌を取り戻し、大きな目は生き生きとしていまだ子供らしさにあふれ、繊細な顔には善良な笑みが浮かんでいた。一方で白髪と白髭はさらに厚く密生し、獅子のような豊かさで、その雪の波が彼を若返らせていた。あまりに長い間、一心不乱な研究者の孤独な生活の中で、悪徳も遊蕩もなく自分を守ってきていたので、遠ざけていた男らしさが蘇るのを感じ、究極の満足感を得たいと熱望した。その目覚めが彼を駆り立てた。若者の情熱が身体の動きや声の叫びを伴ってはじけ、肉体を消耗させて生きたいという絶えざる欲求に襲われていた。彼にとってすべてが再び新しく、喜ばしいものになり、広大な地平のわずかな片隅ですら彼を驚かせ、素朴な花でも香気の法悦へと誘い、使い尽くされた日常の優しい言葉すらも涙を催させた。まったくさわやかな心から生み出された言葉のようで、どれほど口に出されても少しも色褪せていないのだった。クロチルドの「あなたを愛している」という言葉は果てしない愛撫であり、その人間的なものを超えた味わいは誰も知らないものだった。そして健康や美しさとともに、陽気さも戻ってきた。この穏やかな陽気さは生きることへの愛の賜物であり、今日では彼の情熱を晴れやかにし、さらに意義ある生を見出そうというあらゆる理由を照らしていた。

二人にとって花開く若さと成熟した力はあまりにも強く明るく、幸せで、彼らは光り輝くカップルであった。たっぷり一ヵ月間二人は閉じこもって過ごし、一度もスレイヤードの外に出なかった。最初は部屋にいるだけで充分だった。その古さが感動を呼ぶインド更紗の壁紙の部屋は曙の色彩に包まれ、帝政期の家具があり、大きく凛とした長椅子、背の高い装麗な鏡台があった。振り子時計を眺めると必ず喜びを覚えた。金箔を施したブロンズの枠の中で、キューピッドが微笑みながら、眠っている時の神を見つめていた。これはほのめかしどころではないね？　二人は時々そのような冗談を言った。このように愛情のこもった暗黙のあらゆる同意が周囲のささやかな物からももたらされ、これらの古い品々はあまりにも甘美であり、二人より先に他の人々が愛していた物であろうし、そこで今度はクロチルドが春のような若さを取り戻していた。ある晩、彼女は鏡台の中にとてもきれいな夫人を見たと断言した。その夫人は服を脱いでいたので、間違いなく自分ではなかった。それから彼女は空想をたくましくし、とても昂揚して夢を描いた。このように自分も百年後に、幸福な夕闇の中から別の世紀の恋人の前に現れ出るのだ。パスカルもうっとりとし、この部屋を愛していたので、そこで吸う空気も含むすべてにクロチルドを見出していた。だから彼はそこで暮らし、暗く冷たい自分の部屋にはもはや住んでおらず、あえて入らなければならないことがあると、洞窟であるように震えながら急いで出てくるのだった。そして二人とも好んでいたのは広い仕事部屋で、二人の習慣や愛情のこもった過去で充たされていた。一日中そこにいたが、ほとんど研究はしていなかった。彫刻の施された樫の大きな整理戸棚の扉は閉じられ、書棚と同じように眠りについているようだった。机の上には紙や書物が積み上がっていたが、整理されることはなかった。まるで若夫婦のように二人だけの恋情だけにふけり、かつての仕事や生活から抜け出ていた。時間はあまりにも短く感じられ、互いに寄り添うことの魅力を味わい、古びた大きな肘掛椅子に一緒によく座り、高い天井や二人にとって快適なこの場所のかぐわしさに幸せを覚え、見慣れた物で埋まっていて、贅沢な物もなく、整理もされていなかったが、朝から晩まで四月の陽射しの生き返るような心地よい暖かさがあった。彼が後悔に捉われ、研究のことを話すと、彼女は自分のしなやかな腕を彼の腕に絡めて離さず、微笑み、研究しすぎてまた病気になって欲しくないと告げるのだった。階下では、とても明るい食堂を同じように愛した。そこは青い網目模様のきれいな壁板、古いマホガニーの家具、大きなパステル画の花の絵、壁に掛かっている鍋類に囲まれ、いつも輝いていた。二人は元気よく食べ、上で二人だけの時間を過ごすために限って、食事の後で食堂から出るのだった。

そして家が小さすぎると思われてきても、二人には庭が、スレイヤードのすべてがあった。春が太陽とともに湧き立ち、四月の終りには薔薇が開花し始めた。何という喜びだろう！　この地所は壁に囲まれ、外の世界に乱されることはないのだ！　高台でしばらくぼんやりし、広大な地平線に向き合うと、陰影に富んだヴィオルヌ河の流れやサント＝マルテの丘が、セイユ峡谷の岩壁から、遠方で埃の舞うプラッサンの谷間まで拡がっていた。高台には樹齢数百年の二本の糸杉の木陰しかなかった。両端にそびえ、緑がかった二本の巨大な蠟燭のようで、十二キロ先からも見えた。時々二人は斜面を下り、巨大な段状の丘を再び上がるのを楽しみ、土を支えている空積みの小さな石壁をよじ登り、育ちの悪いオリーブの木、やせたアーモンドの木が生長しているかを眺めた。頻繁に松林の鋭い松葉の下で甘美な散歩をした。松林全体が太陽にさらされ、樹脂の強い香りを放っていた。囲いに沿っていつも繰り返し散歩していると、壁の向こうの道幅の狭いフェヌイエール通りから荷馬車の大きな音だけが時々聞こえてきた。古風な麦打場の魅力的な位置からは空全体が見渡せ、二人はそこで寝そべることを好んだ。互いの愛に気づかず、星空の下で口論し、かつて涙を流したことを感動をこめて思い出した。しかし最後に思わずたどり着いてしまう気に入りの隠れ場所は、プラタナスが五点形に植えられたところで、濃い木陰はレースをまとっているようで、優しく緑がかっていた。下には大きな柘植、今では見られないフランス式庭園の古びた縁石が迷宮らしきものを作っていて、果てもなく続いていた。さらに噴水の細い水の流れは水晶のように変わることのない澄んだ音で、二人の心の中で歌声が聞こえるようだった。苔むした噴水盤のそばに座り、黄昏時までいた。すると次第に木々の闇の中に溺れていき、手を合わせ、唇を交わすのだった。一方ですでに見えなくなった水は、いつまでもフルートのような調べを奏でていた。

五月の半ばまで、このようにパスカルとクロチルドは閉じこもり、隠れ場所から一歩も出ることさえなかった。ある朝、彼女がベッドでゆっくりしていると彼は出ていき、一時間後に戻ってきた。そして彼女が腕も肩もあらわで、かわいらしく乱れて身を横たえているのを再び見て、彼は彼女の耳にダイヤモンドをつけた。彼は今日が彼女の誕生日だということを思い出し、急いで買ってきたのだった。彼女はこの宝石をとても気に入り、驚き、喜び、もはや起き上がりたくなかった。両頬のそばに星のような宝石をつけ、このように裸でいる自分があまりにも美しく思われたからだ。この時から彼は毎週毎に一度か二度、同じように朝の部屋から抜け出し、何らかの贈り物を持って帰ってきた。彼にしてみれば、取るに足らない口実だけで充分であり、贈り物をすることは祝いごと、願い、純粋な喜びであった。彼は安逸な日々の暮らしを利用し、彼女が起きる前にうまく戻ってこられるように工夫し、自分もずっとベッドに寝ていたふりをよそおった。そして指輪、腕輪、首飾り、細身の王冠型髪飾りと続いた。彼は他の宝石も取り出し、二人で笑いながら、戯れにすべてを彼女の身につけた。彼女は偶像のようで、背中を枕にもたれさせて座り、黄金を身にまとい、髪には黄金の帯を、むきだしの腕には黄金を、むきだしの喉元にも黄金をつけ、まったくの裸体で神々しく、黄金や宝石がしたたっていた。彼女は女としての媚態をうっとりとするほどに充たされ、そこにあるのはただ愛の昂揚したかたちなのだとはっきり感じながら、跪いて愛されるがままになっていた。それでも彼女は彼を少したしなめ、さらに思慮深く叱り始めた。というのも結局のところ、これは非常識なことだ。どこにも行かないので、身につけることは絶対になく、自分はすぐにこれらの贈り物を引き出しの奥にしまうことになるのだから。二人はお互いに与え合った満足と感謝の時を過ごし、初々しさの中で失念していたのだ。だが彼は彼女の言葉を聞いておらず、贈与というこの真なる狂気に駆られ、彼女に贈り物をするのだという考えに捉われてから、プレゼントを買いたいという欲求に抗えなかった。それは気前のよさ、自分はいつも彼女のことを考えているのだと証明したい横柄な欲望、最もすばらしく、幸せで、うらやましがられる彼女を見るのだという傲慢さであり、さらに奥深い贈与の感情に彼は駆り立てられ、自らを投げ打ち、自分の金、自分の肉体、自分の生をまったく省みないのだった。それにしても、何という喜びだろう、彼女が本当に喜んだと思える時、彼女は自分の首に飛びつき、真っ赤になって、感謝の接吻を浴びせるのだ！　宝石の次は衣服、服飾品、化粧用具だった。部屋は一杯になり、引き出しはあふれ出しそうだった。

ある朝彼女は怒った。彼が新しい指輪を持ってきたのだ。

「私は一度も身につけないのよ！　それに見て！　もしつけたら、指先まで一杯になってしまうわ……お願いだから言うことを聞いて」

彼は困惑していた。

「それなら、君は喜んでくれないのか？」

彼女は両腕の中に彼を抱きすくめ、目に涙を浮かべながら自分は幸せだと誓った。あなたはとてもいい人よ。本当に私のために尽くしてくれている！　そしてこの朝、彼が大胆にも部屋の模様替えをし、壁紙を張り、絨毯を敷こうと言うと、彼女は再び彼に懇願した。

「ああ、それはだめよ！　止めて、お願いだから！　私が馴染んだ部屋には手を触れないで。思い出が一杯詰まっているし、私が成長し、私たちが愛を交わした場所なのよ。いじったりすれば、私たちの部屋ではないような気分になってしまうわ」

家の中ではマルチーヌの執拗な沈黙が無用な浪費を非難していた。彼女はずっとよそよそしい態度をとっていた。新たな生活状況が始まって以来、あたかも友好的な家政婦の役割からかつての女中の地位に戻ったかのようだった。特にクロチルドと面と向かうと態度を変え、若奥様として、愛というよりは義務による女主人として仕えていた。寝室に入る時、ベッドにいる二人に仕える時、彼女の顔は諦念からくる服従の様子を崩さず、いつも主人を崇拝していたが、それ以外のことには無関心だった。それでも二、三度、朝から泣きはらした目で、やつれた顔をして現れたが、尋ねても直接答えようとせず、何でもありません、風がきつかったのですと言った。そして引き出しを一杯にしている贈り物について、彼女は決して小言を言わなかったし、称賛や非難の一言も口にせず、それらを見ているようにすら思われなかったが、きれいにし、片づけていた。ただ彼女の全存在がこの狂気の贈り物に対して憤慨していたし、間違いなく彼女の理解を絶していたのだろう。彼女は家計を引き締め、生活費を切り詰め、厳格な方法を導入し、本当にわずかな出費で食いつなぐ方法を見出すという彼女なりのやり方で抗議していた。こうして彼女は牛乳を三分の一減らし、もはや砂糖の入ったアントルメは日曜にしか出さなかった。パスカルとクロチルドはあえて不平をこぼさず、二人でこのひどい吝嗇を笑い、十年前から二人を楽しませてきた冗談を言い始め、マルチーヌは野菜にバターを加える時、バターを無駄にしないために漉し器の中でいためるのだと語り合った。

しかし彼女はこの三ヵ月の家計を釈明したかった。いつもは三ヶ月ごとに彼女自身が公証人のグランギロ氏のところへ千五百フランの金利収入を受け取りに行き、そこから彼女が自由に使い、出費を家計簿につけていたが、博士は何年も前から確認することもなかった。彼女は家計簿を持っていき、目を通してほしいと強く求めた。彼はそれを差し控えたが、すべてが見事にまかなわれているとわかった。

「旦那様、今期はお金を残すことができました」と彼女は言った。「そうです、三百フランです……ここを見て下さい」

彼は驚いて彼女を見つめていた。彼女はいつもきちんと収支を合わせていた。どれほど奇蹟的な倹約をすれば、これほどの金額が貯えられるのだろうか？　彼はとうとう笑い出した。

「ああ、マルチーヌ！　だから私たちはポテトばかり食べていたのだね！　あなたは倹約の鑑だ。それでも少しぐらいは甘やかしてほしいものだよ」

この控え目の叱責に深く傷つけられ、彼女はついに当てこすりを言ってしまった。

「そうでしょうよ、旦那様！　一方で窓から金をどんどん投げ捨てていたら、もう一方では慎ましやかになるものです」

彼はその意味をすぐに理解したが、怒るどころか、この教訓をおもしろがった。

「ああ、そうなのか！　お前は私の懐具合を詮索しているんだな！　でも知っているだろう、マルチーヌ。私にも眠っている貯えがあるのだ！」

彼が話したのはまだ時々患者たちが支払ってくれている金のことで、彼はそれを整理机の引き出しに投げこんでいた。十六年以上前から、彼はこのように毎年四千フラン近くを貯めていて、ついには本当にささやかな財産となり、金貨や紙幣がごたまぜになっていたが、彼はそこからその日その日で数えもせずにかなりの金額を引き出し、実験や気紛れに費やしていた。贈り物の金はすべてこの引き出しから出したもので、今ではひっきりなしに開けていた。その一方で彼はそれが無尽蔵だと思いこみ、必要に応じて取り出すことがあまりにも日常的になっていたので、いつか底が尽きるという心配は浮かんでいなかったのだ。

「少しばかりの自分の貯えは好きに使ってもいいだろう」と彼は陽気に続けた。「公証人のところに行っているのはマルチーヌ、あなたではないか。私には別の収入があることを忘れている」

そこで彼女は吝嗇家の心配げな声で言った。その声には常に災厄の悪夢に脅されているという思いがこもっていた。

「でももし収入がもうなくなるとすれば？」

呆気にとられてパスカルは彼女を凝視し、大きな漠然とした身振りで応えるばかりだった。というのも不幸があるかもしれないという可能性は頭の中にまったくなかったからだ。彼女は吝嗇にこり固っているのだと彼は思った。だからその夜、彼はクロチルドとこのことを笑いの種にした。

プラッサンでも同じく、贈り物が絶えざる話題を呼んでいた。スレイヤードで起こっていること、あまりにも異様で熱烈なこの愛の炎は噂になり、壁を越えてしまった。どうしてなのかよくわからないのだが、小さな町の人々の常に目覚めている好奇心をそそり、拡がっていく力があった。確かに女中は何も話していなかったが、彼女の様子で充分だったのだろう。噂が噂を呼んで、おそらく二人の恋人たちは壁の上から見張られていたのだ。そして突発的に贈り物の購入が起き、すべてが明らかになり、すべてが悪評判になった。博士が朝早く通りを歩き、宝石屋や布地屋や帽子屋に入ると、窓から目が向けられ、わずかな買い物も監視され、夜になると町中がまたしてもパスカルの与えた薄絹の婦人帽、レースの飾りのついたブラウス、サファイアで装飾された腕輪を知っていた。そしてこのことは醜聞となった。姪を誘惑した伯父、姪を聖母マリアのように思い、若者のようにのぼせ上がっている。とても信じられないような作り話が流れ、人々はスレイヤードを通りがかりに指差した。

だが何よりも激昂したのはルーゴン老夫人だった。彼女はクロチルドとラモン医師の結婚が破談になったことを知り、息子のところへ行くのを止めていた。嘲られるばかりで、彼女の願いは何一つかなえられなかったからだ。それから一ヵ月間訪問を断っていた。だから彼女は至るところでかけられる同情的な態度、控え目のお悔やみ、曖昧な笑みがまったくわからないでいたが、その後に突然すべてを知り、頭蓋を棍棒で殴られたかのようだった。だからパスカルの病気、自尊心と恐れの中で暮らしている人間嫌いの話が出た時、あの子を叱りつけ、町の笑いものになるなと忠告したのに！ だが今度は最悪で醜聞のきわみであり、あからさまに嘲笑される淫らな事件だった！ 再びルーゴン家の伝説は危機に瀕しており、親不孝な息子はやっとのことで獲得された家族の栄光を確信犯的に失墜させようとしているのだ。それゆえに怒り心頭となり、栄光の守護者である彼女はあらゆる手段を行使して伝説を浄化するのだと決意し、帽子をかぶり、八十歳の激しい敏捷さでスレイヤードへ駆けつけた。朝の十時だった。

パスカルは母親との断絶を歓迎していたし、幸いにして不在だった。一時間前から金の古いバックルを探していて、ベルトにつけようと考えたからだった。だからフェリシテはクロチルドに出会ってしまった。クロチルドはまだキャミソール姿で、腕はむきだしで、髪は乱れ、薔薇のような陽気さとさわやかさをみなぎらせながら化粧を終えるところだった。

最初の衝撃は激しかった。老夫人は胸の内をぶちまけ、憤慨し、宗教や道徳からの怒りをこめて話した。最後に彼女は締めくくった。

「答えなさい。どうしてお前は神様や世間に逆ってこんな恐ろしいことをしでかしたの？」

微笑みながら、それでいて非常な敬意をこめて、若い娘は祖母の話を聞いていた。

「私たちがそうしたかったからです、お祖母《ばあ》さん。私たちは自由じゃないかしら？ 誰に対しても義務はないわ」

「義務がないだって！　それなら私に対してはどうなのよ！　家族にもよ！　まだ私たちを辱めようとする人もいるのに、こんなことをして私が喜ぶとでも思ったの！」

突然彼女の怒りは鎮まった。彼女はクロチルドを眺め、惚々《ほれぼれ》することに気づいた。結局のところ、起きたことはルーゴン老夫人にとってそれほどの驚きではなかった。彼女はそのことを意に介さず、まっとうな方法で終わらせ、汚いおしゃべりを黙らせることだけを望んでいた。そこで和解するように彼女は叫んだ。

「それなら結婚するのよ！　どうして結婚しないの？」

クロチルドはしばし驚いてしまった。彼女も博士も結婚ということは考えていなかった。彼女は笑い出した。

「そうしたら私たちはもっと幸せになれるかしら、お祖母さん？」

「お前たちのことじゃなくて、私のこと、私たち家族全員の幸せを言っているのよ……どうしてこんな神聖なことを冷やかせるの？　それともすっかり慎しみをなくしてしまったのかしら？」

それでも若い娘は憤慨もせず、ずっと非常に穏やかで、大きな身振りを示し、自分は過ちを恥ずかしく思っていないと言っているかのようだった。ああ、神様！　生命はあまりに多くの腐敗や弱さをもたらすというのに、輝く空の下にあって、どうしてお互いに大きな幸せを与え合うことがそんなに悪いことになるのだろうか？　それに彼女は強情を張るつもりはなかった。

「きっと私たちは結婚するわ。だってお祖母さんがそれを望んでいるから。彼も私の望みをかなえてくれるわ……でもずっと先のことよ。急ぐことはないわ」

彼女は笑みをたたえた平静さを崩さなかった。私たちは世間の外で暮しているのに、どうして世間のことを気にしなければならないのだろうか?

ルーゴン老夫人はこの曖昧な約束に満足して帰らなければならなかった。この時から、彼女は町中において、堕落と恥辱の場所であるスレイヤードと絶縁した態度をとった。もはや足を踏み入れず、この新たな苦悩の喪服を気高くまとっていた。だが警戒を解いたわけではなく、見張りは怠らず、些細なきっかけをも利用し、常に彼女に勝利をもたらしてきた執拗さでその場へ介入しようと身構えていた。

その頃パスカルとクロチルドは閉じこもるのを止めた。二人に挑発するつもりはなく、自分たちの幸せをこれ見よがしにし、醜聞に応えようと思っていなかった。それはまるで彼らの喜びが自然に拡がったかのように生じた。ゆっくりと、二人の愛は拡がり、外で発散したくなり、最初は部屋の外へ、次ぎに家の外となり、今では庭の外、町の中、広大な地平線へと拡がっていた。二人の愛が至るところに充ちあふれ、ひとつの世界が与えられたのだ。だから博士は穏やかに往診を再開し、若い娘を連れて、一緒に散歩道や通りに出かけた。彼女は明るい色の服を着て、花を髪の毛にとめ、彼の腕に寄り添い、彼はフロックコートに身を包み、広い縁の帽子をかぶっていた。彼は白づくめ、彼女はブロンドづくめだった。二人は昂然と微笑みを浮かべ、まぶしいまでの至福の輝きの中をまっすぐに進んでいたので、栄光の中を行進しているようだった。最初は大騒ぎになり、商店主たちは店先に出てきて、女たちは窓から身を乗り出し、通行人たちは立ち止まって二人を目で追った。囁きや笑いが起き、二人を指差した。腕白小僧たちがこの悪意ある好奇心に駆られ、石を投げるのではないかと心配しているようだった。しかし二人はあまりに美しく、彼は華麗に勝ち誇り、彼女はあまりにも若く、従順で、とても堂々としていたので、次第に人々は寛大な気持ちにならざるをえなかった。魅惑されるような愛情にあてられて、二人をうらやみ、愛さずにはいられなかった。二人が発する魅力が人々の意見を変えさせていた。新しい町には官吏や成金のようなブルジョワの住民がいたので、最後になってようやく陥落した。サン＝マルク地区はその厳格主義にもかかわらず、二人が昔の恋人たちの残り香の立ち上ってくる静かで閉ざされた古い館に沿って草の伸びた人気のない歩道を歩いていると、控え目な寛容さですぐに歓待する様子を見せ始めた。そしてとりわけ古い地区はすぐに二人を歓迎した。この地区の貧しい人々は本能的に感動し、カップルの深遠な神話、伝説の恩寵を感じた。美しい若い娘が王たる主人を支え、若返らせるのだ。博士は善良さゆえに崇められ、彼の伴侶はすぐさま人気者になり、姿を見せると崇拝や称賛の身振りで迎えられた。それでも二人は、最初の頃の敵意に対して知らないふりをしていたが、今度の自分たちを取り巻く許しや友好をすぐに受け入れた。そのために二人はますます美しくなり、二人の幸福が町中の笑いを誘っていた。

ある日の午後、パスカルとクロチルドがバンヌ通りの角を曲がると、歩道の反対側にラモン医師の姿が見えた。ちょうど昨日、二人は彼が代訴人の娘のレヴェック嬢との結婚を決めたことを知ったのだった。間違いなく最も賢明な決断だった。というのも彼の社会的立場の重要性がこれ以上結婚を先延ばしにすることを許さなかったし、若い娘はとても美しく裕福で、彼を愛していたからだ。彼もきっと彼女を愛しているのだろう。だからクロチルドは彼に微笑み、心からの友人として祝えることがとてもうれしかった。パスカルは友情のこもった身振りで彼に挨拶した。しばしラモンはこの出会いに少し動揺し、困惑した。彼はあと一歩で通りを抜けてしまうところだったからだ。それから心遣いが生じたにちがいなかった。二人が夢見ごこちでいることを邪魔し、混んでいる雑踏の中でも保たれている二人だけの親密さの中に入りこむのは野暮だと思ったのであろう。彼は友情のこもった挨拶だけにとどめ、微笑んで二人の幸福を許していた。このことは三人揃って、とても心地よかった。

この頃、クロチルドは何日も楽しみながら大きなパステル画を描いた。そこに彼女は老王ダビデと若いシュネム人アビシャグの和やかな情景を召喚していた。だからこれは夢想の想起であり、別の彼女、つまり空想家の彼女が神秘を志向して飛翔する作品のひとつだった。投げ出された花々、荒々しいまでに豪華にして星が雨のように降る中にある花々を背景に、老王は正面を向き、その手はアビシャグのむきだしの肩に置かれていた。少女はとても色白で、腰まで身体をあらわにしていた。彼は宝石で重々しげなぴったりとした衣を豪奢にまとい、雪のような髪には王冠をつけていた。だが彼女の方がさらに豪奢なのだ。何もまとっていないのに、百合のように純白な絹の肌、ほっそりとし、すらりと伸びた身体、丸く小さな喉元、しなやかな腕には神々しい優雅さがあった。彼は君臨し、強大な愛される主人として、この全人から選ばれた臣下にもたれかかっている。彼女は選ばれたことを誇り、王に若さを回復させる血を捧げることを喜んでいる。清澄で誇らしげな裸体のすべてが従順な穏やかさを、静かな絶対的贈与を表していた。彼女は集まった民衆の前で、太陽の全開の光を浴び、自らの姿態を捧げていた。そして彼はとても偉大で、彼女はとても純粋で、天体の光線が二人から放たれているかのようだった。

最後までクロチルドは二人の顔を雲のような状態にさせ、曖昧なままにしておいた。パスカルは彼女の後ろで心を震わせ、その意図を見抜き、彼女をからかった。そして彼がそのような様子だったので、彼女はクレヨンで数筆を加えて顔を完成させた。老王ダビデは彼であり、彼女はシュネム人アビシャグだった。だが二人は夢のような明るさに包みこまれ、神格化され、一人の髪は真っ白で、もう一人はブロンドで、それが王のマントさながらに二人の身を覆い、容貌は恍惚となり、天使の美しさへと高められ、眼差しと微笑みは永遠の愛をたたえていた。

「ああ！」と彼は叫んだ。「美化しすぎている。そうだ、君はまた夢想にのめりこんでいるんだ！覚えているかい。私が君を叱って、あそこに神秘的な空想の花々の絵を全部張っていた日々のことを」

そして彼は手で壁の方を示した。その壁に沿って、パステル画の空想的な花壇、この世のものではなく、楽園にしか咲かない花が拡がっていた。

だが彼女は明るく反論した。

「美化しすぎ？　美しくて何がいけないの！　本当に私は私たちのことをこのように感じているし、見てもいるわ。だからこれは私たちのありのままの姿なのよ……ねえ、見て！　これこそまさに現実の姿ではないかしら」

彼女はそばにあった十五世紀の古い聖書を手にし、素朴な木版画を見せた。

「どうかしら、まったく同じだわ」

彼はこの落ち着き払った驚くべき主張を前にして、優しく微笑みを浮かべた。

「ああ！　笑うのね。絵の細部をよく見て。その真髄を見抜かなければならないのよ……他の版画も見て。こちらもすばらしいわ！　私はアブラハムとアガルを描くわ。ルツとボアズも他の人たちも全員描くのよ。預言者、羊飼い、王、王たちに自らの若さを捧げる慎しい娘たち、親族と奴婢も。全員が美しく幸せよ。あなたもわかるでしょう」

そこで二人はもはや笑うことなく、古い聖書の上に身を傾け、彼女がほっそりとした指でページをめくった。彼は後ろにいたので、その白い髭は娘のブロンドの髪ともつれ合った。彼は彼女の全存在を意識し、彼女のすべてを吸いこんでいた。彼が唇を彼女の繊細なうなじに添え、花開く若さに接吻すると、一方で素朴な木版画たちがずっと列を作り始めていた。この聖書の世界は黄ばんだページから目覚め、力強く生命力にあふれる一族の自由きわまりない活動は世界を征服するはずだし、男たちは尽きることない雄々しさをもち、女たちはいつも多産で、この一族は執拗に繁殖し続け、罪も近親相姦も突き抜け、その愛は年齢や理性をも超えていた。そして彼は感動と果てしない感謝の気持ちに襲われていた。つまり彼の夢想が現実のものとなったからだ。愛の巡礼者であるアビシャグが終わりつつある生の中に入ってきて彼を若返らせ、香気で充たしたのだ。

そしてとても小さな声で、彼女の耳元に囁いた。息遣いの中にあって、彼は絶えず彼女のすべてを自分の中に吸いこんでいた。

「ああ！　君の若さ、君の若さなのだ。私が渇望し、私を培うものだ！　だが君はこの世界のようにあまりにも年老いた私に若さを与えているのに、君はあまりに若いゆえに若さを渇望していないのだろうか？」

彼女は強い驚きを示し、顔を向け、彼を見つめた。

「あなたが老いている？　いいえ、とんでもないわ！　あなたは若いのよ。私よりもずっと若いわ！」

そして彼女が白い歯を見せながら微笑んでいたので、彼もまた思わず微笑した。それでも彼は少し震えながら繰り返し尋ねた。

「私への答になっていない……この若さへの渇望、それは君にはないのか、君はこんなに若いからなのか？」

今度は彼女が唇を寄せ、彼に接吻し、とても小さな声で言った。

「私にはひとつの渇望しかないわ。愛されたいという渇望だけよ。何よりも、何にもまして愛されることだけよ。あなたが私を愛してくれるように」

ある日マルチーヌはこのパステル画が壁にかかっているのに気づき、しばし黙ってじっと見つめ、それから十字を切った。だが通り過ぎたのが神様か、それとも悪魔なのかは知る由もなかった。過越祭《すぎこしさい》の数日前、彼女がクロチルドに一緒に教会に行くことを頼むと、クロチルドが断わったので、今まで保ってきた表面的な敬意をしばしなくしてしまった。家の中で驚きであった新たなすべて事柄の中で、彼女がずっと動転させられていたのは若い女主人の突然の無信仰だった。だから彼女はあえて昔の叱責の口調で、クロチルドが幼く、お祈りをしたがらなかった時のように叱った。それではもはや神様を畏れ敬わないのか? 地獄に落ちて永久に釜ゆでになると思って身震いを覚えないのか?

クロチルドは微笑を抑えられなかった。

「ああ! 地獄のことなんかで気をもむことは絶対にないわ……でもあなたは間違っているわ。私がもう信仰をなくしたと思いこんでいるのね。私が教会に通わなくなったのは、別のところで信仰を捧げているからで、それだけのことよ」

マルチーヌは啞然とし、理解できずに彼女を見つめた。もうだめだ。お嬢様はまったく別の人間になってしまったのだ。だからマルチーヌは二度とサン=サチュルナン教会に一緒に行こうと頼まなかった。ただ彼女の中で信仰がさらに高まり、狂信的になっていった。彼女は歩きながらですら、いつもの作りかけの靴下を編んでいたのに、奉公の時間から外れると、もはやその姿も見られなくなった。自由な時間ができると、教会に駆け、いつまでも祈禱にふけった。ある日ルーゴン老夫人がずっとうかがっていて、マルチーヌを柱の影に見つけ、一時間経っても同じ場所にいるのを見た。マルチーヌは赤面し、さぼっているのを見つかった女中のように言い訳をした。

「旦那様のために祈っていたのです」

そうするうちにパスカルとクロチルドの行動範囲はさらに拡がり、毎日散歩道は長くなり、今では町の外の広大な田園にまで足を運んでいた。そして午後にセギランヌへ赴くと、二人は感動を覚え、開墾された陰鬱な土地に沿って歩いた。そこにはかつてパラドゥーという魅惑的な庭園が拡がっていたのだった。アルビーヌの幻影が立ち上がり、パスカルは彼女が春のように花開くのを再び見たのだった。かつて彼はすでに年老いたと思い、この少女に笑みを送るためにこの場に足を踏み入れ、その生から春にも似た贈り物を受け、自分の老境を香気で充たしてくれた時には、彼女が数年後に亡くなると思ってもいなかった。クロチルドは幻影が自分たちの間を通り過ぎるのを感じ、愛情を新たに示そうとして、彼に向かって顔を上げた。彼女はアルビーヌであり、永遠の恋人だった。彼は彼女の唇に接吻した。そして一言も交さなかったが、大きな震えが麦やオート麦のまかれた平地の上を通り抜けた。このパラドゥーこそ異様なほどの草木の緑が風にうねっていた場所だった。

今やパスカルとクロチルドは乾いたむきだしの平地を通り、歩くにつれて、乾いた音をたてる道の埃の中を歩いていた。二人はこの燃え立つ自然、細長いアーモンドの木と背の低いオリーブの木が植えられた畑、荒涼とした小丘のある地平線を好んでいた。地平線上に小さな田舎家のほのかな影が白く見え、黒い棒のような樹齢数百年の糸杉がそれをきわだたせていた。古い風景画のようで、古い流派の絵画に見られる渋い色合いであり、均整の取れた壮麗な筆致の古典派の風景画のようだった。長きにわたる炎天の年月がこの田園を焼き上げたようであり、二人の血管の中にも流れこんでいた。だから二人はずっと続く青空の下でさらに生き生きとし、美しくなり、空からは絶えることのない情熱の明るい炎が注いでいた。彼女はパラソルで少しばかり遮っていたが、この日光浴に幸せを覚え、快活になり、真南を向いている植物のようだった。彼もまた再び花開き、大地の燃えるような活力が喜ばしい雄々しさの波となって、自分の身体に上がってくるのを感じていた。

セギランヌへの散策は博士の考えで、ソフィーが近隣の粉ひき屋の青年と近々結婚することをデュドネ叔母から聞いたからだった。そして彼女たちが元気でやっているのか、あのひっそりとした場所で幸せなのかを見てみたかった。緑の繁った高い樫の並木道に入ると、いきなりうっとりとするようなさわやかさが二人を元気づけた。道の両端にはこの大きな木蔭の源である泉がこんこんと流れていた。それから二人が彼女たちの家に着くと、ちょうど二人の恋人たちとばったり出会った。ソフィーと粉ひき屋は井戸のそばで熱い接吻を交していた。というのも叔母が向こうにあるヴィオルヌ河岸の柳の裏側の洗濯場に出かけたところだったからだ。すっかり動転してカップルは赤面していた。しかし博士とその伴侶が満面の笑みを浮かべると、恋人たちは安心し、結婚式は聖ヨハネの祝日になるので、まだかなり先のことだが、それでもすぐにその日になると話した。確かにソフィーはさらに健康になり、美しく成長し、悪しき遺伝から救われ、根元に泉から水で湿った草々があり、むきだしの頂を太陽にさらしている木々のようにすくすくと育っていた。ああ！　この燃え立つ広大な空よ、それは生きとし生けるものに何という生命を吹きこんでくれるのだ！　ただ彼女には苦しみが残っており、兄のヴァランタンのことを話し、おそらくあと一週間も生きられないだろうと言った時、彼女の目の端に涙が浮かんだ。昨晩彼女は彼が危篤だという知らせを受け取っていた。医師は彼女を慰めるために、少しばかり嘘をつかねばならなかった。というのも彼自身、この避けられぬ結末を刻一刻と予見していたからだ。クロチルドと彼はセギランヌを去り、次第に重くなる足取りでプラッサンに戻った。とても健康な恋人たちの幸福に感動していたが、そこには死の小さな震えが横切っていた。

古い地区で、パスカルの患者である女性からヴァランタンが亡くなったことを知らされた。二人の隣人がギロードを連れていかねばならなかった。彼女は息子の死体にすがりつき、半ば狂ったように泣き叫んでいたからだ。彼はクロチルドを戸口に残してその家に入った。結局のところ二人は黙々とスレヤードへの道を再びたどることになった。彼は往診を再開したのだが、職業的義務からやっているようにしか見えず、もはや奇跡の薬物治療を称揚していなかった。しかしヴァランタンの死について、彼はこれほど長くもったことに驚き、一年は病人を延命させたという自負があった。だが目覚しい成果を上げたにもかかわらず、死は避けられぬもの、絶対的なものであることをよくわかっていた。それでも亡くなったとはいえ、数ヶ月の間は死を先延ばしにしたということが彼を満足させ、ずっと彼の中で負い目になっていたラファアスを、過失で数ヶ月早死にさせたという後悔を癒してくれた。ところがそれは外面には少しも表われず、二人でひっそりと帰る時には額に深い皺が刻まれていた。しかし家では新たな動揺が彼を待ち構えていて、彼は家の外のプラタナスの木の下で、マルチーヌがサルタールを座らせているのを目にした。彼は帽子職人にしてテュレットの在居者で、かなりの期間にわたって注射のために往診していたことがあった。そして懸命な治療は成功したようで、神経組織への注射は意志を生じさせ、狂人はもはや発作が起きず、殺人衝動から完全に回復したので、通行人に飛びかかり、絞め殺すことはないと誓い、まさに今朝病院から出てきて、そこにいたのだ。博士は彼をじっと眺めていた。小柄で濃い褐色の髪、後退した額、鳥のくちばしのような口を備えた顔は片方の頬が目立って膨らんでいたが、申し分のない理性と優しさをたたえ、あふれ出す感謝の念から自分の救い主の両手をとって接吻した。博士も感動してしまい、愛情をこめて彼を見送り、また仕事を始めるように勧め、それが肉体的にも精神的にも健康のために一番よいと言った。それから博士は落ち着き、テーブルの前に座り、他の話題を陽気に話した。

クロチルドは驚き、少しばかり憤慨もし、彼を見つめていた。

「先生、どうしたの？　自分に誇りを持たないの？」

彼は冗談を言った。

「ああ、自分にか！　誇りなんかとても持てないよ！　それにわかるだろう。医学だって、日々の気紛れ次第だよ！」

この夜、ベッドの中で二人は初めて口論した。蠟燭を消し、部屋の深い暗闇の中で互いの腕を絡ませ、ほっそりと繊細な彼女が身を寄せると、彼は彼女のすべてを抱擁し、彼女の頭を自分の胸に抱きしめた。だが彼女は彼がもはや自負心を持っていないことに腹をたて、この日の自分の悲しみを繰り返し、サルタールが回復したこと、さらにヴァランタンがあれほど生きのびて亡くなったことさえをも大喜びしなかったことを非難した。今や彼女が栄光への情熱を持っていた。彼女は彼が行なった治療のことを思い出させた。あなたは自分自身をも癒したのではないかしら？　自分の治療法の効果を否定できるのかしら？　彼女の全身に戦慄が走り、かつて彼が持っていた壮大な夢想を喚起させた。衰弱や悪の根源と格闘し、苦しむ人類を癒し、健康で優れたものとなし、全員に健康をもたらすために介入し、幸福にして完璧で至福にあふれる未来の都市の到来を急がせるのだ！　それにあなたは生のリキュールを、この広大な希望の扉を開く万能薬を手にしているのよ！

パスカルは黙ったまま、クロチルドのむきだしの肩に唇を添えていた。それから彼は呟いた。

「その通りだ。私は自分を癒し、他の人を癒した。さらに私の注射は多くの症状に効くのだとずっと確信していた……私は医学を否定しない。痛ましい事故に対する後悔、例えばラファアスに対する後悔も適切な判断力を失わせはしない……それに研究は私の情熱だったし、これまで私の身をさいなんできたのも研究だったのだ。老いた人類を回復させ、ついには頑強で知的なものにできるのだという可能性を証明したかった。そしてこの間、私はあやうく死にかけた……そう、夢想だ。美しい夢想なのだ！」

今度は彼女がしなやかな両腕に彼を抱擁し、彼の身体に埋もれ、一体となった。

「いいえ、ちがうわ！　現実なのよ。あなたの才能は現実となって表れているわ、先生！」

そして二人は一体となって溶け合い、彼はさらに声を秘めやかにした。彼の言葉はもはや軽い溜息にも似た告白でしかなかった。

「聞いてくれ。君に話すよ。世界の誰にも話せないことを、自分に向かっても声高に言えないことを……自然の誤りを正し、手を加え、修正し、自然の目的を妨げること、これは称賛すべき仕事なのだろうか？　癒し、個人的な満足のために人間の死を先送りし、おそらく種に損害を与えながら延命することと、これは自然がなそうとしていることを妨げているのではないだろうか？　そしてさらに健康で、よりたくましい人類、私たちの健康や力についての考えを模範とする人類を夢想すること、そんな権利が私たちにあるのだろうか？　この生の営みの手段や目的がわかっていないままに、私たちは何をなそうとし、何に手を出そうとしているのだろうか？　すべてが善であるかもしれない。私たちはあえて愛や天分や生自体を殺しているかもしれない……わかってくれるね、君だけに告白するのだ。私は疑念に捉われ、私の二十世紀の錬金術のことを考えると身震いし、ついに進化の思うままに任せるのがずっと偉大で健全だと信じるようになった」

彼は言葉を止め、とても優しく、君にはよく理解できないだろうと付け加えた。

「今では私が患者たちに水を注射しているのをわかっているはずだ。君自身もすでにそれに気づいているし、乳棒の音を耳にしていない。そしてリキュールの予備があると君には言った……水が彼らを和らげている。ここにあるのはおそらく単純で機械的な効果だ。ああ！　痛みを和らげ、苦痛を抑えること、これこそはまさに私がまだ望んでいることだ！　おそらく私の最後の弱味だが、私は苦しむのを見ることに耐えられない。苦痛は私を逆上させるし、異常で無益な自然の残酷さのようだ……私はもう苦痛を抑える治療だけしか気にかけていないのだ」

「でも先生」と彼女が尋ねた。「もう癒すことを望まないとしても、すべてを言うべきではないわ。だって傷口をさらすという恐るべき必然性を許せたのも、その傷口を閉じるという希望があったからなのよ」

「いや、ちがう！　それでもすべてを知らなければならない。だから何も隠してはならないし、生きとし生けるもののすべてを認めなければならないのだ！　無知の中にはどんな幸福もありえないし、確信だけが生を穏やかなものにする。さらに知ることで、きっとすべてを受け入れることになる……わかるだろうか？　すべてを癒し、すべてを再生させたいと願うこと、それは私たちのエゴイズムの間違った野心、生に対する反抗だ。私たちは生を悪しざまに罵るが、それは私たちの利益という視点から裁いているからだ。私は自分の心がさらに広く穏やかなことをよく自覚し、進化のことを重んじるようになって以来、知見を広め、高めようとしてきた。生への情熱が勝ち誇り、生の目的に言いがかりをつけるのを止めてしまい、完全に生を信頼し、自分をゆだねてしまったので、自分の善悪の判断だけで生を作り変えることを望まなくなった。生だけが至上のものであり、生がなすこと、生が向かうところを知っているのは生だけなのだ。私はただ生を知ろうと努めることしかできない。生の要求に従って、生を生きるのだ……それにね、私がこのことを悟ったのは、君が私のものになってからのことにすぎないんだ。君が私のものになっていなかった時は、他のところに真実を求め、あがき、世界を救うのだという固定観念にとらわれていた。君がやってきた。すると生は充たされ、世界は刻々と救われているんだ、愛によって、種を横断して生き、そして繁殖するものすべての絶えざる果てしない活動によって……完璧な生よ、全能の生よ、永久の生よ！」

もはや彼の口の端にあるのは信徳のおののきであり、至上の力に自らをゆだねる溜息にすぎなかった。彼女自身ももはや理性に耳を貸さず、同じように身をゆだねていた。

「先生、私はあなたの心しか望んでいないわ。私を抱いて、あなたのものにして。あなたと一緒になることで自分を消滅させ、生まれ変わりたいのよ！」

二人は互いに身をゆだねた。それから先はもはや秘めやかな声、牧歌的な生の投影、田園における穏やかで力強い存在があるだけだった。医師の経験によってたどり着いたのは、元気づけてくれる環境というまったく単純な処方だった。彼は都市を呪っていた。健康にして幸福であるためには、大いなる太陽の下にある広大な平原にいて、金も野心も、学問的研究の過度の自負心さえも放棄しなければならないのだ。ただ生き、愛し、大地を耕し、愛しい子供たちをもうけるのだ。

「ああ！」と彼が静かに続けた。「子供だ。私たちの子供がいつの日か生まれて……」

彼は最後まで言わなかった。老いて父親になるという考えが彼を動転させていたのだ。彼はこの話題を避けていたが、散歩の途中で少女たちや少年たちに微笑みかけられると、顔をそむけ、両目を潤ませるのだった。

その時彼女は率直に、穏やかな確信を持って言った。

「きっと生まれるわ！」

彼女にとってそれはこの行為の自然で必然的な結果だった。接吻するたびに、子供という考えが浮かんだ。というのも子供を産もうとしない愛はすべて不毛でいけないものだと彼女には思われていたからだ。

さらにこれは彼女が小説に関心を持っていない理由のひとつだった。彼女は母親とちがい、大の小説好きではなかった。飛翔する想像力だけで充分だった。だから彼女はすぐに作り話に飽きてしまった。しかしとりわけ彼女をいつも驚かせ、憤慨させたのは、恋愛小説の中でまったく子供のことにふれられていないのを目にすることだった。子供のことは予想さえされておらず、情事を繰り返すうちにはからずも子供ができてしまうと破局となり、茫然自失、あるいはひどい厄介事となっていた。恋人たちが互いの腕の中に身をゆだねる時、自分たちが生の営みをしており、子供が生まれるのだということにまったく気づいていないようだった。しかし博物学の勉強は子供が自然の唯一の関心であることを彼女に教えていた。それだけが重要であり、それだけが目的であり、精液が少しも失われず、母が子を産めるようにあらゆる用心が払われていた。それなのに人間は愛を文明化し、洗練させ、子供のことを追い払うまでになっていた。有名な小説において、主人公たちの性はもはや機械的情熱でしかなかった。彼らは熱愛し、抱擁し、見捨て、幾多の死を耐え忍び、接吻し、暗殺し、嵐のような悪しき社会の災いを解き放つのだが、すべて自然の法則から外れた自らの快楽のためであり、愛を交すことが子供を作ることであるのを自覚してさえいないようだ。それは不誠実にして愚かなことだった。

彼女は昂揚し、恋人のあどけない大胆さで、はっきりしない呟きを彼の首元で繰り返した。

「生まれるわ……だって私たちはそのためにすべきことをしているのよ。あなたはどうして生まれてほしくないの?」

彼はすぐには応えなかった。彼女は両腕の中で彼が寒気を覚え、後悔と疑念に襲われているのを感じていた。そして彼は悲しげに呟いた。

「だめだ、だめなんだ！　遅すぎる……私の年齢を考えてもみてくれ！」

「いいえ、あなたは若いわ！」と彼女はまたしても叫び、情熱に駆られて彼の身体を再び温め、接吻で彼を包んだ。

それから二人は笑い合った。二人はこの抱擁の中で眠りについた。彼は仰向けになって左手で彼女を抱き寄せ、彼女はすらりとしたしなやかな身体で彼を一杯に抱きしめ、頭を彼の胸にのせていたので、ブロンドの髪が広がり、彼の白い髭ともつれ合った。シュネム人は王の胸に頬を寄せてまどろんでいた。そして静けさの中にあって、暗闇の大きな部屋は二人の愛の行為を優しく包み、もはや二人の穏やかな呼吸しか聞こえなかった。

第9章

町にも近隣の田舎にも、パスカル博士は往診を続けていた。そしてほとんどいつもクロチルドと腕を組み、彼女も彼と一緒に貧しい人々の家へ入った。

しかしある夜、彼が彼女に小声で告白したように、今ではほとんど痛みを和らげて慰めるための巡回だった。昔、すでに嫌悪を抱いてしか医業を営めないようになってしまったのも、臨床医学などまったく虚しいと感じたからだった。医者としてのすべての経験が彼を悲嘆にくれさせていた。医学が実験科学ではなく、ある技術にすぎない以上、彼は病人次第で病気や薬が果てしなく複雑になるのを前にしてずっと不安を感じていた。治療法は仮説と共に変化した。今日では廃棄された治療法によって、かつて多くの人が亡くなったにちがいないのだ！　すべては医者の勘頼みとなり、民間医療者は幸運にも天分に恵まれた占い師にすぎず、医療者自身も手探りで前進し、わずかな自分の才覚に恵まれて治療を成功させていた。このような事情で、十数年間開業した後、ほとんどの患者を手離し、理論的研究に没頭したのだった。そして遺伝についての大いなる研究が、皮下注射という処置によって治癒するという希望をしばし蘇らせると、彼は再び情熱を傾けるようになり、生への信仰に駆り立てられ、生の活動を促し、生命力を回復させようと熱意を傾けると、その信仰はさらに大きくなり、生命は完全であり、健康や力の唯一の作り手であるという至高の確信を得るに至ったのだ。だから彼が穏やかな微笑みを浮かべながら往診を続けているのは、大声を上げて彼に来てほしいと言う患者たちのところだけで、蒸留水を注射するだけなのに、彼らの痛みは奇蹟的に鎮まるのだった。

今になって時々、クロチルドはこのことで冗談を言ったりもした。実のところ、彼女は神秘的なものへの熱烈さを残していたからだ。彼女は陽気に言った。まさに本当の神様のようにね！　あなたがこのように奇蹟を起こすのも、あなたの中にその力があるからよ。だがそれを聞いて、彼は彼女にほがらかに言った。二人一緒の往診が効果を発揮しているのは君のおかげであり、もし君がいなかったら自分はもう誰も癒せない、まさに君が彼方からの息吹きやどうしても必要な未知の力を運んできているのだ。確かに裕福な人々やブルジョワの人々のところへは彼女が足を踏み入れようとしなかったので、彼らは少しも痛みが治まることはなく、うめき続けていた。そしてこの優しげな口論は二人を楽しませ、毎回新たな発見を目差すかのように出かけ、病人たちのところで理解を示す目配せを交した。ああ！　病人たちを苛立たせ、彼らだけがただ闘い続けているこの苦しみというどうしようもないもの、それを打ち倒せたと思える時がくれば、病人たちにとって何という喜びだろう！　二人は病人たちの冷や汗が乾き、うめいていた口が静かになり、死んだような顔が生気を取り戻すのを見ると、本当に報いられたと感じた。確実に二人の振りまく愛がこの苦しむ人々の住む片隅を鎮めていた。

「死ぬことは何でもない。それは定めなのだ」とパスカルはしばしば言った。「だが苦しみは何のためにある？　苦しみがあることは忌わしく、何の意味もないのに！」

ある午後、博士は若い娘とサント＝マルトの小村の病人を往診にいった。二人はボノムをいたわり、鉄道を利用しようとすると、駅で思いがけない出会いがあった。待っていた列車がテュレットからやってきた。サント＝マルテはその逆方向にあり、マルセイユ行きの一駅目だった。列車が到着し、急いで近寄ってドアを開けようとしていると、空だと思っていた客車からルーゴン老夫人が降りてくるのが見えた。彼女は二人に話しかけることもなく、その年齢にもかかわらず軽やかに飛び降り、険しく厳しい様子で立ち去った。

「今日は七月一日ね」とクロチルドが言った。汽車は走り始めていた。「お祖母さんはテュレットから戻ってきたんだわ。毎月ディッド叔母さんを見舞っているのよ……お祖母さんが私に向けた目を見たでしょう？」

実のところ、パスカルはこうした母との不和を喜んでいた。彼女が姿を見せないので、彼は絶えざる不安から解放されていた。

「そうだな！」と彼は素っ気なく言った。「仲たがいしている時は、付き合わないのが何よりだよ」

しかし若い娘は悲しげで物思いに沈んでいた。そして小声で言った。

「お祖母さんは変だったわ。顔が蒼白かったもの……それに気づいた？　いつもはとてもきちんとしているのに、片手しか手袋をはめていなかった。右手に緑色の手袋を……なぜだかわからないけれど、胸騒ぎがしたわ」

その時、彼も動揺し、あいまいな身振りを示した。母もついに他の人々と同じように老いを迎えているのだろう。それでもまだ非常に活動的で、情熱を燃やしている。彼は母が財産をプラッサンの町に遺贈し、ルーゴンの名を冠した養老院を建造するつもりだと話した。二人は微笑を浮かべた。そして彼が叫んだ。

「よし！　私たちも明日テュレットの患者たちを往診しよう。それにシャルルをマッカール叔父のところに連れていくと約束していたしね」

確かにこの日、フェリシテはテュレットから帰ってきたところだった。彼女は月初めに定期的に赴き、ディッド叔母の容態を尋ねていた。何年も前からこの狂女の健康に激しい関心を抱き、ずっと生きのびているのを見て唖然とし、平均的な年齢を超え、まさに驚くべき長寿を保ち、執拗に生きていることに怒りを覚えていた。いつかこの厄介な過去の証人を、このずっと待機している贖罪の亡霊を、家族の忌わしい行為を生々しく思い出させる狂女を埋葬することができたら、何という安堵であろうか！　他の多くの人が死んでしまい、彼女は精神が錯乱しているというのに、両目の奥に生の火花を保ちながらも、忘れ去られているようだった。この日、フェリシテはまだ彼女がひどくやせた身体で肘掛椅子にまっすぐ座り、身じろぎもしないのを目にしていた。看護婦が言うように、どうして彼女がいつまでも死なないでいるのかもはやわからなかった。彼女は百五歳だった。

病院から出る時、フェリシテは憤慨していた。彼女はマッカール叔父のことを考えた。もう一人自分を悩ませる奴がいる。しゃくにさわるほどの執拗さで生き長らえているのだ！　彼はまだ八十四歳で、彼女より三つ年上でしかなかったが、無分別に年老い、許された寿命を越えているように思えた。放蕩に生きた奴で、六十年前から毎晩泥酔しているというのに！　節度ある人や酒を飲まない人たちは亡くなってしまった。それなのに彼は花開き、咲き誇り、健康と喜びに輝いている。昔彼がテュレットに居を構えた当初、彼女は面倒や恥さらしでしかないまさに狡猾な男を家族から厄介払いしたいという望みを秘めて、ワインやリキュールやブランデーを贈った。しかし彼女はこのアルコールが反対に彼にすばらしい歓喜を保たせ、晴れやかな顔色で、からかうような目をもたらすことにすぐに気づいた。だから彼女は贈り物を止めた。つまり毒を望んだのに、彼を太らせることになったからだ。彼女は彼に対してすさまじい恨みを抱いていて、もし彼女に実行する気があったら、殺してしまっていただろう。彼は顔を合わせるたびごとに、酔っ払った足取りがさらに確かになり、彼女に面と向かって冷笑し、自分の死が待ち望まれていることを見抜きながら、かつての汚れた布に象徴される二度のプラッサン征服の血と汚辱を自分と一緒に葬り去る喜びを彼女に与えないことを得意にしていた。

「さあ、フェリシテ義姉《ねえ》さん」と彼はしばしばひどく嘲る様子で言った。「わしはここで老母の世話をしていて、二人一緒に死んでしまおうかと決心する日もあるが、それもお前に対する思いやりだよ！まさにそうだ！　こんなふうに、毎月ご丁寧にわざわざ見舞いに駆けつけてもらう手間を省いてやりたいからだ」

いつもは失望したくないので、叔父のところに立ち寄ることもなく、彼女は彼の消息を病院で尋ねていた。しかし今回は彼が重度の飲酒癖による発作に襲われ、二週間前から酔いがさめず、おそらく酔いが頂点に達し、もはや正気に戻らないということを知り、どのような状態になっているのかをこの目で見てやろうという好奇心に駆られたのだった。だから駅に戻る途中で、彼女は回り道をし、叔父の田舎家を訪ねた。

すばらしい天気で、暑く照りつける夏の昼間だった。彼女は通らなければならなかった狭い道の左右にある畑を目にした。彼がかつて自分のものとして獲得したもので、この肥えた土地は彼の秘密厳守と品行を保つための代価として与えられていた。灼熱の太陽の中にあって、薔薇色の屋根を備え、壁を乱暴に黄色く塗った家は陽気に笑っているように見えた。テラスの桑の老木の下で彼女は見事な眺めを楽しんだ。老人が幸福に暮らすすばらしい片隅であり、この静けさの中で長きにわたる善行と義務の生涯を終えようとしていることになり、何と品位に充ちた賢明な隠れ家であることだろうか！

しかし彼の姿は見えず、声も聞こえなかった。深い静けさがあった。ただ蜜蜂だけが大きな葵の周りでうなっていた。テラスには黄色い小犬、プロヴァンス地方ではルベーと呼ぶ犬しかおらず、日陰になったむきだしの大地の上で全身体を拡げて横たわっていた。犬は訪問者を認め、うなりながら頭をもたげ、吠え立てようとしたが、それからまた寝そべり、もはや動かなかった。

その時、誰もいない中で喜ばしき太陽に包まれ、彼女は少しばかり奇妙な身震いを覚え、呼びかけた。

「マッカール！　マッカール！」

田舎家の入口は桑の木の下にあり、大きく開いていた。だが彼女は入ろうとせず、空っぽの家に唖然とし、不安に捉われていた。そして彼女は再び呼びかけた。

「マッカール！　マッカール！」

物音も、息吹きもなかった。再び重苦しい沈黙が訪れ、蜜蜂だけがさらに声高に大きな葵の周りでうなっていた。

ようやく怖がっているのが恥ずかしくなり、フェリシテは思い切って入った。玄関の左手の、叔父がいつもいる台所のドアは閉まっていた。ドアを押したが、最初は暗くて見分けがつかなかった。暑さを避けるために叔父が鎧戸を閉めきっていたにちがいなかった。最初に感じたのは部屋に充満しているアルコールのひどい匂いに喉が締めつけられることだった。どの家具からもこの匂いが発散しているようで、家全体に匂いが染みこんでいた。そして目が薄暗さに慣れてくると、ようやく叔父の姿が目に入った。彼はテーブルのそばに座っていて、その上にはグラスと完全に空になったアルコール度が高い酒瓶が載っていた。椅子に深く身体を埋め、泥酔し、熟睡していた。これを見て彼女に怒りと軽蔑が戻ってきた。

「ほら、マッカール、こんなに酔っ払ってだらしないし、どうしようもないじゃない！　起きてちょうだい、恥ずべきことよ！」

彼の眠りはあまりに深く、寝息さえ聞こえなかった。彼女は虚しく声を張り上げ、彼の手を乱暴にたたいた。

「マッカール！　マッカール！　マッカール！　まあ、どうしたのよ！　ひどすぎるわよ！」

それから彼女は彼をあきらめ、もはや気兼ねすることなく、勝手に歩きまわり、様々な物を引っかき回した。病院を出てから、埃っぽい道のためにひどく喉が乾いていた。手袋が邪魔だったので、彼女は手袋を脱ぎ、テーブルの端に置いた。そして運よく水差しを見つけたので、グラスを洗い、なみなみとグラスに充たして飲み干そうとした時、あまりにも驚くべき光景に動揺してしまい、口をつけずに手袋のそばにグラスを置いた。

彼女は次第にはっきりと部屋の中が見えるようになり、太陽の細い光の筋が古びてはがれた鎧戸の裂け目を通して光っていた。あからさまに叔父の姿が目に入った。相変わらず青いラシャの服をきちんと身につけ、一年中変わらない毛皮のハンチング帽をかぶっていた。彼は五、六年前から太り出し、かなり肥満し、しわの間から脂肪があふれていた。彼女は彼が煙草を吸いながら寝入ってしまったにちがいないと気づいたところだった。というのも彼のパイプが、黒い短いパイプが膝の上に落ちていたからだ。そして彼女は茫然と立ちつくしたままでいた。火のついた煙草がこぼれ落ち、ズボンの生地が燃えていた。布地の燃え穴はすでに百スー貨ほどの大きさで、むきだしになった腿が見え、皮膚は赤くなり、蒼い小さな炎が上がっていた。

最初フェリシテはパンツやシャツといった布地が燃えているのだと思った。だがその疑問は退けられ、むきだしになった肉がはっきり見え、そこから蒼い小さな炎が上り、軽やかにゆらめき、アルコールで充たされた器の表面が燃え上がるように、炎がさまよっていた。炎はまだほとんど灯芯ほどの大きさでしかなく、音もなく穏やかに燃えていたが、とてもゆらめいていたので、わずかな空気がそよぐだけで炎は移ろった。それでも炎は急速に大きくなり、拡がり、皮膚が裂けて、脂肪が溶け出し始めた。

フェリシテの喉から思わず叫びがほとばしった。

「マッカール！　マッカール！」

彼はいささかも身動きしなかった。まったくの無感覚になっているにちがいなく、酔いによってほとんど昏睡状態に陥り、感覚は完全に麻痺していた。というのも彼は生きていて、胸はゆっくりと規則正しい呼吸をし、上下していたからだ。

「マッカール！　マッカール！」

今や脂肪が皮膚のひび割れからしみだし、あおられた炎は腹部に達していた。そこでフェリシテは叔父がブランデーのしみこんだスポンジのようにここで燃え上がっているのだとわかった。彼自身、何年も前から、とりわけ強く、とりわけ引火性のあるブランデーにどっぷりつかっていた。きっとほどなく、足から頭まで燃え尽きてしまうだろう。

そして彼女は彼を起こそうとするのを止めた。彼はぐっすりと眠っていたからだ。彼女はしばし再び彼を凝視し、慄然としながらも、次第に決心を固めていった。だが手は震えだし、軽い震えを抑えることができなかった。彼女は息がつまり、両手で水の入ったグラスをつかみ、一息に飲み干した。そして爪先立ちで出ていこうとして、手袋のことを思い出した。彼女は戻ってきて、不安な手つきでテーブル

『パスカル博士』主要登場人物

パスカル……ルーゴン家の次男、医学博士

クロチルド……サッカールの娘にして、パスカルの姪

フェリシテ……パスカルとサッカールの母

サッカール……ルーゴン家の三男、新聞社社長

マクシム……サッカールの長男

シャルル……マクシムの息子

ディッド叔母……アデライード・フーク、ルーゴン=マッカール家の祖先

マッカール……ディッド叔母の次男

マルチーヌ……パスカル家の女中

ラモン……プラッサンの医師

グランギロ……プラッサンの公証人

ルーゴン＝マッカール家の「家系樹」 1868年

の上を手探りし、両方の手袋をつかんだと思いこんだ。ようやく家から出ると、注意深く、そっとドアを閉めた。あたかも誰かの邪魔をするのを恐れているかのようだった。

彼女はテラスに戻り、晴れやかな太陽を浴び、澄んだ空気の中で空に照らされた広大な地平線と向き合い、安堵の溜息をついた。田園は人気がなく、確実に出入りするところは誰にも見られていなかった。だから彼女がそこにずっといたのは黄色い犬のルベーだけで、寝そべり、頭を上げることさえしなかった。かなり遠ざかったところで、彼女は小幅な急ぎ足で、若い娘のように軽やかに身体をゆすりながら立ち去った。この晴天の日が暮れる下にあって、山の中腹に静かで華やかに建っていた。だが列車の中で手袋をはめようとした時に、彼女はようやく片方しかないことに気づいた。だが彼女は客車に乗る時、駅のプラットホームで落としたのだと確信していた。彼女は非常に落ち着いていると思いこんでいたが、片手には手袋をはめ、もう片方はむき出しのままであり、それはまさに彼女の中の激しい混乱のためだった。

翌日、パスカルとクロチルドは三時の列車に乗り、テュレットへ赴いた。馬具製造職人の妻であるシャルルの母が二人のところへ子供を連れてきたので、二人は叔父の家へ連れていく役目を喜んで引き受けた。子供はそちらで一週間過ごすことになっていた。新たな夫婦喧嘩が起きていた。夫はこれ以上他の男の子供である怠惰で愚かな王子様を自分の家に置くことに我慢できず、断固として拒否したのである。子供の服を着せていたのはルーゴン祖母だったので、実際にこの日、彼はまた黒いビロードの服に全身を包み、金色の飾り紐をつけていて、宮廷へ向かう若様、昔の小姓のようだった。そして列車が着くまでの十五分の間、客車には彼らしかいなかったので、クロチルドは彼の縁なし帽を脱がせ、すばらしいブロンドの髪を光らせて楽しんだ。王子のような巻き毛の髪が肩にかかっていた。ところが彼女は指輪をはめていて、その手で彼のうなじをなぞると、愛撫したところに血の跡がにじむのを見て茫然とした。彼に触ると、必ず薔薇のような赤みが肌の上に光った。これは皮膚組織の弛緩であり、退化によってかなり深刻になっていたので、わずかな打撲でも出血を引き起こした。博士はすぐに不安を覚え、いつも同じように頻繁に鼻血が出るのかと尋ねた。するとシャルルはほとんど答えられず、最初はちがうと言ったが、それから思い出して、前にもたくさん血が出たと言った。実際に彼はさらに虚弱になっているように見え、年齢が進むにつれて幼児期へ逆戻りし、知能はまったく目覚めておらず、鈍化していた。この十五歳の大きな少年は十歳にしか見えず、あまりに美しく、日陰に生える花のような顔色をした少女のようだった。クロチルドはとても哀れに思い、悲しくなり、膝の上に乗せていた彼を座席に座らせた。その時彼女は彼が狡猾な小動物の早熟で本能的な衝動に駆られ、自分のブラウスの襟ぐりに手を滑りこませようとしているのに気づいた。

テュレットに着くと、パスカルはまず子供を叔父のところに連れていくことに決めた。そして彼らはとても急な坂道をよじ登った。小さな家は遠くから昨日と同じように灼熱の太陽の中で笑みを浮かべているようで、薔薇色の屋根、黄色い壁が見え、青々とした桑の木々はねじれた枝を拡げ、厚い葉陰でテラスを覆っていた。うっとりとするような平安がこの寂しい場所を、この賢者の隠遁所を包んでいて、大きな葵の周りを飛ぶ蜜蜂のうなりだけが聞こえていた。

「ああ、叔父の奴め！　うらやましいかぎりだ！」とパスカルは微笑みながら呟いた。

だが彼はテラスの端にまだ叔父の姿が見えないことに驚いていた。そしてシャルルが駆け出し、クロチルドを引っ張り、兎を見にいこうとしたので、博士は一人で道を登り続け、上がってみると誰もいないのに驚いた。鎧戸は閉まっていて、玄関のドアは大きく開いていた。そこには犬の黄色いルベーだけが敷居の上にいて、四肢を強張らせ、毛を逆立てて吠え、ずっと優しげな嘆きの声をあげていた。訪問者が来たのを見て、おそらく誰かわかったのだろう。しばし黙り、ずっと遠くに離れていき、また優しげに嘆きの声をあげ始めた。

パルカルの胸には恐れが拡がり、唇に上ってきた不安な呼びかけを抑えられなかった。

「マッカール！　マッカール！」

応える者はなく、家は死んだような沈黙を崩さず、ドアだけが大きく開かれ、黒い穴が穿たれているようだった。犬はずっと吠えていた。

彼はこらえきれず、さらに声高に叫んだ。

「マッカール！　マッカール！」

動くものはなく、蜜蜂がうなり、果てしない空の平穏さがこの寂しい場所を包みこんでいた。そこで彼は入ることを決意した。きっと叔父は寝ているのだ。だが左手の台所のドアを押すと、ものすごい匂いが漏れてきた。骨や肉を炭火にくべた時に生じる耐えがたい匂いだった。部屋の中ではほとんど呼吸ができず、濃い蒸気のようなもので息がつまり、何も見えなかった。雲のようなものがよどんでいて、嘔吐を催させた。裂け目を通して差しこんでくる細い光の筋ではよく見えなかった。それでも急いで暖炉に駆けより、彼は火事という最初の考えを捨てた。そこに火の気はなく、周りの家具も無傷のようだった。だから何もわからず、この悪臭に充ちた空気の中で気が遠くなるのを感じ、急いで鎧戸のところへいって乱暴に開けた。光の波が入ってきた。

そしてようやく博士が確認したものは彼を驚きで充たした。すべてのものがそのままの場所にあった。グラスや空になったアルコール度の高い酒瓶はテーブルの上にあった。叔父が座っていたにちがいない椅子だけが火事の痕跡を残しており、前脚は黒くなり、麦わらは半分燃えつきていた。叔父はどうなったのだ？　一体どこに行ってしまったのだ？　そして椅子の前の床石には沼のような脂肪のしみがつき、少量の灰だけが残り、その隣にはパイプがあった。黒いパイプで、落ちたのに壊れてさえいなかった。叔父のすべてがここに、この一握りの細かな灰の中に、そしてまた開けられた窓から逃げていった赤褐色の雲の中に、台所全体を覆いつくしていた煤の層の中にあった。おぞましい肉の脂肪は飛翔し、すべてを覆い包み、どれに触ってもすべては脂で汚れ、悪臭を放っていた。

これはいまだかつてどんな医者にも観察されたことがないほど見事な自然燃焼の例だった。博士はこの種の驚くべき例についてはいくつかの論文の中で読んだことがあり、ある論文では、靴修理屋の妻の例があげられていた。この酒飲み女は行灯《あんどん》をつけたまま眠ってしまい、片足と片手がなくなっていた。彼自身はこの時まで疑っていて、先人たちと異なり、アルコールの染みこんだ肉体が未知のガスを発散し、自然に発火して肉も骨も焼きつくしてしまうことがあるとは認めていなかった。だが彼はもはや否定できなかったし、それに事実を正すことですべてを検証した。酔いによる昏睡状態、完全な感覚麻痺、衣服の上に落ちた火のついたパイプ、アルコールが染みこみ、燃えてひび割れた肉、溶け出した脂肪、その一部は床に流れ、それ以外の脂肪が燃焼を活性化し、ついには筋肉、諸器官、骨を焼き尽くし、身体全体を炎に包んだ。叔父のすべての痕跡がそこに残っていた。青いラシャの服、一年中かぶっていた毛皮のハンチング帽。きっと彼は喜びの火のように燃え出し、前倒しになったにちがいなかった。それがなぜ椅子はほとんど黒くこげていないのかを説明していた。彼の存在は何ひとつ残っていなかった。骨も、歯も、爪もなく、ただ脂ぎった少量の埃だけがあり、ドアからの空気の流れがそれを吹き払わんばかりだった。

そこへクロチルドが入ってきた。シャルルは外にいて、ずっと吠えている犬に興味を惹かれていた。

「ああ、何なの！　ひどい匂いだわ！」と彼女が言った。「叔父さんはいないの？」

そしてパスカルが彼女に驚くべき惨事について説明すると、彼女は身を震わせた。すでに彼女は酒瓶を調べようと手に取っていた。だが瓶が湿っていて、叔父の肉でべとついているのを感じ、恐怖から元に戻した。何にも触ることができず、どんな小さなものにも黄ばんだ脂肪が塗りつけられているようで、手に張りつく思いだった。

恐ろしいまでの嫌悪感に身震いして彼女は泣き出し、呟いた。

「悲しい死だわ！　恐ろしい死だわ！」

パスカルは最初のショックから立ちなおり、ほとんど微笑んでいた。

「恐ろしいだって、なぜそう思うんだ？　彼は八十四歳だったし、それに苦しまなかった……あの年老いた悪党の叔父にしてはすばらしい死に方だと思う。今なら言えるが、ほとんどまっとうな生き方ではなかったのだから……彼についての資料は覚えているね。彼はまさに恐ろしく汚らわしい所業に対して良心のとがめを感じ、かなり後になってからは必然的に身持ちを正すようになり、あらゆる喜びを充分に味わいながら、冷笑的だが良心的な人間として年老い、自分では実践しなかったのに、大いなる美徳という報いを受けていた……そしてここで王のように死んだ。酒飲みの帝王として自ら燃え上がり、自らの肉体を火刑台にして焼き尽くしてしまったのだ！」

博士は感嘆し、大きな身振りでその場面を誇張した。

「わかるかい？　自分が燃えていることに気づかないほどに酔っ払い、聖ヨハネの火のように自ら火がつき、煙の中に消滅し、骨すら残していないのだ！　そうだろう？　わかるかい、叔父は空に飛び出していったんだ。最初はこの部屋の四隅に拡がり、空気の中に溶け、波打ち、自分のものすべてに染み渡り、そして私がこの窓を開けると、雲のような埃の群はここから逃れ去り、大空に飛翔し、地平線を充たした……すばらしい死ではないか！　消え失せてしまった。ただ少量の灰とパイプ以外には、何も後に残していないのだ！」

彼はパイプを拾い、叔父の遺品として取っておこうと付け加えた。しかしクロチルドは彼の抒情的な賛美の高まりに、苦い皮肉の棘を感じた気がして、震えながら、依然として恐怖や吐き気を口にしていた。

それでも彼女はテーブルの下にある残骸らしき何かを見つけたところだった。きっと燃えかすだろう。

「あそこを見て、あの切れ端のような物よ！」

彼は身をかがめ、女物の手袋の片割れ、緑の手袋を拾って驚いた。

「ああ！」と彼女は叫んだ。「お祖母さんの手袋だわ。覚えているでしょう、昨日の夜、お祖母さんがつけていなかった手袋よ」

二人は見つめあい、同じ説明が唇に登っていた。フェリシテは間違いなく昨日ここに来ていたのだ。そして突然の確信が博士の心の中に生まれ、母は叔父が燃えているのを見て、消さなかったのだと強く思った。そのことから彼は部屋の完全な冷却状態、燃焼に必要な時間の予測といったいくつかの手掛かりを得た。彼は自分と同じ考えが伴侶の怯えた目の奥に生じているのをはっきりと見た。だが真実を知ることは絶対に不可能だと思われたので、最も単純な話を作り上げた。

「きっとお祖母さんが病院からの帰りに叔父のところへ挨拶に立ち寄ったのは、彼が酒を飲み出す前だったんだよ」

「行きましょう！　出ましょうよ！」とクロチルドが叫んだ。「息がつまって、ここにはもういられないわ！」

しかしパスカルは死亡を申告する必要があった。彼は彼女に続いて外に出て、家を施錠し、鍵をポケットにしまった。外ではまた黄色い小犬のルベーがずっと吠え続けているのが聞こえた。犬はシャルルの脚の間に逃げこみ、子供は面白がって犬を足で突つき、訳もわからないままに、うめき声を聞いていた。

博士は直接モラン氏のところへ赴いた。彼はテュレットの公証人で、村長でもあった。十二年前に妻を亡くし、同じく寡婦となり、子供のいない娘と一緒に暮していて、マッカール老人と友好的な隣人関係を保ち、時々何日もの間、シャルルの面倒を見てくれた。彼の娘はこのとても美しい子供をかわいがり、哀れんでいた。モラン氏は狼狽し、博士とこの事故を確認するためにもう一度上がっていくことを望み、規定どおり死亡証書を作成することを約束した。教会の儀式や葬式については非常に困難に思われた。二人が台所に入ると、戸口からの風が灰を舞い上がらせてしまった。ひたすら灰をかき集めようと努力したが、ほとんど床石のごみ屑、古くからのごみしか集めることができず、そこにもはや叔父はほとんど残っていなかった。それでは何を埋葬すればよいのか？　埋葬を断念するしかなかった。それに叔父はほとんど教会に行っていなかった。だから家族は後になって、彼の魂の平安のためにミサを行なわせることにとどめた。

しかしすぐに公証人は遺言があって自分の家に保管してあると叫んだ。彼は滞りなく、明後日、遺言を正式に開示するために博士を呼び寄せた。そのように彼が考えたのも、叔父が遺言の執行人として博士を選んでいたことを伝えようとしたからだった。そして彼は最後に、母親のところでとても邪堅にされているこの子が、これらの一連の出来事の中で邪魔になるにちがいないと理解し、明後日までシャルルを預かろうと律儀に申し出た。シャルルは喜んでいるようで、テュレットにとどまった。

クロチルドとパスカルがプラッサンに帰り着いたのはかなり遅かった。彼がようやく診察すべき二人の患者の往診をすませた後だったので、七時の列車に乗ったからだ。しかし翌々日、二人で再びモラン氏に会いにいくと、ルーゴン老夫人がいるの見つけ、不愉快な驚きを味わった。彼女は当然のようにマッカールの死を聞きつけ、小躍りし、大げさに悲しみを見せつけ、駆けつけていた。だが遺言の朗読は非常に簡潔で、問題はなかった。マッカールの遺言はわずかな財産から引き出せる分のすべてを使い、翼を閉じ、涙を流している二人の天使像を備えたすばらしい墓を建立することだった。これは彼の創案で、兵士として外国にいた時、おそらくドイツで、このような墓を見たことを覚えていたのだ。そして彼は甥のパスカルに天使像の制作を一任していた。なぜならばパスカルだけが家族の中で美的センスがあるからだ、と彼は付け加えていた。

この朗読の間、クロチルドは公証人の家の庭にいて、マロニエの老木の木陰のベンチに座っていた。パスカルとフェリシテが姿を見せると、しばし非常に気まずくなった。というのも数ヶ月前から口をきいていなかったからだ。しかし老夫人はまったくくつろいだ様子をよそおい、新たな状況についてはまったく触れず、そのことについて意見は言わないし、和解もしないが、世間の前では普通に会って仲むつまじく見えるようにしたいとほのめかした。だがマッカールの死にひどく悲しんでいると大げさに言ったのは彼女の失敗だった。パスカルは彼女のこみ上げてくる喜びや限りないうれしさに気づき、家族の傷口が、叔父に対する嫌悪がようやく和らげられるのだろうと思うと苛立たしさを感じ、怒りが湧き上がってきた。彼の目は思わず母親の手袋に注がれていた。黒い手袋だった。

ちょうどその時、彼女が声を和らげて嘆いた。

「だから年なのに、狼みたいに頑固に一人だけで暮らすべきじゃなかったのよ！　せめて女中の一人でもいたらね！」

そこで博士が言葉を発したのだが、自分自身はっきりとわからぬままに抗いがたい欲求に動かされていたので、自分の言ったことを耳にして慄然とした。

「でもお母さん、あなたはここにいたのに、どうして火を消さなかったのですか？」

ルーゴン老夫人は真っ青になった。どうしてこの子が知っているのであろうか？　彼女はしばし彼を見つめ、茫然としていた。一方でクロチルドも同じように蒼ざめ、今や明らかになった罪を確信していた。まさにそれは告発しているようであり、恐ろしい沈黙が母、息子、孫娘の間に降りかかり、家族が家庭の悲劇を葬る時のおののくような沈黙であった。二人の女性は茫然としていた。博士はこれまで厄介で無益な口論を注意深く避けてきたというのに、話してしまったことに絶望し、何とかして言葉を継ごうとしていた。その時新たな災厄が起き、彼らはこの恐るべき困惑状態から引き出された。

フェリシテはモラン氏の好意に甘えることを望まず、シャルルを連れて帰る心積もりだった。モラン氏は朝食後にディッド叔母のそばで一時間過ごさせようと子供を病院へ送っていたので、女中を使いに出し、すぐに連れてくるように命じた。だからこの時彼らが庭で女中を待っていると、彼女は汗を流し、息をつまらせ、動転し、遠くから叫んだ。

「ああ、何てことでしょう！　すぐ来てください……シャルルさんが血を流して……」

彼らは不安になり、三人で病院へ向かった。

この日、ディッド叔母は調子がよく、とても落ち着き穏やかで、肘掛椅子に深く座って背筋を伸ばしていた。彼女はここで何時間も、二十二年前から長い長い時間を、じっと虚空を見つめながら過ごしていた。彼女はさらにやせたようで、筋肉はすっかりなくなり、手足はもはや羊皮紙のような皮膚に覆われた骨にすぎなかった。看護婦はたくましい金髪の女性だったが、服を着替えさせ、食事を食べさせなければならなかったので、向きを変えたり元に戻したりして叔母を物のように扱っていた。一族の先祖である忘れられた女性は背が高く、骨ばかりになり、不気味な感じで身じろぎせず、目だけが生気を発し干上がりやせこけた顔の中で、目は湧き水のように澄んでいた。だがこの朝、突然あふれんばかりの涙が彼女の頬を流れ、それから彼女は脈絡のない言葉を呟き始めた。老衰や回復することがない痴呆の中にあって、緩慢に進行する脳の硬化はまだ最後まで至っていないことを証明しているようであった。記憶は保たれていて、かすかな知性の光はあるようだった。彼女は無言で顔を上げ、人にも物にも関心を払わず、時々不吉そうな笑みを浮かべ、ほとんどいつも何も見ず、何も聞いておらず、ずっと虚空を見つめていた。

看護婦はシャルルを高祖母のところへ連れていくと、すぐに真向かいの小さな机に座らせた。彼女はシャルルのために兵士や将軍、紫色と金色をまとった王様の絵を多く保存していた。彼女はそれらと一緒に鋏を与えた。

「さあ、静かに遊んでいてね。行儀よくするのよ。今日、お祖母さんはとてもおとなしいわ。あなたもおとなしくするのよ」

子供は狂女の方へ視線を上げたので、二人は見つめ合った。この時、異常なまでの類似がはっきりと現れた。とりわけ二人の目は共に虚ろで澄んでいて、同じような目の中に互いの視線は吸いこまれているようだった。さらに顔つきも同様だった。百年によってすり切れた顔立ちは三世代を飛び越え、彼女と同じくすでに色褪せてしまったようなこの子供の繊細な顔の中に現れていた。彼の顔はとても年老い、一族の衰弱によって完成されているかのようだった。二人は微笑んでおらず、深く視線を絡み合わせ、おごそかな愚かさを漂わせていた。

「ほら、いいわね！」と看護婦は続けた。面倒を見ている狂女といて沈んだ気持ちにならないように、大きな声で話す癖があった。「あなたたちは似ているわね。まったくそっくりよ。瓜二つだわ……ちょっと笑ってごらん、楽しそうにしていてごらん。だってそのほうが一緒にいて楽しいからね」

だがわずかの間でも集中するとシャルルは疲れてしまい、先に顔を伏せ、絵が気になっているようだった。その間、ディッド叔母は驚くほど強く視線を固定させ、際限なく、まばたきもせず彼を見つめ続けていた。

しばし看護婦は小さな部屋の片付けをしていた。陽射しがあふれ、青い花柄の壁紙のために部屋はとても明るかった。彼女は大気にさらしておいたベッドを直し、戸棚の上に布類をしまった。子供がいる時はいつもそれを利用して、彼女は少しばかり自分のための時間を作っていた。彼女は決して患者から離れてはならなかった。しかし子供がそこにいる時は、大胆にも彼に任せるようになっていた。

「聞いてちょうだい」と彼女は続けた。「私は行かなくちゃならないけれど、もしお祖母さんが身体を動かして、私の介護を必要としていたら、ベルを鳴らしてすぐに私を呼ぶのよ、いいわね？　わかるでしょう。あなたは充分に大きいんだから、人を呼ぶことはできるわね」

彼は再び顔を上げていて、わかりました、何かあったら呼びますと態度で示した。そしてディッド叔母と二人だけになると、またおとなしく切り絵を始めた。それから十五分が経ち、病院は深い静けさの中にあり、聞こえてくるのは牢獄のようなわずかな物音だけで、かすかな足音、金属音をたてる鍵束の音が聞こえ、そして時々大きな叫び声が上がったが、すぐにかき消えた。だが子供はこの灼熱の天気に疲れてしまったにちがいなかった。だから彼は眠くなり、すぐに百合のような白い顔を王子そのもののたっぷりとした重たげな髪の下で傾けたようだった。彼は切り絵の中にそっと顔を伏せ、金色と紫色をまとった王たちに片頬をくっつけて眠った。瞼は閉じられ、まつ毛が影を投げかけ、繊細な肌に浮かんだ青く細い血管には弱々しく生が脈打っていた。彼には天使のような美しさがあり、一族全員の何とも言いようのない腐敗が優しげな顔立ちに拡がっていた。ディッド叔母は虚ろな眼差しで彼を見つめていたが、そこには喜びも苦しみもなく、物に向かって注がれる永遠の眼差しであった。

しかし少し時間が経つと、彼女の澄んだ目には関心が呼び覚まされているようだった。異変が起きつつあった。赤い滴りが子供の左の鼻孔から流れ出していた。この一滴が落ち、また一滴が形をなしてそれに続いた。それは血であり、今度は傷や打撲もなしに薔薇色の血が玉となり、ひとりでに流れ出し、退化の緩慢な衰弱作用の中での流血だった。滴りは細い流れとなり、金色の切り絵の上に流れた。小さな血の海は切り絵をひたし、机の角に向かった。そして再び滴り始め、一滴一滴と犇めき合い、重たげに、濃密に、部屋の床石の上へこぼれた。それなのに彼はずっと眠っていて、天使ケルビムのように神々しい穏やかさを漂わせ、自分の生が漏れ出していることに気づいてさえいなかった。狂女はずっと彼を見つめ続け、さらに興味を募らせているようで、恐れおののくどころか、むしろおもしろがり、懸命に目を注いでいた。あたかも大きな蝿が飛ぶのを、よく何時間も目で追うかのように。

さらに数分が過ぎ、赤く細い流れは大きくなり、滴りはずっと速くなり、血は単調で執拗に、ひたひたと軽い音をたて、こぼれ落ちていた。この時シャルルは身体を揺すり、目を開け、自分が血まみれであることに気づいた。だが驚かなかった。わずかの衝撃でも出血するので、血の泉に慣れていたからだ。

彼は気だるさに包まれていた。しかし本能が警告を発したにちがいなかった。彼はいきなり怯え始め、声高に嘆きを発し、困惑した呼びかけを呟いた。

すでにかなり衰弱していたにちがいなかった。というのも抗いがたい麻痺に襲われ、彼は再び顔を伏せてしまったからだ。目は閉じられ、再び眠ってしまったようで、あたかも夢の中で嘆き続けているかのようだった。かぼそいうめき声は次第に弱くなり、聞えなくなった。

「お母さん！　お母さん！」

「お母さん！　お母さん！」

切り絵は血にまみれ、金色の飾り紐のついた黒いビロードの上着やキュロットは長い縞となった血で汚れていた。さらに赤く細い流れは執拗で、左の鼻孔から再びとめどなく流れ始め、テーブルの上の鮮紅色の小さな海を通り抜け、床の上に落ち、ついには血だまりを作っていた。狂女が大きな叫び声をあげ、恐怖にかられて人を呼べば助かっただろう。だが彼女は叫ばず、人を呼ばず、身じろぎせず、祖先としての視線を定め、宿命が成就されるのを見つめていた。あたかも憔悴してその場に繋ぎとめられ、四肢も舌も百年の歳月によって縛られ、痴呆によって脳は骨のように固くなり、望むことも動くこともできないかのようだった。それでも多量の出血を見て彼女は再び心を動かされ始めていた。死んだような彼女の顔におののきが走り、頰には赤味がさしていた。ついに最後の叫びが彼女のすべてを蘇らせた。

「お母さん！　お母さん！」

その時、ディッド叔母ははっきりとわかるほどの恐ろしい葛藤の中にあった。彼女は骨だけになった両手をこめかみへもっていき、まるで頭蓋骨が破裂するのを感じているかのようだった。口は大きく開かれていたが、何の声も発されなかった。ぞっとするような動揺が彼女の中に起き、舌を麻痺させていた。彼女は何とかして立ち上がり、走り出そうとした。しかし彼女にはもはやその筋肉がなく、動けないままでいた。衰えきった身体は震え、とても信じられないような努力をして助けを叫ぼうとしたが、老衰と痴呆の牢獄を破ることはできなかった。顔色を失いながらも、記憶が蘇えり、彼女はすべてを見なければならなかった。

緩慢にして、とっても静かな最後だった。その光景はまだ長く続いていた。シャルルは再び眠りこんでしまったかのようで、今や言葉もなく、血管の血をすべてを失おうとしていた。血管は小さな音をたてとめどなく空になっていった。百合のような白さが増し、死の蒼白になっていった。唇は色を失い、蒼白い薔薇色へと変わり、さらに唇は蒼白になった。そして息を引き取る間際に、彼は大きな目を開き、高祖母を凝視した。彼女はそこに宿っている最後の光を見守った。蠟のような顔はすでに死んでいたが、目はまだ生きていた。その目は澄んでいて、明るさを保っていた。それから突然虚ろになり、光が消えた。これが最後であり、目も死を迎えたのだ。シャルルは静かに亡くなった。まるで源泉の水がすべて流れてしまったように涸れ果てて。繊細な肌に浮かぶ血管に生はもはや脈打っておらず、蒼白の顔にはもはやまつ毛のつくる影だけがあった。しかし彼は神々しく美しいままであり、頭を血の中に横たえ、王子のようなブロンドの髪を拡げ、生気を失った小さな王子たちの一人のようだった。彼は一族の最悪の遺産を保つことができず、十五年の老いと愚かさの中で眠りにつくのだ。

子供が息絶えようとしていた時、パスカル博士が入ってきて、フェリシテとクロチルドが続いた。彼は血の量を見た。血は床石の上にあふれていた。

「ああ、何ということだ！」と彼は叫んだ。「私が恐れていたとおりだ。かわいそうな子だ！　ここには誰もいなかったのだ。もうだめだ！」

しかし三人ともこの時の驚くべき光景を前にして怯えていた。ディッド叔母は身体を伸ばし、ほとんど立ち上がっていた。彼女の目は亡くなった子供にすえられていた。子供は蒼白で、とても静かにこぼれた赤い血の上に横たわり、血の海は固まっていた。二十二年の長い眠りの後で、彼女の目にはある思いが灯っていた。この痴呆の最終的な病巣、この脳の中の闇に回復はありえなかったが、おそらくそれは最後の症状にまで至っておらず、それゆえに恐ろしい衝撃によって保存された遠い記憶が急に目覚めたのだ。だから忘れられた女性は再び生き返り、虚無から脱し、立っていたが、絶望感にあふれていて、激しい恐怖と苦痛を抱いた亡霊のようだった。

しばし彼女はあえいだ。そして震えながらひとつの言葉だけを呟いた。

「憲兵だ！　憲兵だ！」

パスカル、それにフェリシテもクロチルドも理解していた。三人は思わず見つめ合い、震えていた。全員の母ともいえる老母は自分にまつわる暴力的な歴史を呼び起こしていた。若年期の激しい情熱、壮年期の長い苦しみを伴っていた。すでに二度の精神的ショックが彼女を激しく動揺させたのだった。最初は熱烈な生にあふれていた頃で、憲兵が彼女の愛人である密輸入者のマッカールを犬のように銃で撃ち殺した時だった。二度目はさらに長い年月が経った頃で、またしても憲兵が反逆者で家族の血塗られた憎しみと争いの犠牲者であるシルヴェール少年の頭を拳銃でぶち抜いた時だった。彼女はいつも返り血を浴びせられてきた。そして三度目の精神的ショックが彼女に止めを刺し、返り血を浴びせた。一族の衰弱した血が長い間流れ、床に拡がり、その一方で王子が蒼ざめ、血管と心臓が空になり、眠りにつくのを彼女は見たのだった。

三度目に、自らの生涯を、贖罪の法の幻影が支配する情熱と責苦に燃える生涯を振り返り、彼女は呟いた。

「憲兵だ！　憲兵だ！　憲兵だ！」

そして彼女は肘掛椅子に倒れこんだ。三人は彼女がそのまま急に死んでしまったのだと思った。だがようやく看護婦が職を失うと確信し、言い訳を求めながら戻ってきた。パスカル博士が彼女を手伝い、ディッド叔母をベッドの上に戻し、まだ生きていることを確かめた。もっても明日までのはずだった。百五歳三ヶ月と一週間の年齢であり、死因は彼女が受けた最後のショックによって決定的となった脳充血だった。

パスカルはすぐにそれを母に伝えた。

「お祖母さんは今日はもつだろうが、明日には亡くなるでしょう……ああ！　叔父、それからお祖母さん、さらにこのかわいそうな子、続けざまの悲惨と死別だ！」

彼は言葉を切り、さらに小声で付け加えた。

「一族が減っていく。老木は倒れ、若い樹木は大きくなる前に枯れてしまう」

フェリシテは新たな当てこすりだと思ったにちがいなかった。彼女はシャルルの悲劇的な死にとても動転していた。だが身震いを覚えながらも、大きな安堵が彼女の中に生じていた。来週になり、嘆き悲しまなくなった時、テュレットのおぞましきすべてはもはや存在せず、ついに家族の栄光が立ち上り、伝説の中で輝くのだと心の中で思うことは何という安らぎであろうか！

その時彼女は公証人のところで息子から受けた思いがけない糾弾に対して、少しも返答していないことを思い出した。彼女は勇敢にもまたマッカールのこと話し出した。

「女中なんて何の役にも立たないのよ。ここにだって一人いたけれど、何の効果もなかった。だから叔父だって、気をつけていたとしてもどうにもならなかったわね。きっと今頃の時間にたちまち灰になっていたはずよ」

パスカルはいつもの敬意を払う態度で頭を下げた。

「その通りです、お母さん」

クロチルドは跪いていた。彼女の熱烈なカトリック信仰がこの血と狂気と死の部屋の中で蘇ったのだった。彼女の目からは涙があふれ、両手を握り締め、愛する亡き人たちのために熱心に祈っていた。ああ！　彼らの苦しみを終わらせたまえ、彼らのあやまちを許したまえ、永久の幸福に充ちた来世に彼らを蘇らせたまえ！　彼女は彼らのとりなしを情熱の限り祈った。悲惨な生の後、永劫の苦痛が続くという地獄を激しく恐れていたからだ。

この悲しい日以後、パスカルとクロチルドはさらに愛情深くなり、互いに身体を寄せ合い、病人たちの往診へ出かけた。彼の中で、施しようのない病人を前にした時の無力さという思いがさらに膨れ上がったようだった。唯一賢明なのは、自然が進化し、危険な要素を取り除き、健康と力という最終的な仕事の働きに任せることだ。だが失われた親類、苦しみ死んでいく親類たちは悪に対する恨みを、病と戦い、打ち負かすのだという抑えがたい望みを心の中に残していた。だから博士は治療がうまくいき、注射によって発作を鎮め、うめいていた患者が落ち着いて眠りにつくのを見る時ほど、大きな喜びを味わうことはなかった。帰途、クロチルドは彼を崇拝し、とても誇りに思い、あたかも二人の愛が慰藉であり、貧しい人々に臨終の聖体拝領をもたらしているかのように感じていた。

第10章

ある朝、マルチーヌは三ヶ月ごとに受け取っているように、パスカル博士から千五百フランの領収書を渡され、彼女が「私たちの金利収入」と呼んでいたものを手にするために公証人のグランギロのところへ行った。博士は支払い期日がそんなに早くやってきたことに驚いているようだった。支払いに関する気苦労はすべて彼女に任せていたが、これほどまでに金の問題に無関心であるのはかつてなかった。そしてプラタナスの木の下で、クロチルドと一緒に生きることのかけがえのない喜びを味わい、彼が泉の絶えることない歌にうっとりとして涼をとっていると、女中が慄然とし、異常なまでに動揺して戻ってきた。

彼女はすぐに話すことができなかった。それほど息を切らしていた。

「ああ！　本当に何と言うことでしょう！　グランギロ氏がいなくなってしまいました！」

最初パスカルは理解できなかった。

「いいかい、落ち着いて。他の日にまた行けばいいよ」

「ちがいます、ちがうんです！　彼はいなくなってしまったんです。わかりますか、夜逃げしてしまったんです」

決壊した水門のように言葉がほとばしり、彼女の激しい感情がぶちまけられた。

「通りに着くと、遠くからドアの前に人だかりが見えました……私は軽い悪寒に襲われ、彼に不幸があったのだと思いました。それにドアは閉まっていて、鎧戸もまったく開いておらず、家は死んだようでした……すぐにそこにいた人が彼は逃げた、一スーも残していかなかった、まさに我が家は破滅だと私に言いました」

彼女は石のテーブルの上に領収書を置いた。

「さあ、どうぞ、あなたの書きつけです！　終わりです。私たちにはもう一スーもありません。飢え死するしかないのです！」

彼女は涙に襲われ、大きくすすり泣き、その吝嗇家の心は苦悩し、この財産の喪失に茫然とし、急迫している悲惨事を前にして震えていた。

クロチルドも茫然としたままで、口を開かず、目をパスカルに注いでいたが、彼は最初とりわけ懐疑的な様子だった。彼はマルチーヌを落ち着かせようとした。しっかりしなさい、しっかりするんだ！　そんなに心配しなくてもいい。もしあなたが通りにいた人たちから聞かされただけだとすれば、それはおそらくくだらないおしゃべりだ。すべては誇張だろう。グランギロ氏は逃げた。グランギロ氏は泥棒だ。こういう言葉は奇怪でありえないことのように響く。とても正直な人だ！　百年以上も前からプラッサン中で愛され、敬意を払われてきた家柄なのだ！　あそこにお金を預けておけば、フランス銀行よりも安心だと言われていたんだ。

「よく考えなさい、マルチーヌ。こういう災難は突然に生まれるものではない。前兆となる悪い噂があったはずだ……そうなのだ！　古くからの誠実さが一晩で崩れ去るわけがない」

その時彼女は絶望的な身振りを示した。

「ああ！　旦那様、それが私を苦しめるのです。なぜなら、私にも少し責任があるからです……ここ数週間、私は噂が流れているのを知っていました……当然のことながら、あなたたちは何もお聞きではないでしょうし、ご存知のはずがありません……」

パスカルとクロチルドは笑みをもらした。というのもまさに二人が世間から離れて愛し合っていたので、生活にまつわるありふれた噂は少しも届いていなかった。

「ただあまりに下劣な噂だったので、あなたたちを煩わせたくなかったのです。嘘だと思っていたのです」

グランギロ氏はただ投機をしたのだととがめる者もいれば、マルセイユの女たちに入れあげていると断言する者もいると彼女は話すに及んだ。そのあげくが乱行、いまわしい熱狂となったのだ。彼女はまたすすり泣き始めた。

「本当に何と言うことでしょう！　私たちはどうなるのかしら？　これでは飢え死してしまいます！」

その時パスカルは動揺し、クロチルドの目にも涙があふれるのを見て心を動かされ、思い出し、頭の中を少しでもはっきりさせようとした。かつてプラッサンで開業していた時、彼は数回にわけて、グランギロ氏に十二万フランを預けた。彼はその金利だけで充分であり、すでに十六年前のことだった。毎回、公証人は預けられた総額の証書をよこしていた。おそらくそのために、彼は個人的な債権者という立場に立てるだろう。それからかすかな記憶が蘇ってきた。日付は明確に言えなかったが、公証人の申し出と何度かの説明の後、彼は金の全部か一部かを投資の抵当とすることに対して委任状を与えていた。

そしてこの委任状の受託者は確実に白紙の状態にあった。しかし彼はこの書類の使用について知らぬまでであり、自分の資金がどのように投資されたのかを心配したことは一度もなかった。

再びマルチーヌは吝嗇家の苦悶から叫び声をあげた。

「ああ！　旦那様、因果応報ですよ！　こんなふうに自分のお金をゆだねてしまうなんて！　私はちがいます、ご存知でしょう！　私は三ヶ月ごとに、サンチームに至るまで勘定します。だから総額も証書も熟知しています」

悲しみの中にあって、彼女の顔には無意識の笑みが浮かんでいた。昔からの頑なな情熱が充たされたのだ。彼女は四百フランの給金にほとんど手をつけず、節約し、三十年間貯めこみ、ついには利子が利子を生み、二万フランという高額にまで達していた。そしてこの財産は手付かずで、安全にして信頼できる場所に別々に預けてあり、誰にも知られていなかった。彼女は喜びの思いに包まれながらも、さらに主張することを止めた。

パスカルは再び叫んだ。

「ああ！　私たちのお金がすべてなくなったなんて誰がお前に言ったのだ！　グランギロ氏には個人的な財産があったし、家屋敷まで持っていったわけではないだろう。いずれわかるはずだ。物事もはっきりしてくるだろう。彼を単なる泥棒だと思うのは拙速だ……ただわずらわしいことだが、待つべきだ」

彼がこう言ったのはクロチルドを安心させるためで、彼女の中で不安が高まっているのが見てとれたからだ。彼女は彼を見つめ、自分たちの周りにあるスレイヤードを見つめ、ここで以前と同じようにずっと暮し、ずっと彼を愛し、この親しげな静けさに隠れていたいという熱烈な思いにとらわれ、彼との幸福だけを考えていた。だから彼は彼女を落ち着かせたいと思ったのであり、金のために生きてこなかったし、金が足りないことで苦しむとは想像もしておらず、見事なまでの無頓着だった。

「大丈夫だ。私には金がある！」と彼はついに叫んだ。「言い過ぎだよ、マルチーヌ。もう一スーもなく、飢え死にだなんて！」

そして彼は陽気に立ち上がり、二人を引っ張っていった。

「いいから来なさい、来るんだ！　金を見せてあげるよ！　その金をマルチーヌに渡すから、それで今夜は豪勢な夕食を作ってもらおう」

上の彼の部屋で、彼女たちを前にして彼は誇らしげに整理机をたたいた。この引き出しの奥に、彼は十六年近くの間、一度も支払いを請求しなかったが、患者たちが自発的に払ってくれた紙幣や金貨を投げこんでいた。そして彼は自分の小さな宝物庫の正確な総額を決して知ることなく、ポケットマネーとして、実験や施し、贈り物のために自由に取り出していた。数ヶ月前から、かなりの額を整理机から頻繁に持ち出していた。しかし必要な額があることに慣れてしまい、生来の節約ぶりで長年にわたって支出はほとんどなかったので、ついには自分の貯えが無尽蔵だと思いこむようになっていた。

だから彼は悠々と笑っていた。

「さあ、見なさい！　見るんだ！」

そして勘定書や請求書の山を熱心にあさった結果、総額にして六百十五フラン、百フラン札二枚、金貨で四百フラン、小銭で十五フランを集めただけで、彼は茫然としていた。彼は他の書類をかきわけ、引き出しの隅まで指で探り、叫んだ。

「こんなはずはない！　いつもここに金があったんだ。数日前にはずっとたくさんあったんだ！　これらの古い請求書にだまされていたのか。誓って言うが、前の週には見たんだ、多くの金に触ったんだ」

彼は本当に信じこんでしまい、大きな子供のような率直さで驚いていたので、クロチルドは微笑んでしまった。ああ！　かわいそうな先生、何という世間知らずであることか！　そしてマルチーヌの怒った様子、今後の三人の生活をあからさまに示しているこのわずかな金を前にしての絶望感に気づき、クロチルドはいたたまれなくなり、目を涙に濡らしながら呟いていた。

「ああ！　私のためにあなたは使い果たしてしまった。私が破滅を招いたのよ。もうお金がないのも、私のせいなのよ！」

実際に彼は贈り物に使った金のことを忘れていた。金がなくなったのは明らかにそのためだった。彼はそれで了承し、納得した。そして彼女が苦しげにすべてを売ってしまうと言うのを聞いて憤慨した。

「私が贈ったものを売るだって！　君は私の心の一部も一緒に売ってしまうのか！　だめだ、だめだ。飢え死にしたほうがましだ。君は私が望むままであってほしいのだ！」

そして先の見えない未来を予測しながら、彼は心の中を打ち明けた。

「それに、まだ今晩私たちが飢え死にするほどではない。そうだろう、マルチーヌ？　当面は問題ない」

マルチーヌはうなずいた。彼女は今あるもので二ヶ月、切り詰めればおそらく三ヶ月はもつだろうと受け合ったが、それ以上は無理だった。かつて引き出しは補充されていて、小額の金はいつも入ってきた。しかし今では、旦那様が患者を放棄してからというもの、入金はまったくなかった。だから外からの援助を当てにすることはできない。だから彼女は結論を言った。

「百フラン札二枚は私に預からせて下さい。一ヶ月はそれでもたせてみます。それからのことはいずれ……とにかく慎重にお願いします。金貨の四百フランには手を触れず、引き出しを閉め、もう開けないで下さい」

「ああ、わかった！」と博士は叫んだ。「安心してくれ！ そんなことをするぐらいならこの手を切り落としたほうがましだ」

すべてがこうして取り決められた。最後の資金の運用はマルチーヌに一任された。彼女の節約ぶりは名高く、サンチームに至るまで削ることは確実だった。クロチルドについては、もともと自分の財布を持ったことがなく、お金の不足を感じることさえあるはずがなかった。ただパスカルだけがもはや自分の宝物庫を開けられず、無尽蔵でもないことに苦しんでいた。しかし彼もすべての出費は女中を通して払うと形式的に約束した。

「やれやれ！ やっと片づいたか！」と彼は安堵して言った。あたかも一大事の始末をつけ、それで永久に自分たちの生活が保証されたかのように幸せだった。

一週間が過ぎたが、スレイヤードには何の変わりもないようだった。パスカルとクロチルドは互いの愛情に恍惚となり、二人揃って迫りくる貧窮をもはや気にしていないようだった。ある朝、クロチルドがマルチーヌと一緒に市場に出かけてしまい、博士が一人だけでいると、来客があり、すぐに恐怖のようなものに襲われた。彼にあの見事な品、最初の贈り物となった古いアランソン織りのブラウスを売った女の小売商人だった。彼は誘惑されたらたやすく屈してしまうと感じ、そう思って震えていた。女の小売商人が言葉を発する前でさえ、彼は抵抗していた。だめだ！ だめだ！ 何も買えないし、何も買いたくない。だから手を前に出し、彼女が小さな皮袋から何も取り出さないように遮った。それでもよく太り、愛想のいい彼女は勝利を確信し、微笑んでいた。途切れることのない魅惑的な声で彼女はしゃべり出し、彼に話して聞かせた。そうなんですよ！ 名前は言えませんが、ある御夫人が、プラッサンのもっとも上流の御夫人の一人が、ある不幸に襲われ、宝石を処分しないといけなくなったのです。私はこのすばらしい機会を聞きつけました。宝石は千二百フランは下らぬ品でしたが、諦めて五百フランで手放しました。博士が狼狽し、さらに不安を募らせているというのに、彼女はあわてることもなく袋を開け、細い首飾りを取り出した。前面には七つの真珠からなるシンプルな装飾があった。しかし真珠は丸みを帯びて輝き、すばらしい白さだった。非常に繊細で、非常に端正で、上品な涼やかさがあった。すぐに彼はこのネックレスがクロチルドの繊細な首に、彼女の絹の肌に対して自然の装身具のようにかかっているのを思い浮かべていた。彼の唇には、彼女の肌の花のような香りが残っていた。他の宝石はかすんでしまい、この真珠は彼女の若さだけを語るだろう。そして彼はすでに震える指の間にネックレスをつかんでいて、元に戻すのかと思うと死ぬような苦痛を覚えた。しかし彼はずっと抵抗し、五百フランはないと断言していたが、女の小売商人は同じ声音で、すばらしい買い物です、本物ですよと言い続けていた。さらに十五分が過ぎ、彼がその気になっていると思い、彼女は唐突にネックレスの値を三百フランに引き下げた。そこで彼は屈した。贈り物に対する狂気の思い、愛する偶像を喜ばせ、飾り立てたいという欲望はこのうえなく強大だった。女の小売商人に支払いをするため、引き出しから十五枚の金貨を取り出しにいく時、公証人の問題は解決するだろうし、早晩充分なお金が手に入るだろうと彼は確信していた。

そしてパスカルは一人になり、宝石をポケットに入れ、子供のような喜びに捉われ、クロチルドを驚かせる準備をし、彼女の帰りを今か今かと待っていた。そして彼女の姿が見えると、彼の心臓は破裂しそうに高鳴った。彼女はとても暑そうで、八月の燃えるような太陽が空を見渡していた。だから彼女は服を着替えるつもりでいた。しかし散歩は楽しかったので、微笑みを浮かべながら、十八スーで二羽の鳩を買ったマルチーヌの見事な買い物ぶりを話した。彼は興奮で息がつまり、彼女の部屋へついていった。そして彼女がペチコートだけになり、腕も肩もはだけた時に、その首に何かを見つけた振りをした。

「おや！　首のところに何かついていないかな？　見せなさい」

彼はネックレスを手の中に隠し、やっとのことで彼女の首に手を伸ばし、指を走らせて、何もついていないことを確める振りをした。しかし彼女は陽気にもがいた。

「止めて！　何もついてなんかいないわよ……ねえ、何を企んでいるの？　私をくすぐっているものは何なの？」

彼が彼女を抱きしめて鏡台の前へ連れていったので、彼女は全身が見えた。首にかかった細い鎖はまさしく金糸で、乳白色の星のような七つの真珠が目に入った。生まれながらにそこにあったかのようで、彼女の絹のような肌の上で輝いていた。初々しさと陶酔があった。すぐに彼女はうっとりとした笑みを浮かべ、なまめかしく睦言を囁き、鳩のように胸を反らした。

「ああ、先生！　本当にありがとう！　あなたはいつも、私のことだけを考えていてくれるのね？　私はとても幸せよ！」

そして彼女の目に浮かぶ喜びが、美しく熱愛されることにうっとりしている女性にして恋人のこの喜びが、彼の狂気の贈り物に対して神々しく報いていた。

彼女は頭を反らせて、輝き、唇を差し出していた。彼は身体を傾け、二人は接吻を交わした。

「喜んでくれるかい？」

「ええ！　もちろんよ、先生。うれしい、とてもうれしいわ！　この真珠はとても甘美で清らかだもの！　それにとってもよく私に似合っているわ！」

またしてもしばし、彼女は鏡の中の姿に見とれ、光沢のある真珠の粒の下にある金色の花のような自分の肌に無邪気に誇っていた。そして見せつけたくなり、隣の部屋で女中が動き回っているのを耳にし、ペチコートのまま、胸をはだけたままで部屋から出て、彼女のところへ走っていった。

「マルチーヌ！　マルチーヌ！　見てよ、先生が私にプレゼントしてくれたのよ！　ねえ、きれいでしょう！」

しかしすぐさま土気色になった老女の深刻な表情に彼女の喜びは萎縮してしまった。おそらく主人を熱愛しながら、召使としての無言の諦めによってやつれてしまったこの哀れな女性の中に、クロチルドは自分の輝かしい若さが悲痛な嫉妬を生じさせたことに気づいたのだろう。だがそれは一瞬の感情の動きであり、クロチルドにとって無意識的なものであり、マルチーヌはほとんど気づいていなかった。だから後に残ったのは倹約家の女中のあからさまな反発であり、高価な贈り物を横目で眺め、非難していた。

クロチルドは軽い悪寒にとらわれた。

「きっと、先生がまた整理机から持ち出したのよ……」とクロチルドは呟いた。「この真珠はそんなに高価なものなの？」

今度はパスカルが困惑し、大きな声ですばらしい買い物だったと説明し、とめどなく女の小売商人が来たことを話した。信じられないほど安かった。だから買わずにはいられなかったんだ。

「いくらだったの？」と若い娘がまさに心配になって尋ねた。

「三百フランだ」

マルチーヌはまだ口を開かず、恐ろしい沈黙に沈んでいたが、叫びを抑えられなかった。

「何てことでしょう！　どうやって六週間を生きればいいのでしょう。パンもないのに！」大粒の涙がクロチルドの目から流れた。パスカルが止めなかったら、ネックレスを引きちぎってしまっただろう。彼女はすぐにネックレスを返品すると言い、茫然として呟いた。

「そうよ、マルチーヌが正しいわ……先生は狂っている。そして私も狂っている。こんな状態なのに、一瞬でもこんなものを大事にしていたなんて……肌が焼けるようだわ。お願いだから、私にこのネックレスを返しにいかせて」

彼はそのことについては決して同意したくなかった。二人の女性とともに悲しみ、自分の過ちを認め、自分はどうしようもない人間だ、金を全部取り上げてもらうべきだったのだと叫んだ。そして整理机に向かい、残っていた百フランを持ってきて、マルチーヌに受け取らせた。

「もう一スーも手元に置きたくないんだ！　また使ってしまうだろう……持っていてくれ！　マルチーヌ、まともなのはあなただけだ。あなたなら、私たちのごたごたが片づくまでその金できっと何とかやってくれるだろう……それにクロチルド、君はそれを持っていてくれ。これ以上私を苦しめないでくれ。私の気持ちもわかってほしい。さあ、着替えてくれ」

この悲惨な事件はもはや話題に上がらなかった。しかしクロチルドは服の下にネックレスをつけていた。それは好感を呼ぶ慎みであり、このとても繊細で、とてもきれいな小さな宝石は誰にも知られずに、彼女だけが肌の上に感じていた。しばしば二人だけの時にクロチルドはパスカルに微笑みかけ、素早くブラウスから真珠を取り出し、無言で彼に示して見せた。そして同じく素早い仕草で暖かな胸の上に戻し、うっとりと感動していた。彼女は当惑した感謝の気持ちと、いつでも鮮明なままの喜びの輝きを示しながら、彼にお互いの愚かなふるまいを思い出させた。彼女はもはや決してネックレスを外すことがなかった。

それ以後の生活は不如意なものだったが、それでも愛情にあふれていた。マルチーヌは家にあるものを正確に調べ上げたが、惨憺たる結果だった。期待できるのは、かなりの量があったジャガイモだけだった。不運にも油壺の中身はなくなりかけていて、最後のワイン樽も同様に尽きかけていた。スレイヤードにはもはや葡萄の木もオリーブの木もなく、いくらかの野菜とわずかな果物が育っているだけで、梨は熟しておらず、葡萄棚の葡萄が唯一のご馳走になりそうだった。ついには毎日のようにパンと肉を買わなければならなかった。だから最初の日から女中はパスカルとクロチルドに言い含め、昔からの甘味類、クリームや菓子をなくし、料理をぎりぎりまで減らした。彼女はかつての完全な権威を取り戻していて、二人を子供のように扱い、二人の希望や好みを考えることさえしなかった。献立を決めるのは彼女であり、必要なものを一番よく知っていて、さらに母親のように二人のことを限りなく気を配って世話をし、少ない金からいまだ二人にゆとりを提供するという奇跡をやってのけ、時々怒るのは二人のためであり、スープを飲みたくないという子供を叱るようだった。彼女はこの風変わりな母性、この最後の犠牲、この幻想の平穏によって二人の恋人たちを包みこみ、自分自身もそれなりに充たされ、陥っていた隠然たる落胆から救われていた。このように二人の世話をすることになってから、彼女は独身者特有の修道女のような自分の小さく白い顔、穏やかな灰色の目を思い出した。ずっとジャガイモ、野菜にまぎれて見えない四スーの小さな骨付きあばら肉を出し続け、家計に負担を与えず、何日かはクレープを出せるまでになり、彼女は勝ち誇り、二人と笑みを交わした。

パスカルとクロチルドはとても仲睦まじく、女中がいない時は彼女をからかってさえいた。彼女の吝嗇ぶりについての古くからのからかいが再び始まり、胡椒をあまりにも多く皿に振りすぎるので、節約するために、彼女はその粒を数えたと強調した。油気のないジャガイモや一口分に減らされた骨付きあばら肉が出ると、二人は素早く目線を交し、彼女が出ていくのを待ちながら、ナプキンの中で笑いをこらえていた。二人はすべてを楽しみ、悲惨さも笑いの種にしていた。

最初の一ヵ月の終わり頃、パスカルはマルチーヌの給金のことを思い出した。それまではいつも彼女が握っていた家の財布から四十フランを引き出していた。

「ところであなたの給金はどうしたらいいだろうか？　もうお金がないのだ」と彼はある晩、彼女に言った。

彼女はしばし身動きもせず、目線を床に落とし、茫然とした様子だった。

「わかっています！　旦那様、いつまでも待ちますわ」

しかし彼女がすべてを言っておらず、取り決めを結ぼうと考えていて、それをどのように申し出たらいいかわからないでいるのを察していたので、彼は彼女に促した。

「それでは、もし旦那様が同意して頂けるなら、書類に署名して下さい」

「どういう書類なのだ？」

「はい、旦那様が毎月四十フランを払うという書類です」

すぐにパスカルは書類を作って渡すと、彼女は非常に喜び、まるで本物のお金であるかのように丁寧にしまった。これは目に見えて彼女を安心させた。だがこの書類は博士とその伴侶にとって、新たな驚きとからかいの種となった。それにしても、金とはある人たちにとって何という並外れた力を持っていることだろうか？　この老女は二人に跪いて仕え、とりわけ彼を崇拝し、自分の命すら捧げようというのに、こんな愚かな保証書を手に入れても、もし彼が払えなければ、何の価値もない紙屑でしかないのだ！
それでもパスカルもクロチルドもそれまで感心なことに、不幸の中にあっても平穏さを保っていた。というのも二人は不幸を感じていなかったからだ。二人は世間から隔絶し、幸せで愛情豊かな国に暮していた。食卓にいても食べているものに無頓着で、王侯のようなご馳走が金の皿で出されているのだと夢想できた。二人の周りでの募っていく貧窮、残り物を食べ、腹を空かしている女中に気づいていなかった。そして二人は何もない家を、絹が張りめぐらされ、富にあふれる宮殿を横切るかのように歩き回った。間違いなく、二人の恋人にとって最も幸せな時期だった。部屋の中が世界であり、曙色の古いインド更紗がめぐらされた部屋で二人は抱き合い、果てることない無限の幸福を味わい尽すのだった。さらに仕事部屋には過去の大切な思い出が残っていたので、昼間はそこで過ごすほどで、とても長く一緒にここで暮してきたことの喜びに包まれ、部屋はまるで豪奢な布に覆われているかのようだった。そして外に出ると、スレイヤードのあらゆる片隅にまさに夏が訪れ、青々と茂り、まばゆく輝いていた。朝はかぐわしい松林の並木道に沿って、昼は泉の歌声がさわやかな、プラタナスの作る濃い木陰の下を、夜は涼やかな高台を、あるいはまたまだ暑さが残っていて、最初の星々のかすかな青い光を浴びた麦打場を、二人はうっとりして散歩し、貧しい生活の中でただ常に一緒に暮らすことだけを願い、それ以外のことはまったく気にもしていなかった。大地は二人のものだった。その宝も、その祝祭も、その至高の力も二人のものだった。

しかし八月の終わり頃、また状況が悪化した。関係も義務も仕事もないこの生活の中にあって、二人は時々不安な思いに目覚めていた。楽しくはあったが、ずっとこのような暮らしをすることはできないし、よくないことだと感じていた。ある晩、マルチーヌがもはや五十フランしかなく、ワインを飲むのを止めても、これから二週間は苦しい暮らしになるだろうとはっきりと言った。それに知らせは深刻で、公証人のグランギロは明らかに支払い能力がなく、個人の債権者たちは一スーも受け取っていなかった。最初は失踪する時に公証人がやむなく残していった家と二つの農場をあてにしていた。しかし今になって明らかになったのは所有権が彼の妻の名義になっていることだった。噂によれば、彼がスイスで山々の景勝を楽しんでいる間、妻は農場の一つに陣取り、権利を行使し、とても平静に、自分たちの破産というわずらわしさを回避していた。大混乱のプラッサンでは、妻が放蕩を黙認し、夫が二人の愛人を大きな湖のほとりへ連れていくことまで許していたと噂されていた。ところがパスカルはいつもの無頓着さで、自分の事情について話すために検事に会いにいこうともせず、人から聞かされることで充分であり、このような醜聞をはやしたてることに何の意味があるのかと不思議に思っていた。まともに役立つことは何も引き出せそうにないのだから。

その時スレイヤードでは前途が明らかに多難になっていた。暗鬱な貧困が間近にあった。だから実際にとても賢明なクロチルドが最初に心配しだした。パスカルがいる時は快活な陽気さを保っていた。しかし女性の細やかさから彼よりも先行きが見え、少しの間でも彼がそばから離れると真の恐怖に落ちこみ、先生の年でこれほど大変な家庭をしょいこんだらどうなってしまうだろうかと自問した。数日の間、働いてお金を稼ぐという計画、パステル画でたくさんのお金を稼ぐという計画が密かに彼女の頭を一杯にした。彼女の独特で個性的な才能はたびたび称賛されていたので、彼女はマルチーヌに打ち明け、ある日、空想の花束の絵を何枚か、パリのある画家と親類だと言われていたソヴェール大通りの絵具商のところへ見せにいかせた。プラッサンではどれも展示せず、すべてを遠くへ送るというのが絶対条件だった。しかし結果は惨憺たるもので、絵具商は奇妙な想像力、様式にとらわれない激しさを前にして尻ごみし、絶対に売れないと断言した。彼女は落胆し、大粒の涙が目に浮かんだ。自分は何の役に立てるのだろうか？　何の役にも立てないということは悲しくも恥ずかしかった！　だから女中は彼女を慰めなければならず、女性というものはきっと働くようには生まれついていないのです、よき香りを発する庭園の花々のように育つ女性もいれば、一方で粉にされ、人を養う大地の麦のような女性もいるのですと説明した。

しかしマルチーヌは博士にもう一度患者を診ることを決心させるという別の計画を思いめぐらせていた。マルチーヌはようやくクロチルドにそのことを話したが、彼の伴侶はすぐに問題点を上げ、このような企てはほとんど金銭的に成立しないと言った。ちょうど前の日の夜、彼女はパスカルとそのことを話していた。彼も心配し、救済の唯一の可能性として、働くことを考えていた。診察室を再開するという考えが最初に浮かんだ。しかし彼はずっと昔から貧しい人々のための医者だったのだ！　すでに何年もあえて診療代を要求したことがなかったのに、どうして支払いを要求できるだろうか？　それに自分の年で再び開業するのは遅すぎるのではないか？　それに彼について馬鹿げた噂が流れ、半ば狂った天才という伝説が作られている。患者は見つからないだろう。無理に試してみても無残なことになるだろう。間違いなく心を痛め、得るものは何もないだろう。だからクロチルドはマルチーヌに反対し、懸命に彼女を思いとどまらせようとした。するとマルチーヌはそれが正しいと思い、あまりにつらい悲しみをもたらすような危険を冒すべきではないと叫んだ。だが話をするうちに、新しいアイディアが芽生え、戸棚の中に昔の帳簿を見つけたことを思い出した。かつて彼女はそこに博士の往診先を書きとめていた。多くの人々が一度も診療代を払っておらず、その人たちのリストが帳簿の丸二ページを占めていた。今では私たちが困っているのだから、この人たちに払ってしかるべき金額を要求できないだろうか？　これなら、いつも訴えることを拒んできた旦那様に内緒でやることができる。そして今度はクロチルドが彼女に賛成した。願ってもない計画だった。彼女も債権証書を集め、勘定書をそろえ、女中が持っていくことになった。しかし彼女はどこでも一スーも手に入れられず、どの家でも、考えてみましょう、先生のところへ伺いますという返事が戻ってきた。十日間が過ぎたが、訪れる者はなく、家にはもはや六フランしかなく、これではあと二、三日しか生きられなかった。

その翌日マルチーヌはかつての患者の家へ新たに伺い、手ぶらで帰ってきて、クロチルドを脇へ呼び、バンヌ通りの隅でフェリシテ奥様と話をしてきたと語った。フェリシテは間違いなくマルチーヌを見張っていたのだ。彼女は依然としてスレイヤードに足を踏み入れていなかった。息子を襲っている不幸、町中で話されている突然の金銭の損失でさえ、和解のきっかけとはならなかった。それでも彼女は情熱に身体を震わせながら待っていて、厳格な母親という態度を崩さないのも、数々の過ちを許してやらないのも、最後にはパスカルを自分の思いのままにできると確信し、いずれ息子は自分に援助を求めざるを得なくなると見こんでいたからだった。一文無しになり、訪ねてきたら、自分の条件を述べ、あの子にクロチルドとの結婚を決心させよう。もっとうまくいけば、さらにクロチルドを発たせてしまうことを要求しよう。しかし数日が経ったが、彼はやってこなかった。だから彼女はマルチーヌを呼びとめ、憐憫を顔に浮かべ、少しも自分の財布に頼ろうとしないことに驚いている様子をつくろい、自尊心のために自分から申し出られないのだということを理解させようとしたのだった。

「あなたがこのことを旦那様にお話になって、決心させて下さい」と女中は締めくくった。「実際、どうしてお母様に頼らないのでしょうか？　まったく自然なことなのに」

クロチルドは憤慨した。

「ああ、だめよ！　こういう同情には賛成できない。先生は怒るだろうし、それは正しいわ。お祖母さんのパンを食べるくらいなら、先生は飢え死を選ぶはずよ」

そして翌々日の晩の夕食の時、マルチーヌはゆで肉の残りを給仕しながら二人に予告した。

「旦那様、もうお金がありません。これからは、肉なしでやっていかなければなりません。ここ三週間私は水を飲んできました。明日からは油もバターもなく、ジャガイモだけです」

二人はおもしろがり、またからかった。

「でも塩はあるんだろう？」

「ああ！　それはもちろんです、旦那様。まだ少しはあります」

「よし、ジャガイモと塩。お腹がすいていればそれで充分だ」

彼女が台所に戻ると、二人は小声で、また彼女の並外れた吝嗇ぶりをからかった。彼女は二人に十フランでも前貸ししようと一度も申し出たことなく、誰も知らないどこか安全な場所に自分のささやかな宝物庫を隠していた。しかし二人は彼女を笑いの種にするだけで、恨んでいなかった。というのも彼女がそのことを考えるはずもなかった。そこまでして二人に仕える理由はなかったからだ。

だがその晩、横になると、パスカルはクロチルドが熱っぽく、不眠に苦しんでいるのを感じた。生暖かい闇の中で、いつもと同じように腕を絡ませながら、彼は彼女に打ち明けるように言った。彼女はあなたのこと、自分のこと、家全体のことが不安なのだと言い切った。まったくの一文無しで私たちはどうなってしまうのかしら？　一瞬彼女は彼に母親のことを話しそうになった。しかし口にはせず、マルチーヌと自分が試みた奔走について白状するにとどめた。昔の名簿が見つかり、勘定書を集めて送り、至るところでお金を請求したけれど、無駄に終わったのです。別の状況だったら、彼はこの告白に大きな悲しみと怒りを覚えたことだろう。自分に内緒でやったこと、自分の医者としての態度に反する行動に傷つけられたことだろう。最初とても感動してしまい、彼は言葉に出せないでいた。それは彼が窮乏に対する表向きの無頓着の裏で、どれほどの苦悶を秘めていたのかを証明するに充分だった。そして彼はクロチルドを自分の胸に激しく抱きしめ、彼女を許し、君の行為は正しいし、このような状態ではもはや長く暮らしていけないとついに言った。二人は話すのを止めたが、彼女は彼が眠っておらず、自分と同じように、必要な生活費を手に入れる方法を探しているのを感じていた。これが二人の最初の不幸な夜、互いに深く苦しんだ夜で、彼女は彼の苦しみに悩み、彼の方は彼女がパンさえ事欠く状況にいるのだと思うと堪えられなかった。

翌日の朝食の時、二人は果物しか食べなかった。午前中博士はずっと無言のままで、明らかに葛藤に悩まされていた。そしてついに三時頃になって彼は決断した。

「さあ、行動しなければいけない」と彼は伴侶に言った。「今晩も君を絶食させたくない……帽子をかぶりなさい、一緒に出よう」

彼女は彼を見つめ、考えあぐねていた。

「そうだ、私たちにお金を返すべき人がいて、君たちには払いたくないというなら、私が出向いて行こう。私にも払わないものなのか見てこよう」

彼の手は震えており、このように何年も経ってから支払いを求めるという考えは彼にとって恐ろしく辛いものにちがいなかった。だが彼はぎこちない微笑みを浮かべ、勇敢さをよそおった。彼女は彼のたどたどしい声に深い犠牲の心を感じ取り、激しい感情を覚えた。

「だめ、だめよ！　先生、行ってはいけない。大きな悲しみをもたらすことになるわ……マルチーヌがまた行ってくれるわ」

しかし女中はその場にいて、クロチルドとは反対で、旦那様に大いに賛成した。

「そうですよ！　だって、どうして旦那様が行かれないのですか？　払ってもらうべきものを請求するのは恥ずかしいことではありません……そうではありませんか？　当然の権利です……旦那様が直々にあたり、求めるというのは、私はとてもよいことだと思います」

そして昔と同じく至福の時間に、老王ダビデはアビシャグの腕にすがって外出した。パスカルは時々冗談にそう名乗っていた。二人はまだぼろをまとうほどではなく、彼はいつものフロックコートでボタンをきっちりとめ、彼女は赤い水玉模様の布地のかわいらしい服を着ていた。しかし貧困の思いがおそらく二人を消沈させ、自分たちはもはや二人の貧者にすぎないと思いこませ、人目につかないように、ひっそりと家沿いを急いだ。日当たりのよい通りはほとんど人気がなかった。視線を向けられると二人は窮屈な思いがした。だが二人は歩みを速めなかった。それほどまでに二人の心は締めつけられていた。

パスカルは元役人のところから始めるつもりだった。彼の腎臓病を治療したことがあったからだ。パスカルはソヴェール大通りのベンチにクロチルドを残し、家の中に入っていった。それでも彼がとても安堵させられたことに、元役人は彼の要求に気づき、十月に年金が入るから、その時に払うつもりだと説明した。七十歳になる中風の老夫人のところでは異なる対応だった。彼女は勘定書を持ってきた女中が丁重ではなかったと怒っていた。彼はすでに謝罪し、好きな時に払ってくれればよいと申し出た。それから彼は四階の税務署員のところへ上がっていったが、彼はまだ苦しんでおり、同じように貧乏で、あえて要求を口にすることさえできなかった。その次には小間物商の女、弁護士の妻、油商人、パン屋と裕福な人々のところを回った。するとすべての人が要求をつき返し、言い訳するものもいれば、居留守をつかう者もいた。しらを切る者さえいた。あとはヴァルケイラス侯爵夫人が残っていた。彼女は非常に古い家柄の唯一の相続人で、かなり裕福なのに有名な吝嗇家で、寡婦で十歳になる娘と一緒だった。彼が彼女を最後まで残しておいたのは、彼女がとても苦手だったからだ。彼はついにソヴェール大通りの下手にある彼女の古風な館の呼び鈴を鳴らした。大邸宅で、マザラン時代の建物だった。そして彼はその館に長い間とどまっていたので、木々の下を行ったり来たりしていたクロチルドは不安に捉われた。やっと彼が姿を現したのはたっぷり三十分経ってからのことで、彼女は安堵して軽口をきいた。

「ねえ、どうだったの？　侯爵夫人は小銭をもっていなかったのかしら？」

だが侯爵夫人のところでも、彼は何も受け取れなかった。彼女は小作人たちがまだ払わないのだと不平をもらした。

「考えてごらん」と彼は長くかかった訳を説明しようと続けた。「女の子が病気だったんだ。腸チフスの初期症状ではないかと心配になった……それで彼女が娘を見せたので、このかわいそうな女の子を診察したんだ……」

抑えきれない微笑みがクロチルドの唇に浮かんでいた。

「それで処方箋を置いてきたの？」

「もちろんだ。それ以外にできることがあるかい？」

彼女がとても感動してまた彼の腕を取ると、彼は自分の腕が彼女の胸の上で強く抱きしめられるのを感じた。しばし二人はあてもなく歩いていた。訪問は終わり、あとは手ぶらのまま家に帰るだけだった。しかし彼は抗い、何とかして家で二人を待ち受けているジャガイモと水以外のものを彼女のために手に入れたかった。再びソヴェール大通りを上り、新しい町のところで左に曲がった。不幸が激しく襲いかかり、二人をさまよわせているかのようだった。

「聞いてくれ」と彼がようやく言った。「私に考えがある……ラモンに頼めば、喜んで千フランは貸してくれる。今の厄介事が片づいたら返済できるだろう」

彼女はすぐには応えなかった。自分はラモンの求婚を断わったけれど、今では彼は結婚し、新しい町の家に居を定め、いずれ評判のよい医者となり財産を築くだろう！　とても直截な精神と忠実な心を備えた人物であることはわかっていた。彼が会いに来ていなかったのも、遠慮しているからにちがいなかった。出会ったりすると、とても驚いた様子で挨拶し、私たちの幸福を喜んでくれている！

「君はいやなのかい？」とパスカルは率直に訪ねた。もし機会があったなら、彼は若い医者に対して自分の家の事情も財布も心も打ち明けていたことだろう。

そこで彼女は急いで答えた。

「いいえ、平気よ！　私たちの間には友情と誠実さ以外のものはなかった。彼にはずいぶんひどいことをしたと思うけれど、彼は私を許してくれた……あなたの言う通りよ。私たちには他に友達がいない。頼めるのはラモンさんしかいないわ」

不運は二人につきまとっていた。ラモンはマルセイユへ診察に行っていて留守で、戻ってくるのは翌日の夜だった。二人を迎えたのはラモン若夫人であり、クロチルドの旧友で三歳年下だった。彼女は少し困った様子だったが、とても親切だった。しかし博士は当然頼みごとをせず、ラモンがいないのは寂しいと言って訪問の用向きを説明するにとどめた。

通りでパスカルとクロチルドはまたしても二人だけになり、途方に暮れた。今やどこへ行くべきなのか？　試みるべきことがあるのだろうか？　そして二人はあてもなく歩き始めるしかなかった。

「先生、あなたには言っていなかったけれど、マルチーヌがお祖母さんと会ったらしいの……」とクロチルドは思い切って呟いた。「ええ、お祖母さんは私たちのことを心配していて、困っているならどうして自分のところにこないのかと尋ねたそうよ……それに、ほら！　お祖母さんの家はあそこよね……」

実際に二人はバンヌ通りにいて、郡役場の広場の角が目に入った。だが彼は事情がわかると、彼女を黙らせた。

「絶対にだめだ、わかっているはずだ！　だから君も行ってはいけない。君がそんなことを言うのも、こんなふうに路上にいる私を見るのが悲しいからだろう。私も君がここで苦しんでいるのだと思うと悲しみで胸が一杯だ。けれども、ずっと後悔が残るようなことをするくらいなら、苦しんだほうがずっとましだ……私はやりたくない、私にはできない」

二人はバンヌ通りを離れ、古い地区に足を踏み入れた。

「見知らぬ人にすがるほうがずっとずっとましだ……おそらくまだ友達はいるだろう。だがみんな貧しい人たちなのだ」

そして諦めたダビデは施しを求め、アビシャグの腕にすがって歩み続け、老王は物乞いをしながら家から家へと訪ね歩いた。恋人たる臣下の肩にもたれかかり、彼女の若さだけが唯一の支えだった。六時頃になって、猛暑は収まり、狭い通りは人であふれていた。それにこの民衆の地区で二人は愛されており、挨拶と微笑みに迎えられた。歓迎の気持ちの中には同情が少し混じっていた。誰もが二人の破産を知っていたからだ。しかしこれほど途方に暮れているのに、二人の美しさはさらに発揮され、彼は純白で、彼女は金色に輝いているようだった。二人は決して頭を垂れず、輝かしい愛を誇り、一体となって強く結びついているのを感じさせた。だが不幸に襲われていたので、彼自身は動揺していたが、彼女が健気な心で彼を立ち直らせていた。ポケットに金を入れた作業服姿の職人たちが通り過ぎた。困っている人々に与えられる施しさえも、二人には与えられなかった。カンクワン通りで二人はギロードの家に立ち寄るつもりだった。だが彼女は前の週に亡くなっていた。それから二箇所訪ねたが、うまくいかなかった。今ではどこかで十フラン借りることを願い、すでに三時間も町を歩き回っていた。

ああ、これがプラッサンなのだ！　ここはソヴェール大通り、ローマ通り、バンヌ通りによって三つの地区に分かれていた。このプラッサンでは窓が閉め切られ、太陽に色褪せ、死んだような表情をさらし、この停滞の中にクラブと遊びの夜の生活を隠していた。彼らは重い足取りで、この猛暑の八月の黄昏時にこの町を三度も横断したのだ！　通りでは山間の村々へと向かう古びた乗合馬車が馬を外して待っていた。そしてプラタナスの暗い木陰にあるカフェの店先では客たちが朝の七時からそこに集い、微笑みを浮かべて二人を眺めた。同じように新しい町の召使たちも豪奢な家の戸口に冷淡な様子で突っ立ち、それに比べれば、友好的な沈黙を崩さない古い邸宅のあるサン＝マルク地区の人気のない通りにはまだ同情があった。二人は古い地区の突き当たりで引き返し、サン＝サチュルナン大聖堂まで行った。教会参事室の庭は後陣で日陰になり、心地よい静かな場所だったが、そこにいた貧者が施しを求めて二人を追い回した。駅のそばには多くの家が立ち並んで新たな郊外が生まれつつあり、二人はそこへ赴いた。そして二人は最後に群役場の広場まで戻ってきた。突然希望に目覚め、誰か金を貸してくれそうな人に出会うだろうという思いにたどりついたのだった。だが二人がしっかりと結びつき、美しげなのを見ると、町の人々はいつも微笑みを浮かべ、貸すことはできないと許しを乞うのだった。ヴィオルヌ河の河原ではとがった砂利が二人の足を傷つけた。だからついに二人は手ぶらでスレイヤードに帰るしかなかった。物乞いをする老王と柔順な臣下は二人だけで、若さを開花させているアビシャグは、年老い、財産を奪われ、虚しく道々を歩き回り疲れ果てたダビデに付き添っていた。

八時だった。マルチーヌは二人を待っていたが、今晩は何も料理するものがないことを理解した。彼女はすでに夕食をすませたと言い張った。女中は調子が悪そうだったので、パスカルはすぐに寝るように言った。

「あなたがいなくても大丈夫よ」とクロチルドが繰り返した。「ジャガイモは火にかかっているし、私たちでやるわ」

女中は渋々応じた。彼女は口の中で呟いていた。食べるものもないのに食卓についてどうするのか？ そして部屋に引きこもる前に言った。

「旦那様、もうボノムにあげるオート麦がありません。それと様子がおかしいので、旦那様が見てやって下さい」

パスカルとクロチルドはすぐに不安に捉われ、馬小屋へ行った。老馬は確かに敷き藁に寝そべりまどろんでいた。四肢がリューマチにおかされていたので、六ヶ月前からもう外に出していなかった。そして完全に盲目になっていた。なぜ博士がこの老いた動物を生かしておくのか誰にも理解できず、マルチーヌまでが、お願いですから、楽にしてやって下さいと言っていた。だがパスカルとクロチルドは強く反対し、あたかもさっさと死んでくれない老親の息の根を止めよと言われたかのように興奮していた。だめだ、だめだ！ 二十五年以上も仕えてくれたんだ。いつも正直に仕えてくれた彼にふさわしい、美しい死をこの家で迎えさせてやるのだ！ そしてこの晩、博士は厭うことなく彼を丁寧に診察した。馬のひずめを持ち上げ、歯を観察し、心音を聞いた。

「いや、悪いところは何もない」と彼は最後に言った。「ただの老衰だ……ああ！　かわいそうな老馬、もう一緒に道を駆けることもないのだ！」

オート麦がないのかと思うとクロチルドは苦しかった。しかしパスカルが彼女を安心させた。もはや働いていないし、このような老馬にはほとんど食べ物は必要ないのだ！　その時彼女は女中がそこに積み上げておいた草を一握りつかんだ。すると二人にとって喜ばしいことに、ボノムはまったくの親愛の念から、彼女の手の中の草を食べたがった。

「ああ！」と彼女は笑みを浮かべながら言った。「でもまだ食欲はあるのね。私たちを心配させないでちょうだい……お休み！　よく眠るのよ！」

そして二人はいつものように馬の鼻の左右に接吻し、まどろむ彼を残して馬小屋を出た。

夜になり、二人は何もなくなった家の階下にとどまることを止めようと思った。すっかり戸締まりし、夕食を上の部屋へ持っていくことにした。彼女は快活にジャガイモの皿と塩、新鮮な水の入った水差しを運んだ。彼は葡萄の入った籠を受け持った。葡萄棚から今年最初に収穫した早生の葡萄で、テラスの下で実ったものだった。二人はドアを閉め、小さなテーブルを整え、ジャガイモを真ん中にして、塩入れと水差しをその周りに置き、葡萄籠はそばに寄せた椅子の上にのせた。夢のような晩餐で、マルチーヌがどうしても返事をしようとしなかった頃、二人が結ばれた翌日に食べたすばらしい朝食を思い出させた。二人だけになり、自分たちで給仕し、身を寄せ合い、同じ皿から食べることに二人ともあの時と同じようにうっとりとしていた。

この晩、二人は何とかして避けようとした貧窮のどん底にあったが、生きることの最も魅惑的な時間は保たれていた。部屋に入り、馴染んだ大きな部屋の中に落ち着くと、二人が歩き回ったばかりのあの冷淡な町から数百キロは遠ざかったように思われ、悲しみも恐れも消え、無益に歩き回って途方に暮れた辛い午後の記憶までもが薄れた。自分たちの愛と関係ないものにはまたしても無頓着になり、貧しいことや明日になって夕食をするために誰か友人を探さなければならないことはもはや頭になかった。二人でいて、考えられる幸福のすべてを味わうだけで充分なのに、どうして貧困を恐れ、それほどまでに苦しむのだろうか？

それでもやはり彼は不安になった。

「ああ！ 私たちはこの夜をとても恐れていた！ こんなに幸せでいいのだろうか？ 明日はどうなるのだろうか？」

しかし彼女は小さな手を彼の口に当てた。

「いいえ、同じだわ！ 明日も愛し合うのよ、今日愛し合っているように……私のことを心から愛してほしいの。私があなたを愛するように」

これほど楽しい気持ちで食事をしたことはなかった。彼女は頑丈な胃袋をもった健康的な娘の食欲を見せ、笑みを浮かべながらジャガイモを口いっぱいにほおばり、見かけだけの大御馳走よりはるかにおいしいと言った。彼も三十歳の男のような食欲を取り戻していた。新鮮な水の一杯が神々しく思えた。そしてデザートの葡萄を喜んだ。葡萄の房はとてもさわやかで、太陽が染め上げた大地の血だった。二人は大いに食べ、水と葡萄に、とりわけ陽気さに酔っていた。これほどの晩餐は思い出せなかった。あの最初の朝食には豪華にも骨付きあばら肉にパンとワインがあったが、このような陶酔、この生きることの幸せはなかった。一緒にいるだけで歓びに充たされ、陶器は金の食器に変わり、貧しい食べ物は天上の食事に変わり、神々すら味わったことがないようなものだった。

完全に夜も更けていたが、ランプもつけず、充ち足りてすぐにベッドに入った。しかし窓は広大な夏の空に向かって大きく開かれたままで、いまだ燃え立つような夜風が入り、遠くからラヴェンダーの香りを運んできた。地平線には月が昇ったばかりで、広大な満月で、部屋中を銀色の光で包み、二人は夢の明るさの中にいるかのようで、限りなく優しげな輝きに照らされたお互いの姿を見るのだった。

そして彼女は腕も首も胸も露わし、彼に与えていた饗宴を華やかに終えると、自らの肉体を王にふさわしい贈り物として捧げた。昨夜、二人は初めて不安に震え、脅かすような不幸が近づいていることに本能的な恐怖を感じていた。しかし今ではまたしても自分たち以外の世界は忘れ去られたかのようで、まるで優しい自然がこの上ない至福の夜を二人に与え、自分たちの愛と関係ないものを遮断していた。

彼女は両腕を拡げ、身をゆだね、すべてを捧げた。

「先生、先生！　私はあなたのために働きたかった。でも私は何の役にも立たない召使で、あなたが食べるパン一口さえ手に入れられなかった。私はあなたを愛し、自分を捧げ、あなたを一時でも喜ばすことしかできない……でも先生、私はあなたの喜びとなれるならそれで充分だわ！　私を美しいと思ってくれるのが、どんなにうれしいことかわかってほしいのよ。だってその美しさを私はあなたに贈るのだから。私にはそれしかない。でもあなたを幸せにできるのだから、私はとてもうれしいのよ」

彼は喜びにあふれて彼女を抱きしめ、囁いた。

「ああ！　本当に美しい！　君はこの上なく美しく、私の欲望を誘う！　私はあんな下らない宝石で君を飾り立てたけれど、金も宝石も、君の繻子のような肌に及びもつかない。爪のひとつ、髪の毛一本が計り知れない宝なのだ。私は心をこめて、君の瞼に何度も接吻しよう」

「ねえ先生、聞いて。私がこんなにうれしいのも、あなたが年上で私が若いからよ。だから私の肉体という贈り物をいっそう喜んでもらえるのよ。あなたが私と同じくらい若かったら、私の肉体という贈り物に対して、あなたの喜びは少なく、私の幸せも小さいと思う……自分の若さと美しさがあなたのためだけにあることを誇りに思っているわ。それをあなたに贈ることができて本当に満足しているのよ」

彼は大きな震えにとらわれ、目は潤み、これほど美しく、かけがえのない彼女がまさに自分のものなのだと感じていた。

「君が私を若返らせ、力あふれる先生にしてくれた。君は私にあらゆる富を贈り、どんな男の心をも充たす神々しい快楽を注ぎこんでくれた」

彼女はさらに身をゆだね、血管を流れる血までも捧げていた。

「それなら先生、私を受け取って。私はあなたの中で消え失せ、なくなってしまいたい……私の若さを受け取って、すべてをただ一度の接吻の中で受け取って。すべてを一息に飲み干し、すべてを味わい尽くして。そしてあなたの唇には蜜が少しだけ残るのよ。あなたは私を幸せにし、私もあなたに感謝する……先生、私の唇を受け取って、その若々しさを。私の吐息を受け取って、その清らかさを。私の首を受け取って、接吻する口に与えるその甘やかさを。私の手を受け取って。私の足を受け取って。私の身体のすべてを受け取って。やっと開き始めたその蕾を、繊細な繻子の肌を、あなたを陶酔させる香気を……ねえ！　先生、私がかぐわしい花束なら、私を吸いこんでほしい！　私が新鮮でおいしい果実なら、味わってほしい！　私の果てしない愛撫の中にずっといてほしい！　私はあなたのもの、あなたを喜ばせるためにあなたの足元に生えた花、あなたを蘇らせるために流れる水、あなたを若返らせるために沸立つ樹液。だから先生、私という存在はあなたのもので、そうでなければ、何者でもないのよ！」

そして彼女は身をゆだね、彼は受け取った。この時、彼女のすばらし裸体を月光が照らしていた。彼女はまさしく永遠の春の女性の美しさを体現しているかのようだった。彼はこれほど若々しく、純白で、神々しい彼女を見たことがなかった。だから彼は自らの身体を贈る彼女に感謝していた。あたかも彼女が大地の宝すべてを与えてくれたかのように。自らを捧げ、生命の波を与える若い娘の贈り物に並ぶものなどありえないのだ。きっと子供を授けてくれるだろう。二人は子供のことを思い描き、彼女がもたらした王たちすら羨むであろう若さの饗宴の中で、子供が生まれた時の幸福を募らせるのだった。

第11章

しかし翌日の夜から再び不安で眠れなくなった。パスカルもクロチルドも自分の苦しみは口にしなかった。そして暗闇の悲しげな部屋の中で、何時間も身を寄せ合って眠った振りをしながら、二人とも悪化していく状況を考えていた。自分の苦悩は忘れ、相手のためにひどく心配していた。借金に頼るしかなく、マルチーヌはつけでパンやワイン、少量の肉を買い、嘘をつかざるをえないことが恥ずかしくてたまらず、大いに辛抱を重ねていた。というのも誰もが家の破産を知っていたからだ。博士にはスレイヤードを抵当に入れるという考えがすぐに浮かんだ。ただこれは最後の手段で、もはやこの約二万フランと見積もられる地所しかなく、売却しても手に入るのはおそらく一万五千フランだった。だがその金がつきれば路頭に迷うことになり、頭を休める石すらなくなるだろう。だからクロチルドは思いとどまるように頼み、状況が絶望的にならない限り、取り返しのつかない取引をしないようにと言った。

三、四日が過ぎた。九月に入り、運の悪いことに天候が崩れていた。大型の嵐があり、この地方に被害を与え、スレイヤードの壁も倒壊して立て直すことができないほどで、完全に倒れ、大きな裂け目ができていた。すでにパン屋は無愛想になっていた。そしてある朝、老女中はポトフを出しながら肉屋が最低の肉を寄こしたと泣いて言った。さらに数日が経ち、つけがきかなくなってきた。日常の細かい出費のために算段し、どうしても方策を見つけなければならなかった。

月曜になり、苦悶の一週間が再び始まったようで、クロチルドは朝の間ずっと悩んでいた。内面的葛藤に襲われているようで、決心を固めたのは朝食の時で、パスカルが残っていた自分の分の牛肉を断わるのを見てからのようだった。そしてとても落ち着き払い、決然とした様子で彼女はすぐにマルチーヌと一緒に出かけた。彼女はマルチーヌの籠の中にそっと小さな包みを入れていた。布切れで支払ってみるつもりでいると彼女は伝えていた。

二時間後に彼女は戻ってきたが、顔色が悪かった。だが大きな目は澄みきって曇りがなく、輝いていた。すぐに博士のそばへ行き、正面から見つめ、告白した。

「あやまらないといけないわ、先生。私はあなたの言うことを破ったし、きっとあなたにはとてもつらいことだと思うの」

彼は訳がわからず不安になった。

「一体何をしたんだ?」

静かに目をそらさず、彼女はポケットから封筒を出して紙幣を取り出した。突然にひらめき、彼は叫んだ。

「ああ、何てことだ!　宝石が、贈り物が!」

そして彼はいつもあれほど善良で優しいのだが、苦しみからくる怒りを湧き上がらせていた。彼女の両手をつかみ、荒々しいばかりに紙幣を持っていた指を締めつけた。

「何てことだ!　君は何ということをしたのだ!　君は私の心を売ったのだ!　あの宝石の中には私

たちの心が宿っていたのに、君はそれを売りにいって金に換えたんだ！　私が贈った宝石、私たちが過ごした最も神々しい時の思い出なんだ。君だけの宝なのに、君はそれを返して、換金することを私が望んでいるとでも思ったのか？　そのことが恐ろしい悲しみを私に与えると考えなかったのか？」

穏やかに彼女は答えた。

「それなら、先生、考えてもみて下さい。私たちはパンすらもない哀れな状況にいるのよ。放っておくことが私にできるかしら？　指輪や首飾りや腕輪を持ちながら、引き出しの奥で眠らせているというのに。それに私の全存在が憤りを発していたわ。これ以上宝石をしまっておいたら、私は自分のことを吝嗇家やエゴイストだと思うようになってしまう……手放すのがつらいことだとしても、ええ、そうよ！　白状するわ、とてもつらいことだったわ。勇気が挫けそうになったわ。でも私はいつもあなたの言うことを聞き、あなたを愛する女性として、やらなくてはいけないことを実行したのだと確信しているわ」

そして彼が彼女の手をゆるめなかったので、彼女の目には涙が浮かんでいた。彼女は同じ優しい声で、軽く微笑みながら付け加えた。

「もう少しそっと握って。とても痛いわ」

すると彼も涙を浮かべ、顔を背け、深い憐憫の思いに捉われていた。

「私は野蛮だ。こんなふうに怒るなんて……君は正しいことをしたんだ。他にどうしようもなかったんだ。許して欲しい。でも装身具をまとっていない君を見るのはとてもつらいことだったのだ……君の手を貸してくれ。かわいそうな君の手を私が癒してあげる」

だから彼は優しく彼女の手を取った。接吻を浴びせながら、何もない繊細な裸の手を、指輪をはめていない手をいとおしく思っていた。今や彼女は安堵し、喜ばしげに内緒の外出にふれ、どのようにマルチーヌに打ち明け、二人で古いアランソン織りのブラウスを売った女の小売商人のところへ行ったのかを語った。果てしない検品と値段交渉を続けた後で、この女はようやく宝石すべてに対して六千フランの値をつけた。彼は再び絶望的な動作をこらえた。六千フランだって！　あれらの宝石はその三倍、少なくとも二万フラン近くはしたのに。

「でも聞いてほしい」と彼はついに言った。「このお金は受け取ろう。君の優しい心がもたらしたからだ。だがこれは君のものなのだ。誓って言うが、今度は私がマルチーヌ以上に吝嗇になる番だ。マルチーヌには生活に必要な小額しか渡さないし、残りの金はすべて整理机に入れておく。もう決して、足りないお金を君に補わせるようなことはさせない」

彼は座り、彼女を膝の上に乗せ、いまだ感動に打ち震えながら彼女を抱きしめていた。そして声を落とし、耳元で囁いた。

「ところで全部を売ってしまったのかい、本当に全部を？」

無言で彼女は少し身体を離し、愛らしい仕草で指先を胸元に入れた。赤面しながらも、彼女は微笑んでいた。ようやく彼女が細い鎖を引き出すと、七つの真珠が乳白色の星々のように輝いていた。そして秘められた肌がわずかに露出し、彼女の最も奥に秘められ、肌の上にとどめ置かれた宝石は新鮮な花束のような肉体の香気をかぐわしく放っているかのようだった。彼女はすぐに宝石を戻し、隠した。

彼も彼女と同じように赤面し、心に大きな喜びを覚えていた。だから彼女を激しく抱擁した。

「ああ！　君は何て優しいのだろう。私はどれほど君を愛していることか！」

それでもこの夜から、売られた宝石の記憶がまるで錘のように彼の心に残った。整理机の中の金は苦痛なくして見ることができなかった。迫りくる貧困、避けられない貧困が彼の胸を締めつけていた。さらに苦悶に充ちた嘆きがあり、六十歳という年齢を考え、女性に幸福な生活をさせてやれない自分が役立たずに思われ、永遠の愛という偽りの夢想にふけっていても、不安な現実に目覚めるのだった。いきなり彼は悲惨な思いに落ちこみ、自分の老いを強く意識していた。そのことが彼を凍りつかせ、後悔と自分に対する絶望的な怒りのようなものに包まれ、あたかもこれから先の自分の人生は悪しきものだと思うのだった。

そして彼の中におぞましい光が生じた。ある朝、一人でいる時に彼は手紙を受け取った。プラッサンの消印があり、封筒を調べたが、筆跡がわからないことに驚きを覚えた。この手紙には署名がなかった。最初の数行から彼は苛立ち始め、引き裂いてしまうところだった。それでも彼は身震いしながら座り、最後まで読むしかなかった。言い回しは完璧なまでに礼儀正しく、持って回った長々しい文句は節度と配慮にあふれていて、打ち負かすことを唯一の目的とする外交官の文句のようだった。手紙は正当な根拠を多くあげ、スレイヤードの醜聞があまりにも長く続いていることを示していた。もし熱狂ゆえの過ちであるなら、あなたほどの年齢にあり、あなたのような境遇にある男性は、若い親類の不幸につけこんで喰いものにし続けている自分を徹底的に軽蔑するところでしょう。あなたが彼女に対して振るってきた権威について知らない者はいないし、彼女があなたのために自らを捧げることを誇らしく思っているのは誰もが認めるところです。しかし彼女は老人を愛することはできないのであり、ただ憐憫と感謝の念だけを感じていることをあなたは理解すべきではないでしょうか？　今すぐこの老いらくの恋から彼女を解放しなければなりません。さもなくば彼女は妻にも母にもなれず、辱められ、落伍者とみなされることになるのではないでしょうか？　もはやあなたは彼女にわずかな財産を遺贈することすらできないのですから、手遅れにならないうちに、誠実な男性として振る舞い、彼女との別れを耐え忍び、彼女の幸福を確かなものにするべきでしょう。そしてこの手紙の結びに不品行は必ず罰されるという箴言が記されていた。

最初の数行で、パスカルはこの匿名の手紙が母親からきたものだとわかった。ルーゴン老夫人が口述したにちがいなく、彼女の声の抑揚まで聞こえてきた。しかし湧き上がる怒りの中で読み始めたが、最後に彼は蒼白になり、身震いし、おののきに捉われ、それが絶えず彼の中へ浸透していくのだった。手紙の言っていることは正しく、彼の不安を明らかにし、年老いて貧しいのに、クロチルドを引き止めているという彼の後悔を直視させた。彼は立ち上がり、鏡の前に長い間身を置くと、目は次第に涙で曇り、顔のしわや白い髭に絶望を覚えた。死のような寒気に凍りつき、今や別離は必然にして運命であり、避けられないものになるだろうと思うのだった。彼はこの思いを遠ざけていたので、受け入れることになろうとは想像もできなかった。だがそれでもこの思いは繰り返され、ずっとまとわりつき、愛と理性の葛藤に引き裂かれるだろう。涙も血も枯れ、諦めて受け入れることになる恐怖の夜まで続くだろう。現在は臆病であるが、いつか勇気を出して受け入れるのだと思うだけで身震いするのだった。だからまさしく終わりが近づき、取り返しのつかないことが始まっていた。彼は若いクロチルドのことを心配していたので、もはや彼の義務は彼女を自分から解放することだけだった。

そこで手紙の言葉や文句につきまとわれ、彼はまず自分を苛み、彼女は自分を愛しておらず、ただ憐憫と感謝の念を抱いているだけなのだと思いこもうとした。もし彼女が自分を犠牲にしていて、これ以上彼女を引き止めるのはただ自己の醜悪なエゴイズムを満足させるためだと確信できれば、別離を促してくれるような気がしていた。だが彼女を観察し、様々に試してみても、彼女はいつも同じように優しく、自分の腕の中で愛情を見せてくれた。彼はひどく恐れていた結末に反するこの結果に喜び、彼女がさらに愛しく思えるのだった。だから彼は何とかして別離の必然性を明らかにしようとし、その理由を検証した。数ヶ月前から自分たちが過ごしている生活、社会とのつながりも義務もなく、何の仕事もしないこの生活は間違っている。自分は大地の下のどこかの片隅で眠りにつくことしか考えていない。だが彼女にとって不都合な生活ではないだろうか？　怠惰になり、堕落し、意志を失ってしまうのではないだろうか？　自分は彼女を偶像に仕立て上げ、騒ぎになっている醜聞の中で堕落させている。そして突然彼は自分の死を思い浮かべた。彼女は一人残され、無一文で道端に投げ出され、軽蔑されるのだ。誰にも引き取ってもらえず、ずっと夫も子供もなく、道をさまようのだ。だめだ、だめだ！　これは罪だ。自分の残り少ない日々の幸せのために、このような恥辱と貧困だけを彼女に残すことはできない。

ある朝クロチルドは一人で近くに買い物へ出かけ、帰ってきた時は動揺し、蒼白になって震えていた。そして二階に上がると、パスカルの腕の中で気を失いそうになった。彼女は脈絡のない言葉を呟いた。

「ああ、何てこと！　ああ、何てことなの！　あの女の人たちは……」

彼は驚き、質問を浴びせた。

「どうしたのだ！　教えてくれ！　何があったのだ？」

その時、血の波が彼女の顔を赤く染めた。彼女は彼を抱き締め、彼の肩に顔を埋めた。

「あの女の人たちよ……私は木陰に入り、日傘を閉じようとして、運悪く子供を転ばせてしまったの……するとあの人たちはみんなで私を責め、ひどいことを叫んだのよ。ああ、ひどい言葉よ！　あんたには絶対に子供ができないって！　あんたみたいな女は子供を生めないって！　それに他にも言ったわ！　もっと他のこともよ。私が二度と口にできないこと、わかりたくもないようなことを！」

彼女はすすり泣いていた。彼は蒼白になり、慰めの言葉が見つからず、彼女と同じように涙を流しながら、激しく接吻した。情景が頭に浮かび、彼女が追い立てられ、汚らわしい言葉を浴びせられるのが見えた。そして彼は呟いた。

「私が悪いのだ。私のせいで君が苦しんでいる……ねえ、一緒にここを離れ、遠くへ、ずっと遠いところへ行こう。誰も私たちのことを知らないところへ、君を歓迎してくれるところへ、君が幸せになれるところへ」

だが健気にも彼女は力を振り絞り、彼が泣いているのを見て立ち上がろうとし、涙を抑えていた。

「ああ、こんな醜態を見せるなんて私は臆病者だわ！　あなたには何も言わないと固く心に決めていたのに！　それなのに、家に帰ってくると、あまりの悲しさに私の心からすべてがあふれてしまった……でも、過ぎたことだから悲しまないで……あなたを愛しているわ……」

彼女は微笑み、彼を優しく抱擁し、まるで絶望して苦しんでいる者を眠らせるかのように接吻を返した。

「あなたを愛しているわ。あなたを愛しているから、何があっても私は慰められるのよ！　この世にはあなたしかいない。だからあなただけが大切なの！　あなたはこんなに優しくて、私を幸せにしてくれるのだから！」

それでも彼は涙を流し続け、彼女もまた泣き出し、悲しみは長い間つきることなく、苦悩の中で、接吻と涙が混ざり合っていた。

一人になると、パスカルは自分が忌わしかった。彼はこれ以上愛するこの子を不幸にすることはできなかった。そしてその日の夜、決定的なことが起こり、ついに結末をもたらした。その時まで彼が模索しながらも、直視することを恐れていたものだった。夕食の後、マルチーヌはひどく秘密めかして彼を脇へ連れていった。

「フェリシテ奥様とお会いしたのですが、この手紙を旦那様に渡すようにと仰せつかりました。そして奥様がおっしゃるには、自分がここに来ることは差し障りがあるので、自ら手渡せなかったとのことです……奥様は旦那様にマクシム様の手紙を返送し、お嬢様の返事を知らせてほしいとのことです」

それは確かにマクシムの手紙だった。フェリシテは手紙を受け取ったことを喜び、貧困から息子は自分に降伏すると待っていたが、何も言ってこなかったので、効果的な手段として利用したのだった。パスカルもクロチルドも彼女に救いや助けを求めにこなかったので、彼女はもう一度計画を変更し、二人を別れさせるという前々からの考えに立ち戻っていた。今度は決定的な機会だと思われた。マクシムの手紙は差し迫った調子で、祖母に宛てて、妹に自らの事情をよく伝えてほしいと頼んでいた。運動失調症が現れ、もはやすでに召使の女の腕にすがらねば歩けなかった。しかしとりわけ彼が嘆いていた過ちは、褐色の髪の美しい娘を拒みきれず、自分のところに迎えてしまい、彼女の手中に自分のほとんどを任せるまでになってしまったことだった。最悪なことに、今ではこの人食い女が父親からの巧妙な贈り物であると確信していた。サッカールは巧妙にマクシムのもとへ女を送りつけ、早急に遺産を手に入れようとしていた。それゆえにマクシムは女を追い払い、館に閉じこもり、父親にさえ立ち入りを禁止し、朝には父親が窓から入ってくるのを目にするのではないかと震えていた。孤独のために不安になり、絶望的なまでに妹を求め、このおぞましい企てに対する防御壁として妹を切望し、何よりも優しく正直な女性として面倒を見てもらいたかった。もし自分をしっかりと世話してくれるなら、彼女に後悔はさせないと手紙はほのめかしていた。そして彼はプラッサンへ行った時、もしいつか本当に必要であれば、自分のところへ来ると約束したことを若い娘に思い出させ、締めくくっていた。

パスカルは凍りついた。四ページにわたる手紙を読み直した。提示されている別離は彼にとって納得できるもので、クロチルドにとっても幸いであり、あまりに自然で妥当なものだったので、すぐに同意すべきだった。しかし理性の奮闘にもかかわらず、彼はほとんど決心できず、いまだ毅然とした態度を取れず、足が震えていたので、しばし座らなければならなかった。それでも彼は男らしくありたいと思い、心を落ち着け、伴侶を呼んだ。

「さあ、この手紙を読みなさい！　お祖母さんが寄こしたのだ」

クロチルドは注意深く、無言のまま身じろぎもせず、最後まで手紙を読んだ。そしてとても素っ気なく言った。

「わかったわ、返事が必要なのね？　断るわ」

彼は喜びの叫びを上げないように自分を抑えなければならなかった。すでに、別の自分が言葉を発しているかのようで、彼はその声を平静に聞いていた。

「君は断わると言うが、それは不可能だ……よく考えなければいけないし、返事は明日でいい。話し合うこともあるだろう？」

ところが彼女は驚き、興奮していた。

「私たちは離ればなれになるのよ！　一体どういうことなの？　本当にあなたは同意しているの？　狂気の沙汰よ！　愛し合っているのに離ればなれになって、私は去っていくのよ。誰も私を愛していないところへ！　ねえ、あなたはそう思わないの？　とても馬鹿げているわ」

彼はこの問題に立ち入ることを避け、交された約束や義務のことを話した。

「覚えているかい、マクシムが危険な状態にあると君に告げた時、君がどれほど心を動かされたか。今や彼は病に衰弱し、身体が不自由になり、看てくれる人もおらず、君を呼んでいる！　こんな状態の彼を見捨ててはいけない。君には果たすべき義務がある」

「義務ですって！」と彼女が叫んだ。「私のことは一度だって気にかけたことのないような兄に対して義務があるかしら？　私の義務は私の心があるところにしかないわ」

「でも君は約束した。私は君のことを請け合い、物分かりがよいと言った……わたしを嘘つきにしないでくれ」

「でも物分かりが悪いのはあなたよ。離ればなれになるなんて筋道の通らないことだわ。お互いに悲しみで死んでしまうわ」

そして彼女は大きな身振りで話を遮り、あらゆる議論を激しく一蹴した。

「それに言い争って何の意味があるの？　まったく単純なことよ。わずか一言で足りるわ。あなたは私を追い払いたいの？」

彼は叫びを上げた。

「私が君を追い払う、そんなことはあり得ない！」

「それでは、あなたが私を追い払わないのだから、私はここにいるわ」

彼女は今や笑みを浮かべ、書見台へ走り、赤いクレヨンで、兄の手紙の上に斜めにただ短く「断わります」と書いた。そしてマルチーヌを呼び、すぐにでも手紙を封筒に入れて持っていかせるつもりだった。彼も笑顔を見せ、あふれんばかりの喜びに充たされ、彼女のやりたいようにさせていた。彼女をとどめておけるという喜びが彼の理性までも奪っていた。

しかしその夜、彼女が眠ってしまうと、臆病であったことを何と後悔したことか！　またもや彼は自分の幸福の欲求に屈してしまったのであり、それは毎晩彼女をそばに置き、長いシュミーズをまとった繊細で柔らかな腹部に抱かれる喜びを味わい、若さのさわやかな香りを浴びるという快楽だった。彼はずっと彼女だけを愛するのだ。恋人と愛情から引き離されることに対して彼の全存在が抗議の叫びを上げていた。彼女との別離、そして彼女がいなくなるのを想像し、一人だけになった姿を思い浮かべると苦悶の汗が流れた。それは自分の吸う空気の中にある彼女の優しさと繊細さ、息吹き、健全な精神、純情、今では太陽の光そのもののように彼の人生に不可欠になっている彼女の愛しい肉体的精神的存在のすべてがなくなることだった。彼女は自分と別れなければならない。そして自分はそれゆえに死ぬにちがいない。彼女を起こさないように、自分の胸の上でまどろむ彼女を抱きしめ、子供のような小さな吐息で上下する彼女の胸を見ると、彼は勇気の足りない自分を軽蔑し、恐ろしいほど明晰に自分の状況を考えていた。終わりを迎えたのだ。向こうでは敬われる生活と財産が彼女を待っている。これ以上貧困と醜聞騒ぎの中に彼女を引き止め、自分の老いらくのエゴイズムを押し通してはいけないのだ。そしてとても愛らしく、老王に自らを捧げる臣下として信じきっている彼女を腕の中に感じ、気力が萎えながらも、彼は毅然とした態度を取り、この子の犠牲を受け入れず、どうあっても彼女に幸せな生活を取り戻させるのだと誓っていた。

それから自己犠牲の闘いが始まった。数日が過ぎ、彼はマクシムの手紙に対する「断わります」という言葉の冷淡さを彼女にしっかりと理解させ、彼女は祖母に宛てて断わる理由を説明するために長い手紙を書いた。それにしても彼女は相変わらずスレイヤードを去りたがらなかった。彼がひどく吝嗇になり、宝石を売ったお金には最小限しか手をつけなくなると、彼女はさらにその上を行き、美しい笑みを浮かべて何もつけずにパンを食べた。ある朝など、彼はマルチーヌに節約するように忠告して彼女を驚かせた。一日に何度も彼女は彼をじっと見つめ、彼の首に飛びつき、接吻を浴びせ、別離という恐ろしい考えと戦っていた。彼女は絶えず彼の目の中にその考えを見てとっていた。だから彼女は他の口実を持ち出した。ある夜、彼は夕食後に動悸が激しくなり、気を失いかけた。心臓に痛みを感じたことがなかったので、彼は驚き、神経症が再発しただけだと思いこんだ。大いなる喜びを感じて以来、彼は身体の衰えを感じており、何か微妙で深遠なものが自分の中で壊れてしまったような奇妙な感覚を抱いていた。彼女はすぐに不安を覚え、熱心に彼に尽した。ああ！　今なら先生も、きっと私と別れることを望まないのではないだろうか？　それに愛する人がいて、その人が病気なら、そばについて看病するのが当然だった。

こうして闘いは絶えざるものとなった。ただ相手の幸福だけを願う優しさと自己放棄の競争が続いた。だが彼にしてみれば、彼女が親切で優しいのを感じるほどに、彼女を出発させる必然性が耐えがたく思われたが、日ごとにこの必然性がのしかかってくるのを理解していた。それから彼の意志ははっきりと固まった。彼女を説得する手段を前にして、彼は窮地に陥り、震え、ためらうばかりだった。絶望と涙の情景が思い浮かんだ。私は何をするのか？　彼女に何と言うのか？　そして私たち二人には何が訪れるのだろうか？　最後に抱擁し合い、そしてもはや二度と出会わないのか？　そして数日が過ぎたが、彼は何もすることができず、再び自分を臆病者と呼びながら、毎晩蠟燭が消されるとまた彼女の若々しい腕に抱かれ、彼女はこうして彼を打ち負かしたことを誇り、幸せを感じるのだった。

しばしば彼女は遠まわしな辛棘さをこめて冗談を言った。

「先生、あなたはとてもいい人だから、私を引き止めてくれるんだわ」

だが彼はこれに怒り、悲しげに動揺していた。

「いいや、ちがう！　私がいい人だなんて言わないでくれ！　本当にいい人だったら、君はとっくに向こうにいて、くつろぎ、敬われ、穏やかで幸せな未来を前にしているはずだ。それなのに君をここにいつまでも引き止め、君は侮辱され、貧しく先行きも暗く、私のような老いた狂人のみじめな伴侶のままでいるのだ！　ちがう！　私は臆病なだけだ。不誠実なだけなんだ！」

素早く彼女は彼を黙らせた。実際彼は優しさゆえに血を流していたのだ。この無限の優しさ生への愛の賜物で、すべての幸福を絶えず気にかけ、生きとし生けるものにこの優しさを惜しげもなく注いでいたのだ。自分の幸せを犠牲にし、彼女の幸せを望み、彼女を幸せにしてやるのが本当の優しさではないか？　この優しさを持たなければならないのであり、彼は決然とし、健気であれば、それを持つことができると確信していた。それでも自殺を決意した哀れな人たちのように、望ましい機会、時、やり方を待っていた。

ある朝彼が七時に起き、机の前に座っているのを見つけ、彼女は仕事部屋に入りながらひどく驚いた。何週間も前から彼はもはや本を開かず、ペンにも触っていなかった。

「どうしたの！　研究かしら？」

彼は顔を上げず、没頭した様子で答えた。

「そうだ。家系樹に最近のことを書いてさえいなかったからね」

数分の間彼女は彼の後ろに佇ずんで、書いているのを見つめた。彼はディィッド叔母、マッカール叔父、シャルルの略歴を仕上げ、死亡を明記し、日時を書きこんだ。それから彼はずっと身動きせず、彼女がそこにいて、他の日の朝のように接吻と笑みを待っているのを気づかないようだったので、彼女は何とはなしに窓のところまで歩き、また戻ってきた。

「それでは本気で研究に取り組むつもりなの？」

「そのつもりだ。それに先月の間に彼らの死亡を記録しておくべきだった。だからやらなければならないことはたくさんある」

彼女は彼をじっと見つめ、絶えず問いかけるように彼の目を探っていた。

「わかったわ！　研究の手伝いをします……もし私にできる仕事があったら、資料の写しをつくることでもあれば、私に言って」

そしてこの日から彼は研究にすべてを打ちこんでいるふりをよそおった。それに完全な休息は無意味であり、過労な人にさえそれを命じるべきではないというのが彼の持論の一つだった。人間は自分を包んでいる環境によってのみ生きている。人間がそこから受け取る感覚は運動、思考、行動へと形を変えていく。それゆえ完全に休息し、感覚の還元、消化、変化もなく、ただ受け取り続けると、人間の中には停滞が生じ、病にかかり、必然的に平衡を失う。彼は常に生活が仕事によって最もうまく調整されることを経験していた。体調がよくない朝でさえ、仕事を始めると均衡を取り戻した。前もって整然と計画していた仕事を成し遂げ、毎朝の数時間で何ページも書き進められた時ほど身体の調子がよいと実感したのだ。日々の貧困、衰弱してよろめく中にあって、この仕事は自分を支えてくれる平衡器だとわかっていた。だから彼は数週間前からの怠惰と無為が元凶となり、時々動悸がして息苦しくなるのだと思っていた。治したいのであれば、壮大な研究を再開しなければならないのだ。

この持論をパスカルは数時間にわたり、あまりにも熱狂的に誇張しながらクロチルドに詳しく説明し、解説した。彼は再びこの科学への愛に捉われ、それは彼女に対する愛情に至るまで、彼の生命を飲みこんでしまったかのようだった。彼は彼女に繰り返し言った。仕事を未完のまま放っておくことはできない、時間に耐える画期的仕事を打ち建てたいと望むならば、まだやらなければならないことがたくさんあるのだ！　彼は再び記録のことが気になりだしたようで、大きな戸棚を日に何度も開き、上の棚から記録を下ろし、増補し続けた。彼の遺伝に関する考えはすでに変化していたので、すべてを見直し、すべてを修正し、一族の自然的、社会的歴史から広大な統合を引き出し、人類全体に当てはまる要約を粗描しようとしていた。それに加えて彼は注射による治療に立ち戻り、さらに発展させようとしていた。新たな治療法が雑然と構想され、まだかたちになっておらず、漠然としていたが、作用の力学的影響というテーマについての個人的経験と確信から、彼の中にひとつの理論が生まれていた。

今や机に座るたびに彼は嘆いた。

「もう私には充分な歳月がないだろう。人生は短すぎる！」

もはや一時も無駄にできないと言っているように思われるほどだった。そしてある朝彼は唐突に顔を上げ、そばで彼の原稿を清書している伴侶に向かって言った。

「よく聞いてくれ、クロチルド……もし私が死んだら……」

怯えたように彼女は反論した。

「止めて、何てことを！」

「もし私が死んだら、よく聞いてくれ……すぐに家を閉ざすのだ。君のために、君だけのために、記録を保全してくれ。そして私のその他の原稿を集めたら、ラモンに渡すんだ……いいかい！　それが私の最後の望みだよ」

だが彼女は彼の言葉を遮り、聞くことを拒んでいた。

「止めて、止めて！　馬鹿なことは言わないで！」

「クロチルド、約束してくれ。記録は保全し、その他の原稿はラモンに送るんだ」

ようやく彼女は約束し、重苦しくなり、目には涙が浮かんでいた。彼も感動してしまい、彼女を腕に抱きすくめ、あたかもいきなり自分の心が開放されたかのように、彼女を愛撫で包んだ。それから彼は心を落ち着かせ、自分の恐れについて話した。研究に打ちこむようになってから、彼は再び恐れに取りつかれているようで、戸棚を見張り、マルチーヌがうかがっているのを見たと言い張った。誰かがこの妄信的な女性をけしかけ、旦那様を救うのだと説き伏せ、悪事を働かせているのではなかろうか？　疑うことは何という苦しみであろう！　彼は迫りつつある孤独に脅かされ、再び苦悩に陥っていた。自分の家でも身内のものによって自分の肉体、頭脳の活動も迫害され、脅かされる学者の責苦であった。

ある晩、彼はこの話題に立ち返り、クロチルドに思わずもらしてしまった。

「わかるだろう、君がここからいなくなったら……」

彼女は蒼白になった。そして彼が言葉をとめたのを見て、震えていた。

「ああ、先生！　それでは、あなたはずっとそんな嫌なことを考えていたの？　あなたの目を見ればよくわかるわ。何か隠している、私に言えないことを考えているのね……でも私が行ってしまい、あなたが亡くなったら、その時には誰があなたの仕事を守るというの？」

彼は彼女が家を出るという考えに慣れてきていると思った。彼は無理やり陽気に答えた。

「そうなのか、私が君と再会することなく死んでいくと考えているのかい？　手紙を書くよ、とにかくね！　死ぬ時は君に看取ってほしい」

今や彼女はすすり泣き、椅子に倒れこんでいた。

「何てことを言うの！　本気なの？　あなたの望みは明日から私たちがもう一緒にはいないということなのね。一時だって離れず、お互いに寄り添って暮している私たちなのに！　でも、それでも、もし子供ができたら……」

「ああ、私を責めるのか！」と彼は激しく話を遮った。「もし子供ができれば、君は決して行くべきではない……だが私は年老いているし、自分に自信を持っていないことはわかっているはずだ！　私といたら君は子供を身ごもらない。女になりきれない、母になれないというあの苦しみを味わうことになる！　さあここを出るのだ、私はもう男じゃないのだ！」

彼女は何とかして彼をなだめようとしたが、無駄だった。

「止めてくれ！　君が考えていることはわかっている。何度も話したではないか。子供が生まれなければ、愛は無意味で汚らわしいものにすぎないのだ……前の晩、君は読んでいた小説を投げ出したではないか。主人公たちは子供ができてしまったことに茫然とし、自分たちのしていたことから子供ができるということにさえ気づかず、どうやって始末したらいいのかもわからないでいると言って……ああ、私だって子供を待ち望んでいるし、君の子供をどんなに愛することだろうか！」

この日、パスカルはさらに研究に没頭しているようだった。今では午前中の四、五時間と午後のすべてを費やし、顔も上げなかった。度を越して熱中し、邪魔することや話しかけることも禁じた。そして時々、クロチルドが階下へ用事を伝えたり、散歩に出かけたりするために爪先立ちで出ていくと、彼は彼女がもはやそこにいないのを目で確かめ、机の端に頭を垂れ、とめどなく打ちひしがれていた。これは彼が自分に課す必要があった異常な努力に対する苦しみに包まれた気のゆるみであった。彼は彼女が机の前にずっととどまり、そばにいるのを感じながら抱きしめることもせず、このように何時間も彼女を引き止めていても、優しく接吻することもできなかったからだ。ああ、研究よ！　私は研究を激しく求めているのだ、まるで自分の気を紛らせ、自分を消し去ることが望める唯一の避難所であるかのように！　だが彼は次第に研究ができなくなり、集中しているふりをよそおわねばならず、視線をページに注ぐのだが、目は悲しみの涙で曇り、一方で彼の思いは死にさらされ、もつれ、逃げ去るようで、いつも同じ幻影に充たされるのだった。私とすれば、研究は至高のものであり、世界の唯一の創造的にして調整的機能であると信じているのに、自分の研究の破綻に立ち会っているのだろうか？　資料を投げ出し、研究活動も放棄し、ただ生き、通りすがりの美しい娘たちを愛せよというのか？　それとも子供をつくれないように、一ページも書けないのは老いの罪なのだろうか？　不能の恐れは常に彼を苦しめてきた。頬を机につけ、力なく、自分のふがいなさに打ちひしがれながら、彼は自分が三十歳で、毎夜クロチルドの首筋から明日の仕事のための精力を汲み出すことを夢想していた。すると涙が白い髭の上を流れた。そして彼女が上がってくるのを耳にすると、彼は急いで身を正し、再びペンを取り、彼女が出ていった時と変わらず深遠な思索にふけっている様子を見せたが、そこには苦悩と虚しさがあるだけだった。

九月も半ばになり、不安の中にあって何の解決ももたらされない延々とした二週間が続いていたが、ある朝クロチルドは祖母のフェリシテがやってきたのを見て大いに驚いた。パスカルは前日にバンヌ通りで彼女と出会っていて、クロチルドの犠牲による金を消費していることに苛立ちながら、どうしても彼女と別れられないでいたので、気がすすまなかったのだが、彼女に打ち明け、翌日訪ねてきてくれるように頼んでいた。ちょうど彼女はマクシムからまったく悲嘆に暮れて懇願する新しい手紙を受け取ったところだった。

まず彼女は訪問の理由を説明した。

「そうよ、私の出番なのよ。私が何のためにここへまた足を運んだのか、お前はわかっているはずよ。もちろんとても重大な理由があってのことなのよ……でも実際にお前はおかしくなっているわ。このままお前がだめになるのを黙って見ているわけにはいかないわ。だから最後に何とかしようと思ってきたのよ」

彼女はすぐに涙声でマクシムの手紙を読んだ。マクシムは肘掛椅子に釘づけになり、運動失調症は急激に悪化し、ひどい苦痛に苛まれているようだった。そのために彼はいまだ妹が来てくれることを望みながら最終的な返事を求めていて、他の看護婦を探すことを身震いするほど恐れていた。だが惨めな境遇にある自分が見捨てられるなら、そうせざるをえないだろう。そして彼女は読み終えると、マクシムの財産が見知らぬ人間の手に渡るのは腹立たしいとほのめかした。それだけでなく彼女はとりわけ義務、親類に差しのべるべき助けについて話し、彼女もまたはっきりとした約束が交わされたことを主張するという態度を取った。

「ねえ、思い出してみなさい。お前はマクシムに言ったでしょう、もし本当に私を必要とすることがあれば、あなたのところに行きますと。私は今だって覚えていますよ……そうでしょう、パスカル？」

パスカルは母が来てから黙っていて、蒼ざめ、うつむき、彼女の自由にさせていた。彼はただわずかな身振りでそうだと返事をした。

それからフェリシテはパスカル自身がすでにクロチルドに説いていた理由のすべてを繰り返した。侮辱されるまでになったおぞましい醜聞、あまりに重くのしかかって二人を脅かす貧困、このような間違った生活を続けられないこと、パスカルは年老い健康を失い、お前はとても若いのに、全人生を危険にさらすであろうことなどだった。今や貧乏になっているのに、お前たちはどのような未来を望むことができるというの？　このように頑固なのは愚かだし、むごいことよ。

身を正し、決然とした面持ちでクロチルドは沈黙を保ち、反論することさえ拒んでいた。しかし祖母は執拗に迫り、問いただしたので、ついに彼女は言った。

「もう一度言うけれど、私に兄さんへ対する義務はないわ。私の義務はここにあるのよ。兄さんの財産は自分で好きにすればいい。私はほしくないわ。もっと生活が苦しくなったら、先生はマルチーヌを辞めさせて、私を女中として近くにおいてくれるわ」

彼女は身振りで言葉を終えた。ああ！　そうなのよ、王にこの身を捧げ、私の生命を贈るのだわ。そしてひたすら、彼の手を引き、道すがら、物乞いをするのよ！　それから帰途につき、こうして家から家へと巡るうちに夜になり、私は自らの若さを贈り、清らかなこの腕の中で彼を温めるのよ！

ルーゴン老夫人は顎をしゃくった。

「女中になる前に、まず妻になることから始めたほうがいいわね……どうして結婚しないの？　そのほうがずっと容易でまっとうなことなのに」

彼女は芽生え始めた醜聞をもみ消すために結婚を迫りに来た日のことを思い出した。若い娘は驚いた態度を見せ、彼女も博士もそのことは考えたことがなかったけれど、もしすべきであれば、結婚します。でも急ぐことはないので、ずっと後にしますと答えていた。

「結婚するわ、私もそうしたいのよ！」とクロチルドが叫んだ。「お祖母さんの言うとおりだわ」

そしてパスカルに話しかけた。

「何度も何度も、あなたは私が望むことをかなえてくれると言ってくれたわ……私と結婚して下さい。

私はあなたの妻になってここに残るわ。妻は夫から離れないものよ」

しかし彼は身振りで応えただけで、あたかも彼の声音が本心をもらし、感謝の叫びの中で、彼女が申し出たこの永遠の絆を受け入れてしまうのではないかと恐れているようだった。彼の身振りはためらいと拒絶を意味させようとしていた。このような時に結婚して何の意味があるだろうか、すべてが崩壊へと向かっているというのに？

「そうね」とフェリシテが言葉を続けた。「その思いやりの心は美しいわ。世間知らずな頭の中ではすべてがうまく整理がついているのね。でも結婚しても、お前たちに収入をもたらすわけじゃないのよ。お前はここに居すわることで彼に大きな犠牲を強いているわ。お前が一番の重荷なのよ」

この言葉は絶大な影響をクロチルドに与え、彼女はいきなりパスカルの方を向き、頰は紅潮し、目には涙があふれていた。

「先生、先生！　お祖母さんが言ったことは本当なの？　あなたは私のここでの生活費を惜しんでいるの？」

彼は依然として蒼ざめ、身動きせず、打ちひしがれていた。それでも虚ろな声で、まるで独り言を言うかのように彼は呟いた。

「私には多くの研究がある！　多くの記録、原稿、メモを見直し、生涯の研究を仕上げたいのだ！　私一人ならきっとすべてがうまくいくと思う。スレイヤードを売るつもりだ。ああ！　たいした金にはならないだろうから、パン切れほどのものだ。それから書類を全部持って小さな部屋に移る。朝から晩まで励み努力すれば、不幸というほどでもない」

しかし彼は彼女を見つめることを避けていた。動揺している彼女にあっては、この痛ましい片言で充分なはずがなかった。彼女はたちまち怯え始めた。取り返しのつかないことが言われようとしていると感じていたのだ。

「私を見て、先生。私をよく見て……お願いよ、真剣に答えて。それならば、研究と私とどちらを選ぶの。だって研究のために私を追い払うと言っているようなものだわ」

思い切った嘘をつく時が訪れたのだ。彼は顔を上げ、彼女を正面からまともに見つめた。そして死を望む瀕死の人間の笑みが浮かび、彼の声には神々しい優しさが戻っていた。

「何を怒っているのだ！　君は世間並みの義務を果たせないのか？　私は多くの研究を抱えているし、一人になりたいのだ。君は兄さんのところへ行くべきだ。さあ、これですべて解決だ」

数秒の間、恐ろしい沈黙があった。彼女は絶えず彼をじっと見つめ、彼が折れることを望んでいた。先生は本当のことを言ったのだろうか、私の幸福のために、自分を犠牲にしているのではないだろうか？　あたかも彼の震えおののく息吹きが彼女にそう告げているかのようで、しばし彼女は説明のつかない感覚を覚えた。

「あなたは私を永久に追い払うの？　いつか戻ってきてはいけないの？」

彼はじっとこらえたままで、新たに微笑み、出ていった人はそのように戻ってくるものではないと答えているかのようだった。すべてがもつれ合い、彼女の意識はもはや混乱し、彼は妻よりも研究を優先する科学者として本心から研究を選んだのだと信じこんだ。彼女は再び蒼白になり、恐ろしい沈黙の中で、さらにしばし待っていた。そしてゆっくりと、愛情と完全な従順さのこもった様子で言った。

「わかったわ、先生。あなたが望むなら、私は出て行きます。そしてあなたが呼び戻してくれる日まで戻ってきません」

そして二人の間に斧の一撃が振り降ろされた。後戻りはできなかった。フェリシテはさらに付け加える必要がないことに驚いたが、すぐに出発の日取りを決めたかった。自分の執拗さに満足し、奮闘によって勝利を奪い取ったのだと思いこんでいた。その日は金曜だったので、クロチルドの出発は日曜日と決まった。マクシムにも電報が打たれた。

三日前からすでに北風が吹いていた。しかしこの晩、風は新たな激しさを伴って吹き荒れた。世間の言い伝えによれば、少なくともあと三日は続くとマルチーヌが予言した。九月末の風は激しい勢いでヴィオルヌ峡谷を吹き抜けていた。だから彼女は入念にすべての部屋を調べ、鎧戸がしっかりと閉まっているかを確認した。北風が吹くと、風はプラッサンの屋根を越えてスレイヤードの小さな台地まで届き、斜めに吹きつけた。激しく、猛烈な風が続き、家を鞭打ち、地下倉庫から屋根裏部屋まで揺さぶり、数日間、昼も夜も休みなく吹くのだった。瓦が吹き飛び、窓の金具がもぎ取られた。そして室内では壁の裂け目から入りこんだ風が狂ったようなうなりを発し、わずかでもドアを開け放しておくと大砲のような轟きをたてて閉まった。騒音と心痛の中で、ずっと包囲を耐え忍べと言われているかのようだった。

翌日、大風に揺さぶられる陰鬱な家の中で、パスカルはクロチルドと一緒に出発の準備をして気を紛らわしたかった。ルーゴン老夫人は別れの時になる日曜日に再び来るはずだった。マルチーヌは別れが間近なのを知り、茫然として言葉を失っていたが、目には小さな炎が燃えていた。荷造りを手伝う必要はないと言われ、部屋から追い払われると、彼女は台所へ戻って日々の仕事に没頭し、三人の生活を乱している災厄に気がつかないふりをしているようだった。しかし少しでもパスカルに呼ばれると、彼女はすぐさま駆けつけ、顔は輝き、明るく熱心に仕えるので、若返ったように見えた。彼は一時もクロチルドから離れず、彼女を手伝い、必要になさそうなものを全部持っていかせるつもりでいた。雑然とした部屋の真ん中で大きな旅行鞄が二つ開けられていた。荷物や服がいたるところに散らばっていた。箪笥や引き出しに何度も足を運んだ。そしてこの仕事、忘れ物をなくそうと気を配る中で、二人とも胸の奥につかえている生々しい苦悩は麻痺しているかのようだった。彼は鞄の中に隙間が残らないようにとても細かく注意し、こまごまとした装身具は帽子の箱をうまく利用して中に入れ、ブラウスとハンカチの間にその箱を滑りこませた。一方で彼女は服を取り出し、ベッドの上で折りたたみ、鞄の上の仕切りに最後に入れるつもりでいた。それから少し手を休めて立ち上がり、顔を向き合わせると、最初は微笑んでも、すぐに避けられない不幸に二人とも捉らえていることを思い出し、突然目から涙が流れてしまうのだった。ああ、何ということだ！　それでは本当に、二人はもはや一緒になることはないのだろうか？　そして風の音が、家も裂けんとばかりに脅かす激しい風の音が聞こえていた。

この最後の日、何度二人は嵐に引き寄せられて窓際へ行き、嵐がこの世界を連れ去ってくれたらと願ったことだろうか！　北風の吹く間、太陽は絶えず輝き、ずっと青空が続く。だがそれは鉛色の青空で、埃に曇っている。黄ばんだ太陽の光はかぼそく震えている。二人は遠くの道々で白い煙がもうもうと舞い上がり、木々がたわみ乱れ、すべてが同じ方向に、同じ速度で飛んでいくのを見つめていた。平原全体が常に変わらぬ荒々しさで吹きつける息吹きの下で乾燥し、疲弊し、風は雷鳴を轟かせながら絶えず舞っていった。遠くの方では枝が折れて見えなくなり、瓦が持ち上がり吹き払われ、もはや跡形もなかった。どうして北風は二人を一緒に奪い去り、向こうの未知の地へ、幸せになれる場所へと投げ出してはくれないのだろうか？　荷造りが終わりそうになり、急に風向きが変わったので、彼は鎧戸を開けてみたくなった。しかし窓を少し開けるとさらわれそうになったので、彼女が助けに駆けつけなければならなかった。二人は全体重をかけてようやく錠を下ろすことができた。部屋の中にはまだ鞄へ入れていなかった服が散らばっていた。そして二人は椅子から落ちて粉々になった小さな手鏡の破片を拾い集めた。つまりこれは城外の女たちが言うように、近づきつつある死の予兆なのだろうか？

夜になり、咲き誇る花束に飾られた明るい食堂での陰鬱な夕食がすむと、パスカルは早く寝ようと言った。翌朝、クロチルドは十時十五分の汽車で出発しなければならなかった。彼は二十時間もかかる長い鉄道旅行のことで彼女を心配していた。そしてベッドに入る時間になり、彼女を抱擁すると、彼はもう今夜から一人で寝ると言い、自分の部屋へ戻ると言い張った。君にゆっくり休んで欲しいのだと彼は言った。もし一緒に休んだら、お互いに目を閉じず、とめどない悲しみの中で夜を明かしてしまうだろう。彼女は懸命に大きな優しい目で懇願し、神々しい両腕を彼の方へ伸ばしたが、だめだった。彼は子供にするように彼女の両目に接吻し、毛布をかけ、物分かりよく、ゆっくり眠りなさいと言い、部屋から立ち去る異常なまでの努力を払った。別離はまだ訪れていないではないか？　だがもはや自分のものではないというのにまだ彼女を所有していたら、後悔と恥ずかしさに包まれることだろう。しかし打ち捨てられ湿った自分の部屋に戻るのは何とおぞましいことだろう、独身者の冷たい寝床が待っているのだ！　また老いの中に戻り、それが鉛の蓋のように自分の上へ再び落ちてくるように思われた。最初彼は風のために眠れないのだと考えた。死んだような家は風の大きな音に充たされ、ずっとすすり泣きが続く中で、懇願する声と怒り狂う声が混ざり合っていた。二度彼は起き上がり、クロチルドの部屋の前で聞き耳を立てたが、何も聞こえなかった。階下へ下りていき、殴りつけるような鈍い音を上げているドアを閉めたが、あたかも不幸が壁をたたいているようだった。息吹きが暗い室内を横切り、凍え震えながら再びベッドへ入ると、悲痛な光景につきまとわれるのだった。そして自分を苦しめ、眠りを奪っているこの大きな声は荒れ狂う北風によるものではないとわかった。それはクロチルドの呼び声であり、彼女はまだそこにいるのに、自分と断絶してしまったという感覚だった。そして彼は激しい欲望と恐るべき絶望の発作の中で身をよじらせた。何ということだ！　わずか一言で彼女を取り戻し、ずっと自分のものにできるというのに、もはや彼女は決して私のものではないのだ！　それはまさに自分の身を引きちぎられることであり、彼はこの若い肉体を取り上げられてしまったのだ。三十歳であればまた妻を娶ることもある。しかし終わりを迎えている雄々しい情熱の中にあって、この潑剌とした肉体を諦めるのはどれほどつらいことだろうか！　若さを感じ、そしてその若さが王に捧げられるように与えられ、彼の幸福となり、彼のものになっているというのに！　何度も彼はベッドから起き出し、彼女を再び抱きしめにいき、そばへとどめておこうとした。恐ろしい発作は激昂する風の攻撃の中で夜明けまで続き、古い家全体が揺れていた。

主人が部屋で呼んでいるよう思い、マルチーヌが足音をたてながら上っていたのは六時のことだった。彼女は一昨日からの晴れやかで高揚した様子で、部屋に入った。だが半裸でベッドに横たわり、憔悴し、枕をかんで嗚咽を抑えている彼の姿を見て、彼女は不安と驚きに動けないままでいた。彼はすぐに起き上がり、着替えようとしたのだが、新たな発作に打ち倒され、めまいに襲われ、動悸が息をつまらせたのだった。

彼はかろうじて短い失神から目覚め、苦しみを呟き始めた。

「もうだめだ！　耐えられない、ひどい苦痛だ……いっそ死にたい、今すぐ死んでしまいたい……」

それでも彼はマルチーヌに気づき、息も絶え絶えに、苦痛につかり、身をよじらせながら彼女に自分の思いを告白した。

「ひどい痛みだ、心臓が破裂しそうだ……彼女が私の心臓をもぎ取っていく。私のすべてをもぎ取っていく。だから彼女がいなければもう生きられない……昨夜、私は死にかけた。彼女が出発する前に死んでしまいたかった。そうすれば彼女が私から離れていくのを見ても悲しみに引き裂かれることもない……ああ、何ということだ！　彼女が行ってしまう。もう彼女はいないのだ。そして私は一人だ、一人だ、一人残されて……」

上がってくる時、あれほど明るかった女中は蠟のように蒼ざめ、固く苦しげな顔つきになった。しばし彼女は彼がシーツを握り締めて引きはがし、毛布に口を伏せ、絶望の言葉を呟いているのを見つめていた。そして彼女はいきなり努力を払い、決意したようだった。

「でも旦那様、そんなふうに悲しまれてもよいことはありません。愚かなことです……そういうことでしたら、お嬢様がいないと旦那様が生きていられないのなら、お嬢様に旦那様がどんな状態にいるのかを私が話しにいってきます……」

この言葉が荒々しく彼を立ち上がらせた。まだよろめいていて、椅子の背で身体を支えていた。

「それは絶対にだめだ、マルチーヌ！」

「それには従えません！　死にそうになり、涙を流している旦那様を見てしまったのですよ！　いいえ、できません！　私はお嬢様に本当のことを言います。そしてお嬢様には一緒に残ってくれるように何としてでもお願いします！」

だが彼は彼女の腕をつかんでいて、怒りから離そうとしなかった。

「おとなしくしているのだ、わかったか？　そうでなければ彼女と一緒に出ていきなさい……どうして部屋に入ってきたんだ？　私はこの風のために体調を崩したんだ。誰のせいでもない」

そして彼は憐憫に充たされ、いつもの優しい自分に負け、最後には微笑んだ。

「さあ、あなたは私を怒らせた！　だから、私の好きなようにさせてくれ。みんなの幸福のためなのだ。もう何も言わないでくれ。とても悲しくなってしまう」

今度はマルチーヌが大粒の涙を抑えていた。協定を結ぶ時だった。というのも、その後すぐに、早く起きたクロチルドが急いでパスカルに会おうと入ってきたからだ。最後の間際まで、彼が自分を引きとめてくれることを望んでいたのだろう。彼女の目も不眠に重かったが、彼女はすぐに彼をじっと見つめ、問いかけているようだった。だが彼はあまりにもやつれたままなので、彼女は不安になった。

「いや、何でもない、大丈夫だよ。北風のせいでよく眠れなかったんだ……そうだろう、マルチーヌ？　私はそう言っただろう」

女中はうなずき、彼に同意した。だからクロチルドも従い、葛藤と苦悩の夜のことは話さなかったが、彼の方も死にかけていたのだ。二人の女性は従順で、彼が自らを犠牲にする中で、ただ従い、手助けをするだけだった。

「待ってくれ」と彼は整理机を開けながら言葉を続けた。「君に渡したいものがある……さあ！　この封筒の中には七百フランある……」

そして彼女は叫び、抵抗したが、彼は彼女に説明した。宝石を売って得た六千フランに関して、使ったのはせいぜい二百フランで、月末までの百フランは取ってある。今後はひどく切り詰め、あさましい吝嗇家になるつもりだ。そして次にはスレイヤードを売ることになるだろうし、研究を続け、窮状は切り抜けられるだろう。だが自分は残りの五千フランには手をつけたくない。というのもそれは君の財産であり、引き出しの中にずっと残しておくつもりだ。

「先生、先生、それはとても悲しいわ……」

彼は彼女を遮った。

「そうしたいんだ。断わって私の心を引き裂かないでほしい……さあ、七時半だから、私は鞄に紐かけをしよう。鍵はかかっているね」

クロチルドとマルチーヌだけになり、互いに向き合い、しばし見つめ合った。新たな状況が始まって以来、二人は隠然たる対立を感じていた。若い女主人は晴れやかに勝ち誇り、老いた女中はぼんやりと嫉妬を覚え、その中心に熱愛される主人がいた。今日勝利を得たのは後者のようだった。しかしこの最後の時になって、二人が共に感じていた思いが彼女たちを近づけさせていた。

「マルチーヌ、先生には貧しい食事をさせないようにしてね。毎日ワインと肉を出すと約束してくれる？」

「心配しないで下さい、お嬢様」

「あなたもあそこに五千フランが眠っていることはわかったでしょう。あれは先生のものよ。あのお金に手をつけず、飢え死にするようなことがないようにね。先生をいたわってあげて」

「繰り返しますが、旦那様のことは任せて下さい、お嬢様。旦那様に不自由はさせません」

新たな沈黙があった。彼女たちはずっと見つめ合っていた。

「それと、働きすぎないように見てあげてね。私はそれがとても心配なの。先生の体調は少し前からあまりよくないわ。気を配ってあげてね、わかるでしょう？」

「気を配ります。安心して下さい、お嬢様」

「とにかく先生のことはあなたに任せるわ。もう先生にはあなたしかいなくなるけれど、私が少し安心なのは、あなたが先生を愛しているということよ。心から先生を愛してあげて。私の分も合わせて愛してあげて」

「わかりました、お嬢様。私にできる限り」

涙が二人の目に浮かんでいたが、クロチルドはさらに言った。

「抱擁してくれないかしら、マルチーヌ？」

「ああ、お嬢様！ 喜んで！」

彼女たちが抱擁し合っているところへパスカルが戻ってきた。パスカルは二人を見ていないふりをしたが、おそらく感動で心が乱れることを恐れたのだろう。彼は非常に大きな声で、列車に乗り遅れまいとあせっている人のように、出発の準備が終了したと話した。鞄の紐かけを終え、デュリュー爺さんがそれを馬車で運びにきたばかりで、駅まで持っていってくれた。だがようやく八時になったところで、まだたっぷり二時間もあった。別れの苦悶に充ちた死の二時間で、苦しげに歩き回り、何度も何度も別離の苦々しさが反芻された。朝食にはせいぜい十五分しかかからなかった。それから食卓を離れ、再び座らねばならなかった。目は時計の振り子から離れなかった。数分が断末魔の苦悶のように果てしなく続くように思われ、悲痛な家を通り抜けていた。

「ああ、ひどい風ね！」とクロチルドが言った。北風が打ちつけ、すべてのドアがきしんでいた。

パスカルは窓に近づき、嵐の下で狂ったように吹き流される木々を見つめた。

「今朝からまたひどくなっている。そろそろ屋根の心配をしないといけない。瓦が飛んでしまっている」

二人でいられる時間は少なくなっていた。もはやすべてを吹き払い、生命を奪い去っていくようなこの猛烈な風の音しか聞こえていなかった。

ついに八時半になり、パスカルが短く言った。

「時間だよ、クロチルド」

彼女は座っていた椅子から立ち上がった。時折彼女は自分が出発することを忘れてしまっていた。突然にこの恐ろしい確実な事実が彼女に戻ってきた。最後に彼女は彼を見つめたが、彼は両腕を広げて、彼女を引きとめてはくれなかった。すべては終わったのだ。だから彼女はもはや死んだような顔で茫然としていた。

最初にありふれた言葉が交された。

「手紙を書いてくれるわね?」

「もちろんだ。それに君も、できるだけ頻繁に便りをよこしてくれ」

「それから、もしあなたが病気になったら、すぐに私を呼び戻してね」

「約束するよ。でも心配しなくていい。私は大丈夫だ」

そしてこの愛しい家を離れる時になって、クロチルドは家を包みこむようにぼんやりと一瞥した。それからパスカルの胸に倒れこみ、彼をしっかり抱いて呟いた。

「ここであなたを抱きしめ、感謝したいの……先生、あなたのおかげで今の私があるのよ。あなたが時々繰り返したように、あなたが私の遺伝を改めてくれた。向こうにいたら、私はどうなっていたかしら、マクシムが育った環境の中では? そうよ、もし私に何かの優れたところがあるとしたら、それはまったくあなたのおかげなのよ。あなたは私をこの真実と優しさの息づく家へ住まわせ、あなたの愛情にふさわしい人間に育て上げてくれた……あなたは私を受け入れ、幸福にくるんでくれた。そして今日、私は送り返されるのね。でもあなたの望みが何であれ、あなたが私の先生だから私は従うのよ。それでも私はあなたを愛している。ずっとあなたを愛するわ」

彼は胸に彼女を抱きしめ、答えた。

「私は君の幸福だけを願っている。私は研究を完成させるよ」

そして最後の接吻の中にあって、二人は胸を引き裂くような接吻を交し、彼女はとても小さな声で溜息をついた。

「ああ、子供ができたら！」

すすり泣きながら、彼女はさらに小さな声で、はっきりとしない言葉が呟かれるのを聞いたように思った。

「そうだ、夢見られた成就、唯一の真実にして善なる行ない、私が決して成しえなかったもの……許してくれるかい。幸せになるんだよ」

駅にはルーゴン老夫人がいて、八十歳だというのに非常に元気で活発だった。彼女は勝ち誇り、息子のパスカルを自分の思うままにできたと信じていた。彼女は二人が揃ってぼんやりしているのを見てとると、すべてを引き受け、切符を受け取り、荷物をチッキにし、婦人専用の車室に旅立つ人を座らせた。そして彼女は長々とマクシムのことを話し、指示を与え、よく心得ておくようにと命じた。だが汽車は出発せず、耐えがたい五分がさらに過ぎた。その間二人は向き合っていたが、もはや何も言わなかった。ついにすべてが最後を迎えた。抱擁がなされ、車輪の騒音があり、ハンカチが振られていた。

突然パスカルは自分が一人プラットホームにいることに気づいたが、その間に汽車は向こうにある線路の曲がり角に消えていた。そして彼は母親の言うことも聞かず、帰途につき、若者のように猛然と駆け、坂を登り、段状の空積みの石壁を飛び越え、三分でスレイヤードの高台についた。そこでは北風が荒れ狂い、大きな突風がまるで麦わらのように樹齢数百年の糸杉を揺らめかせていた。生気のない空の中で、太陽は六日前から目の前を通り過ぎるこの荒々しい風にうんざりしているように見えた。パスカルは服を旗のようにはためかせ、髭や髪が嵐で乱れ、激しく打たれるままに立ちつくしていた。息は切れ、両手を心臓において鼓動を抑え、広々とした平原を横切って遠くへ走り去っていく汽車を見つめた。列車は北風に吹き払われているかのように次第に小さくなり、まるで枯葉の小枝のようだった。

第12章

翌日からパスカルは虚ろな広い家に閉じこもった。もはや外出せず、わずかな往診も完全に止めてしまい、ドアも窓も締め切り、まったくの孤独と静寂の中で暮した。そして厳格な命令がマルチーヌに出されていた。どんな事情があろうと誰も家に入れてはいけない。

「でも旦那様、あなたのお母様のフェリシテ奥様は?」

「他の人以上に母を入れてはいけない。理由があるのだ……私は研究し、思索にふけっていたいので、帰ってもらいたいと言っていると伝えなさい」

続けざまに三度もルーゴン老夫人が姿を見せた。彼女は一階でわめいていたので、彼は彼女が声を張り上げ、苛立ち、無理強いを通そうとしているのを耳にした。そして大声が収まると、後は彼女と女中の間で交される不平と陰謀の囁きだけがあった。彼は一度として譲らず、上の階段の手摺りから身を乗り出して、母親に上がってくるようにと叫ぶことはなかった。

ある日、マルチーヌは思い切って言った。

「でも旦那様、お母様を門前払いするのはあまりに冷たいことです。それにフェリシテ奥様はよかれと思って来ているのですからなおさらのことです。旦那様がとても苦しんでいるのをご存知で、援助を申し出ているのですよ」

激昂して彼は叫んだ。

「金などほしくない、それがわからないのか！　私は研究し、本当に生活を充実させるのだ！」

だがこの金の問題は差し迫ってきた。整理机の中にしまわれた五千フランに一スーたりとも手をつけることを彼は執拗に拒んでいた。今や一人になり、彼は物質的な生活にまったく無頓着で、パンと水で満足していた。女中がワインや肉、何か甘いものを買いましょうかと尋ねるたびに、彼は肩をすくめた。何のために？　昨日のパンの皮が残っているからそれで充分ではないか？　しかし彼女は主人を愛していたので、彼の苦しみを察し、この自分以上の吝嗇ぶりに、家中が陥ってしまった貧乏人の困窮に対して悲嘆に暮れていた。城外の労働者たちの方がずっとましな生活をしていた。だから彼女は一日中恐るべき葛藤と闘っているようだった。彼女の柔順な犬に似た愛情がお金への激しい執着と闘っていた。一スーずつ蓄えられ、どこかに隠してあり、彼女が言うようにちょっとした額になっているお金のことだった。彼女にしてみれば、その金を与えるくらいなら、自分の肉を与えたほうがましだった。苦しんでいるのが主人一人でなかった間は、自分の財産に手をつけるという考えはまったくなかった。ところがある朝彼女は異常なまでの決意を発揮した。冷え冷えとする台所と食糧が何もないのを見て駆り立てられ、一時間ほど姿を消し、それから食料品と百フラン紙幣を手にして戻ってきた。

ちょうど降りてきたパスカルは驚き、この金の出所を尋ねた。すでに彼は本気で腹を立て、彼女が母のところへ行ったのだと思いこみ、それらのすべてを道に放り出してしまいそうだった。

「いいえちがいます、ちがうのです！　旦那様」と彼女は口ごもった。「これは本当に何でもなくて……」

そして彼女はついに用意しておいた嘘を言った。

「グランギロさんのところで精算がつきそうなのです。どうもそうらしいのです……今朝ふと思いついて出かけてみると、かならずいくらかは戻ってきそうだと言うのです。それで百フランがもらえました……ええ、私が受取人でも納得してくれたのです。いずれ正式に片づきますよ」

パスカルはあまり驚いていないようだった。彼女は彼が事実を確かめに出かけないことを強く望んでいた。それでも彼が何とも無頓着に自分の作り話を受け入れているのを見て、彼女は安心した。

「ああ、それはよかった！」と彼が叫んだ。「絶望してはいけないと言っていたが、これで問題を整理する時間が取れるな」

問題とはスレイヤードの売却のことで、彼はそのことを漠然と考えていたのだった。しかしこの家を離れるのは何と恐るべき苦しみであろうか。クロチルドが成長した場所であり、彼女とともに十八年近く暮らした場所なのだ！　彼は二、三週間かけてこのことを熟考していた。だが自分の金がいくらか取り戻せるという希望を得て、もはや完全に考えるのを止めた。彼は再び気が楽になり、マルチーヌが給仕するものを食べ、自分の周りのことを彼女が充足させていることにさえも気づかないでいた。彼女は跪いて崇拝し、自分のささやかな財産に手をつけたことで胸を引き裂かれながらも、今では彼に気づかれることなく、自分が彼の生活を支え、養っていることでとても幸せだった。

だがパスカルは何も彼女に報いていなかった。それから彼は同情を覚え乱暴な振る舞いを後悔するのだった。しかし生活の激しい絶望感に包まれた状態にあって、わずかな不満に対しても再び苛立ち、彼女に腹を立ててしまうのは避けられなかった。ある晩、彼は母親がまた台所の奥でとめどなくしゃべっているのを耳にし、発作的に激怒してしまった。

「マルチーヌ、言いつけを守るのだ。私はもう母にスレイヤードへ足を踏み入れて欲しくないのだ……もう一度でも母を下に入れるなら、あなたを追い出すぞ！」

茫然として彼女は身を強ばらせていた。彼女は彼に仕えて三十二年になるが、このように解雇の脅しを受けたことは一度としてなかった。

「ああ、旦那様！　勝手になさって下さい！　でも私は出ていきませんよ。ドアの前に寝そべってやりますからね」

すでに彼は激怒したことを恥じていて、とても平静になった。

「私は何が起きているのかすべてわかっているのだ。母はあなたを自分の味方にし、私に対立させるために訪ねてきているのだろう？　そうに決まっている、母は私の書類を見張っているのだ。上にある戸棚の中身のすべてを盗み、すべてを亡きものにしたいのだ。母のことはよくわかっている。ほしいものはかならず手に入れようとする……やれやれだよ！　だから母にはこう言えばいい。私は寝ずの番をしている、私が生きている間は戸棚に近寄らせないと。それに鍵はこの私のポケットの中にある」

実際に追いつめられ、脅かされる学者の恐怖が戻ってきていた。一人になって以来、危険が蘇えり、暗がりには絶えず罠が仕掛けられていると感じていた。再び包囲されていたのだ。だから彼が侵入の企てに対して手厳しく対処し、母からの襲撃をはねつけたのも、彼女の真の狙いを見誤っておらず、弱気になるのを恐れたからであった。彼女が家にいたら、次第に支配され、骨抜きにされてしまうだろう。そのために疑心暗鬼が再び始まり、彼は一日中見張り、夜には自分で戸締りし、しばしば夜中に起き出し、錠がこじ開けられていないかを確かめるのだった。彼の不安はマルチーヌが陥落し、彼の永遠の救いを確保するのだと思いこみ、母親を迎え入れはしないかということだった。彼は暖炉の中で記録が燃え上がるのを見たように思いこみ、警戒を怠らず、激しい苦しみと胸が張り裂けんばかりの愛しさに取りつかれていた。というのもこの凍りついた文書の山、この冷たい原稿の束のために彼は愛する女性を犠牲にしたのであり、彼は何としてでもさらに記録に打ちこみ、それ以外のことを忘れようとしていたからだ。

パスカルはもはやクロチルドがいなくなって以来、研究に打ちこみ、その中に溺れ、のめりこもうとした。彼は閉じこもり、もはや庭にも出ず、ある日マルチーヌが上がってきてラモン医師の来訪を告げた時に会えないと強引に答えたのも、この荒々しい孤独な意志のすべてが不断の仕事に没頭するという目的だけに向けられていたからだ。許してくれ、ラモン。私も君を心から抱擁したいのだ！　というのも、パスカルは老いた師を慰めようと駆けつけたラモンの細やかな心づかいをしっかりと見抜いていたからだ。だがどうして時間を無駄にできようか？　なぜ感情や涙に身をさらすのか、それは気のゆるみなのに？　その日から彼は机に座り、午前も午後もそこで過ごし、時にはランプをつけて夜遅くまで続けた。彼は前々からの計画を実行したかった。新たな構想の下に自分の遺伝の理論をやり直し、一族から得られた記録や文書を使い、いくつかの法則にもとづき、ある人間集団において、生命がある人間から別の人間へと厳密に配分され、伝えられるということを、環境を考慮に入れながら証明するのだ。それは壮大な聖書のようであり、家族、社会、人類全体の創世記であった。彼はこのような計画の壮大さ、これほどに巨大な思想の実現に必要となる努力を最優先し、研究を完成することの至上の喜びの中で、自らの健康と信念、誇りを回復させることを望んでいた。それゆえに情熱を傾け、懸命に全力で取り組んだのだが、望みの成果が出せず、肉体や精神を酷使するばかりで、それなのに仕事に身が入らず、日毎に調子が悪くなり、絶望的になった。つまりこれは研究の決定的な破綻であろうか？　自分は研究に全存在を賭け、それを唯一の原動力、慰安としての善行であると考えてきたが、むしろ愛し愛されることがすべての理であると結論せざるをえないのか？　彼は時々深い瞑想に沈み、力の平衡についての新たな理論を考え続けた。人間が感覚として受け取るすべてを活動に還元しなければならないと証明しようとする理論であった。まったく規則正しい機械の機能の中で、生が燃焼させるものを力に換え、それと同時に論理的に機能する全器官の作用によって、生そのものを力強さや美として保つことができれば、どれほど正常で、あふれんばかりの幸福な生であることだろうか！　彼はそこに肉体的機能と同様に知的機能を、感情と同様に理性を、生殖機能を果たす部分と同じく脳の機能を果たす部分を見ており、そのどちらも決して過労に陥ることがないのだった。というのも過労は不均衡であり、病でしかないからだ。そうだ、そうなのだ！　生を生き直し、生きることを知るのだ。大地を耕し、世界を探求し、女性を愛し、完全な人間へと、すべての人が幸福になる楽園へとたどりつくのだ。存在のすべてを正しく使えば、知を愛する医学者は何と崇高な遺言を残せることであろうか！　だからこのはるかな夢想、この垣間見られた理論は彼を自責の念で充たし、これからはもはや力を浪費し、失うわけにはいかないと思うのだった。

まさしく悲しみの奥底で、パスカルは自分が終わった人間であるというこの思いに支配されていた。クロチルドへの哀惜、もはや彼女が自分のものではないという苦しみ、もはや決して彼女が自分のものにならないという確信がさらに頻繁に彼を襲い、あふれんばかりの苦しさがすべてを奪い去っていた。研究は打ち砕かれ、彼は時々書きかけのページに頭を垂れ、何時間も泣き続け、再びペンを取り上げる気力が戻らなかった。仕事への執念、昼間の渾身の没頭は恐ろしき夜、燃えるような不眠の夜につながり、彼はシーツをかみ、クロチルドの名を叫びたいのをこらえるのだった。彼女はこの陰鬱な家の至るところにいて、彼はそこに閉じこもっていた。彼女はそれぞれの部屋を通り抜け、すべての椅子に座り、あらゆる戸の前に立っていた。階下の食堂にいると、彼の正面の食卓には必ず彼女が現れた。階上の仕事部屋において、彼はいつも彼の伴侶であり続け、彼女自身そこで長い間閉じこもって暮していたので、彼女の幻影が様々な物から立ち昇ってくるかのようだった。彼は絶えず彼女が自分のそばにいるのを感じ、書見台の前ですらりとした身体を正し、パステル画の方へ身を傾け、繊細な横顔を見せているのが見分けられた。彼が愛しく狂おしい思い出につきまとわれながら逃げ出さないのは、彼女が至るところにいると確信していたからだった。庭でもテラスの端でも夢想し、ゆったりとした足取りで松林の散歩道をたどり、泉の相変わらぬ歌を聞きながらプラタナスの木の下に座り、涼み、黄昏時には麦打場で寝そべり、夢見るような眼差しで星を待っている彼女が見い出された。だが彼にはとりわけ欲望と恐怖の場所、震えながら入るしかない神々しい聖域があった。それは彼女が彼に身をゆだね、二人で一緒に眠った部屋だった。彼はこの部屋の鍵を肌身離さず、悲しい出発の朝から、物の置場所を少しもいじっていなかった。忘れられたペチコートがまだ肘掛椅子の上に垂れ下がっていた。そこで彼は香気のように空気の中に残っている彼女の息吹きや若さのさわやかな匂いまでを吸いこむのだった。彼は狂おしく腕を広げ、幻影を抱き締め、鎧戸の閉まった柔らかい薄明かりの中を、壁にかかった曙色の古びたインド更紗の色褪せた薔薇色の中をさまようのだった。彼は家具の前ですすり泣き、ベッドに接吻した。そこには神々しい彼女の肉体がはっきりと形をなし、痕跡が残っていた。それゆえにこの部屋にいることは喜びであったが、もはやそこにクロチルドの姿が見えないことの哀惜も覚え、この激しい思いゆえに彼はひどく消耗してしまい、あえてこの恐るべき場所を毎日訪れようとはせず、冷たい自室でベッドに入るのだが、そこでの眠れぬ夜は、彼の身近に生々しく彼女を感じさせてくれなかった。

研究に専念している中にあって、パスカルにとっての苦しみながらも大いなる喜びはクロチルドからの手紙だった。彼女は週に二度便りを定期的によこし、八枚から十枚に渡る長い手紙で日々の生活を知らせてきた。パリで彼女はあまり幸せでないようだった。マクシムは身体の不自由さから肘掛椅子から離れられず、甘やかされた病気の子供のような要求で彼女をひどく苦しめているにちがいなかった。というのも彼女は隠遁者のように暮らし、絶えず彼の看病をしているので、窓に近づいて通りに目をやり、ブーローニュの森を散歩する世間の人々を眺めることさえできないと語っていたからだ。そして彼女の言葉の端々から、兄はあれほど強く彼女を待ち望んでいたというのに、すでに彼女に対して疑いを抱き、騙され、財産を奪い取られるという不安の中にあって、仕えてくれる全員にまで不信と嫌悪を持ち始めているのが察せられた。二度、彼女は父親と会ったが、彼は常に上機嫌で、様々な事業を展開し、共和派に改宗し、政治でも金融でも華々しい成功を収めていた。サッカールは彼女を脇へ呼び、この哀れなマクシムの奴は本当に手に負えないし、もし献身的に看護するのであれば、かなり覚悟が必要だと説明した。彼女がすべてをこなせなかったことから、サッカールは親切にも次の日に、彼の理髪師の姪を寄越してくれた。彼女はローズという名の十八歳の小柄な若い娘で、明るいブロンドの髪であどけなく、今では病人のそばにいて彼女を手伝っていた。しかしクロチルドは不平を言わず、それどころか今の生活に対して平静で、満足し、甘受しているというように見せていた。彼女の手紙はけなげさにあふれ、残酷な別れに対する怒りも、自分を呼び戻してほしいというパスカルの愛情への切羽詰まった訴えもなかった。だが行間には憤懣に打ち震え、わずかな呼び掛けの言葉でもあれば、全身をパスカルに投げ出し、すぐにでも戻りたいという狂おしいばかりの思いがあったのだ！

それでもその言葉をパスカルは手紙に書きたくなかった。物事は調整され、マクシムは妹に慣れるだろうし、犠牲が払われたのだから、最後までやり遂げなければいけないのだ。一時の気の弱さで一行だけ書いてしまうと、努力の甲斐もなく、再び悲惨な苦しみが始まるからだ。パスカルにとって、クロチルドに返事を出す時が最も勇気を必要とした。燃えるような夜の間、彼は悶え、彼女の名前を激しく呼び、すぐに速達で彼女を呼び戻すために、起き上がって手紙を書こうとするのだった。そして朝になり、大いに泣いた後、熱狂から冷めるのだった。だから彼の返事は常にとても簡潔で、ほとんど冷淡だった。彼は一言一言に気をつけ、我を忘れているところがあると思うと書き直した。しかし何という拷問だ、この短くよそよそしくて、恐ろしい手紙は！　本心に逆らい、ただ彼女を自分から引き離し、あらゆる嘘の態度を取り、私は君を忘れているのだから、君も私を忘れられると信じこませるのだ！　手紙を書き終えると、彼はまるで蛮勇的行為をなしたかのように汗まみれになり、疲労困憊していた。

十月の下旬、クロチルドが出発して一ヵ月が経った頃、パスカルはある朝突然の息苦しさを覚えた。すでに何度か彼はこのような軽い息切れを感じていたが、それを研究による過労だと考えていた。しかし今回の徴候は間違いないもので、彼も自分を欺くことはできなかった。心臓部の刺すような痛みが胸部全体に拡がり、左腕に沿って下がり、圧迫し締めつけるような不快感があり、一方では冷や汗にまみれていた。狭心症の発作だった。発作は一分も続かず、彼はまず怯えるよりも驚いていた。医者が時々自分自身の健康状態に対して抱く盲目さで、彼は決して自分の心臓が冒されているとは疑ってこなかった。

彼が立ち直りかけた時、ちょうどマルチーヌが上がってきて、ラモン先生が階下におられ、お会いしたいとまた懇願していますと言った。そこでパスカルはおそらく知りたいという無意識の欲求に負けてしまい、叫んだ。

「そうか、わかった！　どうしてもというなら上がってもらおう。私も歓迎するよ」

二人の男は抱擁し合い、熱烈でいて哀歓をこめた握手を交わしただけで、去ってしまった人のことや家を虚ろにしてしまった出発をほのめかしはしなかった。

「うかがった理由がおわかりですか？」とラモンがすぐに叫んだ。「お金の問題のことなのです……ええ、義父のレヴェック氏はご存知のとおり代訴人ですが、昨日もまた、あなたが公証人のグランギロのところに預けていた資産について話したのです。そして奔走することをあなたに強く勧めておりました。というのも聞くところでは、いくらか取り戻せた人がいるそうなのです」

「ええ、私も解決に向かっていることを知っています」とパスカルは言った。「マルチーヌはもう二百フランを受け取っていますからね」

ラモンはとても驚いたようだった。

「何ですって、マルチーヌが？　あなたが問題に乗り出してもいないのに……とにかく、あなたの訴訟は義父にまかせてみませんか？　義父は事態を明らかにしてくれますよ。それにあなたはこんな仕事にかかわる時間も意向もないでしょう」

「わかりました、レヴェック氏にお任せします。深く感謝しますと伝えて下さい」

そしてこの問題が取り決められると、青年はパスカルの蒼白さに気づいていたので、質問すると、彼は微笑みながら答えた。

「狭心症の発作が起きましてね……ああ！　思いこみではありません、あらゆる徴候があったのです……だから診て下さい！　ちょうどここにいるのですから、聴診して下さい」

最初ラモンは診断の申し出を冗談のように受け止めたふりをし、断わった。自分のような新兵の医師が畏れ多くも将軍であるあなたを診断することなど、どうしたらできるでしょうか？　それでもラモンは彼を観察し、その顔が憔悴し、苦悶に充ち、眼差しには奇妙な怯えが浮かんでいるのを見ていた。彼はついに多大な注意を払って聴診し、長い間彼の胸に耳を張りつけていた。数分が深い沈黙の中に流れた。

「それで？」とパスカルは尋ねた。若い医師が身体を起こしたからだ。

若い医師はすぐには話さなかった。彼は先生の目が自分の目を直視しているのを感じていた。だから彼は目をそらさなかった。そしてこの問いの静かな潔さを前にして彼は短く答えた。

「そうです、間違いありません！　動脈硬化だと思います」

「そうか！　嘘を言わないでくれてありがとう」と博士が続けた。「君が嘘を言うのではないかとしばし心配していたんだ。その方が私には辛いことだから」

ラモンはまた耳を傾けていて、小声で言った。

「ええ、脈動が激しいです。最初の音は鈍いのですが、次の音は逆に響きわたります……下の方へ下がり、腋の下の方へ戻ってくるのがわかります……動脈硬化です。少なくともその可能性が高いです……」

そして身体を起こしながら言った。

「それでも二十年は生きられますよ」

「確かにそういう場合もある」とパスカルが言った。「少なくとも急死しない限りはね」

二人はずっと話しこみ、プラッサンの病院で観察された心臓の動脈硬化についてのある奇妙な症例について驚きを受けていた。そして帰り際に、若い医師はグランギロの件について進展があったら、また来ますと告げた。

一人になると、パスカルは悲嘆にくれた。数週間前からの動悸、めまい、息切れのすべてが解明されていた。とりわけこの器官、情熱と研究によって酷使されたこの哀れな心臓は疲弊し、彼は果てしない疲労と近づきつつある終末を感じ、今度ばかりはもはや自分を欺けなかった。それでも彼が感じていたのは恐れではなかった。彼の最初の思いは、いよいよ自分も遺伝の報いを受けるのであり、動脈硬化というこのある種の退化は彼に分け与えられた悲惨な生理であり、おぞましい血統からくる避け難い遺贈であるということだった。ある者は神経症という生来の病巣によって善にも悪にも向かい、天才にも犯罪者にも、酔っ払いにも聖人にもなっていた。またある者は肺結核、癲癇、運動失調症で死んでいた。自分は情熱によって生きたのであり、心臓がもとで死ぬのだろう。だから彼は間違いなく明白にして宿命的で、必然的なこの遺伝を前にしてもはや震えも苛立ちもなかった。反対に深い敬意を払い、自然の法則に対する憤激はすべて誤っていると確信していた。それではなぜ昔の自分は家族の一員ではなく、何も共通するところはなく異なっていると思い、大喜びし得意になっていたのだろうか？　何も考えていなかったのだ。共生しないのは怪物だけだ。自分も家族の一員なのだ！　自分の家族が他の家族と同様に正しく、美しいものであるとようやく思われてきた。というのも、あらゆるものは互いに似かよってはいるし、善と悪の釣り合いを取れば、人類は至るところで同じではないか？　彼は苦しみと死の脅威のもとにあって、とても謙虚にして穏やかに生命のすべてを受け入れるようになったのだ。

それ以後、パスカルはいつ死んでもいいという思いの中で生きた。それゆえに彼はさらに一段と成長し、完全な自己放棄へとたどりついた。彼は研究を止めなかった。研究は常にその過程にあり、しかも未完了のままであるとはいえ、自らの中でその努力がどれほどまでに報われているのかをとてもよくわかっていた。ある晩の夕食の時、帽子職人で、かつてテュレット精神病院にいたサルトゥールが首をつったことをマルチーヌから聞いた。夜の間中、彼はこの奇妙な症例、さらに皮下注射による治療によって殺人狂から完治したと信じていたこの男のことを考えた。彼は明らかにまた発作に襲われ、あまりにも明晰さを保っていたので、通りがかった人の喉に飛びかかるのではなく、自分の喉を絞めたのだった。パスカルがまともな労働者としての生活を再開するようにと勧めた時、まったく理性的であった彼の姿を思い浮かべられるほどだった。それではこの破壊力、殺人の欲求は自殺へと変わり、いずれにせよ死が役目を果たしたということなのか？　この男とともに、癒し手たる医者としての最後の思い上がりも消え失せた。そして毎朝彼は研究に向かうのだが、もはや自分はスペルを習う小学生、真実の揺れ動きに合わせ、絶えず真実を探し求める新米にすぎないと思っていた。

それでもこの穏やかさの中にあって、気がかりなことが残っていた。もし自分が先に死んだら、老馬のボノムがどうなってしまうかという不安だった。今では哀れな動物は完全に目が見えなくなり、四肢は麻痺し、もはや寝藁から離れられなかった。主人が様子を見にくると、それでも馬は物音を聞き、頭を向け、鼻面にしてくれる二つの接吻に敏感に反応していた。近隣の全員が肩をすくめ、博士が殺そうとしない老いた同類を笑い話にしていた。つまり次の日に屠殺人が来ることを考えながら、先に自分が死ぬのであろうか？　そしてある朝彼が馬小屋に入ると、ボノムは彼の足音に気づかず、頭を上げなかった。死んでいたのだ。ボノムは横たわり、穏やかな様子で、ここで死んだことで安らぎを得たかのようにく心地よさそうだった。主人は膝をつき、馬に最後の接吻をして別れを告げた。彼の頬には大きな二粒の涙が流れていた。

そしてこの日、パスカルは隣人のベロンブル氏に一段と関心を抱いた。窓に近づくと、庭の壁の向こうで、十一月の初めの蒼白い太陽を浴び習慣の散歩をしているのに気づいた。元教師がまったく幸せに生きているのを見て、彼はまず驚いてしまった。このようなことはこれまで一度も考えてこなかったからだ。七十歳の男がここで妻も子も犬もなく暮していて、生から外れた生きる歓びという幸福なエゴイズムのすべてを貫いているのだ。そして彼はこの男に対して怒り、生きることの恐怖に対して皮肉を言ったのを思い出した。彼はこの男の災難を望み、懲罰が訪れ、情婦だった女中や思いもかけぬ親類に復讐されることを願っていたのだった。だがそうはならなかったのだ！　彼はこの男が相変わらず矍鑠としているの見て、これからもずっとこのように強情にして吝嗇で、無為であるにしても幸せに老いていくのだろうと感じていた。それでもパスカルはもはや彼を嫌悪することなく、自ずと哀れみを覚えた。それほどまでに、パスカルは愛されないことが滑稽で悲惨であると思っていたのだ。自分は死にかけているが、それは一人だけでいるからなのだ！　私の心臓は破裂しそうだが、それはあまりにも多くのものであふれているからなのだ！　あの老人のエゴイズムは生あるもの、人間的なものに対して死を告げているのであり、それよりも苦しいだけだとしても、その苦しみを選ぶのだ！

そして夜になり、パスカルは新たな狭心症の発作を起こした。発作は五分近く続き、窒息すると思いながらも、女中を呼ぶ力がなかった。呼吸を取り戻した時、彼は彼女を心配させたくないので、この病気の悪化について誰にも話さないことにした。だが彼は自分が末期であり、おそらく一ヵ月と生きられないであろうという確信を抱いていた。彼が最初に思ったのはクロチルドのことだった。どうして彼女に早く来てほしいと手紙を書かないのか？　ちょうど昨日彼は彼女からの手紙を受け取ったところで、この日の朝に返事を書くつもりでいた。そして記録のことが突然頭に浮かんだ。もし自分がすぐに死んだら、母が主導権を持つようになり、記録を破棄するだろう。そして記録だけでなく原稿も、自分の三十年の思索と研究の所産たる文書も破棄されるのだ。こうしてあれほど恐れてきた大罪が犯されてしまうのだ。熱に浮かされた夜の間、彼はその唯一の恐れに震えながら起き上がり、耳をそばだて、戸棚がこじ開けられていないか聞き入っていた。彼は汗をにじませ、自分の研究が奪い取られ、破棄され、灰となって風に投じられるのをまざまざと目に浮かべた。だからすぐに彼はクロチルドのことを再び思い、彼女を呼び戻すだけで充分だと独り言を言った。彼女はここにいてくれるだろう。自分の目を閉じ、自分の思い出を守ってくれる。彼はすでに座り、朝の郵便に間に合うように急いで手紙を書こうとした。

しかしパスカルはペンを手に持ち、白紙を前にすると、ためらいがちになり、自己嫌悪に襲われた。記録への思い、彼女に記録を守り、救ってもらうというもっともらしい計画は自分の弱さの裏返しであり、クロチルドを取り戻すためにでっち上げた口実ではないのか？　奥底にはエゴイズムがあるのだ。自分のことだけを考えているのであり、彼女のことではないのだ。彼には彼女が、老いた病人の看護を余儀なくされ、この哀れな家に帰ってくるのが見えた。とりわけ自分がある日彼女のそばで死につつあり、彼女が怯え、悲しみに沈み、臨終の激しい恐怖に見舞われているのが見えた。だめだ、そんなことはできない！　彼女を恐ろしい瞬間に立ちあわせたくない。残酷な別れの日々、それに続く悲惨さ、悲しみを彼女に贈ることはできない。罪であるからだ。彼女の幸せと平穏さだけが重要なのだ、それ以外のことはどうでもいいのだ！　自分はこのひっそりとした場所で死んでいこう、彼女の幸福を信じ幸せに包まれて。原稿の救済に関しては、もし仕分けできる力があれば、ラモンへゆだねよう。そしてたとえすべての文書が消滅することになろうとも、それに同意しよう。自分のものがもはや何も残らず、自分の考えすら残されないとしてもそれを認めよう。自分のことで愛する人のその後の生活を乱すことがないようにするのだ！

だからパスカルはいつものような返事を書き始め、大きな苦痛を覚えながら、意図的につまらない冷淡な手紙をしたためた。クロチルドは先の手紙でマクシムについて不満をもらしていなかったが、兄が自分に関心を失い、サッカールの理髪師の姪で、あどけなく明るいブロンドの小柄な若い娘のローズとますます楽しんでいることをほのめかしていた。パスカルは肘掛椅子で身体を動かせぬマクシムを手なづけ、巧みに略奪する父親の策略を嗅ぎつけていたし、マクシムにはかつての早熟な悪徳が死の接近とともに戻ってきているのに気づいていた。だが不安を覚えながらも、クロチルドにはたいした忠告も与えず、義務は最後まで果たさなければいけないと繰り返した。署名すると、涙で目が曇っていた。彼は老いた寂しい動物のような自分の死、接吻も愛する人の手もない自分の死に署名していたのだ。それから疑念が湧き起こった。彼女を向こうの悪しき環境の中に放っておくのは正しいのだろうか、彼女の周りにあらゆる類のおぞましいことが生じているらしいのに？

毎朝九時頃スレイヤードに配達人が手紙や新聞を届けにきた。パスカルがクロチルドへ手紙を書く時、配達人に手紙を直接手渡しするという用心深い習慣があり、誰にも書簡が横取りされない確実な手段を取っていた。さてこの日の朝、彼が書き終えたばかりの手紙を手渡ししようと階下へ降りたのだが、いつもとは異なる曜日にクロチルドからの手紙が届いたので、驚いてしまった。それでも彼は自分の手紙を出した。それから再び上がり、封筒を破りながら机の前に座った。

そして最初の数行からとても驚き、茫然としてしまった。クロチルドは妊娠二ヶ月だと書いていた。彼女がこの知らせを伝えるのをこれほどためらっていたのも、彼女自身が絶対的な確信を得たかったからだ。今や思い違いではなく、妊娠は確実に八月の終わりのあの幸福な夜にさかのぼるものだった。家から家へ訪ね歩き、悲惨さを味わった夜、彼女が王の饗宴にふさわしい若さを捧げた夜のことだった。二人は互いの抱擁の中で、子供を思う神々しい喜びが高まり、通り抜けるのを感じなかっただろうか？パリに着いてから一ヵ月が経ち、生理が遅れ、体調が悪かったが、別離による動揺と悲しみのためだと思いこみ、信じていなかった。だが二ヵ月目にも生理がなく、彼女は数日待ち、そして今日になって妊娠を確信し、あらゆる徴候もそのことを証明していた。手紙は短く、ただ事実だけを述べていたが、熱烈な喜びと限りない愛情の衝動にあふれ、すぐに戻りたいという思いに充ちていた。

狂喜し、誤解しているのではないかと恐れながら、パスカルは手紙を読みなおした。子供なのだ！自分にはつくれないと自嘲していた子供が荒涼とした北風の大きく吹き抜ける別離の日にすでにここにいたのだ！　そして平原の中を列車が逃げるように遠くに去っていくのを見た時、彼女は子供とともにあったのだ！　ああ！　それは価値ある存在にしてかけがえのない善で、かけがえのない生命だった。彼は幸福と誇りで充たされていた。彼の研究、遺伝の恐れは消え失せていた。子供が生まれるのだ、どんな子供であってもかまわないのだ！　受け継がれ、生命が伝えられ、永遠となるのだ、もう一人の自分なのだ！　彼は心の奥底まで揺り動かされ、彼の存在のすべてが感動に打ち震えていた。彼は笑い、大声で語り、狂ったように手紙に接吻していた。

しかし足音がして彼を少しばかり平静にさせた。顔を向けると、マルチーヌが目に入った。

「旦那様、ラモン先生が階下におられます」

「ああ！　上がらせなさい、上がらせなさい！」

そしてさらなる喜びが到来した。ラモンはドアのところから陽気に叫んだ。

「やりましたよ！　先生、お金が戻ってきます。全額ではありませんが、かなりの額です！」

そして彼は義父のレヴェック氏が明らかにした予期せぬ幸運な事態を語った。十二万フランの領収書がパスカルをグランギロに対する個人的債権者としていたが、グランギロに支払い能力がなかったので、何の役にも立っていなかった。救済の手立ては委任状の中に見出された。それはある日博士が公証人からの依頼を受けて、金のすべてか、もしくは一部を抵当として投資運用する件で渡していたものだった。代理人の名前がそこに記されていなかったので、よくあることだが、公証人は自分のところの見習生の一人を名義人にしていた。こうして八万フランが見つかったのだった。正常な抵当として預けられていて、この律儀な調停者のおかげで完全に公証人の取引から外されていた。もしパスカルが行動し、告訴していたら、このことはずっと前に判明していたはずだった。とにかく四千フランの金利収入は間違いなく彼のもとに戻ってきていた。

彼は青年の手を取り、歓喜にあふれて握りしめた。

「ああ、私がどんなに幸せかをあなたにわかってもらえたら！　このクロチルドからの手紙は大いなる幸福をもたらしたのです。私は彼女を呼び戻すつもりでいました。でも貧しいこと、彼女に強いることになる不自由を思い、帰ってきてもらう甲斐がないと思っていました……でもこうして財産が戻ってくる、少なくとも私の身近な生活は安定させることができるのです！」

あふれる感動の中で、パスカルはラモンに手紙を渡し、読むように勧めた。それから青年はパスカルが感極まっていることに気づき、感動し、微笑みを浮かべながら手紙を返し、あふれんばかりの愛情から、彼をまるで同輩か兄のように大きく抱きしめた。二人の男は激しくお互いの頰に接吻した。

「君は幸運と手を取り合ってきてくれたのだから、さらに君に頼みたいことがある。老女中を含めて、私がここの人たちを信用していないのをわかっているでしょう。だから君に電報を打ってもらいたいのです」

彼は再び机の前に座り、短く「私は君を待っている、夜発たれたし」と書いた。

「さあ」と彼は続けた。「今日は十一月六日だね？　今は十時少し前だから、彼女が電報を受け取るのは正午頃だろう。そうすれば、荷造りをして、今晩の八時の急行列車に乗るのに充分間に合うし、明日の昼頃にはマルセイユに着く。だが接続の列車はすぐにないので、ここに着くのは明日、十一月七日の五時頃になるだろう」

電報を折りたたむと、彼は立ち上がっていた。

「ああ、明日の五時まで待たなければならないとは！　何と待ち遠しいことだ！　何をして待っていればいいのだ？」

それから博士は不安に襲われ、慎重になった。

「ラモン君、お願いだから、私に対して隠し立てはしないでくれ」

「何のことですか、先生？」

「いや、わかっているはずだ……前に君は私を診察してくれた。私はあと一年持つと思いますか？」

そして彼は青年を凝視する眼差しでとらえ、視線を背けさせなかった。それでも青年は逃れようとし、冗談を言った。医者が本気でそんな質問をするなんて？

「お願いだ、ラモン。真剣に答えてくれ」

そこでラモンは本心から、確実にあと一年は生きられる希望を持てるというのが自分の意見だと答えた。彼はその理由として、動脈硬化は比較的進行していない状態にあり、他の器官が完全に健康であることをあげた。突発事は常にありえたので、おそらく未知の可能性も考慮に入れなければならなかったが、それについてはわからなかった。そして二人はこの症例に関して議論するに及んだが、彼らは病人の枕元で診断し、賛否を問い、それぞれに論拠をあげ、最も確かで賢明な診断に基づき、前もって臨終の日を定めるかのように落ち着いていた。

パスカルはあたかも自分のことではないかのように再び冷静さを取り戻していて、自分のことは念頭になかった。

「そうだな」と彼がようやく呟いた。「君の言うとおり、一年は生きられるかもしれない……ああ、しかし二年はほしいのだ！　確かに愚かな希望だ、永久の喜びを望むなど……」

そして未来の夢想に身をゆだねながら言った。

「子供は五月の終わり頃に生まれる……その子が少しでも成長するのを見られたらとても幸せだ。十八ヶ月まで、二十ヶ月まで見られれば！　それ以上は望まない。ただその子が立ち上がり、初めて自分の足で歩くまでの時間があれば……多くは願わない。その子が歩くのを見たい。そしてその後は、ああ！　その後は……」

彼は身振りで思っていたことを補った。そして夢想に捉われているようだった。

「だが二年は無理なのだ。それでも私はとても変わった例を知っている。城外の車大工は私の予想をことごとく裏切り、四年も生きた……私は二年だ、二年は生きたいのだ！　二年は生きなければならないのだ！」

ラモンは頭を垂れていて、もはや相槌を打っていなかった。彼は当惑し、楽観的すぎたと思っていた。師の喜びが彼を不安にさせ、あたかもこの興奮でさえもかつては堅固だった脳を乱し、密かに切迫している危険を告げているようで、痛ましく思われていた。

「この電報はすぐに出さなくてよいのですか？」

「いや、出して下さい！　すぐにお願いします、ラモン君。それから明後日は君を待っていますよ。彼女がここにいる。君に駆けつけてもらい、私たちを抱擁してほしいのです」

その一日は長かった。そしてその夜の四時頃、パルカルは幸せな希望と夢想の中で、眠れずにいた後、ようやく眠りについたところだったが、突然の恐ろしばかりの激しい発作に目が覚めた。途方もない重しが、家全体が胸の上に崩れ落ちたかのようで、胸部が押しつぶされ、背中にくっついたかと思われるほどだった。そしてもはや呼吸できず、痛みが両肩や首に広がり、左手を麻痺させていた。だが意識はまったく明瞭なままで、心臓停止の感覚があり、万力のように自分を窒息させるこの恐ろしい圧迫の中で、命の火が消えかけていると思われた。発作がさらにひどくなる前に、彼は力を振り絞って起き上がり、杖で床を叩き、マルチーヌを上がってこさせようとした。それから彼は再びベッドの上へ倒れ、もはや動くことも声を出すこともできず、冷や汗にまみれていた。

幸いなことに、虚ろな家の大いなる静けさの中で、マルチーヌは物音を聞きつけていた。彼女は服を着てショールを羽織り、蠟燭を持って素早く階段を上がった。夜はまだ深く、薄明が現れようとしていた。そして彼女は主人の目だけが生気を保ち、顎を食いしばり、口がきけず、苦悶によじれた顔をして自分を見つめているのがわかり、驚愕し、怯え、ベッドに飛びついて、叫ぶことしかできなかった。

「ああ、旦那様！　どうなさいました？　聞こえますか、旦那様、しっかりして下さい！」

一分間にわたって、パスカルは息がつまるばかりで、どうしても呼吸が戻らなかった。それから肋骨のあたりの万力のような圧迫が次第に収まり、とても小声で呟いた。

「整理机の五千フランはクロチルドのものだ……クロチルドに伝えてくれ、公証人の問題は片づいたし、それで何とか生活には困らないはずだ……」

そこで彼の言葉を聞いたマルチーヌは啞然とし、絶望し、ラモンがもたらした朗報も知らなかったので、自分の嘘を告白した。

「旦那様、許して下さい、私は嘘をついていました。でもこれ以上嘘をついていられません……あなたが一人だけで、とても不幸なのを見て、私は自分のお金に手をつけたのです……」

「そんなことまでしてくれていたのか！」

「ああ、いつか旦那様が返して下さると漠然と思っていましたから！」

発作が収まると、彼は顔を向け、彼女を見つめることができた。彼は本当に驚き、感動していた。それでは自分はこの吝嗇な老いた女性の思いやりの中で過ごしていたのか？　三十年の間ひたすら財産を貯めこみ、他人のためにも彼女のためにも、一スーだって決して出そうとしなかったこの女性の思いやりの中にいたのか？　彼はまだよく理解していなかったが、率直に感謝の思いと優しさを示したかった。

「あなたはすばらしい女性だ、マルチーヌ。お金はすべて返ってくるよ……私はきっと死んでしまうだろうが……」

彼女は最後まで言わせず、彼女の存在のすべてが目覚め、抗議の叫びを上げる中で憤っていた。

「死ぬだなんて、そんな、旦那様！　私より先に死ぬなんて！　いやですよ。何でもしてみせます、死なせはしません！」

そして彼女はベッドの前に身を投げて跪き、我を忘れ、両手で彼を握り締め、手でさすり、痛がっているところを探し、あたかも彼を自分から奪われないように、彼をつかまえていた。

「気分はどうかおっしゃって下さい。私があなたを看病します。私があなたを救います。もし私の命が必要なら、私の命を旦那様に与えます……私は昼も夜も、とても元気に過ごせます。私はずっと丈夫だし、病気などに負けません、そうでしょう……死ぬだなんて、死ぬだなんて、ああ、だめです、そんなこと！　神様がこんな不正を望まれるはずもありません。私は心をこめてこんなに祈ってきたのです。少しは私の声を聞いてくれるでしょう。神様が私の願いをかなえてくれます、旦那様。神様があなたを救って下さいます！」

パスカルは彼女を見つめ、その言葉を聞き、いきなりすべてをはっきり理解した。彼女は自分を愛しているのだ、この哀れな女性は自分をずっと愛していたのだ！　彼は彼女の三十年にわたる盲目的な献身を、かつて彼女が若く、跪いて仕えていた時の無言の崇拝を、ずっと後のクロチルドに対する密かな嫉妬を、その時期に彼女が自分でもわからないままに苦しんだにちがいないすべてのことを思い出していた。そして彼女はここにおり、今日もまた跪き、死の床の前にいた。髪は白くなりかかり、目は灰色で、顔は独身生活によってやつれ、修道女のように蒼ざめていた。だから彼は彼女がすべてを自覚しておらず、どれほどの愛情で彼のことを愛しているのかさえ知ることもなく、ただ彼を愛し、そばにいて、仕えるという幸福だけを愛していることとさえ気づかずにいるのだと感じていた。

涙がパスカルの頬を流れた。痛ましい憐憫の情、限りない人間本来の愛情が彼の半ば破れていた哀れな心からあふれ出ていた。彼は彼女に親しく語りかけた。

「お前は本当にすばらしい女性だ……さあ！　お前が私を愛しているのなら、心から抱擁してくれ！」

彼女も同じように涙を流していた。彼女は主人の胸の上に灰色の頭を、長い女中生活によってやつれた顔を落とした。夢中で彼女は接吻し、その接吻の中に自分の生命のすべてをこめていた。

「ありがとう！　でも感激している場合ではない。つまり、わかるだろう、どうにもならないし、もう終わりなのだ……愛されることを望むなら、私の言うことを聞いてくれ」

まず彼は何としてでも自分の部屋から出たかった。彼にとってこの部屋はとても寒く、優しくなく、虚ろで暗いように思えた。他の部屋で、クロチルドの部屋で死にたいという望みを覚えたのだった。そこは二人が愛し合った場所であり、部屋に入ると、すぐに敬虔な震えを覚えた。これはマルチーヌの最後の献身にちがいなく、彼女は彼が起き上がるのを助け、身体を支え、よろめきながらいまだ暖かいベッドへ導いた。彼は毎晩自分の枕の下に守っておいた戸棚の鍵を持ってきた。そして彼はこの鍵をこちらの枕の下に再びしまい、生きている間は自分の目の届くところに置くつもりだった。ようやく夜が明け始めていて、女中は蠟燭を机の上に置いた。

「これでまた横になれたし、少しは呼吸も楽になったから、お前はラモン先生のところへ急いで行ってきてくれ……彼を起こし、連れてきてくれ」

彼女が部屋を出ようとした時、彼はある恐れに捉われた。

「それと、いいかい、母のところへ知らせに行ってはいけない」

困惑し、懇願するように彼女は彼を振り返った。

「ああ！　旦那様、フェリシテ奥様は何度も私に約束させて……」

しかし彼は頑としてゆずらなかった。生涯を通じて、彼は母に対して敬意を示してきたので、死ぬ時は、彼女に抗える権利があると信じていた。彼は母と会うことを拒んでいた。女中は黙っていると彼に誓わなければならなかった。そこでようやく彼は微笑みを取り戻した。

「早く行ってくれ……ああ！　戻ってくればまた会えるよ。今すぐ死んでしまうわけではない」

ついに日が昇り始め、悲しげな薄明が十一月のほのかに照らされる朝の中にあった。パスカルは鎧戸を開けさせておいた。一人になると、この光が明るくなっていくのを眺めた。おそらくこれが彼の生きる最後の日の光だろう。昨日は雨が降り、太陽は曇ったままで、暖かさが残っていた。近くのプラタナスの木々からは鳥たちの目覚めが聞こえてきたし、彼方ではまどろむ田園の奥で機関車が嘆くように、途切れることなく汽笛を鳴らしていた。そして彼は一人で、陰鬱な広い家に一人だけで、自分の周りに空虚さを覚え、その沈黙に耳を傾けていた。日はゆっくりと明けてきて、彼は窓ガラスの上に拡がり、白んでいく光の色彩を目で追い続けていた。そして蠟燭の炎が呑みこまれ、部屋全体が明るくなった。彼はそこに安堵を覚え、失望することはなかった。曙色の壁紙、馴じんだ家具類、彼があれほど愛し、死ぬために横たわっているベッドは慰安をもたらしていた。高い天井の下にある部屋は軽く震えているようで、ずっと若さの清純な香りと愛の限りないかぐわしさが漂い、まるで誠実な愛撫であるかのように彼を包み、励ますのだった。

しかし激しい発作は止んだとはいえ、パスカルは恐ろしいまでに苦しんでいた。刺すような痛みが胸の奥に残り、左腕はしびれ、鉛の腕のように肩を重くしていた。マルチーヌがもたらしてくれる助けを果てしなく待ち続ける中で、彼の思いはついに肉体が叫びを上げているこの苦痛へ向かわざるをえなかった。そして彼は苦痛を甘受し、怒りを覚えることもなかった。かつては肉体に苦しんでいる人を見るだけで腹を立てていたし、苦痛は恐ろしいばかりで何にもならない兇暴さのように彼を激怒させたものだった。癒し手としての自分に対する疑念の只中にあって、もはや病人を治療することは苦痛と戦うことでしかなかった。彼がついには苦しみを受け入れ、今や彼自身もが痛みの責苦を耐えているのは、まさに彼が生命への信念の中をさらに一段と平静な頂に向けて昇っているからだった。その穏やかさに充ちた頂からは生命が完全に善良なものとして現れ、たとえ苦しみが避け難い条件であろうと、その苦しみとはおそらく生命を動かす力ではないだろうか？　そうなのだ！　すべての生命を生きること、すべての生命を生き苦しむことだ。逆らうことなく、現実の苦しみから目をそらさず、苦しみを美化すると思いこむこともなく。これらのことが瀕死の病人の目に、大いなる勇気にして大いなる知恵であるかのように、はっきりと現れていた。そして待つことを紛らわし、痛みをはぐらかすため、彼は自分の最近の理論を再び考え、苦しみを利用し、苦しみを活動や労働へと変える手段について夢想していた。もし人間が文明の中を上昇するにつれてさらに苦痛を感じるのであれば、それは間違いなく人間がまたずっと強く、丈夫に、頑丈になるからなのだ。脳という器官は働き、発達し、強くなるのだ、受け取る感覚と生み出す労働の間の平衡が破られないならば。それから労働の総和と感覚の総和が完全に釣り合い、苦しみさえ役立てられ、それゆえ苦しみが消え去ってしまうような人類を夢想できるのではないか？

今や太陽が昇り、苦痛の小康状態の中にあって、パスカルがこのはるかな希望に思いをめぐらせていた時、胸の奥で新たな発作が起きるのを感じた。耐え難い不安の瞬間だった。これで終わりなのか？　私は一人きりで死ぬのか？　しかしちょうどその時、急ぎ足でラモンが階段を上ってきて部屋に入り、マルチーヌが続いた。だから病人は息苦しくなる前に、彼に伝える時間があった。

「注射を、すぐに蒸留水の注射を！　二度、少なくとも十グラムだ！」

生憎なことに、医者は小さな注射器を探す必要があり、それからすべてを準備しなければならなかった。それには数分がかかったので、発作がひどくなっていた。ラモンは心配しながら、パスカルの発作がひどくなり、顔がゆがみ、唇が蒼ざめるのを見守っていた。ようやく彼が二度の注射をすると、症状に急速な変化はなかったが、次第に目に見えてよくなっていくのがわかった。今回も、また不幸は避けられたのだった。

しかしパスカルは息苦しさが去ると、振り子時計に視線を投じ、弱く穏やかな声で言った。

「七時だね……十二時間後、夜の七時に、私は死ぬだろう」

そして青年が抗議し、異議を唱えようとしていたので、続けた。

「いや、嘘は言わないでほしい。君は私の発作に立ち会ったのだから、私と同じくらいわかっている……これから後は、すべてが厳密な順序で起きるだろう。だから時を追って、君に病状の段階を語ることができる……」

彼は言葉を止め、やっとのことで呼吸をした。そして付け加えた。

「それに万事が整っている、私は満足しているよ……クロチルドは五時にはここに来てくれるし、あとは彼女を見て、彼女の腕の中で死ねたらそれで充分だ」

それでもすぐに、彼は著しく病状が回復した。注射の効果は本当に奇跡的なものだった。だから彼は背中を枕で支えながら、ベッドの上で身体を起こすことができた。彼の声は再び淀みなく流れ、これほど頭脳が明晰になったことはないように思われた。

「さあ、先生」とラモンが言った。「私はあなたから離れませんよ。私は妻に言ってきました。今日はこちらで先生と一緒に過ごすからと。あなたの発言が本当にならないことを願っています……そうではありませんか？　こちらでくつろがせていただきますよ」

パスカルは微笑んでいた。彼はマルチーヌに命じ、ラモンのために食事を出させようとした。それにもしお前の手が必要になれば、すぐに呼ぶから。そして男二人だけでとても親密に雑談し、一人は横たわり、大きな白い髭を備えて、賢者のように語り、もう一人は枕元に座り、耳を傾け、弟子のような敬意を示していた。

「本当に」と師が自分自身に言い聞かせるように呟いた。「信じられない、この注射の効き目ときたら……」

そして声を高め、陽気めかして言った。

「ラモン君、それほどの贈り物ではないが、君に私の原稿を残したい。本当だ。私が死んだら、君に渡すようにクロチルドに命じてある……書いてあることを調べると、おそらくとても不愉快な事柄が見つかるでしょう。でもいつの日か、君がそこから何かすぐれた思想を引き出してくれればいいのだ！それがみんなのためになるのだ」

そしてこれを皮切りに、彼は科学に関する遺言を与えた。彼は自分が孤独な開拓者、先駆者であったにすぎず、様々な仮説を立て、実践の中で手探りし、まだ未熟な方法ゆえに失敗しているとはっきりと認識していた。彼は神経組織の注射によって、万人のための万能薬を発見したと思いこんでいた時の自分の熱狂を思い出した。そして落胆、絶望があった。ラファアスの急死、ヴァランタンの命を奪った肺結核、再びサルトゥールを捉え、首を吊らせてしまった狂気の勝利。それゆえ彼は疑念に包まれ、もはや癒し手としての医者に欠かせぬ信念を失い、この世を去っていこうとしていたが、あまりにも生命を愛していたので、最終的には生命に唯一の信頼を寄せ、生命それ自体から健康と力を引き出さねばならないと確信するようになっていた。しかし彼は未来を閉ざすことを望まず、反対に自分の仮説を若い世代に遺贈できることがうれしかった。二十年間を通じて理論は変わり続けており、確固たるものは獲得された真実だけであり、それに基づき、科学は自らを樹立し続けているのだ。たとえ彼の功績が暫定的な仮説をもたらしたにすぎないにせよ、彼の研究は徒労に終わらないであろう。というのも進歩は確実に奮闘の中に、常に歩み続ける知性の中にあるからだ。それに誰にわかろうか？　彼が注射による希望をいささかも実現することなく、困惑と疲労の中で虚しく死のうとも、若く熱烈で力のある研究者が登場し、着想を受け継ぎ、明らかにし、広く応用するだろう。そしてまったく新しい世紀が、まったく新しい世界がそこから出発するだろう。

「ああ、ラモン君」と彼は続けた。「もう一度人生を生き直せたら！　そうだ、私はやり直し、自分の着想を再び推進するでしょう。というのも最近になって、私は蒸留水の注射にもほとんど同等の効果があるという奇妙な結果に驚かされたからです……つまり注射される液体が何であれ、そこにはただ機械的な働きしかない……先月中かかって、私はこのことについて多くのことを書き上げた。興味深いメモや注釈が見つかるだろう……要するに、私はそうした働きがあるのだということばかりを思い、健康とはすべての器官の平衡的な作用だと考えるようになったのです。あえて言うなら、ある種の力動的な治療形式を考えているのです」

彼は次第に熱気を帯び、近づきつつある死を忘れてしまい、生命への熱烈な好奇心しか念頭になかった。そして彼は大づかみに最新の自説を描いていた。人間はある環境と自然の中につかっていて、それとの接触により神経末端は永続的に刺激を受ける。その結果、知覚だけでなく、肉体のあらゆる表面、つまり内面も外面も含めて動き出す。そこで、これらの感覚が脳、骨髄、神経中枢の中で反響し、刺激となり、運動や知能へと変わっていくのだった。そして彼は健康とはこの働きの正常な進行にあると確信していた。感覚を受け取り、それを運動や知能へ変え、諸器官の規則正しい働きによって人間という機械を養うのだ。こうしてその働きは偉大な法則に、活発な世界の調整の役割になっていた。それゆえに、もし平衡が断たれ、外部からの刺激が充分でなくなるなら、治療が刺激を人為的に創り出し、緊張を取り戻させることが必要であり、それこそが完全な健康状態なのだ。そして彼はまったく新しい治療を夢想していた。つまり暗示療法であり、感覚に対して医者が万能の権威をふるうことだった。皮膚や腱に対してはマッサージ療法であり、胃に対しては食事療法であり、肺に対しては高原での大気治療であった。そして最後に輸血であり、循環系器官に対する蒸留水の注射であった。これらの否定できないまったく機械的な作用からパスカルは手がかりを与えられ、今になって、すべてを包含しようとする精神の欲求から仮説を展開せずにはいられず、感覚を受け取り、働きに還元し、再びこの完全な平衡の中で救われる世界を、永久の働きの中に回復された世界の振動を見ていた。

それから彼は本当に笑い始めた。

「そうだ！　またしても飛躍してしまったか！　それでも私は心の底で信じているのだ。唯一の知恵とはなすがままにさせ、自然にまかせることだと！　ああ、救いようのない狂った老人だ！」

しかしラモンは愛情と賛嘆に駆られ、彼の両手を握っていた。

「先生、先生！　情熱によって、あなたのような熱狂によって、非凡なことがなされるのです！　何の危惧もありません。私が聞いています。私はあなたの遺産を受け継ぐにふさわしい人間になれるように努力します。それに私もあなたと同じように信じています。おそらく偉大な明日は、まさしくあなたの言われることの中にあるのです！」

感動に包まれた静かな部屋の中で、パスカルは最後の教えを与え、死んでいく哲人の健気な穏やかさで再び話し始めた。今や彼は個人的観察に戻り、自分自身が労働、それも苛酷でなく、整然とした規則正しい労働によってしばしば回復したことを説明した。十一時が鳴ったので、彼はラモンが食事をすることを望んだ。そしてマルチーヌが給仕をする間も、よく通る大きな声で会話を続けた。太陽はようやく朝の灰色の雲間を突き抜け、まだ半分雲に隠れていたが、とてもやわらかな光で、金色の層となって輝き、広い部屋を暖めていた。それから彼はミルクを何口か飲み干すと黙りこんだ。

その時、若い医師は梨を食べていた。

「痛みがひどくなったのですか？」

「いや、大丈夫だ。治まったよ」

しかし嘘はつけなかった。発作が起きていて、ひどい苦しみだった。突然息苦しくなり、彼は枕の上でのけぞり、顔はすでに蒼ざめていた。彼は両手でシーツを握りしめ、そこに支えを見つけ、胸を押しつぶす恐ろしい塊を持ち上げるかのようにしがみついた。打ちのめされ、鉛色になり、彼は目を大きく見開き、絶望と苦痛ゆえのすさまじい表情で、振り子時計を凝視していた。そして緩慢に十分が経過するうちに、息を引き取りそうになった。

すぐにラモンが注射をした。もはやすぐに苦痛は楽にならず、効果が落ちていた。

生命を取り戻すと、パスカルの目には大粒の涙が浮かんだ。言葉が出てこなかった。彼は泣いていた。

そして涙でかすむ目で、ずっと振り子時計を見つめていた。

「私は四時には死ぬよ。彼女とは会えないだろう」

そこでラモンが彼の気をそらそうと、あらゆる証拠に逆らって死期はまだそれほど迫っていないと断言したので、パスカルは再び学者の情熱に捉われ、具体的な観察に基づいた最後の教えを若き同業者に与えたかった。彼は何度も自分と同じ症状の患者を看たことがあり、とりわけ病院で動脈硬化に冒された哀れな老人の心臓を解剖したことを思い出していた。

「私には自分の心臓が見える……枯葉のような色で、筋肉繊維は柔軟性を失っており、縮んでしまったかのようだが、容積は増している。炎症によって心臓が硬化したにちがいなく、メスを入れるのは容易ではない……」

彼はさらに声を落として続けた。すぐに彼は心臓が力を失い、収縮が弱まり緩慢になるのをはっきりと感じた。正常な血液の噴出の代わりに、大動脈からはもはや赤い粘液しか出ていかなかった。その後で静脈はにごった血であふれ、吸い上げ、押し上げるポンプであり、すべての機械の調整器である心臓の速度が遅くなるにつれて、さらに息苦しくなった。そして注射の後、彼は苦痛にもかかわらず、この器官が漸進的に目覚め、活力を受けて再び動き出し、静脈のにごった血を取り除き、また力を吹きこみ、動脈に赤い血を送り出すという経過をたどっていた。だが注射の機械的な効果が切れそうになると、発作が再発しそうになった。彼はほとんど正確に発作を予想できた。注射したことで、まだ三回の発作があるだろう。そして三度目の発作で命が奪われ、四時に死ぬだろう。

そして次第に弱々しくなる声で、彼は心臓の健気さについて、最後に熱狂をこめて語った。この生命の執拗な働き手は他の器官たちが怠惰にも休息につき眠っている間さえ、絶えることなく存在のすべての時を刻むために働いているのだ。

「ああ、すばらしき心臓よ！　お前は何と雄々しく闘っていることか！　何という信念だ、何という高潔さだ、決してたゆまぬ筋肉よ、お前は死を望まず、お前は大いに愛し、大いに闘った。だからお前は砕けるのだ。だがすばらしき心臓よ、お前は死を望まず、また闘おうと起き上がろうとしている！」

しかし予想されていた最初の発作が起こった。今度パスカルは息をあえがせたままで、取り乱し、うめくような痛々しい言葉しか出てこなかった。彼の健気さにもかかわらず、かすかなうめき声がもれていた。何ということだ！　この責苦は終わらないのか？　それでも彼の唯一の熱烈な望みは臨終を引き伸ばし、最後に一度クロチルドを抱擁するまで生きることだった。ラモンが執拗に繰り返しているように、自分をあざむき、五時まで生きるのだ！　彼の視線は再び振り子時計に向けられており、もはや時計の針から目を離さず、数分が永遠の長さにも思われた。かつて二人は時々この帝政期の振り子時計についての冗談を言っていた。金メッキされたブロンズの枠組の中で、微笑むキューピッドが眠っている時の神に見とれていると三時を示していた。それから三時半になった。せめて二時間の命を、あと二時間の命を！　太陽が地平線に沈み、大いなる静けさが冬の薄明るい空を包んでいた。時々、彼は彼方の広々とした平野を横切り、汽笛を鳴らしている機関車に耳を傾けていた。この汽車はテュレットへ行くのだ。だがあの汽車は、マルセイユからくる汽車は決して到着しないのだ！

三時四十分に、パスカルは近づくようにとラモンに合図をした。彼はもう大きな声では話すことができず、声も届かなかった。

「六時まで生きるためには、脈がこれ以上低くなってはいけない。まだ私は望みをかけているが、もうおしまいだろう……」

そして呟きの中で、彼はクロチルドの名前を呼んだ。それは口ごもりながら発された悲痛な別れであり、彼は彼女と再び会えないことに恐ろしい苦悶を覚えていた。

それから原稿についての心配が再び現れた。

「離れないでほしい……鍵は枕の下にある。クロチルドに取るように言ってくれ。彼女がすべてを承知している」

三時五十分の新たな注射は効果がなかった。そして四時が鳴ろうとする頃、二度目の発作が現れた。急激に息をつまらせた後、彼は全身の力を振り絞ってベッドから飛び起き、立ち上がって歩くことを望んだ。広さと明るさと大気への希求が彼を前へ押し出し、向こうまで進ませた。生命の、彼のすべての生命の抗い難い呼び声が隣の仕事部屋の奥から自分のところへ伝わってきた。だから彼は走り出し、よろけ、息をつまらせ、左側に身をかがめ、家具につかまった。

素早くラモン医師は彼を止めようと駆けつけていた。

「先生、先生！　横になって下さい、お願いです！」

しかしパスカルは頑として受け入れず、死ぬまで研究を続けようとしていた。まだ生きるのだという情熱、研究への雄々しい思いが彼の中で消えることなく残っており、塊となって彼を駆り立てているかのようだった。彼はあえぎ、呟いた。

「いや、だめだ……向こうへ、向こうへ……」

パスカルは友人に支えてもらわねばならず、よろめき、取り乱しながら部屋を出て、仕事部屋の奥まで行き、机の前の椅子へ倒れこんだ。そこには書きかけの原稿が書類や本の乱雑さの中に散らばっていた。

そこで一瞬、彼は息をつき、瞼を閉じた。そして再び目を開き、一方で彼の両手は研究を求めて手探りしていた。散乱する様々なメモの中にある家系樹に触れた。前々日も彼は日付を訂正していた。そして家系樹だとわかり、引き寄せ、拡げた。

「先生、先生！　死んでしまいます！」とラモンが哀れみと称讃の思いに取り乱し、震えながら繰り返した。

パスカルは聞いておらず、耳に入っていなかった。彼は指の下で鉛筆が転がるのを感じた。鉛筆を握り、あたかも目の光が半ば消え、もはや目が見えないかのように家系樹の方へ身体を傾けた。そして最後に、彼は見直すように家族の者たちをたどった。マクシムの名前に目を止め、甥は一年ともたないと確信し、「運動失調症で死亡。一八七三年」と書いた。それから隣のクロチルドの名前に感銘し、そのメモも完成させようとして書いた。「伯父パスカルとの間に子供Aを得る。一八七四年生まれ。息子」。だが彼は疲弊し、朦朧となりながら探していた。ようやく彼は見つけ、固く手を握りしめ、大きく立派な文字で書き終えた。「心臓病により死亡、一八七三年十一月七日」。それが最後の奮闘であり、息切れがひどくなり、息苦しくなっていた時、クロチルドの上にある空白の葉が見えた。彼の指はもはや鉛筆を握ることができなかった。それでも切ない愛情と、自らの哀れな心臓の狂おしい異常が過ぎ去る中にあって、弱々しい字で、彼はさらに書き加えた。「未知の子供、一八七四年生まれ。どんな子だろう?」。そして彼は気を失い、マルチーヌとラモンはやっとのことで彼をベッドへ運んだ。

三度目の発作が四時十五分に起こった。この最後の窒息の発作の中にあって、パスカルの顔は恐ろしいばかりの苦痛を表していた。最後まで彼は人間として、学者として、殉教者の苦しみに耐えなければならないのだった。かすんだ彼の両目はまだ振り子時計を探り、時間を確認しようとしているかのようだった。そしてラモンは彼が唇を動かしているのを見て、身体を傾け、耳を寄せた。実際に彼は言葉を呟いていたが、あまりにか細く、溜息のようだった。

「四時だ……心臓が眠りにつき、もはや大動脈には赤い血が流れない……心臓の弁が力を失い、止まる……」

恐ろしい息切れが彼を揺さぶり、小さな息吹きはさらにかすかになっていた。

「死が駆け足でそこまで迫っている……そばを離れないでほしい、鍵は枕の下だ……クロチルド、クロチルド……」

ベッドの足元ではマルチーヌが跪き、すすり泣き、息をつまらせていた。彼女は旦那様が亡くなりつつあるのをよくわかっていた。彼女は自分の大いなる切望にもかかわらず、あえて司祭を呼びに走っていかなかった。彼女は自分で臨終の祈りを唱え、熱心に神様に祈り、神様が旦那様を許され、まっすぐ天国へ行けますようにと祈っていた。

パスカルは死んだ。彼の顔は蒼白だった。数秒の間まったく動かずにいたが、彼は呼吸をしようと唇を突き出し、やつれた口を開いた。最後の空気を吸おうとする小鳥のくちばしのようだった。そして死んだのだ、とても慎しく。

第13章

クロチルドがパスカルからの電報を受け取ったのは昼食後の一時頃になってからのことだった。ちょうどその日、兄のマクシムは不機嫌で、無情さを募らせ、病人の気紛れや癇癪を彼女に感じさせていた。要するに、彼女はほとんど彼の役に立たなかったのだ。彼は彼女が素朴で真面目すぎ、自分を楽しくさせてくれないと思っていた。だから今や彼は若いローズと引きこもっていた。彼女はあどけない様子の小柄なブロンド娘で、彼を楽しませていた。病気で身体が動かなくなり、弱って以来、彼は享楽家の身勝手な自己保身や、長く身につけていた男を喰いものにする女への不信を忘れていた。そうした事情だったので、妹は伯父から戻るようにとの知らせがあり、出発すると伝えようとしたが、部屋に入りづらかった。というのもローズが彼をマッサージしている最中だったからだ。彼はすぐに承諾し、向こうで用事を済ませたらできるだけ早く帰ってくるようにと頼んだが、こだわっている様子はなく、ただ愛想のよいところを見せたいだけだった。

クロチルドは荷造りをして午後を過ごした。興奮し、帰るということがいきなり決まり、茫然としてしまい、彼女はよく考える暇もなく、帰郷の大いなる喜びに包まれていた。しかしあわただしい夕食をすませ、兄に別れを告げ、辻馬車でボワ・ド・ブローニュ通りからリヨン駅までの延々と続く道程をたどり、八時発の汽車の婦人専用車室に乗り、十一月の凍るような雨の降る夜にパリを発ってしまうと、彼女は冷静になり、次第に様々な思いに襲われ、ついには隠然たる不安に取り乱されてしまった。「私は君を待っている、夜発たれたし、どうしてこの電報はあわただしく、あまりにもぶっきらぼうなのだろうか？　きっとこれは私の妊娠を告げた手紙への返事だろう。強く望んでいたし、そこで彼女が幸せだと夢想していたのを知っていたので、今になって急いで呼び戻さることに驚きを覚えた。彼女が待っていたのは電報ではなく手紙であり、それから手はずが整えられ数週間後にプラッサンへ戻るつもりでいた。それでは何かが起き、おそらく体調が悪くなり、すぐに自分と再会したいという欲求に駆られたのだろうか？　そのように考え出すと、この恐れが強い予感を伴って彼女を襲い、ふくらみ、すぐに彼女の全身を揺さぶった。

一晩中、豪雨はブルゴーニュ平野を横切る汽車の窓ガラスに激しく打ちつけた。この洪水のような雨はマソンまで止まなかった。リヨンを過ぎると太陽が現れた。クロチルドはパスカルからの手紙を離さなかった。彼女は苛立ちながら夜明けを待っていて、手紙を見直し、調べたかった。彼の筆跡が変わったように思われたからだ。実際に彼女は彼の躊躇や言葉の中に生じている様々な亀裂を確認するにつれて、心に小さな寒気を覚えた。彼は病気なのだ、それも重病なのだ。今やこれは確信となり、まさに予感が現実となりそうで、理性は後退し、予感が先走っていた。だから残りの旅程は恐ろしく長かった。というのも、近づくほどに彼女は苦しみが募るのを感じていたからだ。さらに悪いことに、十二時半にマルセイユで下車したが、プラッサン行きの列車は三時二十分までなかった。三時間もの長い待ち時間があった。彼女は駅のビュッフェで昼食を取り、あたかもこの汽車を逃すのを恐れているかのように、急いで食べた。それから乗合馬車と馬車が混雑する中で、彼女は薄明るく、まだ暖かい太陽の下にある埃っぽい公園をさまよい、ベンチからベンチへと移動した。ようやく汽車は出発したが、十五分ごとに小さな駅に止まるのだった。顔を列車のドアに向けると、彼女が出発したのは何十年も前のことで、風景がすっかり変わってしまったように思われた。列車がサント＝マルトを過ぎる頃、彼女は強い感動を覚えた。首を伸ばすと地平線の彼方にスレイヤードが見え、高台には樹齢数百年の二本の糸杉があり、十二キロ先からもわかるのだった。

五時になり、すでに黄昏だった。曲がりくねった汽車が響きを上げて止まり、クロチルドは下車した。しかし彼女はパスカルが自分を待ってプラットホームにいないのを見て、痛みと生々しい苦しみを覚えた。彼女はリヨンを出てから繰り返していた。「もし着いてすぐに彼の姿が見えなかったら、彼は病気なのだ」。でも彼は待合室か、駅の外の馬車の中にいるかもしれない。彼女は外に急いだが、博士がいつも利用している馬車屋のデュリュー爺さんしか見あたらなかった。あわただしく彼女は彼に質問した。老人は無口なプロヴァンス人で、すぐには答えなかった。彼は外に荷馬車を止めていたので、荷物の預り証を求め、まず鞄を受け取ろうとした。彼女は震える声で質問を繰り返した。

「みんな変わりはない、デュリューお爺さん？」

「ええ、もちろんです。お嬢さん」

そして彼女が執拗に尋ねると、昨日の六時頃、マルチーヌが列車が着く時に馬車と一緒に駅にいるようにと彼に命じたことがわかった。二ヶ月前から、彼を含めて誰も博士を見ていなかった。おそらく、ここに先生は見えていないのだから、ベッドで伏せっていらっしゃるのでしょう。先生が病気だという噂が町に流れていますから。

「荷物を取ってくるから待っていて下さい、お嬢さん。あなたのために座席はつくってありますから」

「いいえ、デュリューお爺さん、それだと時間がかかるわ。私は歩いていきます」

急ぎ足で彼女は坂道を登った。あまりにも心臓が締めつけられ、彼女は息苦しかった。太陽はサント＝マルトの丘の後ろに姿を消し、灰白色の光が十一月の最初の寒さとともにくすんだ空から落ちてきていた。そしてフェヌイエール通りを進むとあらためてスレイヤードが姿を現し、彼女を凍りつかせた。黄昏の下にある建物の正面は陰鬱で、鎧戸はすべて閉まり、悲しみに打ちひしがれ、喪に服していた。

しかしクロチルドが恐ろしい衝撃を受けたのは、玄関の敷居に立ち、自分を待っているらしいラモンの姿を認めた時だった。実際に彼は彼女を待ちかまえ、彼女の恐ろしい不幸を和らげようと思っていたので、下に降りてきていた。彼女は息を切らせながらたどりついた。最も近道をしようと、泉のそばの五点形に植わったプラタナスの木々を抜けてきたのだった。そしてそこにいたのが会いたいと願っていたパスカルではなくラモンだったので、彼女は崩れ落ちるような感覚、どうすることもできない不幸を実感した。ラモンは何とかしっかりしようと努力していたが、ひどく蒼白で、動転していた。彼は一言も語らず、問いかけられるのを待っていた。彼女も息がつまり、何も言わなかった。だからそのまま二人は家の中へ入り、彼は彼女を食堂まで連れていき、この苦悶の中で二人は向かい合い、さらにしばし黙ったままだった。

「病気なんでしょう?」と彼女がついに呟いた。

彼はただ繰り返した。

「そうです、病気です」

「あなたを見た時にすぐわかったわ」と彼女が続けた。「あそこにいなかったので、病気だと確信したわ」

そして彼女は執拗に続けた。

「病気で、しかも重病なのね？」

彼はもはや返事をせず、さらに蒼ざめていた。彼女は彼を見つめた。この時、彼女は彼の顔に、まだ震えているその手の上に死を見て取った。彼は瀕死の病人を看護してきたので、その絶望的な顔と混乱している目の中には苦しみがそのまま反映され、ここで半日前から闘いながらも無力であった医者のすべての困惑が表われていた。

彼女は大きな叫びを上げた。

「亡くなったのね！」

すると彼女はよろめき、茫然となり、ラモンの腕の中に倒れた。彼は親愛の情をこめ、涙を流しながら彼女を抱きしめていた。二人は抱き合って泣いた。

それから彼は彼女を椅子に座らせ、話し始めた。

「昨日の十時半頃、私はあなたへ電報を打ちました。先生はとても幸せそうで、希望にあふれていました！　先生は未来を夢見ていました、一年や二年は生きたいと……そして今朝の四時、先生は最初の発作を起こし、私が呼ばれました。先生はすぐにもう望みがないことに気づきました。でも先生は六時までもつことを願い、あなたと再会するまでは生きたいと……病気の進行が早すぎたのです。先生は最後の瞬間まで、分刻みで、病気の悪化を私に語ってくれました。階段教室で分析している教授のように。先生はあなたの名前を口にし、残念そうでしたが、穏かで、健気な死を迎えられました」

クロチルドは駆け出し、一気に階段を上がって部屋へ行きたかったが、椅子を離れる気力もなく、釘づけになっていた。彼女は耳を傾けていたが、目には大粒の涙があふれ、とめどなく流れていた。それぞれの言葉、この毅然とした死の物語が彼女の心の中で鳴り響き、深く刻みこまれていた。彼女はこの恐るべき日をたどりなおしていた。彼女は永久にこの日を反芻して生きるにちがいなかった。

だがとりわけ彼女の絶望感が高まったのは、少し前に入ってきたマルチーヌが厳しい声で言った時だった。

「ああ！　お嬢様が泣かれるのも当然です。つまり旦那様が亡くなったのも、お嬢様のせいなのですから」

老いた女中は二人から離れ、台所のドアのそばに立ったままで、主人を奪われ、殺されたことに苦しみ、激昂していた。だから彼女は自分が育てたこの子供に対して、歓迎や慰めの言葉をかけようとさえしなかった。自分の失言の重み、自分がもたらすことになる悲しみや喜びを考えもせず、彼女は自分を慰めるために、知るかぎりのことを言った。

「そうです、旦那様が亡くなったのも、お嬢様が行ってしまわれたからです」

茫然自失していたが、彼女は反論した。

「でも腹を立てて、私を強制的に出発させたのは先生なのよ！」

「とんでもありませんわ！　お嬢様ははっきり事情を直視しないで、それなりに満足していたにちがいありませんわ……出発の前の夜、私は旦那様が窒息せんばかりになっているの見つけました。とても苦しんでいました。だから私はお嬢様に知らせておきたかったのですが、旦那様は許されませんでした……私はお嬢様がここからいなくなってからも、旦那様を見てきました。毎晩毎晩、旦那様は絶えず悩み、手紙を書いて、お嬢様を呼び戻すまいと懸命に自分を抑えていました……そしてついに亡くなられました。これが紛れもない真実です」

　クロチルドの心の中には大いなる光明が生じ、幸せであると同時につらい気持ちだった。何ということなのだ！　それでは私がしばし疑ったことは正しかったのであろうか？　その後彼女はパスカルの激しい強情さを前にして、パスカルは嘘をついているのではなく、自分と研究の間で、まさに研究を選び、科学者として女性への愛よりも研究への愛を優先したのだと最終的に思いこんでしまったのだ。それでも彼は嘘をつきながら、献身を押し通し、自分のことを忘れ、彼女のための幸福と彼が考えるもののために、自らを生贄に捧げるに至ったのだ。そして事態の悲しみが彼をあざむかせ、こうして二人の不幸を実現させた。

　再びクロチルドは反論した。とても悩んでいたからだ。

「でもどうすれば、私にわかったかしら？　私は従った。従うことにすべての愛情がこもっていたのよ」

「ああ！」とマルチーヌがまた叫んだ。「私だったら見抜いていましたよ、私であれば！」

　ラモンが口をはさみ、穏やかに言った。彼はクロチルドの両手を取り、彼女に説明した。悲しみは死期を早めたかもしれないが、先生は不幸にも、かなり前から病に冒されていた。先生が苦しんでいた心臓病はすでにかなり昔にさかのぼるものにちがいない。多大な過労からで、部分的には間違いなく遺伝であり、そして最後に開花した情熱もあった。だから哀れな心臓は砕けてしまったのだった。

「上へ行きましょう」とクロチルドが言った。「先生を見たいわ」

　上の部屋は鎧戸が閉まっていて、憂鬱な黄昏さえも入りこんでいなかった。二本の大蠟燭がベッドの足元の小さなテーブルの上の燭台で燃えていた。そして黄色の薄明かりが横たわるパスカルを照らし、脚はそろえられ、両手は半ば組み合わされた形で胸の上に置かれていた。瞼は敬虔に閉じられていた。眠っているような顔色で、依然として青味を帯びているが、すでに穏やかで、豊かな白い髪と白い髭が波打っていた。彼が亡くなってからわずか一時間半しか経っていなかった。無限の静けさ、永遠の安らかさが始まっていた。

こうして彼と再会したが、もはや彼は自分の声を聞くことも、自分を見ることもなく、これからは自分一人なのだと心の中で思い、最後の接吻をしようとした。それから永久に彼を失うのだと思うと、クロチルドは大いなる苦しみを激しくを覚え、ベッドに身を投げ、愛情をこめ、呟くように呼びかけることしかできなかった。

「ああ！　先生、先生、先生……」

彼女の唇が死者の額に触れていた。すると彼がほとんど冷たくなっておらず、いまだ生命の温みを残しているのに気づき、彼女はしばし錯覚を覚え、彼がずっと待ち望んでいたこの最後の愛撫に感応するのだと思わずにはいられなかった。今や先生は私とお腹の中にいる子供の二人をそばに感じながら、最後は幸せに死を迎えることができ、動かないながらも微笑んでいるのではないだろうか？　それから彼女は恐ろしい現実を直視して気力を失い、再び我を忘れてすすり泣いた。

マルチーヌがランプを持って入ってきて、クロチルドから離れたところにあるマントルピースの片隅においた。そして彼女はラモンに注意を払った。ラモンはクロチルドに気を配り、彼女が妊娠中であるのにこれほど動転しているのを見て不安になっていた。

「もし気分がよくないのであれば、外へ出ましょう。あなたは一人ではないのですよ。愛しい子供のことを考えてください。そのことを先生は多くの喜びと愛情をこめて私に話してくれたのです」

この日、老いた女中ははからずも突然に発せられたいくつかの言葉に驚いていた。いきなり彼女は理解した。そして部屋から出ようとしていたが、彼女は立ち止まり、さらに耳を傾けた。

ラモンは声を落としていた。

「戸棚の鍵は枕の下です。先生はそのことをあなたに伝えてくれと何度も繰り返されました……何をすべきなのかは、あなたがご存知なのですね?」

クロチルドは思い出し、答えようとした。

「私がすべきこと? 書類のことですね? ああ、わかりました! 思い出したわ。私は記録を守り、あなたにその他の原稿を渡さなければならないのです……心配しないで下さい。私の頭ははっきりしているし、よくわかっています。でも私は彼から離れたくない。今夜はここでひっそりと通夜をするつもりよ。わかって下さい」

彼女はあまりに痛ましげで、彼の通夜をするのだと固く決心している様子だったので、彼女を連れ出すことはできず、医師は彼女の好きにさせた。

「では私はお暇します。家で妻が待っていますから。それから様々な手続き、死亡届、お葬式のことは心配しないで下さい。何も気にしないで下さい。明日の朝、私がまた来て、すべてを整えますから」

彼は再び彼女を抱擁し、帰っていった。するとようやくその時になって、今度はマルチーヌが彼に続いて姿を消し、下に降り、玄関に鍵をかけた。そして暗くなりつつある夜の中を走り出した。

今や部屋にいるのはクロチルド一人だけだった。周りも階下も、大いなる静寂に包まれ、虚ろな家を実感していた。パスカルが死んで、クロチルドは一人になってしまった。彼女はベッドの枕元に椅子を引き寄せて、座り、身じろぎもせず、一人でいた。到着してから彼女は帽子を脱いだだけだった。そして手袋をはめたままなのに気づき、それを外したところだった。しかし彼女は二十時間の鉄道に乗ってきたので、埃だらけでしわになった旅着のままでそこにいた。おそらくデュリュー爺さんがずっと前に荷物を届け、下に置いていってくれたはずだった。それでも彼女は顔を洗い、着替えようと思わず、その気力もなく、今や倒れこんだ椅子の上でぼんやりとしていた。どうすることもできない後悔と果てしない悔恨が彼女に激しくつきまとっていた。どうして私は従ってしまったのだろうか？　どうして諦めて出発することを受け入れてしまったのだろうか？　自分がとどまっていれば、先生は死なないかったという燃えるような確信があった。私は先生を深く愛し、とても優しく愛撫し、癒すことができたはずだわ。毎晩腕に抱き、先生を眠らせ、自分のすべての若さで暖め、接吻の中で自分の生命を先生に吹きこめたはずだわ。死に大切な人を奪われたくないなら、とどまり、自らの血を与え、死を遁走させるべきだったのだ。だから私が先生を失ってしまい、もはや抱擁によって永久の眠りから目覚めさせてあげられないのも、私の過ちなのだわ。そして彼女は理解していなかった愚かさ、献身を果たせなかった臆病さ、出発してしまったことに対する消えることのない罪と罰を覚えていた。だから愛情とは別に、単なる良識が彼女をここに釘づけにし、従順で愛情あふれる臣下の務めとして、王を夜通し見守らせているにちがいなかった。

静寂はあまりにも完璧で大きく拡がり、クロチルドはしばしパスカルの顔から目を離し、部屋を眺めた。そこに見えたのはぼんやりとした物影だけだった。ランプが斜めから、いぶし銀の板に似た大きな姿見の鏡を照らしていた。そして二本の大蠟燭は高い天井の下で、淡い黄色のしみでしかなかった。この時になって、彼女は彼がとても短く、冷淡に書いてきた手紙のことを思い出した。そして彼女は彼の愛を押し殺す苦悶を理解した。私のために崇高にして悲惨な幸福の計画を成就させようとして、彼はどれほどの力を必要としたことだろうか！　彼は頑なに身を引き、自分の老いと貧しさから私を救おうとしたのだ。彼は自分から遠く離れ、私が裕福で、二十六歳という若さを自由に楽しんでいると夢想していたのだ。彼は自分のことを完全に忘れ、私という他者への愛にすべてを捧げていたのだ。だから彼女はそのことに感謝と深い愛情を覚えたが、悪しき運命に対する苛立たしい苦々しさのようなものが入り混じっていた。それから突然、幸福な歳月が呼び覚まされた。とても優しく、明るい彼のそばで過ごした少女時代、青春時代だった。彼は時間をかけた情熱で私を魅了し、しばし離反をもたらした不和の後で、私は彼のものだと実感し、そして彼の望むままに自分をゆだね、さらに自分のすべてを彼のものとならしめた。それは何という激しい喜びであったことだろうか！　この時、彼はこの部屋の中で冷たくなっていたが、彼女にはまだ部屋が温かく、二人の愛の夜にざわめいているように思えた。

振り子時計が七時を告げ、クロチルドは大いなる静寂の中にあって、この軽やかな時計の音におののいた。誰かが言葉を発したのであろうか？　彼女は思い出して、振り子時計を見つめた。この時計の響きは多くの喜びの時を告げていた。この古い振り子時計は親しげな老女のような震える響きがあり、暗闇の中で抱き合って夜を過ごす二人をおもしろがらせていた。そして今ではあらゆる家具から思い出が押し寄せてきていた。銀メッキされた薄明るい大きな姿身の奥底から、二人の姿が蘇ってくるようだった。二人の幻影がぼんやりと浮かび上がり、ためらいがちの微笑みを浮かべて前へ進んできたが、歓喜あふれる日々に、パスカルにそこへ連れていかれ、狂気の贈与の中で、朝から隠していた贈り物や宝石で飾ってもらおうとしているかのようだった。また二本の大蠟燭が燃えている小さなテーブルも、二人がパンにもこと欠く夜に貧しい夕食をしたテーブルであり、彼女が彼に王にふさわしい祝宴をもたらしたところであった。二人の愛情の断片は円く縁取りされた白い大理石の箪笥にも見つかるのだ！　突き出ている脚の長椅子の上で、私が靴下をはくと、彼がからかい、私たちはどれほど心から楽しく笑ったことであろうか！　壁紙や、色が変わり曙色になっている赤い古いインド更紗でさえ囁き声を届けていて、さわやかに愛情をこめて言ったことのすべて、二人の情熱の限りない無邪気さ、彼女の髪の匂い、彼が愛したすみれの香りまでがあった。そして彼女の心の中にずっと響いていた振り子時計の七回の音は止み、再び身動きしないパスカルの顔へと視線を戻すと、彼女はまたしても茫然としてしまうのだった。

この募ってゆく虚脱の中で数分が経ち、クロチルドは突然すすり泣く声を聞いた。誰かがあわただしく入ってきたので、祖母のフェリシテだとわかった。しかし彼女は身動きしなかったし、言葉もかけなかった。苦しみのあまりずっと無感覚になっていたからだ。マルチーヌは確実に与えられる命令に先んじて、ルーゴン老夫人のところへ駆けつけ、恐ろしい知らせを伝えていた。だからルーゴン老夫人は最初出し抜けの不幸に啞然とし、それから動転し、騒々しいまでの悲しみをあふれさせ、駆けつけてきた。彼女は息子の前ですすり泣き、クロチルドを抱擁すると、クロチルドは夢の中にいるかのように接吻を返した。そしてこの後でも、クロチルドは一人だけで打ちひしがれている状態から抜け出していなかったが、押し殺した小さな物音が部屋を横切る中で絶えざる出入りがあり、もはや自分一人ではないと感じた。フェリシテは涙を流しながら、爪先立ちで部屋に出入りし、命令を与え、探し回り、囁き、椅子に倒れこみ、すぐにまた立ち上がっていた。そして九時頃、彼女はどうしても孫娘に何か食べさせようと決意した。すでに二度、彼女はとても小さな声で説教していたし、また近寄って耳元で言った。

「クロチルド、お前は間違っているわ……体力をつけないと、お前も倒れてしまうわ」

しかし頭を振って、若い娘は拒み続けていた。

「ねえ、マルセイユのビュッフェでお昼は食べてきたのね？　でもそれから何も食べていないのよ……どうしたの？　お前まで病気になっただなんて聞いていないわ……マルチーヌがスープを出してくれるはずよ。軽めのポタージュと鶏肉を用意するように言っておいたわ……降りていって少しは食べなさい。一口でいいのよ。その間は私がここにいるわ」

同じ苦しみの身振りを示して、クロチルドはずっと拒んでいた。彼女はようやく呟いた。

「放っておいて下さい、お祖母さん。お願いですから……食べられないの。息がつまってしまうわ」

そしてもはや彼女は話さなかった。だが彼女は眠っているのではなく、目は大きく開かれ、パスカルの顔にいつまでも注がれていた。何時間もの間、彼女はずっと身じろぎもせず、姿勢を正し、硬直し、死者とともにはるか遠くの彼方にあり、放心しているかのようだった。十時に彼女は物音を聞いた。マルチーヌがランプを持って上がってきたのだった。十一時頃、肘掛椅子で様子をうかがっていたフェリシテは不安を覚えたらしく、部屋から出ていき、また戻ってきた。それから出たり入ったりして、大きな目を動かすことなくずっと目覚めたままでいる若い娘の周りを苛立ちながらうろつくのだった。十二時が鳴ったが、ひとつの頑な思いだけが彼女を眠らせまいとする釘のように、彼女の虚ろな頭の中に残っていた。どうして私は従ってしまったのだろうか？　とどまっていて、私のすべての若さで先生をもう一度温めることができれば、先生は死ななかったのだ！　そしてようやく一時少し前になって、彼女はこの思い自体が混乱し、悪夢の中に迷いこむのを感じた。彼女は苦悩と疲労に困憊し、重苦しい眠りに沈んだ。

マルチーヌがルーゴン老夫人に彼女の息子の不意の死を知らせにいった時、ルーゴン老夫人は激しいショックを受け、まず怒りと悲しみの入り混じった叫びを上げた。ああ、何ということだ！　死にゆくパスカルは私と会いたがらず、私に知らせるなとこの女中に誓わせていたのか！　これは血を流す鞭の一撃であり、あたかも彼女と彼の間で生涯続いてきた闘争が墓の向こうでも引き継がれなければならないかのようだった。それから急いで着替え、スレイヤードに駆けつけた時には、戸棚をあふれさせているおぞましい記録やあらゆる原稿についての思いが震えるような激情で彼女に襲いかかっていた。今やマッカール叔父もディッド叔母も死んでしまい、彼女は自分がテュレットのおぞましさと呼んでいたものをもはや恐れていなかった。それに哀れなシャルル坊やも亡くなったことで、家族にとってこのうえない屈辱であった欠陥が取り払われていた。残っているのはあの記録、おぞましい記録だけであり、それがルーゴン家の勝利に充ちた伝説を脅かしていた。この伝説は彼女が生涯をかけて創造したものであり、老いた彼女の唯一の執念であり、この華々しい勝利の偉業のために彼女は最後の心血をそそぎ、執拗に頭をめぐらし、狡知を尽くしていた。はるか昔から彼女は記録を見張っていて、決して怠ることなく、常に密かにうかがい続け、敗北を思った時でもすぐ闘争を再開していた。ああ、何としてでも最後にあの記録を奪い、破棄するのだ！　それは忌わしき過去の抹消であり、さらにあまりにも冷酷に獲得され、すべての脅威から解放された彼女自身の過去の栄光であり、ようやく自由に開花し、彼女は歴史を偽造することになるだろう。そして彼女はプラッサンの三つの地区を歩くと、誰からも敬意を表される女王の態度を示しながら、没落した帝政の喪に気高く服すのである。だからマルチーヌからクロチルドがいることを教えられ、急ぎ足でスレイヤードに近づきながら、来るのが遅すぎたという恐れに苛まされていた。

そして家に陣取るやいなや、フェリシテはすぐに平静を取り戻した。急ぐ必要はなく、夜が本命だった。それでも彼女はただちに、マルチーヌを味方につけようとした。それに彼女は偏狭な宗教への信仰にはまりこんでいるこの単純な女中に働きかける術をよく心得ていた。だから彼女の最初の関心は階下の台所の混乱にあり、鶏肉が焼かれているのを見に降りていき、息子が教会と和解する前に亡くなってしまったという思いの中で、大いなる悲嘆をよそおうことだった。彼女は女中に質問し、細かいことを尋ねた。だが女中は絶望を示すように頭を振っていた。いいえ！　司祭様はいらっしゃいませんでした。旦那様は十字を切る素振りさえしませんでした。私一人が跪き、臨終の祈りを唱えました。きっと魂の救済のためには充分ではないでしょう。でも私は激しい熱意をこめて神様にお祈りしました。だから旦那様はまっすぐに天国へ行かれます！

大きく明るい火の前で回転する鶏肉を見つめながら、フェリシテはさらに声を落とし、放心したように続けた。

「ああ！　何よりも天国へ行くのを妨げているのは忌わしいあの紙切れよ、かわいそうな息子が上の戸棚に残したものよ。どうして天の雷《いかずち》がまだこの紙切れの上に落ちず、灰になっていないのか、私にはわからないわ。もしあれがここから外へもれることでもあれば、災厄だし、不名誉だわ、永劫の地獄よ！」

マルチーヌは蒼白になって聞いていた。

「すると奥様は紙切れを処分するのが善行で、旦那様の魂の平安を保証する行為だと信じておられるのですか？」

「もちろんよ！　私はそう信じているわ！　だから私たちがあれを、あのおぞましい紙屑を手に入れたら、わかるでしょう！　私は火の中に投げこんでやるわ。ああ！　もう葡萄の若枝をくべる必要はないわ。上にある原稿だけで、それぐらいの鳥が三羽は焼けるわ」

女中は肉にたれをかけるために、長いさじを握っていた。今や彼女も考えこんでいるようだった。

「でもあれは私たちの手中にはありません……このことに関して、私は話を聞いていますので、奥様に繰り返し言います……クロチルドお嬢様が部屋に上がっていった時のことです。ラモン先生が尋ねました。あなたは出発する前に受けた命令のことを覚えていますかと。するとお嬢様は思い出し、記録を守り、その他の原稿はすべてラモン先生に渡さなければいけないと言いました」

フェリシテは身震いし、不安な素振りを抑えることができなかった。すでに彼女は文書が自分の手から逃れていくのを見ていた。彼女が欲していたのは記録だけにとどまらず、彼が書いたすべてのページ、未知の陰惨にしていかがわしい不可解なすべての研究も含まれていて、高慢な老いたブルジョワ女性の鈍くなっているが、熱狂的な頭によれば、そこからは醜聞しか生まれないのだった。

「行動するのよ！」と彼女が叫んだ。「今夜にも行動するのよ！　明日ではきっと遅すぎるわ」

「戸棚の鍵がどこにあるかはわかっています」とマルチーヌが小声で続けた。「医者がお嬢様に話していました」

すぐにフェリシテは耳をそばだてた。

「鍵はどこ、どこなの？」

「枕の下です、旦那様の頭の下です」

葡萄の若枝が勢いよく炎を上げているにもかかわらず、小さな凍えるような息吹きが過った。そして二人の老女は押し黙った。焼いている肉から脂受けに落ちる肉汁の音が聞こえるだけだった。

しかしルーゴン老夫人は一人で夕食をすませると、即座にマルチーヌと一緒に再び上がっていった。その時から彼女たちはそれ以上話そうとしなかったが、了解が交されており、夜明け前に、あたうかぎりの手段を尽くして文書を奪うのだと決めていた。最もたやすい手段は枕の下の鍵を取ることだった。きっとクロチルドも最後には眠ってしまうだろう。とても疲れているようだし、疲労に耐えられないだろう。待つだけでよいのだ。だから彼女たちは監視を再開し、仕事部屋から娘の部屋へとうろつき、若い娘のじっと見開かれている大きな目がついに閉じられてしまうのをうかがっていた。常に一人が見にいき、もう一人はランプが煤けていくのを前にして仕事部屋で焦れていた。これは十五分ごとに十二時近くまで続けられた。幻影と果てしない絶望にあふれる彼女の底知れぬ目は大きく開かれたままだった。十二時少し前、フェリシテはクロチルドからもはや視線をそらさず、孫娘が眠らないかぎりこの場所を離れないと心に決めていた。フェリシテはベッドの足元の肘掛椅子に再び陣取り、彼女が眠りに歯向かうような悲嘆にくれた凝視の中で、彼女がほとんどまばたきもしないのに気づき、苛立っていた。この勝負において、まどろみに襲われていると感じたのはフェリシテだった。彼女は激昂し、これ以上とどまっていられなかった。だから彼女は再びマルチーヌに会いにいった。

「だめよ、あの子は眠ろうとしない！」と彼女は押し殺した震える声で言った。「他の方法を考えるしかないわ」

すでに戸棚をこじ開けるという考えが彼女に浮かんでいた。しかし年を経た柏の骨組みは揺るぎなく見え、くすんだ金具は頑丈だった。何を使えば錠を壊せるだろうか？　おまけに激しい物音を立てず、その物音が絶対に隣の部屋に聞こえないように。

それでも彼女はどっしりした戸の前に立ちつくし、手でさわり、もろい部分を探していた。

「道具があれば……」

マルチーヌはまだそれほど熱くなっていなかったので、口をはさみ、叫んだ。

「ああ！　だめです、止めて下さい、奥様！　見つかってしまいます！　待ちましょう。きっとお嬢様は眠りますよ」

彼女は忍び足で再び部屋へ入り、すぐに戻ってきた。

「ほら、眠っていますよ！　目を閉じていて、もう身動きしていません」

それから二人で彼女を見にいった。息を殺し、わずかでも床をきしませないようにし、限りない注意を払っていた。クロチルドは実際に眠りについたところで、あまりにも深く寝入っているように見えたので、二人の老女は大胆になっていた。それでも彼女たちはクロチルドに触れたら彼女を起こしてしまうのではと恐れていた。というのも彼女の座っている椅子がベッドにくっついていたからだ。それに死者の枕の下に手をすべりこませ、鍵を盗むのは冒瀆的な恐ろしい行為でもあり、その激しい恐怖が二人を捉えていた。安らかに眠る彼を妨害することになるのだろうか？　揺さぶられ、彼は再び動くのではないだろうか？　そのような思いが二人を蒼ざめさせていた。

フェリシテはすでに歩み寄り、手を伸ばしていた。だが彼女はたじろいだ。

「私だと届かないわ」と彼女は呟いた。「マルチーヌ、お前がやりなさい」

今度は女中がベッドに近づいた。彼女はあまりにもひどく震えていて、倒れないためには、彼女も後ろに戻るしかなかった。

「いいえ、だめです！　私にはできません！　旦那様が目を開けそうに思えるのです」

そして身震いし、取り乱していたが、二人はまだしばし大いなる静寂と死の荘厳さに充たされた部屋の中にとどまり、永遠に動くことのないパスカルと、寡婦であることに打ちひしがれて寝入っているクロチルドと向かい合っていた。二人には研究のはかりしれない生命の気高さがこの無言の頭の上に現れているように思われた。彼は頭の重みのすべてで自らの研究を守っているのだ。蠟燭の炎はとても蒼白く燃えていた。聖なる恐怖が過り、二人を追い立てていた。

あれほど勇壮で、かつては何を前にしても、血を前にしてさえたじろがなかったフェリシテが追われるかのように逃げ出してしまった。

「さあ、行くのよ、マルチーヌ。他の方法を見つけ、道具を探すのよ」

仕事部屋で二人は息をついた。そして女中は整理机の鍵が旦那様のナイトテーブルの上にあるはずなのを思い出した。昨日の発作の時、彼女はそこに鍵があるのが目にしていた。彼女たちはそれを確かめにいった。母親はためらうことなく机を開けた。しかし五千フランしか見つからず、それは引き出しの奥に残しておいた。というのも、彼女の心を奪っていたのは金などではなかったからだった。彼女はいつもそこにあることを知っていた家系樹を探したが、見当らなかった。彼女は家系樹を手始めにして、破棄する仕事を意気揚々と始めたかったのだ！　家系樹は仕事部屋の博士の事務机の上にあったが、閉まっている家具をあさるように駆り立てられている熱狂的な激情の只中にあって、彼女は家系樹を見つけることとさえできないはずで、自分の周りをしらみつぶしに探すという冷静な落ち着きは残っていなかった。

欲望に呼び戻され、彼女は再び戸棚の前に戻ってきて立ち尽し、点検し、征服をもくろむ熱烈な視線で包囲した。小柄で八十歳を過ぎているにもかかわらず、彼女は活力をあふれさせ、異常なまでの力を蕩尽させ、まっすぐに立っていた。

「ああ、道具さえあれば！」と彼女が繰り返した。

そして彼女は再び大戸棚の亀裂を探し、裂け目から指を差し入れ、破潰させせようとした。彼女は襲撃計画を想像し、暴力行為を夢想し、それから策略へと舞い戻り、戸棚の表板に息を吹きかけるだけで、両扉を開けさせられるような卑劣な奇策を様々に考えていた。

突然彼女の眼差しが輝き、彼女はひらめきを得た。

「ねえ、マルチーヌ、片方の扉は掛け金で留められているのかしら?」

「そうです、奥様。掛け金は真ん中の棚の上にある釘に掛かっています……ここです！　この飾りの部分と同じ高さのところにあります、すぐそばです」

フェリシテは勝利を確信した身振りを示した。

「錐はあるわね、大きな錐よ?　錐が必要なのよ！」

急いでマルチーヌは台所へ降りていき、要求された道具を持ってきた。

「さあ、くれぐれも物音を立てないようにね」と老夫人は仕事に取りかかりながら続けた。

高齢によって干からびた彼女の小さな手にあるとは思えないほどの異常な力で、彼女は錐を打ちこみ、女中が指し示した高さに一つ目の穴を開けた。だが下すぎて、錐先が棚板にくいこんでいるのを感じた。二度目の穴は掛け金の鉄自体に当った。今度は近すぎた。そして彼女は右、左と穴を増やし、錐を使いながら、ついに掛け金を押しやり、釘から外すことに成功した。錠の舌が滑るように回り、両開きの扉が開いた。

「やったわ！」とフェリシテが我を忘れて叫んだ。

それから不安になり、彼女は身動きせず、隣の部屋に耳を傾け、クロチルドを起こしてしまったのではないかと恐れていた。しかし大いなる暗闇の静寂の中で、家中が眠っていた。部屋からは伝わってくるのは常に死の厳粛な平安だけであり、彼女の耳には夜中の一時を鳴らす振り子時計の澄んだ音が一度だけ響いてきただけだった。そして戸棚は大きく開かれ、開陳され、三つの棚の上には文書が積み重なり、あふれかえっていた。それから彼女は襲いかかり、聖なる暗闇の、この通夜の限りない安らぎの只中で、破壊活動を開始した。

「ついにその時がきたわ！」と彼女はとても低い声で繰り返した。「三十年前から待ち望んでいたのよ！　急ぎましょう、急ぐのよ。マルチーヌ！　手を貸して！」

すでに彼女は書見台の高い椅子を運び、飛び上がり、まず一番上の棚から文書を取ろうとした。というのもそこに記録があることを覚えていたからだ。しかし青い厚紙のファイルが見当たらないことに彼女は驚いた。そこにあるのはもはや分厚い原稿、博士の完成しているが、いまだ未発表の著作、かけがえのない論文、あらゆる研究成果、あらゆる発見、彼の未来の栄光の記念碑だけであり、これらはパスカルがラモンに自由に使ってもらおうと遺贈したものだった。おそらく死の数日前に、脅かされているのは一族の記録だけであり、それ以外の著作は誰もあえて破棄しないだろうと考え、記録を移動させ、新たに整理し、これらの元になる研究から引き抜いたのだった。

「ああ、最悪だわ！」とフェリシテは呟いた。「こんなにあるのだから、手当たり次第に始めるわよ。そうでないと終わらないわ……私が上にいて、とにかくこれを片づけるのよ……さあ、受け取って、マルチーヌ！」

そして彼女は棚を空にし、次々と女中の腕の中に原稿を投げると、できるだけ物音を立てないように女中はそれを机の上に置いた。すぐに机の上が山積みになり、彼女は椅子から飛び降りた。

「燃すのよ！　燃してしまうのよ！　他のものも見つけてやるわ、探しているものを手に入れるのよ……燃すのよ！　燃してしまうのよ！　まずはこれが手始めよ！　どんな紙切れも全部、読めないメモまでずべて、燃すのよ！　燃してしまうのよ！　確実に悪の伝染を滅ぼしたいのよ！」

彼女自身が狂信的になり、真実への憎悪と、科学による証拠を絶滅させるのだという熱狂の中で残忍になり、原稿の最初のページを引き裂き、ランプで燃やし、おそらく二十年前から火を入れられたことのない大きな暖炉に近づき、燃え上がっている紙を投げ入れた。彼女は炎を燃え上がらせ、ばらばらにした原稿の残りを投げ入れ続けた。女中も同じように決意し、手伝うために近寄り、別の大きな手帖を取り、ページをむしりとっていた。それから、炎はもはや絶えることなく、背の高い暖炉は火炎に、火事のような明るい火花に充たされ、新たな燃料ともいえる紙が追加されると、しばし火勢が鈍るのだが、その後で激しく燃え上がるのだった。猛火は次第に拡大し、細かな灰の山が築かれ、黒ずんだ紙葉が厚い層を成し、膨大な火の粉が飛んでいた。しかしこれは長い仕事であり、終わりがなかった。というも一度にあまりに多くのページを投げ入れると、燃え上がらず、火ばさみで揺すり、かき回さなければならなかったからだ。だから最上なのはページを手でもみ、勢いよく火がつくまで追加するのを待つことだった。二人は熟練し、仕事は見事な勢いで進んだ。

急いで新たに一抱え分の書類を取りにいこうとして、フェリシテは肘掛椅子にぶつかった。

「ああ！　奥様、気をつけて下さい」とマルチーヌが言った。「誰かが入ってきますよ！」

「入ってくるって、誰が？　クロチルドのことかい？　気の毒にもぐっすり眠っているわ！　それに終わった頃に入ってきたとしても、平気よ！　私は何も隠さないわ。戸棚は空にして、開け放したままにしておくのよ。この家を清めたのは私だと大声で言ってやるわ……ああ、そうなのよ！　書かれたものを一行たりとも残してはならないのよ！　それ以外のことはどうだっていいのよ！」

二時間近くにわたって、暖炉は燃え上がった。二人は戸棚をかき回し、すでに他の二つの棚も空にしてしまい、もはや残っているのは下の奥の部分だけで、そこはメモが乱雑につめこまれているようだった。この喜びの炎の熱気に陶酔し、息を切らし、汗まみれになり、彼女たちは残忍な破壊の狂熱に身をまかせていた。二人はしゃがみこみ、手を黒くさせながらうまく燃えなかった残骸を再び火に投じ、あまりにも荒々しい身振りを繰り返していたので、灰色の髪の房が乱れた衣服の上に垂れ下がっていた。これはまさに魔女たちの乱舞だった。何かおぞましいものを悪魔的な焚刑に処し、聖人を殉教させ、書かれた思想を燃やす公開処刑であり、真実と希望の世界すべての破壊であった。そして大いなる明るさが時々ランプの光をぼやけさせ、広い室内に投影され、天井には彼女たちの並外れて大きな影が踊っていた。

しかしフェリシテは戸棚の下の部分を空にしたいと思い、そこに山積みになっていた乱雑なメモをすでに一握り燃やしていたが、息をつまらせた声で勝利の叫びを上げた。

「ああ、これなのよ！　燃すのよ！　燃してしまうのよ！」

彼女はついに一族の記録に突き当たったのだった。メモの城壁の後ろの最も奥に、博士は青い紙のファイルを隠していたのだ。だからその時、彼女は潰滅させようとする狂気と激しい衝動に駆られ、記録を両手一杯に集め、炎の中へ投げこみ、暖炉を火事のような轟きで充たした。

「燃えている、燃えているわ！　やったわ、ついに燃えているのよ！　マルチーヌ、これも、これもよ……ああ！　炎よ、大いなる炎よ！」

だが女中は心配していた。

「奥様、気をつけて下さい。火事になってしまいます……この炎の轟きが聞こえませんか？」

「ああ！　それがどうしたというのよ？　すべて燃えてしまえ！　燃えている、燃えているのよ、何て美しいの！　あと三つ、あと二つ、これで最後まで燃えたわ！」

火混じりの煤が落ちる中で、彼女は満足し、我を忘れ、恐ろしいばかりに笑っていた。炎の轟きはすさまじくなり、暖炉の炎は激しく、煤を払うことは絶対にできなかった。それがさらにフェリシテを興奮させたようだったが、一方で女中は分別を失い、叫び出し、室内を走り回った。

クロチルドは死んだパスカルのそばで眠っていた。部屋は至上の静けさに充たされていた。物音といえば、三時を告げる振り子時計の軽やかに震える音色だけだった。大蠟燭が微動だにしない長い炎をあげて燃えていて、空気にはかすかな揺らぎもなかった。しかし夢見ることのない重苦しい眠りの奥底から、ざわめきのようなものが聞こえ、悪夢のような足音が高まっているかのようだった。そのために目を開いたが、最初は訳がわからなかった。自分はどこにいるのだろうか？　どうして心を押しつぶさんばかりの途方もない重みがのしかかっているのだろうか？　激しい恐怖の中で現実が戻ってきた。彼女は再びパスカルを見た。隣からマルチーヌの叫びが聞こえた。だからひどく不安になり、事情を知るために椅子から跳び出した。

しかしドアのところで、クロチルドははっきりと無残な光景のすべてを理解した。戸棚は大きく開かれ、完全に空になり、マルチーヌは炎の恐怖によって狂気に襲われ、祖母のフェリシテは喜びに輝き、足先で記録の最後の断片を炎の中に押しこんでいた。煙と舞い上がる煤が仕事部屋を充たし、火事のような轟きは殺人者のあえぎのようであり、この潰滅の乱舞を彼女は眠りの奥底から聞いたのだった。

彼女の唇からほとばしった叫びは、パスカル自身が書類を盗もうとする彼女を不意に捕らえた嵐の夜に発した叫びだった。

「泥棒！　人殺し！」

すぐに彼女は暖炉の方へ駆け出した。そしてすさまじい炎の轟きや舞い落ちる火の粉混じりの煤にもかかわらず、髪が燃え上がり、手をやけどする危険をかえりみず、彼女はまだ燃え切っていない紙葉を一握りし、抱きしめながら勇ましくその火を消した。だがあまりに少量で、ほとんど残骸であり、一ページたりとも完全ではなく、巨大な研究、生涯をかけた辛抱強い膨大な著作のわずかなかけらですらなかった。二時間にわたって炎が焼きつくしてしまったのだった。だから彼女の怒りは高まり、猛烈な憤りがほとばしり出た。

「あなたたちは泥棒よ、人殺しよ！　あなたたちは恐ろしい殺人を犯したのよ！　死者を冒瀆し、思想を殺し、才能を殺したのよ！」

ルーゴン老夫人はたじろがなかった。それどころか彼女は前に進み出て、後悔することもなく、頭を高く上げ、彼女が宣告し、執行した破壊の裁決を弁護していた。

「お前は私に向かって言っているのかい、祖母の私に？　私はやらなければならないことをやったのよ。かつてお前が私たちとやろうとしたことだよ」

「かつてはあなたたちが私を狂わせていたのよ。でも私は生き、愛し、理解した……それにこれは私の熱情に遺された神聖な遺産だったのよ。死に行く者の最後の思いだったのよ。偉大な知性が残したものので、あらゆる人に受け取ってもらわなければならなかったのよ……そうよ、あなたは私のお祖母さんよ！　それなのにあなたは自分の息子を焼き殺したようなものだ！」

「パスカルを焼き殺すだって！　そうよ、私はあの子の書類を焼いたわ！」とフェリシテは叫んだ。「ああ！　私たち家族の栄光を守るためなら、町だって燃やしてやるわ！」

彼女は絶えず前進し、戦い、勝利を収めてきたのだった。だからクロチルドは机の上に彼女が救い出した断片を置いていたので、フェリシテが再び炎に投げこむのではないかと恐れ、身体で守っていた。だがフェリシテは断片など無視し、ただ暖炉の炎だけを気にかけていた。炎は首尾よく燃え尽き、その間マルチーヌはシャベルで、煤や焼けている灰の残り火を消していた。

「でもお前はよくわかっているはずよ」と老女は続けた。小柄な背丈が大きく見えていた。「家族の繁栄と栄光だけが私の渇望と情熱なのよ。私が戦い、絶えず警戒し、こんなに長く生きてきたのも、ただ汚らしい嘘を追い払い、私たちの栄光に充ちた伝説を残すためだけだったのよ……そうよ、私は絶対に絶望しなかったし、絶対に降参しなかったわ。どんなに些細な事態をも利用してやろうと身構えていたのよ……だから私はすべての望みを果たしたわ。それは私がずっと待っていたからなのよ」

大きな身振りで彼女は空の戸棚や火の粉が舞う暖炉を示した。

「でも、それも終わったわ。私たちの栄光は救われ、このいまわしい文書が私たちをとがめることはもうないのだし、これで私の後には何の脅威も残らない……ルーゴン家が勝利するのよ」

我を忘れ、クロチルドは彼女を追い払うかのように片腕を上げた。だがフェリシテは自分から出ていき、台所へ降りて黒くなった手を洗い、髪を結びなおした。女中も彼女に続こうとした時、振り向くと、若い女主人の仕草が見えたので、彼女は戻ってきた。

「ああ！　お嬢様、私も明後日になって旦那様が墓地に入られたら、出ていきます」

沈黙があった。

「でも私はあなたを追い出さないわ、マルチーヌ。最もとがめるべきなのがあなたでないことはよくわかっている……あなたはこの家で三十年も暮らしたのよ。私と一緒にいて、ここに残って」

老女は灰色の頭を振り、顔は蒼白で、やつれ果てているかのようだった。

「いいえ、私が仕えていたのは旦那様です。旦那様以外の人に仕える気はありません」

「でも私は！」

彼女は目を上げ、正面から若い娘を、愛されて成長するのを見てきた娘を見つめた。

「いいえ、あなたでも！」

そこでクロチルドは当惑し、彼女に身ごもっている子供のことを、この先生の子供のことを話そうとした。きっとこの子になら仕えることを承知してくれるだろう。すると彼女の気持ちが伝わり、マルチーヌは偶然に耳にしていた会話を思い出し、豊饒な女性のお腹を見つめた。まだ妊娠はあらわになっていなかった。しばし彼女は考えこんでいるようだった。それからはっきりと言った。

「子供に仕えるということですか？　できません！」

そして彼女はついに退職することになり、お金の価値をわかっている現実的な女として問題を処理した。

「お金はありますから、いくらかの金利収入で安心して食べていけます……お嬢様、私が出ていけるのも、あなたが貧乏ではないからです。明日、ラモン様がどうやって公証人のところの四千フランの金利を救ったのか説明して下さるでしょう。これが整理机の鍵です、当座として旦那様が残された五千フランが見つかるでしょう……ああ！　私たちがお互いに困ることはないとよくわかっています。旦那様は三ヶ月前から給金を払って下さらず、私はそのことを記した書類をいただいています。それから最近になって、私の方から二百フラン近く持ち出していますし、旦那様はどこからお金が出ているのかをご存知ではありませんでした。このことはすべて書いてありますから、私は安心です。お嬢様なら一サンチームだってごまかさないでしょう……明後日、旦那様がここからいなくなったら、私は出ていきます」

今度は彼女が台所へ降りていった。クロチルドはこの女性が盲信ゆえに犯罪に手を貸したことを知りながらも、彼女に見捨てられたことに恐ろしいばかりの悲しみを感じていたのだ！　しかしクロチルドは部屋へ戻る前に記録の残骸を集め、喜びを味わった。家系樹が机の上に静かに拡げられているのを目にしたからだ。二人の女たちは家系樹がそこにあることに気づかなかったのだ。唯一の無傷の遺留品であり、聖なる形見の品だった。彼女は家系樹を取り、半分燃えつきてしまった断片と共に、部屋の簞笥にいれるつもりだった。

しかし彼女はこの厳粛な部屋に戻ると、大いなる感動に襲われた。何というかけがえのない静けさ、永遠の安らぎだろう、隣の仕事部屋を煙と灰で充たした残酷な破壊のかたわらにあるのに！　聖なる平静さが陰の部分から降り注ぎ、二本の大蠟燭は微動だにしない澄んだ炎を上げて燃え、揺らめきもしなかった。そしてその時彼女はパスカルの顔を見た。その顔は白い髭と白い髪が豊かに波打つ中で純白になっていた。彼は光の中で眠っていて、後光に包まれ、このうえなく美しかった。彼女は身体を傾け、もう一度接吻すると、唇に彼の顔の大理石のような冷たさを感じた。瞼は閉ざされ、永遠の夢を夢見ているようだった。彼が守ってくれと言い残した研究を救えなかった苦しみはあまりにも大きく、彼女は両膝をついて倒れこみ、すすり泣いていた。才能は冒瀆されてしまったのであり、彼女には生涯をかけた研究の残酷な消滅によって、世界が破滅してしまうのではないかと思われた。

第14章

仕事部屋で、クロチルドは膝に子供をのせたまま、ブラウスのボタンを留めなおした。乳房をふくませたところだった。昼食後の三時頃で、燠火のような空の下にある八月の終わりの輝かしい昼間だった。鎧戸はきっちりと閉められ、その裂け目を通して細い矢のような光線だけが広い室内のまどろんだ暖かな暗がりに差しこんでいた。日曜日ののどかで大いなる安らぎが外から惜しげもなく注がれ、晩課の最後の鐘の音が遠くから聞こえていた。がらんとした家では物音も起こらず、母と子供は夕食まで二人だけでいるにちがいなかった。女中は郊外の従姉妹に会いにいく許可を求めていたからだ。

しばしクロチルドは子供を見つめた。すでに生後三ヶ月になる大きな男の子だった。出産は五月の終わり頃だった。すでに十ヶ月も彼女は簡素な長い黒服をまとい、パスカルの喪に服していたが、神々しいまでに美しく、とても洗練され、すらりとして、若い顔には悲しみがにじみ、すばらしいブロンドの髪のために後光に包まれているかのようだった。笑みをもらすことはできなかったが、ふっくらとして薔薇色のかわいらしい子供がまだ口を乳で濡らしているのを見て、喜びを覚えていた。子供の眼差しは太陽の光線に向かっていて、そこでは埃が踊っていた。子供はとても驚いたようだったが、この金色の輝き、この奇跡のようなまばゆい明るさから目を離さないでいた。それから眠りが訪れ、母の腕の中に、丸くむき出しの小さな頭を再びゆだねた。すでにふわふわとした髪の毛がまばらに生えていた。

そこでクロチルドはそっと立ち上がり、テーブルのそばにあった揺りかごに子供を乗せた。彼女はしばし身体を傾け、眠っているのを確かめた。そして黄昏の暗がりの中で、モスリンの窓かけを下ろした。物音もたてず、しなやかな身のこなしで、ほとんど床にふれないような軽やかな足取りで歩き、それから彼女はいそいそとテーブルの上にあった布類を整え、部屋を二度も横切り、どこかにいってしまった小さな毛糸編みの靴を探した。彼女はとても穏やかで、静かであるが、子供のために尽くしていた。そしてこの日、静かな家の中で、彼女が物思いにふけると、過去の歳月が浮かんでくるのだった。

まず葬式の恐ろしいばかりの動揺の後、マルチーヌがすぐに出ていった。彼女は頑なで、一週間も延ばそうとせず、自分の代わりとして近隣のパン屋の若い従姉妹を連れてきた。褐色の髪の太った娘で、幸いにもとても真面目で献身的だった。マルチーヌはサント＝マルトの辺鄙な田舎で暮らしていて、とても慎しく、そのささやかな財産の金利でいまだ節約生活を送っているにちがいなかった。彼女に相続者がいるとは思われなかったので、この熱狂的吝嗇は誰を利することになるのだろうか？　十ヶ月の間、彼女は一度たりとも再びスレイヤードに足を運んでいなかった。旦那様がもはやそこにいないからであり、彼女は旦那様の息子を見たいという欲求にさえ屈しなかった。

それからクロチルドの連想の中で、フェリシテ祖母の姿が浮かんできた。彼女は時々訪ねてきたが、そこには力のある親族の恩着せがましさがあり、残酷なまでに償われたからには、すべての過ちを許すという寛大さでもあった。彼女は不意にやってきて、子供を抱擁し、小言を言い、助言を与えていた。そして若い母は彼女と向かい合い、パスカルがずっと崩さなかった表向きの敬意の態度を取っていた。

それにフェリシテはまったく勝ち誇っていた。彼女はついに長きにわたって暖め、熟考していた計画を実現しようとしていた。そのことで家族の汚れなき栄光が不滅の記念碑によって聖別されるにちがいなかった。この計画とは巨額になっていた財産を費やし、養老院を建設し、寄贈することであり、それはルーゴン養老院と呼ばれることになるだろう。すでに彼女は用地を購入してあった。かつての遊戯場の一部で、町の外の駅のそばだった。そしてまさしくこの日曜日の五時頃、暑さが少し収まるであろう時に礎石を置くにちがいなく、有力者たちが出席する真に名誉ある盛大な儀式であり、彼女は多くの住民たちが集まる中で、喝采される女王となるだろう。

さらにクロチルドはパスカルの遺言書が開封されて以来、完璧に公正な態度を示してきた祖母に対していくらかの感謝の念を抱いていた。彼は若き妻をすべての相続人に指定していた。母であるフェリシテは四分の一を受け取る権利を有していたが、息子の最後の意志を尊重すると宣言し、あっさりと相続を断わっていた。彼女は自分の子供たちを相続人から外し、栄光だけを遺贈することを望んでいて、未来において敬われ、祝福されるルーゴンという家名を冠することになるこの養老院の建立に巨額の財産を投じるつもりだった。それにしても半世紀にわたって、あれほど金の征服に貪欲だったのに、彼女は今になって金を軽蔑し、さらに高度な野望の中で純化されていた。だからクロチルドはこの恩恵のために、もはや未来に対する不安はなかった。四千フランの金利収入だけで彼女と子供にとっては充分だろう。彼女は子供を育て上げ、一人前にすることだろう。さらに彼女は整理机の中の五千フランを坊やの名義で投資してあった。そして彼女は誰もが売るようにと勧めたスレイヤードをまだ所有していた。維持費はそれほどかからないだろうが、この大きな寂しい家に住むのは何と孤独で悲しい生活で、あまりに広すぎるし、そこで彼女は世捨て人のようなものだった！　それでもこれまでのところ、彼女は離れることを決心できないでいた。おそらく永遠に決心しないであろう。

ああ！　このスレイヤードには私のすべての愛が、すべての生が、すべての思い出があるのだ！　時々彼女には、パスカルがまだここに生きているように思われた。というのも、彼女はかつての二人の生活を何も乱していなかったからだった。家具は同じ場所にあり、時計は同じように鳴っていた。彼女はパスカルの部屋を閉ざしただけで、そこに入るのは彼女だけであり、こうして聖域となり、心がとても重苦しく感じられる時はこの中で泣くのだった。二人が愛し合った部屋にある彼が亡くなったベッドで、彼女は毎晩、少女だった昔と同じように眠っていた。そしてこのベッドのそばに加えられたのは揺りかごだけで、彼女が毎晩運んでくるのだった。いつも変わらず同じ心地よい部屋であり、なじみの昔の家具があり、時を経て色が薄まった曙色の壁かけがあり、このとても古びた部屋は子供によって再び若返えるのだった。それから階下の明るい食堂で食事のたびに一人になり、夢想に沈むと、二人で健やかな暮らしを祝して乾杯し、とても陽気に飲み食いした時の笑い声や旺盛な若さからくる食欲の反響が聞こえてきた。そして庭も、地所のすべてが、心の琴線を通じて彼の存在とつながっていた。というのも彼女は一歩でも歩けば、お互いに身を寄せ合った二人の姿が思い出されてくるのだった。高台の数世紀を経た大きな糸杉の細い影の下で、二人は頻繁にヴィオルヌ河の流域に見とれたたし、川の両岸はセイユ峡谷の岩肌やサント＝マルトの灼熱の丘に囲まれていたのだ！　空積みの段状の石壁を越え、やせたオリーブやアーモンドの木々を抜け、学校から逃げ出す少年のように、二人は何度も、ゆっくりとよじ登ろうとしたのだ！　さらに松林もあり、暑くかぐわしい木陰では松葉が足の下で乾いた音を立て、広大な麦打場は肩のところまである柔らかな草に覆われ、星が昇った夜には満天の空が見晴らせるのだ！　そして何よりも大きなプラタナスの木があり、うっとりとなる安らぎを味わうために、夏には毎日やってきて、泉の涼やかな歌を、何世紀も前から紡いでいる水晶のように澄んだ音を聞いたのだ！　家の古びた石に至るまで、土の地面に至るまで、スレイヤードにあるすべてから彼女は暖かくかすかな血の鼓動を、拡がり、混ざり合う生命のかすかな鼓動を感じた。

しかし彼女は昼間を仕事部屋で過ごすことを好み、そこで最も大切な思い出を蘇らせていた。ここでも増えた家具は揺りかごだけだった。博士の机は相変わらず左の窓の前にあった。博士が入ってきて座ることもできただろう。というのも、椅子さえ動かされていなかったからだ。中央の長机の上は書物や仮綴本の山がそのままになっていて、新たに加わったのは赤ん坊のための小さくてきれいな布類だけで、彼女はそれを確かめているところだった。本棚の中身も昔と同じように本が並べられており、樫の大戸棚はその脇腹の中に、同じ宝物をしっかりとしまっているようだった。煙でいぶされた天井の下では研究のかぐわしい香りが漂い、散乱した椅子の間にあるこの共同の仕事場の親しげな乱雑さの中で、二人はとても長きにわたって、若い娘の気紛れと学者の研究を保ってきたのだった。そしてとりわけ今日の彼女を感動させたのは壁に留められた昔のパステル画を見たことであり、それらは現実の花々を事細かく描いた模写、さらにはまったくの空想の国へ飛翔する想像の絵があり、時々の異様な幻想に駆り立てられて描いた夢想の花々だった。

クロチルドはテーブルの上の小さな布類の整理を終えた。ちょうどその時、立ち上がろうとして、目の前にある若いシュネム人のアビシャグの裸の肩に片手をのせる老ダビデ王のパステル画に視線が合った。彼女は真顔になり、幸せな感動を覚える中で、喜びが顔に湧き上がってくるのを感じた。どれほど二人は愛し合い、永遠を夢見たことだろう、誇らしげで愛情深いこの象徴に自分を重ねて楽しんだ日よ！　老王は宝石で重たげで、身体にゆったりとした服を豪奢にまとい、雪のような髪には王冠をつけていた。そして彼女はさらに豪奢で、百合のように純白の肌以外には何も身につけず、身体つきはほっそりとしてすらりと伸び、胸は丸みを帯びて小さく、腕はしなやかで、神々しい優雅さがあった。今では彼は亡くなり、大地の下で眠り、彼女は黒一色の喪服を着て、勝ち誇るような裸体をまったくさらさず、太陽の光があふれる中で群がる人々を前にして、彼女が自らの身体で織りなした静かで絶対的な贈与を受けられるのはもはや子供だけだった。

クロチルドはようやく揺りかごのそばに静かに座った。矢のような太陽の光線が部屋の端から端まで伸び、閉じられた鎧戸のまどろむような暗がりの中で、燃えるような昼間の暑さが重くたれこめていた。そして家の中の静寂がさらに拡がっているようだった。彼女は小さな肌着を横に移し、ゆっくりと針を動かし、再び紐を編むうちに、外の燃え上がる暑さの中にあって、彼女を包んでいる大いなる静けさの只中で、次第に夢想に捉われていった。まず彼女の思いは再び精密な模写と空想の絵であるパステル画に戻った。そして自分の二重性のすべては、正確に模写するために時々何時間も花の前にとどめてしまう真実への情熱と、さらに別の時には現実の外に出て、存在しない花々の咲く楽園を狂気のように夢想してしまう彼方への欲求の中にあるのだと今では思っていた。彼女はいつもこのような二重性をもっていたのであり、絶えず自分を変えている新しい生命の波の下にあっても、奥底には昨日の自分が今日でもとどまっていることを感じていた。そしてその時、彼女の思いは今の自分を作り上げてくれたパスカルに対して抱き続けていた深い感謝の念へと飛翔した。その昔、彼が本当に小さかった彼女を最悪の環境から救い上げ、引き取った時、彼は間違いなく自分の良心に従っていたのだが、おそらく彼は真実と愛情にあふれる別の環境だと、彼女がどのように育つのかを知るために実験を試みたくもあったのだ。彼の中には絶えざる執念があり、昔から抱いていた理論を大規模に実験してみたかったのだ。つまり環境による育成、さらには治療であり、人間を身体的にも精神的にも向上させ、救い上げることであった。彼女の最良の部分は確実に彼のおかげであり、彼女は自分の習性になったかもしれない気紛れや乱暴さを見抜いていたし、その一方で彼は情熱と勇気だけを与えてくれたのだった。自由な太陽の光を受けて開花し、最後に生命は二人を互いに抱擁させるまでになったのであり、授かった子供は優しさと喜びの最後の奮闘のようなものではないだろうか？　そしてもし死が二人を別つことがなかったら、子供は二人をともに喜ばせたのではないだろうか？

このように回想すると、彼女は自分の中で起きていた長きにわたる作用をはっきりと感じた。パスカルは彼女の遺伝を正したのである。だから彼女は遅々とした進展、現実と非現実の間の闘いをまざまざと思い出していた。それは子供の頃の怒り、反抗の原因、彼女を最悪の妄想へと投げこんだ精神の不安定から始まっていた。それから発作的な信心への熱中、幻想と幻影への欲求、すぐに幸福になりたいという思いが押し寄せてきた。この悪しき大地の不平等と不正は来るべき楽園の永遠の喜びによって償われるにちがいないと思っていたのだ。それはパスカルとの闘いや苦悩の時期であり、彼女は彼の研究の成果を破棄することを夢想し、彼をひどく苦しめたのだった。そして彼女は回り道をしながらも、彼のことを先生として再び見い出し、嵐の夜に、生命についての恐ろしい教えを受け、彼に圧倒された。それから環境が働きかけ、進展は加速した。彼女はついに冷静で理性的な女性になり、生命を生きることをあるがままに受け入れ、人間の労働の総和がいつの日か悪と苦しみの世界を解放するだろうという希望を抱いた。だから彼女は愛したのであり、母となり、そして理解したのである。

突然、彼女は他の夜のことを、二人が麦打場で過ごした夜のことを思い出した。彼女にはまだ星々の下での自分の嘆きが聞こえてきた。残酷な自然、おぞましい人間性、科学の破産、神秘の中にある神様に没頭することの必要性。神様にすべてをゆだねる他に、永続的な幸福はないわ。それから彼女は彼が自らの信念をこめて答えるのを聞いた。科学による理性の進歩、ゆっくりと獲得された永遠の真実によって可能となるかけがえのない恩恵、これらの真実の総和が常に増え続け、ついには人間にはかり知れない能力、さらに幸福ではないとしても平静さを与えるにちがいないという信念。すべては生命への熱烈な信念につきるのだ。彼は語り続けた。常に歩み続ける生命とともに進まなければならない。いかなる停止も望まず、無知の停滞の中にはいかなる平安もなく、逆戻りにはいかなる安らぎもないのだ。生命の唯一の報いとは生命が課す仕事を果たしながら、健気に生きることにあると自らに言う決然たる精神と慎ましさを持たなければならないのだ。その時、もはや悪はいまだ説明できない突発事故でしかなく、人間性があたかも機能している巨大な機械装置のように高らかに姿を現わし、不断の生成へと働くのだ。どうして一日の労働を終わらせ、いなくなってしまう労働者が仕事を呪うのだろうか、仕事の終わりを見ることも、それを判断することもできないからといって？　たとえ終わりがないはずだとしても、どうして活動の喜び、歩みに伴う新鮮な空気、長き労役の後の甘美な眠りを味わうことをしないのだろうか？　子供たちが父の仕事を続けるだろう。そのために子供たちが生まれ、愛し合うのだ。生命の仕事が子供たちに伝えられ、今度は子供たちが伝えていくことになるのだ。そしてその時からはもはや共同の大仕事に対する健気な諦念しかなく、絶対的で利己的な幸福を要求する個的反発もないのだ。

彼女は自問したが、かつて死の翌日を夢想した時に自分を苦しめた悲嘆を覚えなかった。この彼方への気がかりはもはや彼女を苦しめるほどにはつきまとっていなかった。以前であれば、運命の秘密を天から荒々しくもぎ取りたいと思ったことだろう。それは彼女の中にある存在することに対する果てしない悲しみだった。どうして自分が存在するのかわからないのだ。何をなすために人はこの世に生まれるのだろうか？　平等も正義もなく、うなされる夜の悪夢のようにしか思われないこの呪わしい生の意味は何なのだろうか？　今や彼女のおののきは鎮まっていて、これらのことを勇気を持って思い出すことができた。おそらくこれから先、彼女の死に対する恐怖を覆い隠してくれるのは子供であり、この子が彼女自身を引き継いでくれることだろう。だがそこには生きることにまつわる多大な健全さもあり、生存の奮闘のために生きなければならないし、この世で唯一ありうる平安とはこの奮闘を成就する喜びにあるのだという思いがあった。一日の労働を終えて穏やかな様子で帰ってくる農民を見ながら、博士が時々口にしていた言葉を彼女は繰り返していた。「まさに彼こそ、彼方に関する議論に悩まされることなく、ぐっすりと眠れる人だ」。閑人の熱狂した頭ではこの議論が実を結ぶことなく、倒錯するばかりだと彼は言いたかったのだ。もし全員が各々の仕事をなせば、全員が穏やかに眠れるだろう。彼女自身も苦しみと死別の悲しみの中にあって、この労働の善をなす力強さを感じたのだった。彼から有効な時間の活用を学んでから、特に母となって以来、絶えず子供の世話に集中していると、彼女はもはや凍るような小さな息吹きとなって定かならぬ震えがうなじに走るのを感じていなかった。彼女はたやすく不安な夢想を退けていた。そして恐れにまだ悩まされたり、日々の辛さにひどいむかつきを覚えたりすることがあるにせよ、彼女は慰めや挫けることのない抵抗力を見出していた。自分の子供もあるいつの日か、子供を授かり、さらに翌日にはまた子供を授かり、一日毎、一ページ毎に生命の営みが成就するという思いの中にいたからだ。それが彼女をあらゆる悲惨から見事に解放していた。彼女は役割と目的があり、それを幸福な穏やかさの中に自覚し、自らなすために生まれてきたことを確実に実行していた。

それでもまさにこの瞬間に、彼女は自分の中にある空想的なものが完全に死んでいないことを理解した。かすかな物音が深い静寂の中に立ち昇ったところで、彼女は顔を上げていた。通り過ぎていく神の仲介者はどのような方だろうか？　きっと私が泣き悲しみ、自分の周りにいると本当に思いこんでいる愛しい死者なのだ。依然として、彼女はどこかしらか昔の信心深く、神秘にそそられ、未知への本能的な欲求をもつ子供のままでいるにちがいなかった。彼女はその欲求を考慮し、科学的に説明してさえいた。科学がどれほど遠くまで人間の知識の境界を拡げようとも、きっと越えられないであろう地点がある。まさにそこにこそ、パスカルは絶えず高まる知ることへの欲求を抱く中にあって、生きることの唯一の意味をおいたのだった。その時から彼女は世界に充ちている未知の力、すでに征服された領域よりも十倍も大きな茫洋とした広大な領域、そこを抜けて未来の人類が果てなく登っていくであろう無限の未踏地を認めていた。確かにそれは想像力をとまどわせてしまうあまりに広すぎる空間だった。夢想の時間の中で、彼女は人間が彼方に対して抱いているらしいどうしようもない渇き、目に見える世界から逃れ、来るべき完全なる正義と幸福の幻想を満足させたいという欲求を満足させていた。昔の苦悩の中で残っていたもの、彼女の最後の高揚はそこで鎮まっていた。苦悩する人類は幻想の慰めなしには生きられないのだ。しかしすべては彼女の中で幸福に溶け合っていたのだ。科学によって酷使され、科学のもたらした破滅に不安を覚え、新たな世紀を前にして恐怖に捉われている時代のこの曲がり角で、これ以上遠くへは行かず、後ろへ跳びのきたいという気も狂わんばかりの切望を抱く中にあって、彼女は幸福な安定を示し、未知なるものへの関心によって拡大される真実への情熱を秘めていた。偏狭な学者たちが展望を閉ざし、厳然と現象にとどまるとしても、純朴で善良な人間である彼女には科学が知らないこと、科学がこれからも決して知らないであろうことを考慮できた。だからパスカルの信念がすべての研究の論理的な結論であったとしても、彼女がなおも天に対して問い続けた彼方についての果てしない問題は、歩み続ける人類の前にどこまでも続く扉を開いているのだ。決してすべてを知ることができないと甘受しながらも、絶えず学ばなければならないのだとすれば、それは動きと生命そのものを望むこと、神秘を、永遠の疑問と永遠の希望を保っておくことではないだろうか？

新たな物音が聞こえ、通り過ぎた翼が彼女の髪を接吻するように軽くかすめ、今度は彼女を微笑ませた。彼は確かにそこにいた。そして彼女の中のすべてが至るところから訪れる無限の愛情に接し、彼女の存在を覆っていた。先生はあまりにも優しくて明るく、そして他人への愛ゆえに先生は生命への情熱を燃やしていたのだ！　おそらく彼自身は夢想家にすぎなかった。というのも、彼は最も美しい夢想を紡いでいたのであり、それは科学が人間にはかり知れない能力を授ける時に現れるであろう卓越した世界への究極的な信念だった。すべてを受け入れ、すべてを幸福のために用い、すべてを知り、すべてを予想し、自然を一介の従者へと変え、充たされた知性の安らぎの中で生きること！　それまでの間は、必要な規則正しい労働が万人の健康を充たすのだ。おそらくいつの日か、苦痛さえ役立てられるだろう。そして巨大な労働と向き合い、生きる者たち、悪人や善人たち、どうあろうと勇気と勤勉を備えたすばらしき者たちの総和を前にすると、彼女はもはや博愛に充ちた人間性しか見えず、もはや限りなき寛大さ、無限の哀れみと熱烈な思いやりだけを感じるのだった。愛は太陽のように大地を照らし、優しさは大河となり、すべての心の渇きを癒すのだ。

クロチルドはすでに二時間も前から、夢想にさまよいながら、同じ規則正しい動作で針を動かしていた。それでも小さな肌着の紐は縫い直され、彼女は昨日買った新しいおしめに印もつけていた。そこで彼女は縫い物を終わりにして立ち上がり、この布類を整理するつもりだった。外では太陽が沈み、裂け目を通して差しこんでくる矢のような金色の光線はもはやとても細く、斜めに傾いていた。部屋の中がはっきり見えなかったので、彼女は鎧戸を開けにいかなければならなかった。そして彼女はしばしいきなり出現した広大な地平線を前にして我を忘れた。激しい暑さが弱まり、汚れのないすばらしい青空にはかすかな風が吹いていた。左手では、セイユ峡谷の血の色をした岩の雑然とした堆積の中で、松の小さな茂みまでが見分けられた。一方右側の方では、サント＝マルトの丘に続き、夕暮れで金色の埃が立ち昇る中で、ヴィオルヌ河の流域が果てしなく拡がっていた。彼女は薔薇色の町を見下ろしている、同じようにまったくの金色のサン＝サチュルナン教会の鐘楼をしばし見つめた。彼女は離れようとしたが、その光景に連れ戻され、引き止められ、さらに長い間肘をついていた。

鉄道の線路の向こうでは群集が蠢き、かつての遊戯場で犇めき合っていた。クロチルドはすぐに式典のことを思い出し、祖母のフェリシテがルーゴン養老院の、未来に家族の栄光をもたらすように定められた勝利の記念碑の礎石を置こうとしているのだとわかった。膨大な準備が一週間前からなされていて、銀の桶や鏝のことが話され、それらは老夫人が自ら使うにちがいなく、八十二歳でありながら彼女は自ら姿を見せ、勝ち誇ることに執着しているのだった。彼女が女王のような自尊心を膨らませていたのは、この状況にあって、三度目のプラッサンの征服を成し遂げたからだった。つまり彼女は三つの地区からなる町全体を自分の周りに侍らせ、従者とし、自分を喝采させていて、あたかも恩人であるかのようだった。実際にサン＝マルク地区の最も上流の貴族から選ばれた慈善家の貴夫人方、古い地区の職人社会の代表団、さらに新しい町の最も有名な住民たち、弁護士、公証人、医者がいるにちがいなく、庶民たちは当然のこと、着飾った人々の波がそこへ押し寄せていて、祝祭のようだった。そしてこの至上の大勝利の只中にあって、彼女はおそらくさらに誇らしげになっているのだろう。まさに彼女は第二帝政の女王たちの一人にして、失墜した政体の喪服を堂々とまとっている寡婦であり、若き共和国を圧倒し、郡長に公人として彼女のところへ来て挨拶し、感謝の意を述べることを余儀なくさせていた。最初は市長の演説だけが問題になったが、昨日から郡長もスピーチすることが決まっていた。はるか遠くからクロチルドが見分けられたのは輝かしい太陽の下にある黒いフロックコートと明るいドレスの雑然とした様子だけだった。それから音楽がわずかに聞こえた。町のアマチュアの楽団で、時々金管楽器の響きが風に運ばれてきた。

彼女は窓を離れ、樫の大戸棚を開けに戻り、机の上に残っていた縫い物をしまった。この戸棚はかつて博士の原稿であふれていたが、今ではなくなってしまったので、彼女は子供の産着類を入れていた。戸棚は奥深く、巨大で、大きく開かれていた。そしてむきだしの広大な棚の上にあるのはもはや柔らかな産着や小さな肌着、小さな帽子や小さな毛糸の編み靴、おしめの山だけで、薄地の下着類はまだ巣の中にいる鳥のふんわりとした羽毛のようだった。あれほどの思想が山をなして眠り、三十年間休むことのなかった男の仕事が積み上がり、反故《ほご》であふれかえっていたところには、坊やのためのリネンしか残っておらず、ほとんど衣類はなく、最初の一時だけ子供をくるみ、すぐに着られなくなった布類があるだけだった。年代物の戸棚の広大さはそのために彩りを添えられ、まったく蘇ったように見えた。

クロチルドは棚の上におしめや肌着を片づけてしまうと、大きな封筒の中にある、彼女が炎の中から救い出し、その中へしまった記録の残骸を目にした。そして彼女はラモンが昨日もまたやってきて口にした懇願のことを思い出した。その残骸の中に、科学的意味をもつ何か重要な断片が残っているかどうかを見たかったのだ。彼は先生から遺贈されるはずだった貴重きわまりない原稿の喪失に絶望していた。その死の直後に、あれほど健気に落ち着いて瀕死の人が説いた広大な理論の総体である最後の対話を彼は何とかしてまとめてみようとした。しかし簡単な概略しか復元できなかった。彼が望んでいたのは完全な論文や日々の観察記録であり、獲得された成果と定式化された法則だった。喪失は取り返しがつかないままであろうし、仕事はやり直されなければならず、彼は手がかりしか持っていないことを嘆いた。科学にとって少なくとも二十年の遅れが出るだろうし、孤独な先駆者の思想が再び取り上げられ、有効に活用されるまではそれぐらいかかるだろう。野蛮で愚かな惨事が研究を焼いてしまったのだ。

家系樹が唯一の無傷の文書で、封筒の中に加えられていた。そしてクロチルドはすべてを揺りかごのそばの机の上に持ってきた。彼女は残骸をひとつひとつ取り出し、確かめたが、すでに完全なページのままの原稿は残っておらず、意味のある完璧なメモもないこともほとんどわかっていた。あるのは断片や、半分焼けて黒くなり、つながりも脈絡も欠いた何枚かの紙切れだけだった。だが彼女にしてみれば、それらをじっと見つめるにつれて、他の人には何もわからないであろう不完全な文章や炎に半分食い尽くされてしまった言葉が興味を呼び覚ましていた。嵐の夜のことに思いをはせていると、文章が完全なものとなり、始まりの言葉が人物や歴史を呼び起こしていた。そのうちにマクシムの名前が彼女の目にとまった。そして彼女は自分にとってずっと他人のままだった兄の存在を思い出した。彼は二ヵ月前に亡くなっていたが、彼女にはほとんどどうでもよいことだった。それから自分の父親の名前を含んだ断片的な一行が彼女の気分を悪くさせた。というのも、彼が理髪師の姪のおかげで息子の財産と館を自分の手に入れ、このとてもあどけないローズに気前よく何パーセントかの報酬を払ったことがわかっていたからだ。そしてまた他の名前に突き当たった。伯父のウージェーヌはかつての副皇帝であり、今では失脚し、従兄のセルジュはサン＝トゥトロープの主任司祭であり、昨日、肺結核で死にかけていると聞いた。そしてどの残骸も活気づき、まったく悲惨にして親密でもある家族がこの断片、黒い灰から蘇っていた。だがそこから流れ出るのはもはやまとまりのない音節だけだった。

その時、クロチルドは家系樹を取り出して机の上に拡げてみたいと思った。彼女はすっかり感動し、この形見の品々にひどく心を動かされていた。そしてパスカルが息を引き取る数分前に鉛筆で付け加えた書きこみを読み返すと、涙が目に浮かんできた。どれほどの勇敢さで、彼は自分の死の日付を書き入れたのだろう！　子供の誕生を告げる震える文字の中には、生命に対する絶望的な哀惜がどれほど感じられることだろう！　樹は高く伸び、枝を出し、葉を拡げていて、彼女は長い間我を忘れてじっと見つめ、先生の研究のすべてがここにあり、家族が分類され、資料的に裏づけられたこの樹枝模様がすべてなのだと心の中で思った。彼女には彼がそれぞれの遺伝的症例について注釈した言葉が聞こえ、彼の教えを思い出していた。しかし彼がとりわけ関心を引かれたのは子供たちだった。博士はヌメアの同業者に手紙を出し、流刑場にいるエチエンヌの結婚から生まれた子供の情報を得ようとしていて、同業者は返事を出すことを約束した。ただ彼は娘という性別だけを知らせてきて、とても健康なようだった。オクターヴ・ムーレはとても病弱な娘を失いかけたが、一方で彼の小さな息子はすくすくと育ち続けていた。だがすばらしく力強い健康や、並外れた豊穣さはいつもヴァルケラスのジャンの家にあり、彼の妻は三年の間に二人の子供を産み、三人目を身ごもっていた。子供たちは大いなる太陽の下にある豊かで肥沃な大地で元気よく成長し、一方で父は勤勉に働き、母は家で気丈にスープを作り、子供たちを拭ってやるのだった。そこには世界を再建するために充分な新しい樹液と労働があった。この時クロチルドはパスカルの叫びが聞こえたように思った。「ああ！　私たちの家族、私たちの家族はどうなるのだろう、最後にはどうなってしまうのだろうか？」。そして彼女自身、未来に向けて残された小枝を伸ばしている樹を前にして、再び夢想に沈んでいた。誰が健康な枝の生まれてくる部屋を知っているのだろうか？　きっと待ち望まれる賢き者、力強き者はそこから芽生えるのだろう。

かすかな泣き声がクロチルドを物思いから引き離した。揺りかごのモスリンが風にはためいたようで、子供が目を覚まし、呼びかけ、身体を動かしていた。すぐに彼女は子供を抱き、軽やかに宙へと持ち上げ、夕暮れの金色の光を浴びせようとした。だが子供はこの晴れやかな日暮れを少しも感じていなかった。小さくて定かならぬ目は広大な空に向けられず、ずっと飢えた鳥のように薔薇色の口を大きく開いていた。そして子供は大声で泣いていて、ひもじさで目が覚めたのであり、彼女はまた乳房をふくませることにした。それに授乳の時間であり、先に乳を与えてから三時間が経っていた。

クロチルドは戻ってきて机のそばに座った。彼女は子供を膝の上に乗せていたが、子供はほとんどおとなしくならず、さらに激しく泣き、むずがっていた。そして彼女は微笑みを浮かべて子供を見つめながら、服のボタンを外していた。胸があらわになり、小さく丸みのある乳房で、ほとんど乳は張っていなかった。神々しいまでにすらりとして若々しい女性のこの裸体の繊細な白さの中で、褐色のかすかな丸みだけが乳房の先を飾っていた。すでに子供は匂いをかぎ、身体を起こし、唇で探していた。彼女が口にあてがってやると、子供は小さな満足の声をもらし、彼女の上に押し寄せ、生きようとする男性の見事なまでの旺盛な食欲を見せていた。貪るように歯肉を集中させ、乳を飲んでいた。まず自由に動かせる小さな片手で乳房をつかみ、自分のものだと示し、守り、渡そうとしないかのようだった。それから喉にあふれんばかりの生暖かい流れを飲む喜びの中で、小さな腕をまっすぐ伸ばし、旗のように宙に上げ始めていた。だからクロチルドは知らず知らずのうちに微笑を浮かべ、とても力強く自分から乳を吸う子供を見ていた。最初の数週間、裂けるようなひどい痛みがあった。今でも乳房は痛みを感じていた。だがそれでも彼女はこうした母親の穏やかな様子で、自分の血を与えるかのように自分の乳を与えることに幸せを覚え、微笑んでいた。

彼女がブラウスのボタンを外し、彼女の胸が、母の裸体があらわになると、彼女のもうひとつの神秘が、最も秘められ、最も魅力的な秘密のひとつが現れていた。乳白色の星々のような七つの真珠がついた細いネックレスで、悲惨な日に、先生が贈与の激しい狂気に駆られ、彼女の首にかけたものだった。彼が生きていた間は、もはや誰もネックレスを再び目にしなかった。ネックレスはまるで彼女の慎しみの一部のようになり、彼女の肉体であり、とても純真で、初々しかった。そして子供が乳を吸っている間中、自分一人でネックレスを再び見て、感動し、温かな香りを残しているように思われる接吻の思い出を追憶していた。

遠くからの一陣の音楽がクロチルドを驚かせた。彼女は顔を向け、沈んでいく太陽に染められ、一面が金色になっている田園の方を見つめた。ああ、そうだったのか！祝典であり、向こうでは礎石を置いていたのだ！　そして彼女はまた視線を子供に戻し、とても旺盛な食欲を見る楽しみに再び夢中になった。彼女は片膝を乗せるために小さな腰掛を引き寄せ、一方の肩を机にもたれさせた。そのそばに家系樹や黒くなった記録の断片が置かれていた。彼女の思いは波打ち、神々しい喜びに達し、その一方で、自分の中の最良のものであるこの清浄な乳が小さな音を立てて流れ、自分のお腹から生まれた愛しい存在がさらに自分と同化するのを感じていた。子供は生まれたのであり、きっと贖い手であろう。鐘が鳴り、東方の三博士が浮かれ騒ぐ人々に伴われて道を進んできて、産着の幼子に微笑んでいた。母は子供が彼女の生命を飲む間、すでに未来を夢想していた。この子にすべてを捧げ、大きく強く育て上げたら、どんな子になるだろうか？　いくばくかの永遠の真実を世界に教える学者、自国に栄光をもたらす将軍、それともしかしたら、民衆を導く牧人の一人となり、熱狂を鎮め、正義に統べさせるだろうか？　彼女にはとても美しく、とても優しく、とても力強い彼の姿が見えていた。そしてこれはすべての母の夢であり、待ち望まれる救世主を産んだという確信だった。だからまさにこの希望の中に、子供の確実な勝利に対する母たちのこの粘り強い信念の中にこそ、生命を生み出す希望そのものが、絶えず蘇ってくる生命力を人間に与えるという信念があるのだ。

この子はどうなるのだろう？　彼女は子供を見つめ、似ているところを探そうとしていた。額や目は父親に似ていて、頭の形にはどこか堂々としてたくましいところがあった。彼女自身の面影もあり、繊細な口で、顎の線は細かった。さらにひそかな不安があった。彼女は他の人たちの面影を探していた。恐ろしい先祖、家系樹に書き入れられ、遺伝の葉を広げているすべての人たちだった。つまりこの人と、あの人と、それともこちらの人と、この子は似ているのだろうか？　それでも彼女は冷静で、希望を抱かずにはいられなかった。それほどまでに彼女の心は永遠の希望にふくらんでいたのだ。先生が彼女の中に根づかせた生命への信念は彼女を勇敢にし、支え、揺るがせなかった。悲惨や苦悩や忌わしいものが何であろうか！　健康は万人の労働の中にあり、受胎し、産み出す力の中に存在するのだ。愛の果てに子供が生まれるなら、善行なのだ。あらわにされた傷や人間の恥の陰鬱な光景にもかかわらず、それから希望が再び開けていた。生命は永遠に引き継がれ、今なお試みられるのであり、生命の善良さは倦むことなく信じられるのだ。生命は不正と苦悩の只中でも、あふれるほど旺盛なのだ。

クロチルドは自分のそばに拡げられた祖先たちの家系樹に思わず視線を注いでいた。そうなのだ！　脅威はここにある、多くの涙と多くの苦悩する善良さの中に多くの罪と多くの汚辱があるのだ！　最善のものと最悪なものとのあまりにも異常な混合であり、あらゆる欠陥とあらゆる争いを抱えている人間性の要約なのだ！　落雷の一撃で、この腐敗し悲惨な人々の犇く巣を一掃してしまったほうがよかったのではないかと自問するほどだった。そして多くの恐ろしいルーゴン家の人間、多くの忌わしいマッカール家の人間の後で、そこからさらに一人が生まれた。生命は永遠に対して勇敢に挑戦する中で、もう一人の人間を創造することを恐れていなかったのだ。生命は自らの仕事を継続し、自らの法則に従って繁殖し、仮説には無頓着で、永遠の働きに向かって歩んでいた。怪物を生み出す危険をおかしてでも、生命は創り出さなければならないのだ。病人や狂人が創られるにもかかわらず、生命は倦むことなく創造し、きっといつの日か幸福で健康な人や賢き人がもたらされるという希望を抱いているのだ。生命、生命よ、奔流となってほとばしり、継続し、再び始まり、知られざる完成に向かうのだ！　私たちを包む生命よ、無限に流れ、逆流する生命よ、いつまでも流動し、広大で、果てしない海のような生命よ！

貪欲な小さな口がいつまでも飲んでいるのを感じて幸せになり、母性的な情熱の衝動がクロチルドの心に湧き上がった。それは願いであり、祈りであった。未知の神に向けるかのように、未知の子供に向けられていたのだ！　明日を生きる子供、きっと生まれる導き手、次の世紀が待ち望み、民衆を疑いと苦しみから救い出すであろう救世主に向けられていたのだ！　国家を再建する仕事のために子供は生まれてくるのではないだろうか？　生きることを再び始め、家を再建し、とまどう人間に確信をもたらし、正義の都を築くだろう。そこでは労働という唯一の法が幸福を保証するだろう。混乱する時代にあって、予言者たちが待たれなければならない。それは反キリスト、荒廃をもたらす悪魔、広大になりすぎた不純な大地を浄化するようにと言われた獣であるかもしれない。しかしそれでも生命は継続するであろう。さらに数千年を辛抱強く待つだけでよいのだ、もう一人の未知の子供が、恩恵を与える者が現れるまで。

しかし子供は右の乳房を飲み尽くしてしまっていた。子供がぐずっているので、クロチルドは子供の向きを変え、左の乳房を与えた。むさぼるような小さな歯肉の愛撫に、彼女は微笑み出していた。何よりも彼女は希望そのものだった。授乳する母こそ、継続され、救済される世界の象徴ではないだろうか？　彼女は身体を傾けていて、澄んだ子供の目と向き合っていた。その目は喜びにあふれて開かれ、光を望んでいた。彼女は飲み干される乳房の下で子供の心臓が波打っているのを感じた。赤ん坊は何かを語っているのだろうか？　軽やかに乳を吸っている口でどのようなすばらしい言葉を発することになるだろうか？　大人になり、飲み干したこの乳のすべてによってたくましくなったら、どのような大義のために自分の血を捧げることになるだろうか？　子供はきっと何も言わないかもしれないし、すでにおそらく偽りを言っているかもしれない。それでも彼女はとても幸せで、子供に対してあふれんばかりの絶対の信頼感を寄せていたのだ！

再び遠くで金管楽器のファンファーレが響き渡った。これはフィナーレであり、祖母のフェリシテが銀の鏝で、ルーゴン家の栄光のために建立される記念碑の礎石を置いた瞬間であるにちがいなかった。大いなる青空は日曜日の華やかさで喜びに充ちあふれ、祝祭と化していた。そして暖かい静けさの中、仕事部屋の静寂の安らぎの中にあって、クロチルドは子供に微笑みかけていて、子供はずっと乳を飲み続け、小さな腕をまっすぐに宙に伸ばし、生命へ呼びかける旗のように掲げていた。

訳者あとがき

エミール・ゾラの『パスカル博士』Le Docteur Pascal は「ルーゴン＝マッカール叢書」の最後の第二十巻にあたり、一八九三年に刊行されました。二十年以上の歳月を要したルーゴン＝マッカール一族の物語は、この『パスカル博士』でようやく完結したのです。

第二帝政期のみならず、明らかに第三共和制期までのフランス十九世紀後半のあらゆる社会を内包する長大な連作を完成させ、ゾラ自身も感慨無量であったようで、他の作品には見られなかった「私の全作品の要約にして、結論であるこの小説を母の思い出と愛する妻に捧げる」という献辞を掲げています。

確かにゾラが言うように『パスカル博士』は「ルーゴン＝マッカール叢書」の総集編であるために、第一巻から第十九巻の内容に少しでも通じている必要があり、先行する作品がそれぞれ独立した長編小説として読めることに比べれば、多少なりとも説明を補足しないとよくわからない部分を多く含んでいます。これまで訳者の方針として、訳注をつけてきませんでしたが、いくつかの訳注、及びどの作品であるかの指摘を挿入せざるをえませんでした。

さらにこの完結編をよく理解するために、ここに至るパスカルとクロチルドの前史を記す必要があると思われます。この作品以外にパスカルが登場するのは第一巻『ルーゴン家の誕生』と第五巻『ムーレ神父のあやまち』であり、前書ではルーゴン家の子供たちの中でも特別に風変わりな人物として描かれ、後書では主要な脇役として登場していました。舞台をともにプラッサンとする『ルーゴン家の誕生』と

『パスカル博士』は始まりと終わりの合わせ鏡のような関係にあり、始まりである『ルーゴン家の誕生』にとりあえず戻らなければならないでしょう。ルーゴン＝マッカール一族の祖であるアデライード・フーク（通称ディッド叔母）の嫡子ピエール・ルーゴンは商人の娘フェリシテと結婚し、三人の息子と二人の娘をもうけます。そして「野獣のようにがつがつしているこれらのずんぐりとして貪欲な田舎者集団ルーゴン家」が誕生します。両親の遺伝を受け、長男ウージェーヌは権力を愛し、三男アリスティッドは金を愛するのです。ゾラはその家族のイメージを卓抜な比喩で語っています。

もしどこかの曲がり角で運命の女神に出会ったら、強姦してやろうと身構えていた。まるで騒動に乗じて、追いはぎをしようと待ち伏せている盗賊家族だった。

（『ルーゴン家の誕生』）

ところが次男のパスカルだけは一族の家系の者ではないように見えたのです。パリで医学を優秀な成績で終え、公正な精神を有し、謙虚で学問を愛し、田舎の平穏な生活を好み、その研究は学者の間でも名高いものでした。だから『パスカル博士』でも言われているように、フェリシテはパスカルに言うのです。「一体お前は誰の子なんだろうね。私たちの子じゃないわ」と。そして必然的にこのようなパスカルがルーゴン家とマッカール家の架け橋になり、一族の者たちの観察者になっていく様子を伝えています。

一方クロチルドは生まれていたはずですが、『ルーゴン家の誕生』では姿を見せず、第二巻『獲物の分け前』で四歳になる幼女として出現します。そして事情を知ることなく、母親の死に立ち会い、彼女は再婚する父親アリスティッド・サッカールとその妹のシドニー夫人の策謀で、パリからプラッサンへと戻されるのです。

サッカールは幼いクロチルドを兄弟の一人、プラッサンの医師パスカル・ルーゴンに送る決心をした。彼は独身で学問への愛に生き、静まり返っている学者の家を明るくするために娘を引き取りたいと再三言ってきたからであった。

（『獲物の分け前』）

そして彼女と交代するかのように、兄のマクシムがパリにやってくるのです。

これらがパスカルとクロチルドの前史であり、『獲物の分け前』のこの場面からほぼ二十年後の物語が『パスカル博士』ということになります。巨大な戸棚の中に収められている様々なメモ、資料、論文はパスカルの三十年以上にわたる研究の集積を示し、それはルーゴン＝マッカール一族の家系樹に象徴されています。つまりパスカルが一貫してルーゴン＝マッカール一族の物語の追跡者であり続けていたことを示し、いわば一族の見者、覗く人として「ルーゴン＝マッカール叢書」の最終巻の主人公となるのです。

そしてパスカルは一族の歴史、出来事を物語ると同時に、一族の祖たるアデライード・フーク、及びアントワーヌ・マッカール、シャルル・ルーゴンの死を看取り、自らも狭心症で、妊娠中のクロチルドを残して死んでいきます。彼の一族に関するメモ、資料、論文等はおぞましき記録ゆえに、母フェリシテと女中のマルチーヌによって大いなる炎の中に投じられ、無残にも消滅してしまいます。あたかもルーゴン＝マッカール一族の物語が幻であったかのように。フェリシテは記録の焼却とともに一族のおぞましい真実を葬り去り、家族の歴史を偽造し、神話を樹立するために、全財産を寄付して養老院を建てるのです。その地鎮祭のファンファーレを聞きながら、クロチルドは唯一残された家系樹をかたわらにして、パスカルとの間に生まれた息子に乳を飲ませ、この子供に未来を託し、長大な物語が閉じられるのです。

物語の過程で生命や遺伝に関する論議がパスカルの口から語られています。おそらくこのような場面において、十九世紀後半になって台頭してきた近代思想、科学が沸騰し、近代文学の中でせめぎ合っているのではないかと想像されます。これらの時代背景について、浅学な訳者は俯瞰することができませんが、幸いにして科学思想史を専門とする金森修に「仮想世界の遺伝学―ゾラの遺伝的世界」（『科学的思考の考古学』所収）という好論文があり、優れた「パスカル博士論」を形成し、「自然主義」の背景をなす科学思想を具体的に追跡し、パスカルの発言を裏づける多くの示唆を与えてくれます。またミシェル・セールの『火、そして霧の中の信号―ゾラ』も同時代に発見された熱力学の原理に基づくゾラ論であり、その第一部はかなり長い「パスカル博士論」になっていることも記しておきます。いずれも『パスカル博士』についての刺激的論考ですし、「ルーゴン＝マッカール叢書」に関する注釈となっています。

さて、ここで『パスカル博士』が本邦初訳ということもあり、日本における「ルーゴン＝マッカール叢書」の翻訳について、少しばかり言及してみます。

この翻訳はまったくといっていいほど言及されたことがありませんが、第一巻の『ルーゴン家の誕生』

が大正十二年に『血縁』（大鎧閣）という訳名で、木蘇穀によって翻訳されています。木蘇穀は堺利彦の売文社の関係者であると思われますが、その訳文はとても優れたもので、現在でも充分に読むに耐えるものです。木蘇穀は「訳者序」で次のように述べています。

この巻は（中略）あの膨大な「ルーゴン＝マッカール叢書」（二十巻）の最初の巻であって、既に日本に翻訳されて、広く読書界に膾炙されている「居酒屋」とか、「ナナ」とか、「金」とか、「歓楽」（「生きる歓び」か―引用者）とか、「獣人」とか、「制作」とか「僧ムーレの破戒」とかいう諸種の物語の発端をなすものである。例えて言えば、この大きい「ルーゴン＝マッカール叢書」というものを一本の大きい樹木とすれば、この「血縁」は差し当り根であり、幹であって、他の右に挙げたものを初めとして、他の十九巻残らずは枝であり、葉であるわけである。

この文章はきわめて正当な「ルーゴン＝マッカール叢書」理解であるばかりでなく、大正時代が叢書の翻訳ルネサンスの時代であったことを教えてくれます。木蘇穀は大正時代に『陥落』（「壊滅」か）、『貴女の楽園』（『ボヌール・デ・ダム百貨店』）、『生の悦び』、『肉塊』（『パリの胃袋』）が翻訳刊行されたことを見逃していますので、これらを加えれば、半数以上が一挙にと言っていいほどの時期に送り出されたのです。

おそらくこれらの翻訳の大半がフランス語からではなく、英国人の翻訳者にして出版者であるヴィゼットリー親子の刊行による英訳から邦訳されたと考えられ、実際に『生の悦び』の訳者である中島孤島はそのことを「序」で述べています。さらに尾崎紅葉を始めとする硯友社の文学者たちもゾラをヴィゼットリーの英訳で読んでいました。したがって直接フランス語から翻訳されるようになったのは昭和に入ってからだと推定され、どちらかといえば、その時期に日本におけるフランス文学の関心が同時代の現代文学に向かったため、ゾラの翻訳が散発的になってしまったように思われます。したがって大正時代にゾラ紹介のピークがあったと考えていいでしょう。

十九世紀はまさしく小説の時代であり、それに併走するようにして、ゾラは一八七一年から九三年にかけて、ほぼ一年に一作の割合で「ルーゴン＝マッカール叢書」を書き続けていました。その時代にドストエフスキーの『悪霊』や『カラマーゾフの兄弟』、トルストイの『アンナ・カレーニナ』や『復活』も刊行され、その他にも各国で数多くの名作の出現を見ています。しかしゾラのように一家族の物語をその背後にある社会とともに二十編に及ぶ連作として書き続けた作家は他におらず、その達成は世界文学史上においてもまったく特異な出来事であり、同時代及びその後の世界文学に対して大いなる影響を与えたように思われます。

私見によれば、ヴィゼッットリーの英訳によって、アメリカに伝播し、ゾラの物語世界はアメリカのプロレタリア文学者ともいえるセオドア・ドライサー、シンクレア・ルイス、フランク・ノリス、アプトン・シンクレアたちに継承され、さらにウィリアム・フォークナーの『響きと怒り』に代表される「ヨクナパトーファ・サガ」となってファミリーロマンスが変奏され、さらにラテンアメリカにも飛び火し、ガルシア・マルケスの『百年の孤独』の「マコンド」にも投影されているのではないでしょうか。『パスカル博士』において、一族の記録が炎に包まれ消滅してしまう場面は『百年の孤独』のラストシーンを彷彿させるのです。あるいはまた中上健次の新宮の「露地」もフォークナーの「ヨクナパトーファ」や「マコンド」の照り返しを受けているとすれば、少しばかり「プラッサン」の光が射しこんでいるのかもしれません。

現代文学はかならずジェイムズ・ジョイスとマルセル・プルーストを起点として語られていますが、近代小説に対して、ゾラと「ルーゴン＝マッカール叢書」が与えた影響は想像以上のものがあったと考えられ、今後の研究が待たれるところです。

本書の翻訳はプレイヤード版の「ルーゴン＝マッカール叢書」を底本とし、一八九三年に刊行された英訳 *Doctor Pascal* (translated by Ernest A Vizetelly, Sutton Publishing. 2000) を参照しました。なお「家系樹」は第一巻『ルーゴン家の誕生』（伊藤桂子訳）をそのまま転載させて頂きました。第十九巻『壊滅』に続く第二十巻『パスカル博士』の刊行でようやく「ルーゴン＝マッカール叢書」の「結」の部分が明らかになり、この世界に新たなる照明を当てることができたと思います。論創社の森下紀夫氏の持続する支援によって可能になったのであり、深い謝意を表します。

二〇〇五年七月

小田光雄

小田光雄（おだ・みつお）
1951年静岡県生まれ。早稲田大学卒業。出版社の経営に携わる。著書『〈郊外〉の誕生と死』（青弓社）、『出版社と書店はいかにして消えていくか』（ぱる出版）『図書館逍遥』『文庫、新書の海を泳ぐ』（編書房）、『書店の近代』『ヨーロッパ本と書店の物語』（平凡社新書）など。訳書『エマ・ゴールドマン自伝』（ぱる出版）、ゾラ『ごった煮』『夢想』『壊滅』（論創社）などがある。

パスカル博士
——「ルーゴン=マッカール叢書」第20巻

2005年9月20日　初版第1刷印刷
2005年9月30日　初版第1刷発行

著者　エミール・ゾラ
訳者　小田光雄
発行者　森下紀夫
発行所　論創社
東京都千代田区神田神保町 2-23　北井ビル
tel. 03 (3264) 5254　fax. 03 (3264) 5232
振替口座 00160-1-155266
装丁　林　佳恵
印刷・製本　中央精版印刷

ISBN4-8460-0453-8